U0135735

阿嬤要我跟你說抱歉

My Grandmother Asked Me
to Tell You She's Sorry

FREDRIK BACKMAN

菲特烈・貝克曼 著 謝靜雯 譯

1 菸草

每個七歲孩子都有資格擁有超級英雄，這點無庸置疑。不同意這點的人，腦袋瓜要送去檢查。

至少，艾莎的阿嬤就是這樣說的。

艾莎七歲，將近八歲。她知道自己不是特別擅長當個七歲孩子。她知道自己與眾不同。她校長說為了「更融入同儕之中」，她必須跟大家「步調一致」。其他成人形容她「超齡早熟」，艾莎知道這只是換個方式說「超級煩人的小鬼」，因為他們會這樣講她，通常是在她糾正他們唸錯「déjà vu」（似曾相識），或是他們在句尾「me」[1]跟「I」不分的時候。愛裝聰明的人通常分不清句尾什麼時候該用「me」或「I」，所以才會說她「超齡早熟」，通常他們會勉強笑著對她爸媽這麼說。彷彿艾莎有心智障礙，彷彿她沒表現出七歲該有的遲鈍，害得他們相形見絀。這就是為什麼除了阿嬤之外，她一個朋友也沒有。學校的其他七歲孩子就像一般七歲孩子那樣白痴，可是艾莎與眾不同。

阿嬤說，艾莎不應該在乎那些呆瓜的想法，因為所有最優秀的人都與眾不同——看看超級英雄就知道了。說到底，如果超能力很平常，那應該每個人都會有。

1 Me是I的受詞。

阿嬤七十七歲，就快七十八了。她也不是很擅長扮演這個年紀的人。你可以知道她老了，因為她的臉就像塞進濕鞋子的皺報紙，可是卻沒人怪阿嬤超齡早熟。人們有時會一臉擔憂或生氣，對艾莎的媽媽說：「活潑有勁。」艾莎的媽媽會嘆氣，問補償損害要付多少。或是阿嬤在醫院抽菸，觸動了火災警報器，保全人員要她捻熄香菸時，阿嬤鬼吼鬼叫說：「這個年頭不管什麼都要他媽的政治正確！」或是那一次她在布蕾瑪莉跟肯特陽台下方的庭院裡堆了個雪人，還替雪人穿上成人衣服，讓雪人看起來就像真人摔下屋頂。或是另外一次，戴眼鏡的拘謹男人按響每戶的門鈴，想談談上帝、耶穌跟天堂時，阿嬤站在陽台上，晨袍敞開翻飛，對著他們發射漆彈槍。布蕾瑪莉遲遲無法決定，哪件事讓她更心煩：是漆彈槍，還是阿嬤晨袍底下啥也沒穿，可是為了安全起見，把兩件事一併通報給警察了。

艾莎推想，大家就是在那些時候覺得阿嬤太活潑有勁。

他們也說阿嬤瘋頭瘋腦，不過她其實是個天才，只是同時也有點怪裡怪氣。她以前當醫生，贏過一些獎，有記者寫過關於她的報導，她去過世上最恐怖的地方，往往挑在別人都急著逃離的時候。她拯救過不少生命，在地球上到處對抗邪惡，就像超級英雄。

可是有一天，某人決定她老到沒辦法再救命，即使艾莎強烈懷疑，他們說她「太老」，其實意思是她「太瘋」。奶奶把這個人稱為「社會」，說只是因為現在一切都要他媽的政治正確，所以不准她繼續在人身上動刀。其實，主要是因為社會對開刀房禁菸這項規定，變得超級吹毛求疵，誰有辦法在那種惡劣的條件下工作？

所以現在她大多在家裡，老是惹布蕾瑪莉跟媽氣得跳腳。布蕾瑪莉就住阿嬤樓下，其實布蕾瑪莉也住艾莎媽媽樓下，因為艾莎媽媽就住艾莎阿嬤隔壁。艾莎顯然也住阿嬤隔壁，因為艾莎跟她媽住一起。只是每隔一個週末，艾莎會去爸跟莉賽特家過夜。喬治當然也是阿嬤的鄰居，因為他跟媽住一起。反正就是有點亂七八糟。

不過，還是回到重點吧。阿嬤的超能力就是救人性命跟把人逼瘋，這兩點綜合起來，就讓她有點像**失靈**的超級英雄。艾莎知道這點，因為她在維基百科查過「失靈」這個詞。阿嬤那個年紀的人，形容維基百科「就是百科全書，只是在網路上！」，但對艾莎來說，百科全書「就是維基百科，但只不過是山寨版」。艾莎在兩邊都查了「失靈」，意思是某個東西的功能沒有完全發揮作用，那就是艾莎最愛阿嬤的特點之一。

不過，今天可能除外，因為現在凌晨一點半，艾莎很累，想上床睡覺。只是沒有這等好事，因為阿嬤剛剛才對警察丟過大便。

狀況有點複雜。

艾莎環顧這個長方形小房間，無精打采打了哈欠，嘴巴張得老大，一副要把自己腦袋吞掉似的。

「就叫妳不要爬柵欄了。」艾莎嘀咕，一面看表。

阿嬤沒回答。艾莎解開葛來芬多學院[2]圍巾，擱在大腿上。她在七年前（將近八年）的節禮日[3]出生。同一天，幾位德國科學家側錄到磁星對地球發射過的最強大伽瑪射線。艾莎不確定磁星是什麼，但知道是某種中子星。磁星（magnetar）聽起來有點像「密卡登」（Megatron），就是《變形金剛》裡大壞蛋的名字。優質文學讀得不夠多的笨蛋，就會把《變形金剛》當成「兒童節目」。說實在的，變形金剛雖然是機器人，可是如果以學術角度來看，也可以算是超級英雄。艾莎對《變形金剛》跟中子星興趣深濃，她想像「發射伽瑪射線」，看起來會有點像是阿嬤不小心把芬達潑在艾莎的iPhone上，再試著用烤吐司機烘乾手機那次。阿嬤說，在那樣的日子出生，就讓艾莎變得特別，而「特別」就是與眾不同的最好方式。

阿嬤忙著在眼前的木桌上把菸草分成幾小堆，然後捲進窸窣作響的菸紙裡。

「我說我就叫妳別爬柵欄了嘛！」

阿嬤穿著尺碼過大的大衣，悶哼一聲，往口袋裡撈找打火機，好像不把當前的危機看在眼裡，主要因為她似乎什麼都不當一回事。只有在想抽菸卻找不到打火機時，才會覺得事態嚴重。

「妳也幫幫忙，那只是個小不隆咚的柵欄！」阿嬤一派輕鬆地說，「沒什麼好激動的。」

「別跟我說什麼『幫幫忙』了！對警察丟大便的是妳耶。」

「別小題大作了，妳講起話怎麼跟妳媽一個樣，有沒有打火機？」

「我才七歲耶！」

「妳到底還要拿年紀當藉口多久？」

「等我過了七歲？」

阿嬤嘟囔了點什麼，聽起來像是「問一下又不犯法」，然後繼續在口袋裡東找西找。

「我想，這裡面不能抽菸。」艾莎告訴她，現在語氣冷靜了點，一邊用手指把弄著葛來芬多圍巾上的長長破口。

「當然能抽菸，只要開窗就行。」

艾莎狐疑地瞥瞥窗戶。

「我想那種窗戶打不開。」
「為什麼不行？」
「因為上面有鐵欄杆。」
阿嬤不滿地怒瞪窗戶一眼，再瞪艾莎一下。
「所以，現在連警局都不能抽菸了，天啊，簡直就像《一九八四》小說裡寫的一樣。」
艾莎又打了哈欠。「手機可以借我嗎？」
「幹嘛？」
「查東西。」
「到哪裡查？」
「上網查啊。」
「妳在網路那種東西上面投資太多時間了。」
「妳的意思是『花』吧。」
「什麼？」
「我是說，『投資』不是那樣用的啦，一般人不會說什麼『我投資了兩小時讀《哈利波特——神祕的魔法石》』吧？」

2 典故出自《哈利波特》。
3 Boxing Day是耶誕過後的日子，來源眾說紛紜，有一說是西方封建時代，莊園主人會在聖誕節過後，把一些物品裝盒（boxing），送給住在園子裡的奴隸家庭。另一說法是，根據傳統，教堂會在聖誕節打開奉獻箱，在隔天分發給窮人，而「裝盒」（boxing）一字源自那些上了鎖的捐款大箱。

阿嬤只是翻翻白眼，把手機遞給她。「有個小女孩因為想太多，最後就爆炸了，這個故事妳聽過沒？」

警察拖著腳步走進房間，一臉非常、非常疲憊。

「我想打電話給我律師。」阿嬤立刻要求。

「我想打電話給我媽！」艾莎馬上要求。

「既然這樣，我要先打給我律師！」阿嬤堅持。

警察在祖孫倆對面坐下，不安地把弄一小疊文件。

「妳媽媽在路上了。」他嘆口氣對艾莎說。

阿嬤誇張地倒抽一口氣，這種聲音只有阿嬤知道怎麼發。

「你打給她幹嘛？你瘋了嗎？」阿嬤抗議，彷彿警察剛剛告訴她，打算把艾莎丟在森林裡讓狼群負責養大。「她會氣到暴青筋！」

「我們必須聯絡這孩子的法定監護人。」警察平靜地解釋。

「我也是這孩子的法定監護人啊！我是這孩子的外婆耶！」阿嬤火冒三丈，稍微起身離開了椅面，要狠似地搖著沒點燃的菸。

「都凌晨一點半了，總要找人照顧這孩子啊。」

「對，就是我！我就在照顧這孩子。」阿嬤氣急敗壞地說。

警察朝訊問室對面打個友善的手勢，勉為其難的樣子。

「到目前為止妳感覺怎樣？」

阿嬤一臉微微氣惱。

「哼……在你開始追著我跑以前，明明都好好的。」

「妳擅闖動物園。」

「那只是個迷你小柵欄——」

「沒有所謂的『迷你』闖空門。」

阿嬤聳聳肩，打了個拂過桌面的手勢，彷彿認為整件事拖得夠久了。警察注意到那根香菸，起疑地瞅著它。

「噢，拜託喔！這裡面可以抽菸吧？」

警察嚴峻地搖搖頭。阿嬤往前傾身，深深望進他眼裡，臉上浮現笑容。

「不能破例一下嗎？為了我這個小老太婆也不行嗎？」

艾莎稍稍推推阿嬤的身側，改說兩人的密語。阿嬤跟艾莎有個祕密語言，阿嬤說過，所有的阿嬤跟孫子之間一定都要有祕密語言，因為法律就是這樣規定的，或者可以說，至少法律「應該」這樣規定。

「阿嬤，不可以，那個，跟警察調情是非法的。」

「誰說的？」

「唔，第一個會這樣說的就是警方！」艾莎回答。

「警方應該好好呵護市民，」阿嬤低噺，「我有好好繳稅，這妳知道吧。」

警察看著祖孫倆的神情，就像某人聽到七歲孩子跟七十七歲老婦半夜在警局裡用祕密語言爭論時會有的表情。阿嬤再次求情似地指指自己的香菸，一面朝他挑逗似地顫著睫毛，可是當他搖搖頭的時候，阿嬤往後靠向椅背，用正常的語言驚呼：

「什麼政治正確嘛！現在，癮君子在這個鳥國家受到的待遇，比隔離政策（apartheid）還要糟糕。」

「怎麼拼？」艾莎問。

「什麼？」阿嬤嘆氣，即使你乖乖繳稅，全世界還是與你為敵時會有的那種嘆息。

「就是那個蛤蠣政策啊。」艾莎說。

「a-p-p-a-r-t-e-j-d。」阿嬤拼出來。

艾莎馬上用阿嬤的手機搜尋，前後試了幾次——阿嬤的拼字能力向來很遜。同時，警察解釋說，警局已經決定要放她們走，但過幾天會通知阿嬤過來說明闖空門跟「其他挑釁行為」。

「什麼挑釁行為？」

「第一是違法駕駛。」

「你說『違法』是什麼意思？那是我的車耶，我要開自己的車，總不用別人批准吧？」

「是不用，」警察耐著性子說，「可是妳必須先有駕照。」

阿嬤氣惱地甩出雙臂，就在進入另一場關於老大哥監控社會的謾罵時，艾莎猛力把手機啪地放在桌上。

「跟那個隔離政策根本一點關係都沒有!!!妳把禁菸拿來跟隔離政策比，可是根本是兩回事，差得超遠的！」

阿嬤認命地揮揮手。

「我的意思是……妳也知道的，差不多是那個意思嘛——」

「差超遠！」

「老天爺，只是個隱喻嘛！」

「是該死的爛隱喻！」

「妳是怎麼知道的？」

「看維基百科啊！」

阿嬤挫敗地轉向警察。「你家小孩會這樣胡鬧嗎？」警察一臉不自在。

「我們家……沒人監督就不讓孩子逛網路……」

阿嬤朝艾莎伸出雙臂，手勢似乎在說：「看吧！」艾莎只是搖搖頭，用力扠起手臂。

「阿嬤，妳只要跟警察說抱歉妳丟了大便，這樣我們就可以回家了。」她用密語忿忿地說，但顯然依然因為隔離政策的事情不高興。

「抱歉。」阿嬤用密語說。

「要對警察說啦，不是對我，妳這個呆瓜。」

「我哪可能對法西斯分子道歉，我一直有好好繳稅。妳才是呆瓜啦。」阿嬤生悶氣。

「彼此彼此。」

然後她們兩人都叉著手臂坐著，刻意撇頭不看對方，最後阿嬤對警察點點頭，用正常語言說：

「你能不能行行好，讓我這個被寵壞的孫女知道，如果她態度這麼差，歡迎她自己走路回家？」

「你跟她說，我要跟我媽回家，她才自己走路回家啦！」艾莎馬上回答。

「你跟她說，她可以——」

警察一語不發站起身，走出房間，隨手帶上門，彷彿打算走進另一個房間，把頭埋進又大又軟的抱枕裡，扯開嗓門狂叫。

「看妳幹了什麼好事。」阿嬤說。

「看妳幹了什麼好事！」

最後換了個身材魁梧、眼神銳利的綠眸女警進來。她好像不是第一次遇到阿嬤，因為她露出疲憊的笑容，認識阿嬤的人總會掛著這種笑容，並說：「妳別再這樣了，我們有真正的歹徒要操心。」阿嬤只是咕噥：「你們才別再這樣了啦。」然後警察就放她們回家了。

艾莎站在人行道上等媽媽，指頭撥弄著圍巾的裂口。裂口直接穿透葛來芬多學院的徽章。她盡量忍住不哭，可是不怎麼成功。

「啊，別這樣嘛，妳媽可以補好的。」阿嬤盡量語氣開朗地說，稍微搥了她肩膀一下。

艾莎焦慮地抬起頭。

「那個……我們可以跟妳媽說，妳想攔住我，不讓我爬過柵欄去找猴子，所以圍巾才會扯破。」

艾莎點點頭，又用手指拂過圍巾。圍巾不是阿嬤爬柵欄的時候扯破的，而是三個年級較高的女生在學校餐廳外面逮住她，打了她，還扯破她的圍巾，然後丟進馬桶，她們為了艾莎不明白的原因痛恨她。她們的嘲弄聲還在艾莎的腦海裡迴盪。阿嬤注意到艾莎的眼神，往前傾身，用兩人的密語低聲說：

「總有一天，我們會把妳學校那些遜咖帶到米阿瑪斯，丟去餵獅子！」

艾莎用手背抹乾眼睛，露出淡淡笑容。

「我不是笨蛋，阿嬤，」她低語，「我知道妳今天晚上做那些事，只是為了讓我忘掉學校發生的事。」

阿嬤踢了踢碎石，清清喉嚨。

「我不希望妳因為圍巾的事情記住這一天。所以我想說，妳可以把這一天記成是阿嬤闖進動物園的日子——」

「還有從醫院逃出來。」艾莎咧嘴笑說。

「還有從醫院逃出來。」阿嬤咧嘴笑說。

「還有對警察丟大便。」

「其實是土啦！反正主要是土。」

「我想，改變記憶是不錯的超能力。」

阿嬤聳聳肩。

「如果妳不能消除不好的記憶，那妳可以用更多讚讚的記憶蓋過去。」

「沒有人在說『讚讚』的啦。」

「我知道。」

「阿嬤，謝謝。」艾莎說著便把腦袋靠向阿嬤的手臂。

阿嬤只是點點頭，低聲說：「我們是米阿瑪斯王國的騎士，我們必須善盡職守。」

因為所有的七歲孩子都有權擁有超級英雄。

不同意這點的人，腦袋瓜要送去檢查。

2 猴子

媽來警局接她們。你可以看出她很生氣，但她自我克制、沉著自如，連拉高嗓門都沒有，因為媽跟阿嬤兩人個性天差地別。艾莎才剛繫上安全帶，就立刻睡著。她們上公路的時候，她已經到米阿瑪斯去了。

米阿瑪斯是艾莎跟阿嬤的祕密王國，是幾乎甦醒之地的六個王國之一。爸媽剛離婚的時候，艾莎還小，她變得很怕睡覺，因為她在網路上讀過有小朋友在睡夢中死去，阿嬤就編了這套故事。阿嬤很會編東編西。所以爸爸搬出公寓，大家又難過又疲倦的時候，艾莎每天晚上都會溜出家門，光著腳丫急急越過平台，跑進阿嬤的公寓，然後她跟阿嬤就會一起爬進大衣櫥——那座衣櫥一直在長大——然後兩人眼睛半闔，出發上路。

因為不用閉上雙眼就可以抵達幾乎甦醒之地，這就是重點所在，算是啦。只要幾乎快睡著就可以了。在正要闔上眼睛的最後幾秒，霧氣會越過你所想跟你確知的邊界翻湧進來，你就在這時出發上路。你騎在雲獸的背上，進入幾乎甦醒之地，只有這樣才能抵達那裡。雲獸會從阿嬤的陽台門進來，接起阿嬤跟艾莎，然後一起越飛越高，最後艾莎就會看到所有住在幾乎甦醒之地的魔幻生物：翁手、懊悔者、碼尚、烏爾斯、雪天使、王子、公主跟騎士。雲獸高高翱翔，越過無邊無際的黝暗森林，狼心跟其他怪獸就住在森林裡，然後往下俯衝，穿越鮮豔得令人眼花的色彩跟輕風，最後抵達米阿瑪斯王國的城門。

阿嬤是因為在米阿瑪斯待太久，才變得有點古怪，還是因為阿嬤在米阿瑪斯待太久，才使那裡變得有點古怪，很難說是哪一種。可是阿嬤所有不可思議、駭人聽聞、魔幻無比的童話，就是從這裡起源的。

阿嬤說，那個王國取名叫「米阿瑪斯」的時間，至少有一萬個童話的永恆，可是艾莎知道這是阿嬤自己編的，因為艾莎小時候說不出「pyjamas」（睡衣），都說成「米呀馬斯」。阿嬤當然堅持說她從來不會瞎編什麼鬼東西，堅持說米阿瑪斯跟幾乎甦醒之地的其他五個王國不只是真的，還比我們目前所住的世界真實得多，她說在我們這個世界裡，「大家都是經濟學家，專喝去乳糖的牛奶，愛鬧事。」阿嬤對於活在真實世界不是特別擅長，這裡有太多規矩。阿嬤玩大富翁的時候會作弊，會把雷諾開上公車道，會從宜家家居偷走黃色購物袋，在機場行李輸送帶那裡也從不站在禁止跨越線後面，而且上廁所還不關門。

可是她講的童話故事是最精彩的，就因為這樣，艾莎可以原諒阿嬤幾項缺點。

阿嬤說，有價值的童話故事全來自米阿瑪斯。幾乎甦醒之地的其他五個王國都在忙其他事情：米瑞瓦斯是守護夢境的地方，米普羅里斯是貯藏憂傷之地，米摩瓦斯是音樂的起源地，米歐達克斯是勇氣的起源地，米巴塔羅斯這個王國專門培育最英勇的戰士，他們負責對抗無盡戰役裡的恐怖魅影。

不過，阿嬤跟艾莎最愛的王國是米阿瑪斯，因為那裡的人把講故事看成最高貴的行業。那裡的貨幣是想像力；在那裡買東西不是用錢幣，而是用好故事。圖書館不叫圖書館，而是「銀行」，每個童話故事值一大筆財富。阿嬤每天晚上在那裡花好幾百萬元：那些故事裡充滿惡龍、矮精靈、國王、王后跟巫婆，還有魅影。因為所有的想像世界都會有可怕的敵人，而在幾乎甦醒之地，敵人就是魅影，因為魅影想殺死想像力。談起魅影，就不得不提到狼心。在無盡戰役裡擊敗魅影的就是他。他是艾莎第一個聽到的超級英雄，也是最了不起的一位。

艾莎在米阿瑪斯受封為騎士，這一來她就能夠駕馭雲獸，也配有自己專屬的長劍。打從阿嬤每天晚上開始帶她過去，她就不再害怕睡覺。因為在米阿瑪斯，沒人會說女生不能當騎士，那裡的山峰高聳入雲，營火永不熄滅，也沒人會想撕破你的葛來芬多圍巾。

當然，阿嬤也說米阿瑪斯那裡的人上廁所都不關門。在幾乎甦醒之地的領土上，無論情境如何，「開著門做事」這個政策多多少少可以合法推行。可是艾莎相當確定，阿嬤描述的是「其他版本的真相」。阿嬤就是這樣稱呼謊言的——「其他版本的真相」。所以艾莎隔天早上在阿嬤病房的椅子上醒來時，阿嬤正開著門上廁所，而艾莎的媽在玄關那裡，阿嬤正在說其他版本的真相，而且進行得不大順利。說到底，真正的真相是，昨天晚上趁媽跟喬治在睡的時候，艾莎溜出公寓，阿嬤逃出醫院，祖孫倆開著雷諾到動物園去，然後阿嬤爬過柵欄。艾莎靜靜對自己承認，大半夜帶著七歲小孩做那些事，現在看起來是有點不負責任。

阿嬤的衣服在地上丟成一堆，還散發著微微的猴子味，聲稱自己爬過猴子籠旁邊的柵欄時，警衛朝她大吼，她想說他搞不好是「致命的強暴犯」，所以才開始對著他跟警察丟糞土。媽非常克制地搖搖頭，說這全是阿嬤自己瞎編的。阿嬤不喜歡別人說某個東西是瞎編的，她提醒媽說，她比較喜歡沒那麼貶抑的用語——「有缺陷的真實」。媽顯然不同意，但還是自我克制，因為她跟阿嬤個性天差地別。

「這是妳做過最爛的事情之一。」媽陰鬱地朝著廁所喊道。

「我親愛的女兒，我覺得這點非常不可能。」阿嬤滿不在乎地從廁所裡回應。

作為回應，媽井井有條地細數阿嬤捅過的所有婁子。阿嬤說，媽會這麼激動，唯一的原因就是她沒幽默感。接著媽說，阿嬤應該別再表現得跟不負責任的小鬼一樣。接著阿嬤說：「妳知道海盜都把車停在哪嗎？」媽沒回答，阿嬤就從廁所嚷嚷：「停在車庫啦！」媽只是嘆口氣，按摩太陽穴，然後關上廁所門。這個動作惹得阿嬤非常、非常、非常生氣，因為她在蹲馬桶的時候，不喜歡感到被困住。

阿嬤到現在已經住院兩星期了，可是幾乎每天都會潛逃出去接艾莎放學，兩個人會一起吃冰淇淋，或是趁媽不在家的時候回公寓，在平台上倒肥皂水玩溜來溜去的遊戲。或是闖進動物園。基本上只要吸引阿嬤的事情，阿嬤根本不考慮時間問題。可是，阿嬤不把這些事情當作真的「脫逃」，因為她相信要「脫逃」，必須有某些程度的挑戰性才算——像是惡龍、一連串的陷阱，或是至少要有一堵牆跟寬闊的護城河等等。在這一點上，媽、醫院員工跟她意見相左。

護士走進病房，靜靜要求媽撥點時間給她。護士遞了張紙給媽，媽在上頭寫了點東西再遞回去，然後護士就離開了。阿嬤住院以來，已經換過九位護士。其中七個她不肯配合，有兩個拒絕跟她合作，其中一個之所以棄守崗位，是因為阿嬤說他有「俏臀」。阿嬤堅持說那是在稱讚他的臀部，不是稱讚他本人，說他不應該這樣小題大作。接著媽就要艾莎戴上耳機，但艾莎還是聽得到她們爭論「性騷擾」跟「對妙極了的臀部表示激賞」之間的差異。

媽跟阿嬤常常爭論不停。就艾莎記憶所及，兩人老是爭來吵去，什麼都要爭論。如果阿嬤是失靈的超級英雄，那麼媽就是運作狀況百分百良好的超級英雄。艾莎常常這麼想，她們的互動有點像是《X戰警》裡的雷射眼跟金鋼狼；不管她何時冒出此類的想法，就很希望身邊有個人能夠領會她的意思。艾莎周圍的人讀的優質文學都不夠多，當然不明白《X戰警》漫畫就算是優質文學。對這種沒文化的人，艾莎會用非常緩慢的速度解釋，X戰警是超級英雄沒錯，不過他們最主要的身分是變種人，這兩者之間有某種學術上的差異。總之，直截了當地說，她的結論就是，阿嬤跟媽的超能力完全相反。就像蜘蛛人——艾莎最愛的超級英雄之一——有個對手叫「滑溜人」，他的超能力就是連板凳都爬不上去，不過沒有負面的意思。

基本上，媽有條不紊，阿嬤混亂不堪。艾莎曾經讀過「混亂是上帝的鄰居」，可是媽說，如果混亂搬到了上帝的樓梯平台，那只是因為連混亂都再也無法忍受跟阿嬤比鄰而居。

媽什麼都歸檔，按表操課；她開會前十五分鐘，電話就會發出提醒的叮叮輕響。阿嬤會把需要記得的事情直接寫在牆上，不只在家裡這樣，而是不管在哪裡都這樣，就直接記在牆上。這個系統並不完善，因為為了記住特定的某件事，她的人必須在當初寫下來的那個地方才行。艾莎指出這個漏洞時，阿嬤忿忿不平回答：「我弄丟廚房牆壁的機率，跟妳媽弄丟那支鬼手機，比起來低多了。」不過，艾莎接著強調，媽從不弄丟東西。阿嬤就翻翻白眼嘆口氣：「是啦，是啦，妳媽當然是例外。這個規則只適用在……那個……不完美的人身上。」

完美就是媽的超能力。她沒阿嬤有趣，但就另一方面來說，她永遠知道艾莎的葛來芬多圍巾在哪裡。「連妳媽都找不到的東西，才算真正丟掉。」媽拿那條圍巾繞住艾莎的脖子時，常常對著艾莎的耳朵小聲說。

艾莎的媽就是老闆。「那不只是一份工作，而是一種生活風格。」阿嬤常常嗤之以鼻。媽不是陪伴你的人，而是你追隨的人。艾莎的阿嬤比較是你想閃避，而不是想追隨的人；阿嬤這輩子也找不到一條圍巾。

阿嬤不喜歡老闆，這點在這家醫院就成了問題，因為媽在這裡更有老闆架勢。因為她就是這裡的老闆。

「妳反應過度了，媉莉卡，老天爺！」阿嬤的喊叫透過廁所門傳出來，這時又有個護士走進來，媽再次在一張紙上寫字，然後提出幾個數字。媽對護士露出一抹克制的笑容，護士報以緊張的微笑。接著廁所裡面安靜了好長一段時間，媽突然一臉焦慮，只要阿嬤四周平靜太久，旁邊的人就會有這種反應。接著她嗅嗅空氣，把門拉開。阿嬤赤條條坐在馬桶上，舒適地叉起雙腿，對著媽揮揮悶燒的香菸。

「哈囉？給點隱私吧？」

媽再次按摩太陽穴，深吸一口氣，然後一手貼在肚皮上。阿嬤對媽專注地點點頭，對著媽隆起的肚子揮揮香菸。

「妳知道，壓力對我快出生的孫子不好。要記得妳現在是一人操煩兩人擔！」

「忘記的人不是我。」媽不客氣地說。

「Touché（說得好）。」阿嬤嘀咕，深吸一口菸。

（有些字艾莎不認識卻懂得意思，這就是其中一個。）

「妳難道沒想到，那個對寶寶來說有多危險，更不要提對艾莎了？」媽邊說邊指香菸。

「別小題大作了！打從開天闢地以來，人類就已經開始抽菸了，一路都有健康無比的嬰兒生下來。妳這個世代都忘了，人類在沒有過敏檢驗跟那類狗屁以前，就已經活過好幾千年，然後你們的世代出現了，開始自以為多重要。人類還住洞穴的時候，妳想他們會把長毛象皮放進洗衣機，調到三十二度清洗嗎？」

「他們那個時候有香菸嗎？」艾莎問。

阿嬤說：「妳別攪和。」媽把手貼在肚皮上。艾莎不確定媽那樣是因為半半在裡頭踢腳，還是因為想遮住她/他的耳朵。媽是半半的媽，可是半半的爸是喬治，所以半半是艾莎的半手足。或者說，她/他即將會是。大人向艾莎保證，她/他會是大小完整的正常人類，是半手足沒錯，可是絕對不會是半個人。艾莎困惑了好幾天，最後明白箇中的差異。「妳平日那麼聰明，沒想到有時候還滿鈍的。」艾莎問起這件事的時候，阿嬤脫口就說。然後祖孫倆拌嘴拌了將近三個鐘頭，對兩人來說幾乎創下了拌嘴新紀錄。

「我只是想讓她看看猴子嘛，媞莉卡。」阿嬤嘀咕，在水槽裡捻熄香菸。

「我沒有精力應付這種……」媽無奈地回答，雖然她還是百分之百自我克制，然後踏進走廊裡，在一張蓋滿數字的紙張上簽名。

阿嬤是真心想讓艾莎看看猴子。前一天晚上祖孫倆就在電話上爭辯，說到底有沒有一種猴子站著睡覺的。阿嬤當然弄錯了，因為維基百科就是這樣說的。然後艾莎提起圍巾還有學校發生的事，就在那時阿嬤決定要一起去動物園。艾莎趁媽跟喬治在睡的時候溜出門。

媽沿著走廊遠去，腦袋埋在手機裡，艾莎爬上阿嬤的床一起玩大富翁。阿嬤從銀行盜款，艾莎逮住她的時候，阿嬤又偷走車子逃之夭夭。不久，媽一臉疲憊地回來，跟艾莎說現在要回家了，因為阿嬤需要休息。艾莎擁抱阿嬤好久、好久、好久。

「妳什麼時候要回家？」艾莎問。

「可能明天吧！」阿嬤爽朗地保證。

阿嬤每次都這樣說，然後伸手撥開艾莎眼前的髮絲，媽再次消失在走廊時，阿嬤突然一臉嚴肅，用兩人的密語說：「我有個重要的任務要給妳。」

艾莎點點頭，因為阿嬤向來都用密語發派任務給她，這種語言只有幾乎甦醒之地的成員才會說。艾莎總是會好好完成任務，因為那就是米阿瑪斯騎士的職責。除了買香菸或炸肉之外，那是艾莎的底線，因為香菸跟炸肉讓她覺得噁心，即使是騎士也有原則的。

阿嬤伸手探向床畔地板，拿起一只大塑膠袋，裡頭沒香菸也沒肉，只有甜食。

「妳必須拿巧克力給**我們之友**。」

艾莎花了幾秒時間，才明白阿嬤指的是哪個朋友。她警覺地瞪著阿嬤。

「妳**瘋了**嗎？妳想**害死**我嗎？」

阿嬤翻了個白眼。

「別大驚小怪的。妳是想告訴我，米阿瑪斯的騎士膽小到沒辦法完成任務？」

艾莎不悅地怒瞪著阿嬤。

「妳那樣威脅我，也太不成熟了。」

「會用『成熟』這個詞，妳還真成熟啊。」

艾莎一把搶走塑膠袋，裡面裝滿沙沙作響的小包裝Daim巧克力。阿嬤說：「重要的是，妳要先剝掉每一塊巧克力的包裝紙，要不然他會不高興。」

艾莎悶悶地往袋子瞧。

「不過，他又不認識我……」

阿嬤冷哼的聲音大到彷彿要擤鼻涕。

「他當然認識了！天啊，就跟他說，妳阿嬤要問候他並跟他說抱歉。」

艾莎挑起眉毛。

「抱歉什麼？」

「抱歉好多天都沒拿甜食給他。」阿嬤回答，彷彿那是全世界再自然不過的事。

艾莎再次望進袋子。

「阿嬤，派妳唯一的孫子去進行這種任務，是很不負責任的。太誇張了。他可能真的會把我殺了。」

「別再大驚小怪了啦。」

「妳自己才別大驚小怪啦！」

阿嬤咧嘴一笑，艾莎忍不住也報以笑容。阿嬤壓低嗓門。

「妳要偷偷把巧克力交給我們之友，絕對不能讓布蕾瑪莉看到。等他們明天傍晚開住戶會議的時候，妳再溜過去找他。」

艾莎點點頭，雖然她很怕我們之友，也還是覺得派七歲小孩執行驚險萬分的任務很不負責任。可是阿嬤揪住她的指頭，在雙手裡掐了掐，一如往常，有人這樣做的時候，你就很難覺得害怕。兩人再次擁抱。

「晚點見，噢傲人的米阿瑪斯騎士。」阿嬤在她耳邊低語。

阿嬤從不說「再見」，只說「晚點見」。

艾莎在玄關那裡穿上夾克時，聽到媽跟阿嬤在聊「治療」的事。接著媽要艾莎戴起頭罩耳機，艾莎乖乖照做。去年耶誕節她在願望清單上寫了頭罩耳機，特別註明要媽跟阿嬤分攤費用，因為這樣才公平。

媽跟阿嬤開始唇槍舌戰的時候，艾莎就會把音量轉大，假裝她們是默片裡的女演員。艾莎在人生中早早學會，如果可以選擇自己的配樂，比較能心想事成。

她聽到的最後一件事，是阿嬤在問什麼時候可以到警局牽走雷諾。雷諾是阿嬤的車，阿嬤說是打撲克牌贏來的。正確的說法顯然應該是「一輛」雷諾牌車子。艾莎自小就學到那輛車是雷諾，後來才明白有別的車子也有同樣的名稱。她到現在還是叫那輛車「雷諾」，彷彿是它的名字。

叫這個名字非常適合，因為阿嬤的雷諾老舊生鏽，很法國，換檔的時候就會發出不堪入耳的吵雜聲，就像法國老頭在咳嗽。艾莎知道這件事，因為有時候阿嬤開著車，邊抽菸邊吃沙威瑪，只用膝蓋控制雷諾的方向，然後猛踩離合器，大喊「現在！」，然後艾莎就必須負責換檔。

艾莎很懷念那種經驗。

媽跟阿嬤說，她不能去牽雷諾。阿嬤抗議說，那明明是她的車，媽只是提醒她，無照開車是違法的。接著阿嬤叫媽是「小姐」，說自己可是有六個國家的駕照。媽用克制的聲音問，那些國家是不是恰好包括她們目前住的這個，然後阿嬤就生起悶氣，這時護士正在替她抽血。

艾莎在電梯旁邊等，她不喜歡注射針，不管是刺進她自己或阿嬤的手臂。她坐著用平板電腦讀《哈利波特──鳳凰會的密令》，這大概是第十二次了。在哈利波特系列裡，她最不喜歡這一部，所以才讀這麼少次。

媽過來找艾莎，準備下樓到車子那裡時，艾莎這才想起自己把葛來芬多圍巾留在阿嬤病房外頭的玄關裡，於是拔腿跑回去。

阿嬤正坐在病床邊緣，背對著門口在講電話。她沒看到艾莎，艾莎意識到阿嬤在跟她律師講話，因為她正在指示他，下次探病時該帶哪種啤酒。艾莎知道那個律師會把啤酒藏在大大的百科全書裡偷運進來。阿嬤說，她需要那些百科來做「研究」，可是事實上那些百科裡面挖出了啤酒形狀的空格。艾莎從掛鉤上取下圍巾，準備出聲叫阿嬤時，聽到阿嬤聲音滿懷情感，對著電話說：

「她是我孫子，馬索。願上天保佑她的小腦袋。我從來沒遇過心地這麼好，又這麼聰明的姑娘。責任一定要交給她來扛，只有她會做出正確的決定。」

一陣沉默，接著阿嬤態度堅決說下去：

「我知道她只是個孩子，馬索！可是她的聰明程度還超過其他那些傻子加總起來！這是我的遺囑，你是我的律師，照我說的做就是了。」

艾莎屏息站在玄關裡。只有當阿嬤說「因為我還不想告訴她！因為所有的七歲孩子都有權利擁有超級英雄！」的時候，艾莎才轉身悄悄溜走，淚水沾濕了葛來芬多圍巾。

她聽到阿嬤在電話上講的最後一件事是：

「我不想讓艾莎知道我快死了，因為所有的七歲孩子都有權利擁有超級英雄，馬索。超級英雄的超能力之一，應該是不會得到癌症。」

3 咖啡

任何一個阿嬤的家都有個特別之處——你永遠不會忘記那裡聞起來的味道。

那棟樓房大體來說還算正常，有四層樓跟九戶公寓，整個瀰漫著阿嬤（以及咖啡，多虧雷納特）的氣味。洗衣房裡貼了一套清楚分明的規定，信頭印著為了眾人福祉著想，福祉下面加了兩道強調的橫槓。一台永遠故障的電梯，要回收的垃圾放在院子裡，有個酒鬼，某種大型動物，當然還有個阿嬤。

阿嬤住在頂樓，就在媽、艾莎跟喬治家對面。阿嬤的公寓格局跟媽的一模一樣，只是混亂許多，因為阿嬤的公寓就像阿嬤本人，媽的公寓就像媽。

喬治跟媽住在一起，這點向來都很不容易，因為那就表示他也住阿嬤隔壁。他蓄鬍子，戴頂很小的帽子，對慢跑很執迷，慢跑的時候堅持要把短褲套在運動裝外面。他煮飯的時候用英文，所以讀食譜的時候會講「cured pork」（鹽醃豬肉），而不是瑞典文「fläsk」。阿嬤從來不叫他「喬治」，只叫他「遜咖」，惹得媽很生氣，可是艾莎知道阿嬤這麼做的理由。阿嬤只是想讓艾莎知道，不管怎樣，自己都跟艾莎同一國。孫子的爸媽離婚之後各自找到新伴侶，然後突然跟孫子說有個半手足要出生了，這時候身為阿嬤的人就該這麼做。況且，阿嬤覺得這樣有個額外的好處，就是可以把媽惹得很毛。

半半是半個女生，還是半個男生，即使很容易查，但媽跟喬治還是不想提前知道。對喬治來說，不知道這件事尤其重要。他總是把半半叫成「她/他」，這樣就不會把孩子「困在性別角色」裡。他第一次這樣說的時候，艾莎以為他說的是「性別餃色」，搞得那天下午在場的人都滿頭霧水。

媽跟喬治已經決定，半半不是取名「艾維」，不然就是「艾維菈」。艾莎跟阿嬤說這件事的時候，阿嬤只是瞪著她。

「艾維!?」

「是『艾維菈』的半男生版本。」

「可是要叫艾維？他們打算派他去魔多[4]毀掉魔戒還是怎樣？」（之前阿嬤才跟艾莎一起看完所有的魔戒電影，因為艾莎的媽特別強調說艾莎不可以看那幾部電影。）

艾莎很清楚阿嬤並不討厭半半，或者可以說，阿嬤連喬治都不討厭。阿嬤之所以那樣講話，只是因為阿嬤就是這種個性：艾莎曾經跟阿嬤說過，她真的很討厭喬治，有時候甚至也討厭半半。聽過你說這樣糟糕的話，卻依然站在你這邊，你很難不去愛這樣的人。

阿嬤家樓下住的是布蕾瑪莉跟肯特。他們喜歡擁有東西，肯特尤其喜歡告訴你每樣東西要多少錢。他幾乎都不在家，因為他是企業主，他喜歡大聲跟陌生人笑稱自己是「肯特業主」。要是大家沒馬上笑出聲，他就會更大聲地再說一次，彷彿對方耳背似的。

布蕾瑪莉幾乎永遠都在家，所以艾莎推斷她不是企業主。阿嬤說她是「全職的囉唆鬼，是我這輩子永遠的死對頭」。她的表情永遠有點像是嘴裡剛塞了不合口味的巧克力。在洗衣間貼出「為了眾人福祉著想」告示的就是她。布蕾瑪莉很看重大家的福祉，雖然整棟樓房裡只有她跟肯特家裡自備洗衣機跟烘衣機。有一次喬治洗完衣服，布蕾瑪莉就上樓說要找艾莎的媽懇談。她把烘衣機濾網裡的藍色棉絮小球帶過來，伸手遞給媽，彷彿那是剛剛孵出的雛仔，然後說：「我想妳在處理衣服的時候忘了這個，媉莉卡！」接著喬治解釋，家裡負責洗衣服的是他，布蕾瑪莉含笑看著他，雖然笑容似乎不真心。接著她說：「這種作法真摩登。」然後好意地對著媽微笑，把那團棉絮交給媽並說：「為了這個租賃持有人協會每位會眾的福祉，每次用完烘衣機就要清理濾網，媉莉卡！」

其實根本還沒有租賃持有人協會，可是即將會成立，布蕾瑪莉拚命強調這一點。她跟肯特會貫徹這件事的。在布蕾瑪莉的租賃持有人協會裡，遵守規則這件事很重要，所以她才會成為阿嬤的死對頭。艾莎知道「死對頭」的意思，如果你讀過優質文學，就會知道那個詞的意思。

布蕾瑪莉跟肯特的公寓對面，住了個穿黑裙的女人。她一大清早跟深夜會在樓房大門跟她公寓門口之間走動，步履匆忙，除此之外很少能夠看到她。她總是腳蹬高跟鞋，穿著熨燙完美的黑裙，永遠對著掛在耳上的白線拔高嗓門說話。她從來不跟人打招呼，也不曾露出笑容。阿嬤說她的裙子燙得太完美。「如果你是披在那女人身上的布料，你會很怕讓自己皺起來。」

布蕾瑪莉跟肯特的公寓下方住著雷納特跟茉德，雷納特每天至少喝二十杯咖啡，每次他一啟動濾煮式咖啡壺，就會一臉洋洋得意。他是世界上第二好心的人，他跟茉德是夫妻。而茉德是世界上第一好心的人，她手邊總是有一些烤好的餅乾。他們跟莎曼珊住在一起，莎曼珊幾乎總是在睡。莎曼珊是一隻比熊犬，但雷納特、茉德跟她說話的方式，彷彿她並不是狗。雷納特跟茉德在莎曼珊面前喝咖啡的時候，不說是「咖啡」，而說是「大人的飲料」。阿嬤說他們腦

4 Mordor，托爾金的小說《魔戒》裡中土世界黑暗魔君索倫的領地。

袋有洞，可是艾莎只是覺得他們人很好。他們總是有美夢跟擁抱——美夢是指餅乾；擁抱就只是普通的擁抱。

阿爾夫住雷納特跟茉德對面。他是計程車司機，穿著皮夾克，態度永遠暴躁無比。因為拖著腳走路，鞋底總是磨得跟防油紙一樣薄。阿嬤說整個狗屁宇宙裡，他有最低的重力中心。

雷納特跟茉德公寓下方裡住著罹患某種病症的男孩跟他媽。罹病男孩比艾莎小一年又幾個星期，從來都不說話。他母親永遠丟三落四。東西會像雨水一樣從她口袋紛紛落下，就像卡通裡，壞蛋被警察盤查搜身時，口袋裡撈出來的東西最後比口袋本身的容量還大。男孩跟他母親都有非常善良的眼眸，連阿嬤都沒辦法討厭他們。男孩永遠都在跳舞，他透過舞動存在著。

他們隔壁的公寓，就是永遠故障電梯的另一側，住著怪物。艾莎不知道他真正的名字，可是她叫他怪物，因為每個人都很怕他。艾莎的媽這個人天不怕地不怕，但是快路過他公寓的時候，都會輕輕推艾莎一把。從來沒人見過怪物，因為他永遠不在白天出門，可是肯特總是說：「不應該讓那樣的人自由行動！行政當局便宜行事，就會發生這種事。在這個鳥國家，大家得到的是精神醫療而不是進監牢！」布蕾瑪莉寫過信給房東，要求驅逐怪物，因為她堅信他「可能會把毒癮犯吸引到這棟房子來」。艾莎不確定那是什麼意思，甚至不確定布蕾瑪莉真的懂。

有天艾莎問阿嬤，可是阿嬤只是變得有點安靜，然後說：「有些事情就應該放著別碰。」阿嬤在無盡戰役作戰過，遇過恐怖至極的生物，就是在一萬個童話故事的永恆裡想像出來的生物，卻還有這種反應；無盡戰役就是幾乎甦醒之地對抗魅影的那場戰爭。

在幾乎甦醒之地，就是這樣衡量時間的：用永恆來測量。幾乎甦醒之地那裡沒有鐘表，所以依據個人感覺來衡量時間長短。如果感覺像一個永恆，你就說「一個稍短的永恆」；如果感覺像是兩打永恆，你就說「一個完全的永恆」。唯一感覺比「一個完全的永恆」還長的，就是一個童話故事的永恆，因為一個童話故事是完全永恆的永恆。而最長久的永恆，就是一萬個童話故事的永恆。那就是幾乎甦醒之地的最大數字。

總之，回到重點吧。這些人所住的這棟樓房裡，一樓那裡有間會議室，住戶會議每個月就在那裡舉行一次。這比其他樓房還頻繁一點，不過這些公寓是租來的，而布蕾瑪莉跟肯特真的希望住在那裡的每個人，都能透過「民主程序」，要求房東把這棟房子賣給他們，這樣公寓就能成為他們自己的財產。為了達成這個目標，就必須舉行住戶會議。可是，樓房裡的其他住戶其實並不想擁有所住的公寓，所以可以說，整個民主程序裡，關於民主的部分，正是肯特跟布蕾瑪莉最不喜歡的地方。

那些會議顯然是無聊透頂。一開始大家都會爭辯上一場會議裡談不攏的事項，再來就會看看各自的議程，爭辯下一次會議何時舉行，然後整場會議就畫上句點了。可是艾莎今天還是到會議現場，因為她必須知道爭論什麼時候開始，這樣溜走的時候就不會有人注意到。

艾莎早到了。肯特還沒到場，因為肯特總是遲到。阿爾夫也還沒到，因為阿爾夫總是分秒不差。不過，茉德跟雷納特就坐在大桌旁，布蕾瑪莉跟媽在茶水間討論咖啡的事。莎曼珊趴在地上睡覺。茉德把一大罐美夢推向艾莎；雷納特坐在她身邊等咖啡煮好，同時也小口喝著隨身帶來的保溫瓶。雷納特等待新咖啡的時候，手邊必定要有備用咖啡。

布蕾瑪莉就在茶水間的流理台旁邊，氣餒地交握雙手、靠在腹部上，緊張兮兮看著媽。媽正在煮咖啡。就是這件事惹得布蕾瑪莉緊張兮兮，因為她認為最好等肯特來再弄。她總是認為最好等肯特來，可是媽不喜歡等待，她更喜歡掌控局勢。布蕾瑪莉好意地對媽微笑。

「咖啡弄得還順利嗎？娓莉卡？」

「嗯，謝了。」媽草率地說。

「也許我們還是等肯特來再弄比較好？」

「噢，我想肯特不在，我們還是可以順利煮出咖啡來。」媽愉快地回答。

布蕾瑪莉再次交握雙手，靠在肚子上，一面微笑著。

「唔，當然了，妳高興就好，娓莉卡，反正妳向來只顧自己。」

媽繼續量著一匙匙的咖啡粉，一副準備要數到三位數字似的。

「只是咖啡而已，布蕾瑪莉。」

布蕾瑪莉點點頭，表示能夠理解這個情況，一面拂去裙子上的隱形灰塵。布蕾瑪莉的裙子上總是沾了些只有她看得到的隱形灰塵，而她非得拂去不可。

「肯特向來很會煮咖啡，大家一直都覺得肯特很會煮咖啡。」

茉德一臉擔憂地坐在位置上，因為她不喜歡衝突。那也是她烤那麼多餅乾的原因，因為身邊有餅乾的時候，大家比較難起衝突。

「唔，妳跟妳的小艾莎今天都來了，不錯喔，我們都覺得挺……不錯的。」

媽發出耐著性子的「嗯嗯嗯」，又量了更多咖啡粉。布蕾瑪莉又拂去更多灰塵。

「我的意思是，妳一定很難撥出時間陪小艾莎吧，妳對自己的事業這麼有野心，我們也是滿欣賞的啦。」

接著媽又多舀了點咖啡粉，彷彿幻想要把咖啡粉撒向布蕾瑪莉，只是以相當克制的方式。

布蕾瑪莉走到窗邊，挪了植物，然後張口，彷彿想到什麼就說什麼：「而且妳的伴侶人很好，不是嗎？待在家裡打理家務。伴侶，你們就是這樣叫的，不是嗎？很摩登，我懂。」然後再次微笑，充滿好意，拂掉一點灰塵之後補充：「當然，這樣也沒什麼不對，完全沒有。」

阿爾夫拿著晚報走進來，心情很壞，穿著那件嘎吱作響的皮夾克，胸前繡有計程車商標。他查查手表，七點整。

「通知上明明寫著他媽的七點。」他對著房間對面咕噥，沒針對任何人。

「肯特有點遲到，」布蕾瑪莉說，面帶微笑，雙手再次交握靠在肚子上，「他跟德國有重要的團體會議要開。」她繼續說，說得彷彿肯特要跟德國全國人民開會。

十五分鐘過後，肯特來勢洶洶衝進房裡，西裝外套像斗篷似地翻飛，對著手機大喊：「好，克勞斯！好！我們到法蘭克福開會再討論！」阿爾夫從晚報抬起頭來，輕敲腕表一面嘀咕：「希望我們準時到這裡集合，不會讓你不方便。」肯特把他當空氣，興奮地朝雷納特跟茉德合掌一拍，咧嘴笑說：「我們可以開始了嗎？嗯？又不是要做寶寶，對吧？」然後他連忙轉向媽，指著她的肚皮哈哈笑：「至少不會比目前這個更多！」媽沒有馬上笑出來，肯特再次指著她的肚皮，更大聲地再說一次：「至少不會比目前這個更多！」彷彿頭一次的音量沒抓準。

茉德端餅乾進來，媽負責倒咖啡。肯特大灌一口，停頓一下然後宣布說滿濃的。阿爾夫一口氣喝完整杯之後喃喃說：「剛剛好！」布蕾瑪莉小口啜飲，杯子捧在掌心，然後說出自己的裁決：「我是覺得有點濃啦。」然後偷偷掃媽一眼，補一句：「媞莉卡，妳懷孕了還在喝咖啡。」媽還來不及回答，布蕾瑪莉馬上替自己開脫：「這樣也沒什麼不對啦，沒什麼不對！」

接著肯特宣布會議開始，然後大家針對上一場會議爭論過的事情，你來我往爭辯了兩個鐘頭。就在那時，艾莎趁大家不注意，偷偷溜出去。

她躡手躡腳上樓到夾層樓去，瞥瞥怪物公寓的門，但是一想到外面天還亮著，心情就平靜下來。天還亮著的時候，怪物從不出門。

接著看看怪物家隔壁公寓的門，就是信箱上沒名字的那間。「我們之友」就住那裡。艾莎站在離門兩公尺遠的地方，屏住氣息，生怕要是讓牠聽見她靠得太近，牠就會撞破門，從碎裂的殘片之間暴衝出來，想辦法咬住她的喉嚨。只有阿嬤叫牠「我們之友」；其他人都叫牠「獵犬」，尤其是布蕾瑪莉。艾莎不知道牠戰力如何，可是不管怎樣，她這輩子沒看過那麼大隻的狗。聽到牠在門後吠，感覺就好像被訓練肌肉用的藥球狠狠砸中肚子。

可是她只見過牠一次，就在阿嬤的公寓裡，就在阿嬤病倒的前幾天。她無法想像自己還能比當時更害怕，即使在幾乎甦醒之地跟魅影對視也沒那麼怕。

那天是星期天，阿嬤跟艾莎準備去看一場恐龍展。那個早上，媽沒先問就把葛來芬多圍巾拿去洗，艾莎只好用另一條圍巾——顏色像嘔吐物的綠圍巾。媽明明知道艾莎很討厭綠色。那個女人有時真的很缺乏同理心。

我們之友那時躺在阿嬤床上，就像金字塔外面的人面獅身像。艾莎定住不動站在玄關裡，瞪著那顆龐然的黑腦袋，還有深不見底的嚇人眼睛。阿嬤從廚房走出來，正準備穿上外套，彷彿有隻超大生物躺在她床上是全宇宙再自然不過的事。

「那是……什麼東西？」艾莎悄聲說。阿嬤繼續捲香菸，無動於衷地回答：「這是我們之友。如果妳不傷害他，他就不會傷害妳。」

說得未免太輕鬆了，艾莎暗想——她怎麼知道什麼會惹到牠啊？有一次，學校有個女生動手打她，只因為她戴的「圍巾滿醜的」。艾莎顯然只是讓對方看到圍巾，就吃了對方一記。

所以艾莎站在那裡——平日戴的圍巾正在洗，取而代之的是她媽媽挑選的醜圍巾——擔心嘔吐物般的綠色可能會激怒這頭野獸。最後，艾莎解釋說，這是她媽的圍巾，不是她自己的，而她媽的品味滿糟糕的，然後朝門口越退越遠。我們之友只是瞪著她，至少艾莎是這麼想的，如果那雙東西的確是眼睛的話。接著牠也露出牙來，艾莎幾乎可以確定。可是阿嬤只是嘀咕什麼「小鬼頭就是這樣，沒辦法」，對著我們之友翻了個白眼，然後去找雷諾的鑰匙，後來就跟艾莎出門看恐龍展了。艾莎記得，阿嬤讓自己公寓前門大大開著。祖孫坐在雷諾裡的時候，艾莎問我們之友在阿嬤的公寓裡幹嘛，阿嬤只是回答：「來串門子。」艾莎問牠為什麼老在門後狂吠，阿嬤開心地說：「狂吠？啊，他只有在布蕾瑪莉路過的時候才這樣。」艾莎問為什麼，阿嬤笑得咧開大嘴，回答說：「因為他就是喜歡。」

接著艾莎問我們之友跟誰一起住，阿嬤就說：「老天爺，又不是每個人都需要跟別人一起住。比方說，我就沒跟任何人住在一起啊。」即使艾莎堅持說，不用跟人住在一起，可能是因為阿嬤不是一條狗，不過阿嬤沒多做任何解釋。

現在艾莎站在這裡，就在平台上，剝掉Daim巧克力的甜甜包裝紙。動作非常迅速地把第一顆巧克力扔進信箱，鬆手的時候，信箱口發出砰地一聲。她屏住呼吸，整個腦袋都感覺得到心臟怦怦猛跳。可是接著她想起阿嬤說過，這件事要快快完成，免得布蕾瑪莉在樓下開住民會議的時候起疑。

布蕾瑪莉真的很討厭我們之友。儘管險境重重，艾莎拚命提醒自己，她是米阿瑪斯的騎士，之後就鼓起更多勇氣打開信箱。

她聽見牠的呼吸聲，聽起來就像牠的肺部有落石坍崩。艾莎心臟狂跳，直到確信我們之友會透過門感覺到她的震動。

「我阿嬤要我問候你跟說抱歉，因為她好久沒拿甜食來給你！」她透過信箱懇切地說，剝掉一整把巧克力的包裝紙，把巧克力丟到門內地上。

接著她聽見牠的動靜，驚愕地趕緊把手抽回來。幾秒鐘的靜默之後，突然傳來我們之友咬住巧克力的喀吱聲。

「阿嬤生病了。」艾莎解釋，牠邊吃著。

話語顫抖地滔滔不絕滾出她的口，她毫無心理準備。她說服自己，聽了她說話，我們之友的呼吸速度放慢了些。她放進更多巧克力。

「她得癌症了。」艾莎低語。

艾莎沒有朋友，所以不大確定這類事情一般怎麼進行。可是她想像，假使她有朋友，她得了癌症的時候，會想讓朋友知道。「她叫我幫忙問候你，還要跟你說抱歉。」她對著黑暗悄聲說，然後把剩下的巧克力都丟下去，最後輕輕闔起信箱。

她在那裡停留片刻，望著我們之友的家門。再看看怪物的家門。如果這隻野獸可以躲在門後，她根本不想知道另一扇門後面可能有什麼。

接著她跑步下樓到樓房大門。

喬治還在洗衣房。大家在會議室裡邊喝咖啡、邊爭論。

因為這是一棟正常的樓房。

大體來說是啦。

4 啤酒

病房瀰漫著臭味，冷颼颼，就像只有兩度的室外，因為有人把啤酒罐藏在枕頭底下，而且為了讓菸味散掉而開了窗，可是味道遲遲不散。

阿嬤跟艾莎在玩大富翁。為了艾莎好，阿嬤絕口不提得癌症的事。為了阿嬤好，艾莎絕口不提死亡的事，因為阿嬤不喜歡談死，尤其不想談自己的死。所以當艾莎的媽跟醫生離開病房，在走廊上壓低嗓門一臉嚴肅地商談時，艾莎盡量不露出擔憂的模樣。不大成功。

阿嬤偷偷笑了。

「我有沒有跟妳說過，我有一次在米阿瑪斯替龍找到飯碗。」她用兩人的密語說。

阿嬤說，在醫院裡有密語是很好的事，因為醫院裡隔牆有耳，尤其那些牆壁的老闆是艾莎的媽媽。

「拜託——當然講過！」

阿嬤只是禮貌性地點一下頭，然後還是照樣細說從頭。因為沒人教過阿嬤該怎樣「不」說故事。艾莎乖乖聽著，因為沒人教艾莎該怎樣「不」聽故事。

那就是為什麼艾莎知道，阿嬤不在場的時候，大家常常這樣講阿嬤，「這次她真的太超過了。」布蕾瑪莉**老是**這麼說。艾莎推想，這就是阿嬤那麼喜歡米阿瑪斯王國的原因；你在米阿瑪斯不會發生太超過的狀況，因為那個王國沒有止境。不像電視上的人會甩甩頭髮，說他們

「沒有界限」，而是真正沒有邊界，因為沒人確切知道米阿瑪斯從哪裡開始，又在哪裡結束。部分因為，跟幾乎甦醒之地的其他五個王國——那些王國主要由岩石跟灰泥築成——不同的是，米阿瑪斯完完全全是由想像力構成的。也有點是因為，米阿瑪斯城牆的脾氣超級暴躁，某天早上會突然想要往森林裡移個幾公里，因為它需要一點「獨處時間」。隔天早上又朝反方向移動兩倍距離，因為在生某條龍或某個矮精靈的氣，就把他們圈禁起來（阿嬤暗示，通常是因為龍或矮精靈徹夜不睡，暢飲蒸餾酒，結果在睡夢中對著牆撒尿）。

事情是這樣的，在米阿瑪斯，矮精靈跟龍的數量比起幾乎甦醒之地的其他五個王國都多，因為米阿瑪斯專門出口童話故事。在米阿瑪斯，矮精靈跟龍的工作前景看好，因為故事需要反派。「當然不是一直都這樣，」阿嬤有時沉吟，「曾經有段時間，龍幾乎被米阿瑪斯的說書人給忘了，尤其是牙齒長得有點太長的那幾條龍。」接著她講起來龍去脈，關於龍在米阿瑪斯惹出太多亂子，失業之後四處遊蕩，暢飲蒸餾酒、抽雪茄，跟城牆之間起了激烈衝突。弄到最後，米阿瑪斯的居民請求阿嬤幫忙想個創造工作機會的實用計策。就在那時，阿嬤靈機一動，想到龍應該在故事末尾守護寶藏。

在這之前，童話的敘事上確實有個大問題，就是童話世界裡面的主角尋找寶藏，一旦在深邃的洞窟裡尋獲寶藏，只需要快快走進洞裡拿，就這樣。沒有什麼氣勢磅礴的終結戰役，也沒有高潮迭起的頂點什麼的。「事後就只能玩一些沒用的電動遊戲。」阿嬤說，肅穆地點點頭。阿嬤對這種事情瞭若指掌，因為去年夏天艾莎教她怎麼玩名為《魔獸世界》的遊戲，阿嬤連續幾週沒日沒夜玩不停，最後媽說阿嬤的行為開始「展現令人困擾的傾向」，從此嚴禁阿嬤在艾莎房間過夜。

可是不管怎樣，當說書人聽到阿嬤的點子，整個問題短短一個下午就解決了。「那就是為什麼，現在的童話故事結尾都有龍！都是我的功勞！」阿嬤哇哈大笑，一如既往。

不管什麼情況，阿嬤都有個米阿瑪斯的故事可以對應。有個故事在講米普羅里斯，就是儲存所有憂傷的王國，那個王國的公主原本有個魔法寶藏，卻被一個醜巫婆搶走了，從此以後公主就一直在追捕那個巫婆。還有一個關於兩個小國王子兄弟的故事，他們同時愛上米普羅里斯的公主，為了爭奪她的愛而陷入激戰，差點讓幾乎甦醒之地四分五裂。

有個故事講的是海天使。海天使失去親人之後，因為受到詛咒，不得不沿著幾乎甦醒之地來回漂游。另一個故事跟天選之子有關，那個天選之子就是受到米摩瓦斯王國舉國上下愛戴的舞者，而這個王國就是音樂的起源地。在這個童話故事裡，魅影為了毀掉米摩瓦斯，企圖綁架天選之子，可是雲獸救了他，一路載著他飛回米阿瑪斯。魅影們緊追在後，幾乎甦醒之地的六個王國居民——王子、公主、騎士、士兵、矮精靈、天使跟巫婆——都同意要保護天選之子。無盡戰役就在那時開戰了。這場戰役肆虐了一萬個童話故事的永恆，最後烏爾斯跟狼心從森林走出來，率領這支精良大軍投入最後一場戰役，逼退魅影越海離去。

當然，狼心本身就是一則童話故事，因為他在米阿瑪斯出生，可是就像其他軍人，他在米巴塔羅斯成長。他擁有戰士的心，但有說書人的靈魂，他是六個王國史上最強大的戰士。他在森林深處住了好多個童話故事的永恆，可是在幾乎甦醒之地最需要他的時候回來了。

就艾莎記憶所及，阿嬤一直在說這些童話故事。起初，它們只是用來催艾莎入眠，順便讓她練習阿嬤的密語，另有一點是因為阿嬤瘋瘋癲癲。可是近來，這些故事多了另一個面向，艾莎說不準是什麼。

「把馬里波恩站[5]放回去。」艾莎扼要地說。

「我買下來了啊……」阿嬤試著說。

「唔，最好是啦，放回去。」

「跟希特勒玩他媽的大富翁一定就會這樣！」

「希特勒只會想玩《戰國風雲》[6]啦。」艾莎嘀咕，因為她在維基百科上查過希特勒，就在她跟阿嬤針對阿嬤用希特勒當暗喻，吵了幾次架之後。

「說得好。」阿嬤咕噥。

接著她們默默無語玩了大約一分鐘，因為祖孫不和的時間通常大概只能持續那麼久。

「妳把巧克力拿給我們之友了嗎？」阿嬤問。

艾莎點點頭，但沒提及自己跟牠講了阿嬤得癌症的事，有點是因為她覺得阿嬤會心煩，有點因為她自己也不想談癌症。她昨天在維基百科上查過，然後又查什麼是「遺囑」，結果她怒火中燒，整晚無法入睡。

「妳是怎麼跟我們之友變成朋友的？」她反倒問。

阿嬤聳聳肩。「就一般的方式啊。」

艾莎不知道什麼是一般的方式，因為她除了阿嬤之外沒別的朋友。可是她什麼都沒說，因為她知道阿嬤如果聽到這件事，就會難過。

「反正任務完成了。」艾莎低聲說。

阿嬤使勁點點頭，搜尋似地掃了房門一眼，彷彿擔心有人在看她們，然後伸手到枕頭下面。瓶子撞得喀啦響，灑了點啤酒在枕頭套上，阿嬤出聲咒罵，然後拉出一只信封，壓進艾莎手裡。

「這就是妳的下一個任務，我的艾莎騎士，可是妳到明天才能打開。」

艾莎疑神疑鬼瞅著信封。

「妳沒聽過電子郵件這種東西嗎？」

「這麼重要的東西不能用電子郵件寄。」

艾莎掂掂信封的重量，壓了壓底部隆起的地方。

「這是什麼？」

「一封信跟一把鑰匙。」阿嬤說，然後一臉嚴肅又害怕，這兩種情緒很少會在阿嬤身上出現。她伸出手，抓住艾莎的食指。「明天，我就會派妳去進行妳所見過最大規模的尋寶任務，我勇敢的小騎士。妳準備好了嗎？」

阿嬤一向喜愛尋寶任務。在米阿瑪斯，尋寶被視為一種運動。你可以進行尋寶競賽，因為是公認的奧林匹克田野項目。可是在米阿瑪斯不叫奧林匹克，而是叫「隱形競技」，因為所有的參賽者都是無形的。阿嬤講起這件事的時候，艾莎指出這不屬於觀賞型的運動。

艾莎也愛尋寶，但沒阿嬤那麼喜歡。一萬個童話世界的永恆裡，任何王國裡的任何人都沒像阿嬤那麼喜愛。阿嬤可以把任何事情變成尋寶：如果兩人出去購物，阿嬤記不得自己把雷諾停在哪；或是阿嬤希望艾莎幫忙檢查郵件跟繳清帳單，因為她覺得這種事無聊透頂；或者學校

---

5 Marylebone Station，位於倫敦市中心，是倫敦地鐵和倫敦鐵路的一站。
6 Risk，一九五〇年代年推出的桌遊。

運動會，艾莎知道比她大的那些孩子會在淋浴間，用捲起的毛巾鞭打她。阿嬤會把停車區變成魔山；把捲起的毛巾變成龍，非得智取牠們不可。而艾莎總是故事的女主角。

不過，這次的尋寶聽起來完全不同。

「應該拿到鑰匙的人，會知道怎麼處理。妳必須保護城堡，艾莎。」

阿嬤總是把他們那棟樓房叫做「城堡」，而艾莎向來只是認為，那是因為阿嬤有點瘋瘋的，不過現在沒那麼確定了。

「保護城堡，艾莎，保護家人，保護朋友！」阿嬤語氣堅決地重複。

「什麼朋友？」

阿嬤雙手捧起艾莎的臉頰，漾起笑容。

「他們會出現的。明天我就要派妳去尋寶，這會是個充滿驚奇跟偉大歷險的童話故事。妳必須答應我，不會因此而討厭我。」

艾莎眨眨眼，有種灼燙的感受。

「我為什麼會討厭妳？」

阿嬤輕撫她的眼皮。

「艾莎，阿嬤有個特權，就是永遠不必讓孫子看到自己最差勁的幾種面貌。就是永遠不必去談她成為阿嬤以前，原本是什麼模樣。」

「妳有一堆最糟糕的面貌，我都知道！」

她本來希望這句話能逗阿嬤笑，可是沒成功。阿嬤只是悲傷地低聲說：「這會是一場偉大的歷險，跟充滿驚奇的童話故事。可是我親愛的騎士，妳會在結尾的時候發現一條龍，那都是我的錯。」

艾莎瞇眼看阿嬤，因為不曾聽過阿嬤這樣說話。阿嬤向來都說，結尾有龍是她的功勞，而且不管什麼事都永遠不會是她的「錯」。阿嬤坐在艾莎面前，比艾莎記憶中見過的還要嬌小跟脆弱，一點都不像超級英雄。

阿嬤親親她的額頭。

「妳要保證，等妳查出我過去的樣子，不會討厭我。也要保證妳會保護城堡，保護妳的朋友。」

艾莎不懂阿嬤這番話的意思，但還是許下承諾。接著阿嬤擁抱她，為時比以往都久。

「把這封信交給等著這封信的人。他不會想收下，可是跟他說是我寫的信。跟他說妳阿嬤要問候他跟說抱歉。」

接著她抹去艾莎臉頰上的淚水。艾莎指出阿嬤應該說「to he who's waiting」（等待中的他），而不是「him」。一如既往，兩人針對這點爭論了一下。接著她們玩大富翁、吃肉桂捲，聊聊蜘蛛人跟哈利波特對打誰會贏。艾莎想，這段討論還真是該死的可悲，可是阿嬤就喜歡閒扯這類的話題，因為阿嬤太不成熟，無法理解哈利波特肯定會打爆蜘蛛人。

阿嬤從另一個枕頭下的大紙袋裡又拿出幾個肉桂捲，並非她必須像藏啤酒那樣去藏肉桂捲，免得艾莎的媽看到，不過她喜歡把兩種東西放在一起，因為她就愛配著吃。啤酒跟肉桂捲是阿嬤最愛的零嘴。艾莎認出袋子上麵包店的名字，阿嬤只吃那家麵包店的肉桂捲，因為她說沒人知道怎麼做真正的米瑞瓦斯肉桂捲。事實上，那是幾乎甦醒之地的國菜。慘的是，只有國慶日才能吃國菜。不過，天大的好消息是，在幾乎甦醒之地，天天都是國慶日。阿嬤就喜歡這樣說，「最後，問題自然消失了，在水槽裡拉屎的老太太說。」艾莎全心全意希望，這句話不表示阿嬤會開始開著門，用廚房水槽上廁所。

「妳真的會好起來嗎？」艾莎問，猶豫的態度就像一個將近八歲的孩子，提出問題卻已經曉得自己並不想知道答案。

「當然會！」阿嬤信心滿滿說，雖然她可以清楚看出艾莎知道她說謊。

「快保證。」艾莎堅持。

接著阿嬤向前傾身，用密語在艾莎耳畔細聲說：

「我保證，我最愛最愛的騎士。我保證事情會變更好。我保證一切都會好好的。」

阿嬤向來都這麼說。說事情會變好，說一切都會好好的。

「可是我還是認為蜘蛛人那傢伙三兩下就會打敗這個叫哈利的。」阿嬤咧嘴笑著補了一句。最後，艾莎也咧嘴回笑。

她們又吃了更多肉桂捲，玩了更久的大富翁。做這種事很難讓人繼續生氣。太陽下山，一切陷入寂靜。艾莎在窄仄的病床上，貼著阿嬤躺著。她們主要只是閉上眼睛，雲獸就過來接她們，兩人一起前往米阿瑪斯。

在城鎮另一邊的公寓樓房裡，二樓公寓的獵犬毫無預警地開始高聲哀鳴，把每個人都驚醒了。叫聲比大家聽過任何動物從原始深處發出來的聲音還響亮、還揪心。牠彷彿以一萬個童話永恆的憂傷跟渴望嗚唱著，徹夜不停地嚎叫好幾個鐘頭，直到黎明時分。

等到早上，晨光滲進病房，艾莎在阿嬤的懷抱裡醒來，可是阿嬤留在米阿瑪斯沒回來。

5 百合花

有阿嬤相伴，宛如坐擁一支軍團，這就是孫子終極的特權：知道不論狀況為何，有人永遠跟你同一國，即使你犯了錯，其實尤其在這種時候。

阿嬤是長劍也是盾牌。學校的人說艾莎「與眾不同」，語氣彷彿這是件壞事；或者當她帶著瘀傷回家，校長說她「必須學著融入」，這時阿嬤就會替艾莎撐腰，不肯讓艾莎道歉，拒絕讓她承擔過錯。阿嬤從來不對艾莎說，她不應該讓這種事影響到情緒，因為「這樣他們就不會那麼愛捉弄妳」；阿嬤也不會說她應該「離開現場」。阿嬤夠有智慧，知道最好別這麼說。

艾莎在現實世界越是寂寞，在幾乎甦醒之地的軍隊陣容就越堅強。白天毛巾捲的鞭打力道越猛，夜裡乘著雲獸所投入的歷險就越撼動人心。在米阿瑪斯，沒人說她必須學習融入。所以爸帶她到西班牙那家旅館，解釋說這裡「一應俱全」的時候，艾莎不覺得特別佩服。因為如果你有個阿嬤，你整個生活就是「一應俱全」。

學校老師說，艾莎「專注力出問題」，可是這不是真的。她多多少少可以憑著記憶把哈利波特全集背誦出來。她可以大略描述所有X戰警的超能力，也知道X戰警當中，哪幾個是蜘蛛人打得倒、哪幾個打不倒。而且她可以畫出《魔戒》開頭的那幅地圖，閉著眼睛就能畫得不錯。除非阿嬤站在她身邊，扯著紙張，哀哀鬼叫說無聊死了，說寧可帶雷諾出門「做點事」。阿嬤這個人啊，就是有點坐不住。可是她帶著艾莎逛遍了米阿瑪斯大小角落，還有幾乎甦醒之地另外五個王國的每個角落。連米巴塔羅斯的廢墟都去過，那裡在無盡戰役的尾聲，受到魅影的蹂躪。艾莎跟阿嬤站在海岸邊的礁岩上，就是九十九個雪天使自我犧牲的地方；艾莎曾經眺望那片汪洋，心知魅影總有一天會再回來。艾莎對魅影瞭若指掌，因為阿嬤總是說，人應該對敵人比對自己認識更深。

魅影起初是龍，可是他們內在的邪惡跟黑暗如此強大，最後化身為別的東西，變成更加危險的東西。魅影痛恨人類跟他們的故事；痛恨的時間如此之久，強度如此之大，到了最後黑暗籠罩他們全身，最後再也看不出輪廓。那也是魅影這麼難打敗的原因，因為他們會隱入牆壁、竄入地裡或是往上飄升。他們性情兇暴嗜血，如果你被魅影咬到，不會只是死掉而已；你的命運會更嚴重更悲慘：你會失去想像力。想像力會從你的傷口溜走，你最後就會變得灰暗空洞。你會一年一年地萎縮，直到身體變成一個空殼。直到沒人記得任何一則童話。

沒了童話故事，米阿瑪斯跟整個幾乎甦醒之地會在失去想像力的狀態下死去。這是令人深惡痛絕的死法。可是狼心在無盡戰役裡打敗了魅影。在童話最需要他的節骨眼，他從深林裡走出來，把魅影趕進海裡。總有一天魅影會回來，艾莎想，也許這就是阿嬤為什麼現在先把故事都告訴她，就是為了讓她有心理準備。

所以老師們弄錯了，艾莎沒有專注力的問題，她只是把注意力放在正確的事情上。

阿嬤說思考速度慢的人，總是指控腦筋轉得快的人有專注力問題。「白痴沒辦法明白，非白痴已經搶在他們前面，結束一個想法，移向下一個想法。這就是為什麼白痴總是很害怕、兇巴巴，因為白痴最怕聰明的女生。」

艾莎在學校過了一個專注力特別不順的一天之後，阿嬤常常對艾莎這麼說，兩人會一起躺在阿嬤巨大的床鋪上——上方的天花板上貼了滿滿的黑白照片——然後閉上眼睛，直到照片裡的人跳起舞來。艾莎不知道他們是誰，阿嬤只是把他們稱作她的「星辰」，因為當街燈透過窗簾照進來的時候，他們就會像夜空一樣閃閃發光。穿著制服的男人站在那裡，還有穿著醫師袍的男人，還有幾個男人身上幾乎沒穿衣服。有高䠷的男人、微笑的男人、蓄八字鬍的男人，還有四個戴帽的強壯男人，他們全都站在阿嬤身邊，一副她剛跟他們講了個黃色笑話的表情。他們沒人看著鏡頭，因為他們都沒辦法把目光從她身上移開。

照片裡的阿嬤很年輕，長得很美，簡直是不死之身。她站在路標旁邊，艾莎讀不懂上頭的字母。她站在沙漠裡的帳棚外，兩旁是拿著步槍的男人。照片裡到處是孩子。有些腦袋裹著繃帶，有些躺在病床上，身上插著管子，有個孩子只有一條手臂，另一條只剩殘根。可是有個男孩看起來幾乎沒有傷勢，一副可以赤腳跑上一百公里的樣子。年紀跟艾莎相仿，頭髮濃密糾結，鑰匙要是掉進去可是會找不到，他的眼神裡有點什麼，彷彿剛剛發現偷偷藏起的煙火跟冰淇淋。他眼睛很大，圓乎乎，如此黝黑，周圍的眼白就像黑板上的粉筆。艾莎不知道他是誰，不過她叫他狼人男孩，因為在她眼中他就像狼人。

她一直想問阿嬤更多關於狼人男孩的事，可是只要一浮現這個念頭，眼皮就開始垂下，下一刻她就已經坐在雲獸背上，阿嬤騎在她專屬的雲獸上，祖孫並肩飛翔，飛越幾乎甦醒之地，在米阿瑪斯的城門降落。然後艾莎就想說隔天早上再問阿嬤。

可是某天早上，就再也沒有隔天早上了。

艾莎坐在一扇大窗外頭的板凳上，冷得牙齒格格響。媽就在裡面，跟聲音像鯨魚的女人談話，或者說，至少艾莎想像鯨魚就會發出那種聲音。老實說，艾莎從來不曾湊巧碰過鯨魚，很難知道鯨魚真正的聲音，可是那女人聽起來就像阿嬤試著把留聲機改造成機器人時，發出來的聲響。阿嬤當時打算做什麼樣的機器人，這點並不清楚，可是不管怎樣，成果都不大好。後來，只要試著在那台留聲機上放唱片，就會發出鯨魚似的聲音。艾莎那天下午學到了所有關於黑膠唱片跟光碟的事。那時她終於想通，為什麼老人家似乎都有那麼多空閒時間，因為以前的年代沒有線上音樂平台Spotify，他們單是要換軌選曲，就幾乎要耗掉所有的時間。

她拉緊外套領子跟葛來芬多圍巾，護住下巴。夜裡下了今年的第一場雪，緩緩的，幾乎帶著猶豫。現在積雪深到可以做雪天使[7]，艾莎很喜歡那樣。

在米阿瑪斯，整年都有雪天使。可是阿嬤時時提醒艾莎，雪天使禮貌不是特別好。其實他們相當傲慢、自以為是，在客棧用餐的時候，老是抱怨那裡的服務。「愛鬧事，老是在找酒，做那類的狗屁事。」阿嬤嗤之以鼻。

艾莎伸出腳，用鞋子接雪花。艾莎很討厭坐在外頭的板凳上等媽，可是還是這麼做了，因為艾莎更討厭的，是坐在裡面等媽。

她想回家，跟阿嬤一起。現在彷彿整棟樓房都在想念阿嬤。不是住在裡面的人，而是建築物本身。牆壁嘎吱響，發出哀鳴。我們之友在牠的公寓裡整整嚎叫兩夜，毫不停歇。

布蕾瑪莉強迫肯特去按我們之友的門鈴，可是沒人應門。牠只是高聲狂吠，肯特踉蹌倒退撞上牆。所以布蕾瑪莉報警了。她討厭我們之友很久了。幾個月以前，她才拿著請願書挨家挨戶找人連署，準備把請願書寄給房東，要求「驅逐那頭恐怖獵犬」。

「我們的租賃持有人協會裡不能有狗，這是安全問題！對孩子來說很危險，一定要替孩子著想！」布蕾瑪莉向每個人解釋，狀似對孩童滿懷關心，雖然這棟樓房裡只有艾莎跟那個罹病男孩。而艾莎相當確定，布蕾瑪莉並不是很擔心她的安危。

罹病男孩住在那頭嚇人大狗對面，可是他母親輕鬆地告訴布蕾瑪莉，她相信那頭獵犬受她兒子干擾的程度，多過於獵犬干擾她兒子。阿嬤聽到這件事的時候，笑到停不下來，可是這讓艾莎擔心，布蕾瑪莉搞不好最後會試著連小孩都一併禁止。

艾莎跳下板凳，在雪地裡隨意亂走，好讓雙腳溫暖起來。鯨魚女人工作的大窗旁邊是超市，外頭掛了標示：MINCEBEEF 49：90。艾莎努力克制自己，因為媽老是叫她克制自己。可是到最後她還是從夾克口袋裡掏出紅簽字筆，添了個整齊的「D」跟斜槓，表示這應該是兩個字[8]。她看看成果，微微點頭，然後把筆放回口袋，又在板凳上坐下。她把頭往後仰，闔起雙眼，感受雪花冰冷的小腳落在她臉上。菸味飄進她鼻孔的時候，她以為是自己的想像。起初，能夠在喉嚨後側感覺到那種辛辣氣味，甚至是美好的，雖然艾莎不曉得原因何在，不過那種味道讓她覺得溫暖又安全。但是接著她感覺到別的東西，有什麼在她肋骨後面砰砰重敲，像是警告訊號。

有個男人隔著點距離站著，就在一棟高樓的陰影之中。她沒辦法把他看清楚，只能辨識他指尖上的香菸紅點，以及他身形削瘦，彷彿他缺乏輪廓。他對著她，但稍微撇開身子，彷彿

7 仰躺在地上下擺動雙手、來回開合雙腿，在雪地上挖出帶有羽翼的天使身形。
8 寫起來就是MINCED/BEEF（牛絞肉）。

未曾注意到她。艾莎不知道自己為什麼這麼害怕，可是她發現自己在板凳上摸來摸去，想找武器。好奇怪，她在現實世界從沒做過這種事。在現實世界，她的第一本能總是拔腿就跑；只有在米阿瑪斯她才會探手找劍，就像騎士感應到危險時的反應。可是這裡沒劍可用。

她再次抬起頭時，男人還是別開臉，可是她敢發誓他更靠近了。而且他依然站在陰影裡，雖然已經離開了那棟高樓。彷彿陰影不是房子撒下，而是他本人撒下的。艾莎眨眨眼，等她再次睜開，她不再只是「以為」男人移得更近。她確定他真的更靠近了。

她溜下板凳，轉身往大窗走，摸找門把，腳步踉蹌踏進屋裡，站在那裡上氣不接下氣，試著平靜下來。門在她背後以小而友善的乒鈴響關上之後，她才明白那種菸味為什麼讓她那麼安心。男人抽的菸跟阿嬤同一牌，艾莎不管到哪裡都認得出那種菸味，因為阿嬤以前常讓她幫忙捲菸，因為阿嬤說艾莎「手指很小巧，做這種麻煩事正好」。

望出窗外時，她再也分不清陰影從哪開始、在哪結束。前一刻她想像男人依然站在對街那裡，可是接著她開始納悶自己是否真的看到了他。

媽的手落在她肩上時，她像隻受驚的動物一樣跳起來。她雙眼圓睜轉過身去，然後雙腿一軟。她倚在媽媽的懷抱裡，疲憊讓她所有的感官卸除武裝。她整整兩天沒睡了。媽隆起的肚皮大得可以擱個茶杯在上頭。喬治說，大自然用這種方式讓孕婦可以喘口氣。

「我們回家吧。」媽在她耳畔輕聲說。

艾莎瞪大著眼睛，把疲憊逼走，溜出媽的掌握。

「我想先跟阿嬤講講話！」

媽一臉悲痛欲絕。艾莎知道「悲痛欲絕」是什麼意思，因為是字罐裡的一個詞。

（我們晚點會講到字罐的事。）

「那個……親愛的……我不確定這樣做好不好。」媽低語。

可是艾莎已經跑過接待處，進入隔壁房間。她可以聽到鯨魚女人在背後大喊，不過接著聽見媽媽用沉著的語氣，要鯨魚女人放她進去。

阿嬤就在房間中央等她，房裡瀰漫著百合花的香氣，是媽最愛的花。阿嬤沒有特別喜愛的花，因為在阿嬤的公寓裡，植物都活不過二十四個小時，而阿嬤相當罕見地從善如流，可能也因為受到她最愛孫子的熱忱鼓勵，判定自己要是愛上任何花卉，對大自然來說都會是見鬼的不公平。

艾莎陰鬱地把雙手插進夾克口袋，站在一側。她不服氣地跺腳，把鞋子上的積雪甩到地板上。

「我不想參加這個尋寶任務，因為很白痴。」

阿嬤沒回答。她知道艾莎說得沒錯時，就不會回話。艾莎又跺腳甩掉更多雪。

「妳很白痴。」艾莎尖酸地說。

阿嬤對這句話也沒反應，艾莎坐在她身旁的椅子上，遞出那封信。

「這封白痴信，妳自己處理啦。」艾莎低語。

我們之友開始嚎叫以來，已經過了兩天。打從艾莎最後一次到幾乎甦醒之地跟米阿瑪斯王國以來，已經兩天了。沒人跟她實話實說。所有大人都試著美化阿嬤死掉這件事，這樣聽起來就不會危險、可怕或討厭，彷彿阿嬤沒生病，彷彿整件事純屬意外。可是艾莎知道他們在說謊，因為艾莎的阿嬤以前不曾被意外擊垮過，通常是意外被阿嬤擊垮。

而且艾莎知道什麼是癌症，維基百科上面都有寫。

她推了推棺柩邊緣，想得到反應。因為她內心深處依然希望，阿嬤是在跟她惡作劇。就像阿嬤把雪人打扮成真人，弄得像從陽台摔下來的樣子，等布蕾瑪莉弄懂這是玩笑的時候，一氣之下報了警。隔天早上布蕾瑪莉望出窗外，發現阿嬤又弄了個同樣的雪人，然後就「起肖了」（阿嬤這樣說），拿著雪鏟衝出來。接著雪人跳起來大吼「哇啊啊啊啊!!!」事後阿嬤告訴艾莎，為了等布蕾瑪莉。她可是躺在雪地裡好幾個鐘頭，期間至少有兩隻貓在她身上撒尿。「可是超值得的！」布蕾瑪莉當然又報警了，可是警察說嚇唬別人不算犯罪。

不過，這一次阿嬤沒有起身。艾莎用拳頭猛搥棺柩，可是阿嬤遲遲不回答，艾莎搥得越來越用力，彷彿藉由搥擊，就有可能把所有出錯的事情扳回正軌。最後，她從椅子上滑下來，跪在地板上悄聲說：「妳知道他們都在說謊嗎？他們說妳『過世』了，不然就是說我們『失去妳了』，沒人說『死掉』。」

艾莎指甲扎進掌心，渾身顫抖。

「如果妳死了，我不知道要怎麼去米阿瑪斯……」

阿嬤沒回答。艾莎用額頭抵住棺柩低處邊緣，皮膚感覺到冰冷的木頭，溫熱的淚水落在唇上。接著她感覺媽柔軟的手指貼著她的頸上，她轉過身，用雙臂摟住媽。媽抱著她走出去。等她再次睜開眼，已經坐在起亞裡——媽的車子。

媽站在車外的雪地裡，跟喬治通電話。艾莎知道是因為媽不想讓她聽到他們談論葬禮的事，她可不是白痴。阿嬤給的信還在她手上。她知道不該擅自讀別人的信，可是過去兩天裡這封信她肯定讀了不下上百次。阿嬤一定知道她會這樣做，因為整封信都是用艾莎看不懂的符號寫的。那種字母很怪，就是阿嬤照片裡路標上寫的那種。

艾莎怒瞪著那封信。阿嬤總是說，她跟艾莎除了共同的祕密，不應該有祕密不讓對方知道。艾莎很氣阿嬤說了這個謊，因為她現在揣著最大的祕密坐在這裡，一個該死的東西也不懂。而且她知道，如果在這個節骨眼上跟阿嬤鬧翻，就會創下個人記錄，什麼也敵不過。

她眨眨眼往下瞅著，墨水在紙張上糊開。雖然是艾莎看不懂的字母，不過搞不好是阿嬤拼錯了。阿嬤寫字的時候，彷彿只是把字隨便亂撒在紙上，心思老早跑到其他地方去。也不是說阿嬤不會拼字，只是阿嬤思緒飛快，字母跟文字跟不上。跟艾莎不同的是，阿嬤不覺得把東西拼對有什麼重要；反正她向來更擅長的是科學跟數字。在跟媽、喬治吃飯的時候，阿嬤傳祕密紙條給艾莎，艾莎會用紅色簽字筆在妥當的地方加上破折號跟空格，阿嬤就會低嘶：「妳他媽的明明懂我的意思！」

這就是艾莎跟阿嬤祖孫倆真正起爭執的地方之一，因為艾莎認為字母不只是傳達訊息的方式，而是更重要的東西。或者該說以前會。以前會起爭執。

整封信裡，艾莎只讀得懂一個詞。就這麼一個，是用正常字母寫成的，幾乎隨手丟在內容中間。如此隱匿，艾莎頭一次讀信的時候沒注意到。她把信讀了又讀，最後拚命眨眼到看也看不見。她覺得失望透頂、滿懷怒氣，會有這種感覺的原因有成千上萬個，也許還有另外一萬個，只是她目前還沒想到是哪些。因為她知道這不是巧合。阿嬤把那個字放在那裡，擺明就為了讓艾莎看到。

信封上的名字就跟怪物信箱上的一樣。信裡艾莎唯一讀得懂的詞就是「米阿瑪斯」。

阿嬤向來熱愛尋寶。

6 清潔劑

她臉上有三道刮痕，彷彿是爪子抓出來的。她知道大人會想知道一切是怎麼開始的。艾莎拔腿就跑，簡單說只是這樣。她很會跑。老是被人追著跑，就會練出這等身手。

今天早上，她騙媽說學校比平常早一個小時開始。媽責怪艾莎的時候，艾莎就祭出壞媽媽牌。而壞媽媽牌就像雷諾——其貌不揚，但效率驚人。「星期一都會早點開始上課，都跟妳說一百次了！我還寫紙條給妳，可是妳再也不聽我說話了！」

媽嘀咕什麼「懷孕會變笨」的話，一臉罪惡。要勝過媽，最簡單的方式就是想辦法讓她深信自己失控了。以前全世界只有兩個人知道怎樣讓媽失控，現在只剩一個了。把這種權力放進某個還不到八歲的人手裡，可是很了不得的。

午餐時間，艾莎搭公車回家，她想這樣比較可能在白天避開布蕾瑪莉。她順道在超市買了四袋小巧克力。整棟樓房陰暗寂靜，就是阿嬤不在時會有的那種陰暗寂靜，彷彿連樓房都在想念阿嬤。艾莎小心翼翼躲開布蕾瑪莉，後者正要走到儲放垃圾桶的空間，即使她手上根本沒有任何分類好的垃圾袋。布蕾瑪莉檢查了所有垃圾桶的內容物之後，噘起嘴，一副決定在下次住戶會議提出問題的表情，然後順著街道走到超市，這樣就可以在裡頭噘著嘴四處閒逛一陣子。

艾莎悄悄溜進屋裡，上樓到夾層樓去。她站在那裡，在那間公寓外面害怕又生氣地抖著身子，手裡依然抓著那封信。她的怒氣是留給阿嬤的，恐懼則是針對那個怪物。

不久，她就在操場上狂奔，速度快到覺得雙腳著火。現在她坐在小房間裡，臉頰上亮著紅色刮痕，一面等媽來，很清楚大人會想知道事情的前因後果。

她轉動書桌一端上方的地球儀。校長對這件事特別氣惱的樣子，於是她繼續轉下去。

「如何？」校長指著她的臉頰問，「準備跟我講講事情發生的經過了嗎？」

她連個回答都不給他。

艾莎不得不承認，阿嬤真高明。她還是對這個愚蠢的尋寶任務覺得超級心煩，可是阿嬤在信裡用正常字母寫出「米阿瑪斯」是高招。因為艾莎稍早站在平台那裡，至少用一百個永恆的時間來召喚勇氣，最後才按下門鈴。如果阿嬤不知道艾莎會讀那封信（雖然人絕對不應該偷讀別人的信），如果阿嬤沒用正常字母寫「米阿瑪斯」，艾莎會把那個信封直接丟進怪物的信箱，然後跑走。反之，她卻乖乖站在那裡按門鈴，因為她必須逼怪物回答一些問題。

因為米阿瑪斯屬於阿嬤跟艾莎，只屬於祖孫兩人。想到阿嬤還隨便把什麼呆瓜加進來，艾莎就火冒三丈，怒火勝過了對怪物的任何恐懼。

好啦，是沒比她對怪物的恐懼大太多啦，但也夠多了。

我們之友依然在隔壁公寓裡嚎叫，可是她揿下怪物的門鈴時，一點動靜都沒有。她再次按鈴，然後用力搥門直到木頭發出嘎吱聲，再來透過信箱往內窺看，可是裡頭暗得什麼也看不見。毫無動靜，了無聲息。她只感覺到清潔劑的辛辣氣味，會衝上鼻子黏膜，把那種氣味吸進體內，眼球後側就會開始有被踢打的感覺。可是放眼不見怪物，連個小怪物也沒有。

艾莎放下背包，取出四袋小巧克力，全部倒進我們之友的信箱。短短幾分鐘，裡頭那個生物停止嚎叫。艾莎決定在弄清楚牠的底細之前，先叫牠「那個生物」，因為，不管布蕾瑪莉怎麼說，艾莎都很確定這不是什麼普通的狗。

「別再叫了，不然布蕾瑪莉會報警，警察會過來殺死你。」她透過信箱低聲說。

她不知道那個生物懂不懂，可是至少牠安靜下來吃Daim巧克力。任何理性的生物遇到Daim巧克力就該有這種反應。

「如果你遇到怪物，跟他說我有信給他。」艾莎說。

那個生物沒回答，可是艾莎感覺到牠嗅著門時噴出的溫暖鼻息。

「跟他說，我阿嬤要我問候他跟說抱歉。」她悄聲說。

接著她把信收進背包，搭公車回學校。當她望出公車窗外，覺得自己又看到他了。就是昨天站在葬儀社外面的那個削瘦男人，當時媽正忙著跟鯨魚女人談話。現在他就在對街的陰影裡。煙霧掩住他的臉，她看不見，不過，某種出自本能的冰冷恐懼，團團繞住她的背脊。

然後他就不見了。

艾莎推想，這可能就是她回到學校時隱不了形的原因。隱形是那種你可以自我訓練出來的超能力，艾莎老是練習個不停，但是只要生氣或害怕，就隱不了形。艾莎回到學校的時候，既生氣又害怕。害怕有男人莫名其妙地在陰影裡現身；氣阿嬤寄信給怪物，而且同時對怪物們又生氣又害怕。正常的怪物應該懂得分際，好好待在漆黑洞窟的深處，或是住在冷得像冰的湖底。正常又嚇人的怪物不會住公寓，還有人替他們送信。

反正艾莎就是討厭星期一。星期一早上學校的狀況總是最糟糕，因為喜歡追著你跑的那些人，整個週末沒人可追，正閒得發慌。有人丟在她置物櫃裡的紙條，星期一的內容總是最為不堪。那也可能是這天隱形伎倆失效的原因。

艾莎又緊張地把弄校長的地球儀，然後聽到背後的門開了，校長一臉如釋重負站起來。

「哈囉！抱歉我遲到了！大塞車！」艾莎的媽氣喘吁吁，換不過氣。艾莎感覺媽的手指拂過她的頸子。艾莎沒轉頭，同時也感覺到媽的手機擦過她的頸子，因為媽總是機不離手，彷彿媽是個改造人，而手機是她有機組織的一部分。

艾莎稍微更刻意地把弄地球儀。校長在椅子上坐下，往前傾身，低調地把地球儀挪到她碰不到的地方。他滿懷希望地轉向媽。

「也許等艾莎的父親過來再說？」

在這類的會議裡，校長更喜歡有爸爸在場，因為一遇到這種事，爸爸們似乎更好商量。媽不是很高興的樣子。

「可惜艾莎的父親出門了，明天才回來。」

校長一臉失望。「當然了，校方無意引發恐慌感，在妳的狀況尤其要避免……」他朝媽的肚皮點點頭。媽一副需要努力克制自己，免得脫口逼問他到底想暗示什麼的模樣。校長清清喉嚨，把地球儀拉到艾莎手指探不到的更遠處。他一副想提醒媽，應該替孩子著想；人們擔心媽可能會生氣的時候，就會這樣提醒她。

「要替孩子著想啊。」他們以前這樣說，指的是艾莎，可是現在指的是半半。

艾莎把腿伸直，踢踢廢紙簍。她可以聽到校長在跟媽談話，可是她沒仔細聽。她內心巴望阿嬤隨時會火冒三丈衝進來，舉高雙拳，就像老電影裡的拳擊賽。艾莎上一次被叫進來見校長時，校長只打了電話給媽跟爸，可是阿嬤還是來了。阿嬤不是那種你必須通知才會來的人。

艾莎當時坐在那裡轉著校長的地球儀。把她揍出一邊黑眼圈的男孩也跟他爸媽在場。校長轉向艾莎的父親並說：「這次是男孩子典型的惡作劇……」接著校長不得不投注大把時間，向阿嬤解釋，女孩子典型的惡作劇又是什麼東西，因為阿嬤真的想知道。

校長為了平撫阿嬤的情緒，就對把艾莎打出一邊黑眼圈的男孩說：「只有懦夫才會打女生。」可是這番話絲毫無法平撫阿嬤。

「打女生不是他媽的懦夫行為！」阿嬤對校長大吼，「這小鬼不是因為打女生才是個小混帳，他不管打誰，都是個小混帳！」接著男孩的父親不高興了，開始對阿嬤出言不遜，因為她罵他兒子是混帳。然後阿嬤回答說，她打算教艾莎怎麼「踢男生的胯下」，然後男生就會明白「跟女生打架是他媽的多麼好玩！」接著校長請大家稍微鎮定一下。於是大家稍微試著調整情緒。不過校長接著要男生跟艾莎握握手，互相致歉。阿嬤就從椅子上彈起來，問：「艾莎他媽的為什麼應該道歉？」校長說，大家必須瞭解，因為艾莎「激怒」那個男生，使男孩無法「控制自己」，所以艾莎必須承擔部分過錯。就在那時，阿嬤試著拿地球儀砸校長，不過媽在最後一刻成功揪住阿嬤的胳膊，於是地球儀最後打中校長的電腦，砸壞了螢幕。「我被激怒了！」阿嬤對著校長狂吼，媽拚命要把她拖進走廊，「我無法控制自己！」

這就是為什麼艾莎總是把置物櫃裡的紙條撕掉。那些紙條罵她很醜，說她很噁心，說他們要殺了她。艾莎把紙條撕成碎碎片片，幾乎無法辨識，然後分別丟進校內各處的廢紙簍。這對那些寫紙條的人可是種慈悲之舉，因為要是讓阿嬤發現，阿嬤肯定把那些人揍到沒命。

艾莎稍微離開椅子，速速伸手越過桌面，再推地球儀一圈。校長一臉近乎絕望。艾莎滿意地再次陷進椅子。

「我的天啊，艾莎！妳的臉頰怎麼了！」媽看到那三道紅通通的裂傷時，高聲驚呼，句尾加上驚嘆號。

艾莎聳聳肩沒回答。媽轉向校長，雙眼噴火。

「她的臉頰怎麼了!?」

校長在椅子裡扭動身子。

「好了，我們現在先鎮定下來，想想……我是說，要替妳的孩子著想啊。」

他說最後那部分的時候，不是指著艾莎，而是指著媽。艾莎伸長腳，再踢廢紙簍一下。媽深吸一口氣，閉上眼睛，然後態度堅決地把廢紙簍往桌底下推遠。艾莎不悅地看著媽，往椅子裡陷得更深，最後必須抓住扶手免得滑出去，然後一腿往前探，腳趾幾乎、幾乎就快碰到廢紙簍的邊緣。媽嘆口氣。艾莎嘆得更大聲。校長望望她們，然後看看自己桌上的地球儀，最後把地球儀朝自己挪得更近。

「所以……」他終於開口，對媽露出平淡的笑容。

「這星期對我們全家來說都很難熬。」媽馬上打斷他，語氣彷彿試著道歉似的。

艾莎很討厭這樣。

「我們可以感同身受。」校長說，語氣就像不懂得那個詞的意義。他緊張地看著地球儀。

「遺憾的是，這不是艾莎第一次在本校捲入衝突。」

「也不是最後一次。」艾莎嘀咕。

「艾莎！」媽怒斥。

「媽!!!」艾莎用三個驚嘆號大吼。

媽嘆口氣，艾莎嘆得更大聲。校長清清喉嚨，用雙手抱著地球儀說，

「我們，意思就是本校的全體教職員，跟輔導員協同合作，都覺得艾莎可以藉由心理醫生的協助，抒發她的侵略性。」

「心理醫師？」媽猶豫地說，「這樣有點太誇張了吧？」

校長彷彿致歉似地，充滿戒心地舉起雙手，或者可以說他的手勢彷彿要開始演奏幻想中的空氣鈴鼓。

「我們不是覺得有什麼不對勁的地方！絕對沒有！很多有特殊需求的孩子都可以從治療當中得到好處，沒什麼好丟臉的！」

艾莎伸出腳趾尖，推倒廢紙簍。「你幹嘛不自己去看心理醫師？」

校長決定保護地球儀的安全，把它放在椅子旁邊的地上。媽朝艾莎傾身，卯盡全力不要提高音量。

「親愛的，要是妳跟我、還有校長說，找妳麻煩的是哪個孩子，我們就可以幫妳化解衝突，就不用每次都弄到這個地步。」

艾莎抬起頭，嘴唇緊緊抿成直線。

她臉頰上的刮痕不再流血，但依然跟霓虹燈一樣明亮。

「打小報告會倒大楣。」她言簡意賅地說。

「艾莎，請試著合作。」校長說，企圖擠眉弄眼，艾莎推想這就是他淺笑的表情。

「你自己幹嘛不合作！」艾莎回答，連淺笑都不願。

校長看著媽。

「我們，唔，我是指我跟全體教職員，都相信，如果艾莎感覺到有衝突即將發生，有時可以試著離開現──」

「我們現在可以走了嗎？」

艾莎不想等媽的回答，因為她知道媽不會聲援她，於是抓起放在地上的背包，站起身來。

接著校長說艾莎可以先到走廊上，語氣如釋重負。艾莎大步走出去，媽待在裡頭，道歉著。艾莎很討厭這樣。她只想回家，這樣今天就不再是星期一了。

事情是這樣的，午餐前最後一堂課期間，有個態度過分殷勤的老師向大家宣布，耶誕假期的作業，就是要準備一場口頭報告，主題是「我佩服的文學英雄」。大家要各自打扮成自己心目中英雄的樣子，以第一人稱單數來談那個英雄。每個人都必須舉手挑選一個英雄。當艾莎正準備挑哈利波特，有人搶先一步。輪到她的時候，她說蜘蛛人。她後面有個男生就不高興了，因為他本來要選蜘蛛人。於是兩人你來我往吵起來。「妳不可以選蜘蛛人！」男孩叫道。艾莎說，「可惜，因為我剛剛選了！」接著男孩說：「妳才可惜啦，哼！」接著艾莎嗤之以鼻，「Sure（最好是啦）！」因為這是艾莎最愛的英文字眼。接著男孩吼說艾莎不可能當蜘蛛人，因為「只有男生可以當蜘蛛人！」接著艾莎就告訴他，他可以當蜘蛛人的女朋友。然後他把艾莎推向暖氣機，艾莎用書砸他。

艾莎還是覺得那個男生應該為了這點感謝她，因為那可能是他最接近書本的一次。可是接著老師跑過來，阻止了這一切，說沒人可以當蜘蛛人，因為蜘蛛人只存在於電影裡，所以蜘蛛人不是「文學人物」。接著，艾莎可能激動到有點超乎尋常，質問老師有沒有聽過叫「漫威漫畫」的東西，可是老師並沒有。「這樣他們還讓你教小孩？」這一來艾莎就必須在下課之後，在原地罰坐老半天，跟老師「小聊一下」，其實只是老師自己在喋喋不休。

她走出教室時，那個男生跟其他幾個人正在等她。所以她把背包揹帶調緊，最後背包就像小無尾熊那樣巴住她的背，接著她拔腿狂奔。

就像很多與眾不同的孩子，她很會跑。她聽到一個男生吼道：「抓住她！」然後背後就響起腳步踩過冰凍瀝青的喀啦聲。她聽到他們興奮的喘息。她跑得如此之快，膝蓋都碰到胸廓了，要不是因為有背包，她老早爬過柵欄逃到街上去，他們就絕對追不上她。可是有個男生揪住她的背包，她當然可以來個金蟬脫殼，棄包逃命。

可是阿嬤給怪物的信在裡面。於是她轉身奮戰。

一如平常，她試著護住自己的臉，免得媽看到損害狀況的時候會難過。可是她沒辦法同時兼顧臉跟背包，於是就讓事情順其自然了。「如果可以的話，妳應該選擇自己的戰役，可是如果戰役選擇了妳，那妳就猛踢那個爛人的胯下！」阿嬤以前老跟艾莎講，艾莎就這麼做了。雖然她討厭暴力，可是因為常常練習，所以也很會打架。所以這就是為什麼，現在他們追她的時候，總是一堆人結伴同行。

在至少有十個童話故事的永恆之後，媽終於從校長的辦公室走出來，然後母女一語不發越過冷清的操場。艾莎坐進起亞後座，雙臂摟著背包。媽一臉不高興。

「拜託，艾莎——」

「又不是我先開始的！是他說女生不能當蜘蛛人！」

「嗯，可是妳為什麼要動手？」

「沒為什麼！」

「妳不是小小孩了，艾莎。妳一直說我應該把妳當大人，所以不要再用小小孩的方式回答了。妳為什麼要動手？」

艾莎戳戳車門上的橡皮封條。「因為我懶得再跑了。」

接著媽試著往後伸手，想輕撫艾莎臉上的刮痕，但艾莎猛地撇開腦袋。

「我不知道該怎麼做。」媽嘆氣，強忍淚水。

「妳什麼都不用做。」艾莎喃喃。

媽把起亞退出停車區，開車離去。兩人坐在某種靜默的永恆之中，這種情境只有母女才可能構築出來。

「說到底，也許我們應該去看心理醫師。」媽終於說。

艾莎聳聳肩。

「Whatever（隨便）。」這是艾莎第二喜歡的英文字。

「我……艾莎……親愛的，我知道阿嬤的事給妳打擊很大。每個人都很難接受死亡——」

「妳什麼都不懂！」艾莎打岔，猛扯橡皮封條，一放手就彈回車窗，發出很大的噪音。

「我也很傷心啊，艾莎，」媽嘫嘫口水說，「她不只是妳外婆，也是我媽媽。」

「妳明明很討厭她，所以少胡說八道了。」

「我哪有討厭她，她是我媽媽耶。」

「妳們永遠都在吵架！她死了，搞不好妳還很高興!!!」

艾莎真希望自己沒說最後半句，可是已經太遲了。沉默持續了想像中最長的永恆，她戳著橡皮封條直到邊緣從車門脫離。媽注意到了，可是什麼也沒說。紅燈停車的時候，媽用雙手摀住眼睛，無可奈何地說：「我真的很努力了，艾莎，真的很努力。我知道我不是稱職的媽媽，在家的時間不夠，可是我真的很努力了……」

艾莎沒回答，媽按摩太陽穴。

「也許我們還是應該跟心理醫師談談。」

「妳自己去跟心理醫師談。」艾莎說。

「嗯，也許我是該這麼做。」

「嗯，也許妳是該這麼做！」

「妳為什麼這麼可怕？」

「妳為什麼這麼可怕？」

「親愛的，阿嬤過世，我真的很傷心，可是我們必須——」

「沒有，妳才沒有！」接著發生了某件幾乎不曾發生過的事。媽失去平靜，放聲大吼：「有，我該死的就是有！請試著瞭解，會難過的不是只有妳，別再耍死小孩脾氣了！」

媽跟艾莎互瞪對方，媽用手摀住嘴。「艾莎……我……親愛……」

艾莎搖搖頭，一使勁就把整根橡膠封條撕離車門。她知道自己贏了。每次媽一失控，艾莎就贏了。

「夠了，那樣鬼叫不好，」艾莎嘀咕，瞥也沒瞥媽媽一眼，順口補了一句，「要替寶寶著想。」

7 皮革

對阿嬤一無所知，卻可以愛她好多好多年，這種事是有可能發生的。

艾莎頭一次碰見怪物，是星期二的事。學校在星期二的情況比較好。艾莎今天只有一個瘀傷，只要說是踢足球，就可以把瘀傷矇混過去。

她坐在奧迪裡。奧迪是爸的車，跟雷諾完全相反。通常，每逢隔週的星期五，爸就會來學校接她放學，因為那是她暫住爸、莉賽特跟莉賽特孩子家的時候。其他時間阿嬤向來會來接她，現在媽得親自過來，可是今天媽跟喬治去找醫生檢查半半，所以即使是星期二，還是由爸來接。

阿嬤總是準時抵達，站在大門那裡；而爸不只遲到，還會待在停車區不下奧迪。

「妳眼睛怎麼了？」爸惶惶然地問。

他今天早上才從西班牙回來，是跟莉賽特、莉賽特的孩子一起去的，可是膚色沒有曬到太陽的樣子，因為他不知道怎樣曬。

「我們踢足球。」艾莎說。

阿嬤絕對不會讓她輕易用足球這種說法敷衍過去。

可是爸不是阿嬤，所以只是遲疑地點點頭，問她能不能乖乖繫上安全帶。他常常那樣，就是遲疑地點點頭。爸是個遲疑的人。媽是個完美主義者，爸是個書呆子，那就是他們婚姻不怎麼成功的部分原因，艾莎推想。因為完美主義者跟書呆子非常不同。媽跟爸在清掃的時候，媽會把清潔進度表以分鐘畫分成細項，可是爸單是替咖啡濾壺除垢，就可以耗上兩個半鐘頭。媽說，身邊有那樣的人，你實在沒辦法好好計畫人生。學校老師總是告訴艾莎，她的問題就是無法專注；艾莎認為這個說法很怪，因為爸的大問題就是他沒辦法停止專注。

「所以，妳想做什麼？」爸問，雙手遲疑地放在方向盤上。

他常常這樣，就是問艾莎想做什麼，因為他自己很少想做任何事情。這個星期二對他來說很意外：爸不是很會應付意外的星期二。所以艾莎只是每隔一個週末才住爸那邊。爸認識莉賽特之後，她跟她孩子搬進他家，然後爸就說那裡對艾莎來說「太亂」。阿嬤發現這件事之後，就打電話給他，一分鐘之內至少罵了他十次「納粹」；即使對阿嬤來說，也是創下了罵人納粹的紀錄。阿嬤掛掉電話的時候，轉身對著艾莎啐道：「莉賽特？那是什麼鬼名字？」艾莎知道，阿嬤其實當然沒那個意思，因為大家都喜歡莉賽特——她擁有喬治那樣的超能力。可是阿嬤是那種你上戰場時會想帶在身邊的人，而艾莎就是愛她這一點。

爸到學校接艾莎時，總是會遲到。阿嬤就從沒遲到過。艾莎試著理解「諷刺」的意思，她滿確定的就是這個——爸除了接她放學之外，無論做什麼都不會遲到；而阿嬤只有接艾莎放學會準時，其他一概會遲到。

爸再次把弄方向盤。

「所以……妳今天想做什麼？」

艾莎一臉驚訝，因為他的語氣彷彿真心想帶她去哪裡。他在椅子裡扭轉身子。

「我在想，也許妳想做點……什麼。」

艾莎知道爸這樣說只是好心而已。因為爸不喜歡做活動，他不是愛做活動的類型。艾莎望著他，他望著方向盤。

「我想我回家就好。」她說。

爸點點頭，同時一臉失望跟如釋重負，全世界只有他能做出這種表情。因為爸從來不會拒絕艾莎，即使她有時希望他會。

「奧迪滿好的。」他們回家的半路上，她說，兩人一直沒講話。

她輕拍奧迪的前座置物箱，彷彿它是一隻貓。新車散發出柔軟皮革的氣味，跟阿嬤公寓裡裂開老皮革的氣味天差地別。兩種氣味艾莎都喜歡，不過比起做成車椅的死去動物，她更愛活著的動物。「奧迪很好掌握。」爸點著頭說，他上一輛車也叫奧迪。

爸喜歡知道事情盡在掌握中。去年有一次，爸跟莉賽特住家附近的超市更換貨架的陳列，結果艾莎必須按照電視上廣告過的檢驗法，評估爸的狀況，確定他沒有真的中風。

他們一到家，爸就下了奧迪，陪她走到大門。布蕾瑪莉正在大門的另一邊，像個氣呼呼的住家小精靈那樣，充滿戒心地拱著身子。艾莎突然想到，只要瞥見布蕾瑪莉，你永遠知道不會有好事。「那個老太婆啊，就像稅務機關寄來的信。」阿嬤以前總是說。爸似乎也有同感，因為他跟阿嬤意見相同的少數話題裡，布蕾瑪莉就是其中一個。她正握著字謎雜誌。布蕾瑪莉非常喜歡字謎遊戲，因為有清晰無比的規則可以遵循。只是她向來用鉛筆作答——阿嬤總是說，布蕾瑪莉必須先灌兩杯酒，才覺得自己夠狂夠瘋到可以考慮用原子筆解字謎。

爸遲疑地說了聲哈囉，可是布蕾瑪莉打斷他。

「你知道這是誰的嗎？」她邊說邊指用掛鎖拴在樓梯欄杆上的嬰兒推車，就在告示板的下方。

艾莎直到現在才注意到這台推車。這裡會有台嬰兒推車也真詭異，因為整棟樓房裡除了半半，沒有其他寶寶。而且他/她無論到哪裡，都還在搭媽的肚子當便車。不過，布蕾瑪莉似乎不覺得這種深層的哲學問題有什麼價值。

「大門前廳就是不能放嬰兒推車！有引發火災的風險！」她宣布，雙手牢牢交握，字謎雜誌就像一把弱不禁風的長劍突了出來。

「嗯，這邊的告示上有寫。」艾莎熱心地點點頭，指著嬰兒推車正上方字跡端整的告示，上頭寫著：不要把嬰兒推車留在這裡：有引發火災的風險。

「我就是這個意思！」布蕾瑪莉回答，音量微微提高，不過還是維持好意的語氣。

「我不懂。」爸說，彷彿真的不懂。

「我還在想，這張告示是不是你貼的呢！我就是在納悶這件事！」布蕾瑪莉說，往前跨出一小步，再後退非常小的一步，彷彿想強調此事的嚴重性。

「這張告示有什麼問題嗎？」艾莎問。

「當然沒有，當然沒有。可是，沒先經過其他住戶的同意，就擅自貼出告示，不是租賃持有人協會平日的作風！」

「可是，又沒有租賃持有人協會，有嗎？」艾莎問。

「是沒有，可是以後會有！在成立之前，由我負責管理協會委員會的資訊部。沒先通知協會委員會的資訊主管，就自行貼出告示，不符一般的作法！」

狗吠聲大到震撼了大門的玻璃片，打斷了她。

他們全都嚇得跳起來。昨天，艾莎聽到媽跟喬治說，布蕾瑪莉打電話報警，說應該把我們之友安樂死。狗現在似乎聽到了布蕾瑪莉的聲音，而就像阿嬤，發生這類情況時，我們之友也半刻都無法悶不吭聲。布蕾瑪莉開始指天罵地，說該要好好處置那條狗，爸只是一臉不自在。「也許有人想告訴妳，只是妳那時不在家？」艾莎向布蕾瑪莉提議，一面指著牆上的告示。這招成功了，至少暫時是。布蕾瑪莉被這張告示再次弄得不高興，連帶忘了原本被我們之友惹惱的事。因為對她來說，最重要的事情，就是不要把惹自己不高興的事情用光光。艾莎一時考慮叫布蕾瑪莉貼出告示，通知鄰居們，如果他們想貼告示，必須先通知鄰居們，比方說，貼個告示通知。

狗再次從距離半段樓梯的樓上公寓發出吠聲。布蕾瑪莉噘起嘴。

「我已經報警了，真的！可是警方當然什麼都不肯做！他們說，我們必須等到明天，看看主人會不會出現！」

爸沒回答，布蕾瑪莉馬上把他的沉默解讀成他想多聽點布蕾瑪莉針對這話題的感受。

「肯特按那戶公寓的門鈴很多次了，可是根本沒人住那邊！那頭野獸好像獨自住那邊似的！你相信嗎？」

艾莎屏住氣息，可是沒再聽到吠聲——彷彿我們之友終於從內在找到了點常識。

爸背後的大門打開，黑裙女人走了進來，鞋跟喀答喀答踩在地板上，大聲對著跟耳朵相連的白線講話。

「哈囉！」艾莎說，為了轉移布蕾瑪莉的注意力，免得她聽到更多吠聲。

「哈囉。」爸出於禮貌而說。

「欸，欸，哈囉。」布蕾瑪莉說，彷彿那女人有可能是專門偷貼廣告單的罪犯。女人沒回答，只是對著白線講得更大聲，煩躁地朝他們三人一瞥，然後隱身在樓梯上。

她消失蹤影之後，樓梯井陷入長而緊繃的靜寂。艾莎的爸不怎麼擅長對付緊繃的靜寂。

「Helvetica。」他緊張地清了一陣喉嚨期間，勉強擠出口。

「什麼？」布蕾瑪莉說，嘴噘得更用力。

「Helvetica，我指的是字型。」爸怯怯地說，對著牆上的告示點點頭。

「這種字體……還不錯。」

字體就是爸很看重的那種事。有一次媽到艾莎學校參加親師會，爸在最後一刻打電話說他趕不過來，因為工作臨時有狀況。作為懲罰，媽替他報名自願替學校的雜物拍賣會設計海報。爸發現這件事的時候，一臉非常沒把握。他花了三個星期時間決定海報該用哪種字體。他把海報帶到學校的時候，艾莎的老師根本不想張貼，因為雜物拍賣會老早舉行完了——可是艾莎的爸爸不懂這有什麼關係。

就有點像是布蕾瑪莉不大能夠理解，Helvetica這個字體到底跟眼前的情形有任何關係。

爸低頭看著地板，再次清清喉嚨。

「妳有……鑰匙嗎？」他問艾莎。

艾莎點點頭。兩人短短擁抱一下。爸如釋重負，隱身在門外，艾莎趁布蕾瑪莉還來不及再開口跟她講話以前，衝上階梯。她在我們之友公寓外面稍微停步，回頭看看，確定布蕾瑪莉沒注意，然後打開信箱低語：「拜託，安靜啊！」她知道牠聽得懂，她只希望牠還在乎。

她拿著公寓鑰匙，衝上最後一段階梯，可是她沒回媽跟喬治的公寓，而是打開阿嬤家的門。廚房裡有儲物箱跟清潔水桶；她盡量不去留意那些東西，但還是失敗了。她跳進大大的衣櫥裡。衣櫥裡的陰暗在她四周安頓下來，沒人知道她在哭。

這個衣櫥本來有魔法，艾莎以前可以整個躺進裡面，腳趾跟指尖勉強摸到櫥壁。不管她長大多少，衣櫥一直都容得下她。阿嬤當然堅持說，「胡扯，衣櫥的尺寸一直沒變」，可是艾莎測量過了，所以她知道。

她躺下來，盡量伸長身子，摸到了兩面櫥壁。再過幾個月，就不用特意伸長了。再一年，就會完全躺不進去，因為再也沒有東西有魔法了。

她可以聽到茉德跟雷納特在公寓裡模糊的聲響，也可以聞到他們咖啡的味道。艾莎知道莎曼珊那隻比熊犬也在，好久之後才聽到牠的腳爪在客廳敲出聲響，轉眼牠就在阿嬤沙發矮桌下面打起鼾來。茉德跟雷納特正忙著清理阿嬤的公寓，開始打包她的物品。是媽請他們幫忙的，艾莎為了這件事而討厭媽，為了這件事討厭每個人。

不久，艾莎也聽到了布蕾瑪莉的聲音，彷彿她正追著茉德跟雷納特跑。她怒氣沖沖，只想談談誰有那個臉皮，竟敢擅自在前廳貼告示，又是誰竟然無禮到直接在告示下方鎖上那台嬰兒推車。連布蕾瑪莉都似乎搞不清楚，哪種情況惹她更火大，可是至少她沒再提起我們之友的事。

艾莎在衣櫥待了一個小時之後，罹病男孩爬了進來。櫃門半開，艾莎可以看到他母親四處走動，忙著整理；而茉德小心跟在她後頭，撿拾她頻頻掉落在四周的物品。

雷納特在衣櫥外面放了一大托盤的美夢。艾莎把餅乾拖進來，關上櫃門，然後跟罹病男孩一起默默享用。男孩什麼也沒說，因為他從來都不說話，這是艾莎最欣賞他的特點之一。

她聽到喬治的聲音從廚房傳來，溫暖又讓人安心；他問有沒有人想吃蛋，如果有，他可以煮一點蛋。大家都喜歡喬治，那是他的超能力。艾莎就討厭他這點。接著艾莎聽到她媽的聲音，一時片刻想要衝出櫥櫃，奔進媽的懷抱。可是她沒這麼做，因為她希望媽媽難過。艾莎知道自己贏了，可是也想讓媽知道這一點，只是為了確定阿嬤的死讓媽跟艾莎一樣痛苦。

男孩在衣櫥底部睡著了。不久，他母親輕手打開櫃門，爬了進來，將他抱出去。彷彿他一睡著，她馬上就會知道，也許這就是她的超能力。

片刻之後，茉德爬進來，小心撿起男孩母親抱起男孩時，所弄掉的那些東西。

「謝謝妳的餅乾。」艾莎低語。

茉德輕拍艾莎的臉頰，為了她而一臉難過，結果弄得艾莎反倒因為茉德的表情而難過。

她待在衣櫥裡，直到大家不再整理、停止打包，回到自家公寓。她知道媽就坐在他們家公寓玄關等她，於是她就坐在樓梯間的大深窗那裡好久，只是為了確保讓媽繼續等下去。她坐在那裡，直到樓梯井內的燈光自動熄滅。

一陣子之後，酒鬼從樓下的公寓踉蹌走出來，開始用鞋拔擊打樓梯扶手，嘀咕什麼不准大家在夜裡洗澡的事。酒鬼每星期都會這樣做幾次，沒什麼不正常的。

「把水關掉！」酒鬼喃喃，可是艾莎沒回答。

也沒有其他人回答。因為住在這種樓房裡的人似乎都相信，酒鬼就像怪物，如果假裝他們不存在，他們就真的會消失。

艾莎聽到酒鬼語帶激情地勸告大家限水，最後酒鬼滑了一跤，一屁股跌坐在地，鞋拔砸在頭上。之後，酒鬼跟鞋拔爭論了好久，就像兩個老朋友為了金錢鬥來鬥去，最後終於陷入寂靜。接著艾莎聽到那首曲子，酒鬼老是唱這首歌。艾莎坐在黑暗籠罩的樓梯上，摟住自己的身體，彷彿這是為她而唱的搖籃曲。接著連歌聲都靜下來了。她聽到酒鬼試著勸鞋拔平靜下來，然後再次消失在自己公寓裡。艾莎半閉起雙眼，試著去看雲獸，還有幾乎甦醒之地最外圍的田野，可是沒有成功。沒有阿嬤，她再也去不了那邊。她睜開眼睛，傷心欲絕。雪花紛紛落在窗戶上，就像濕答答的連指手套。

就在那時，她頭一次看到怪物。

冬天夜晚的黑暗有時濃重不堪，彷彿整個地區頭下腳上地泡進盛滿漆黑的桶子，這天晚上就像那種冬夜。怪物悄悄溜出門，越過街上最後一盞燈周圍灑下的半圈光暈，腳程如此之快，要是艾莎當初眨眼眨得稍微用力些，會以為是自己想像出來的。可是她知道自己看到了什麼，趕緊從深窗跳下地，動作流暢地一口氣奔下階梯。

她從沒見過怪物，可是從龐然的身形就知道一定是他。他像頭動物似地滑過雪地，有如阿嬤童話故事裡的野獸。艾莎很清楚，自己即將採取的行動既危險又白痴，但她一次踩三階往下衝。襪子在最後一階上打滑，急急衝過一樓前廳，下巴狠狠撞上門把。

她的臉在抽痛，猛地將門推開，氣喘吁吁踩過雪地，腳上只有襪子。

「我有信要給你！」她對著黑夜嚷嚷。那時，她才意識到有淚水卡在喉嚨裡。她心急如焚地想知道，阿嬤到底在跟誰偷偷聊米阿瑪斯。

沒有回應。她聽見他輕輕踩在雪地上的腳步聲，就他龐大的身軀來看，真是靈活得令人咂舌。他離她越來越遠。艾莎應該要害怕，應該要恐懼怪物可能會對她下毒手。她很清楚，他巨大到足以一扯就將她五馬分屍。可是她氣到無法害怕。

「我阿嬤要問候你跟說抱歉！」她吼道。

她看不到他，可是再也聽不見他踩在雪地上的嘎吱聲。他停下來了。

艾莎想也沒想，就一股腦兒衝進黑暗，憑藉純粹的本能，朝她最後一次聽見他放下腳步的地方過去。她感覺到他夾克傳出來的空氣動靜。他開始奔跑，她踉蹌越過雪地，將自己猛拋出去，最後一把揪住他的褲腿。她在雪地上跌得四腳朝天，借著最後一盞街燈的光線，看到他往下瞅著她。艾莎還來得及感覺到淚水凍結在臉頰上。

他的身高一定遠遠超過兩公尺，壯如樹木。厚厚的兜帽蓋住他的腦袋，黑色髮絲散逸出來，長度過肩。厚如動物毛皮的鬍子，幾乎埋住他整張臉，從兜帽的陰影裡，浮現上下畫過一眼的參差傷疤，顯眼到看起來就好像皮膚融化了似的。艾莎感覺他的目光悄悄鑽過她體內正在循環的鮮血。

「放開！」

他對艾莎低嘶，黑暗的軀幹團塊在她上方往下沉。

「我阿嬤要問候你跟說抱歉！」艾莎喘著氣，高舉信封。

怪物沒接。她放開他的褲管，因為以為他會踢她，可是他只是退後半步。接下來他發出的聲音不像話語，更像嗥叫，彷彿在自言自語，而不是對她說話。

「滾開，傻姑娘……」

那些話語抵著艾莎的耳膜震動，不過不知怎地聽起來不大對勁。艾莎聽得懂，可是它們刮磨她的內耳通道，彷彿那些話語不屬於那個地方。

怪物以帶著敵意的姿態迅速轉身，下一刻就消失了蹤影，彷彿跨越黑暗中的一道門口。

艾莎躺在雪地裡，試著緩過氣來，寒冷彷彿在她胸膛上跺腳。接著她站起來，聚集力氣，將信封揉成一團，朝他消失的方向拋入黑暗。

艾莎不知道過了多少個永恆，才聽到大門前廊在她背後打開。接著聽到媽的腳步聲，聽到媽呼喚她的名字。艾莎盲目地衝進媽的懷抱。

「妳在外頭幹嘛？」媽害怕地問。

艾莎沒回答。媽溫柔地用雙手捧住她的臉。

「妳的眼睛為什麼瘀青？」

「踢足球。」艾莎低語。

「妳騙人。」媽低語。

艾莎點點頭，媽用力抱住她。艾莎抵著媽的肚皮啜泣。

「我想念阿嬤……」

媽低下身子，跟她額貼額。

「我也是。」

她們沒聽到怪物在外頭活動，沒看到他撿起那只信封。可是就在那一刻，埋在媽媽的懷抱裡，艾莎終於明白他的話語聽起來為何不對勁。

怪物講的是阿嬤跟艾莎之間的密語。

對外婆一無所知，卻可以愛她好多好多年，這種事是有可能發生的。

8 橡膠

今天星期三，她又在跑了。

這一次她不知道確切的原因，也許因為距離耶誕假期只剩幾天，他們知道即將有好幾星期都沒人可追，所以必須先從身體系統排除這種渴求。也許完全是別的原因——無所謂。沒被追殺過的人似乎總是以為事出必有因。「他們總不會無緣無故就這麼做吧？你一定做了什麼挑釁到人家。」說得彷彿壓迫就是那樣運作的。

可是，試圖解釋給這些傢伙聽，是沒有意義的，就像向隨身佩戴兔腳當幸運符的傢伙澄清這個事實一樣徒勞——如果兔腳真的代表幸運，就還會連在兔子身上。

這其實不是任何人的錯。不是因為爸來接她的時候有點遲到，只是因為學校結束得有點太早。當追殺行動從校舍裡面啟動，就很難讓自己變成隱形。

所以艾莎拔腿就跑。

「抓住她！」她背後某處的女生喊道。

今天，一切都從艾莎的圍巾開始，或者說，艾莎這麼認為。她開始懂得學校裡有哪些人會追著她跑，還有他們一般怎麼運作。有些只是專挑弱小的孩子追。有些追逐別人只是為了刺激；他們逮到受害者的時候，甚至不會動手打人，只是想看到對方眼神裡的恐懼。然後有些就像跟艾莎打架、爭相當蜘蛛人的那個男生；他打架跟追人，純粹是原則問題，因為無法忍受有人跟他意見相左，尤其對方是那種與眾不同的人。

這個女生則是另外一回事。她想要一個追人的理由，就是能將追人合理化的說法。「她追我，只是想要覺得像英雄。」艾莎衝向柵欄的時候，用冷靜清晰到出奇的態度想著，心臟好似電鑽怦怦作響，喉嚨灼燙，就像阿嬤調了墨西哥辣椒蔬果冰沙那次。

艾莎撲向柵欄，跳到柵欄另一邊的人行道上，背包重重敲在腦袋上，有好幾秒她一時眼前發黑。她雙手猛拉揹帶，讓背包緊緊伏貼背上。她昏頭昏腦地眨眨眼，往左望向停車場區，奧迪應該隨時都會出現才對。她聽到背後那個女生像個受到羞辱、飢餓至極的半獸人一樣放聲尖叫。她知道，等奧迪抵達的時候，就太遲了，於是她轉往右邊，望向下坡之後的大馬路。大型貨車像入侵的軍隊一樣轟隆隆駛向依然受敵軍佔領的城堡，可是在車流之間的縫隙裡，艾莎看到了馬路另一邊的公園入口。

學校的人都叫那個地方「來一劑公園」，因為那裡有毒蟲會拿著海洛因針筒追著孩子跑，至少艾莎聽說是這樣，這點讓她很害怕。它是那種日光似乎永遠照不進去的公園，而這天正是那種太陽似乎永遠不會升起的冬日。

艾莎勉強撐到午餐之前都平安無事，可是連非常善於隱形的人，都很難在午餐餐廳裡成功隱形。那個女生突然出現在艾莎身旁，艾莎猛吃一驚，撒了點沙拉醬在葛來芬多圍巾上，女生指著圍巾吼道：「不是叫妳不要圍著這條狗屁醜圍巾走來走去嗎？」艾莎回望著女生；有人指著葛來芬多圍巾說「狗屁醜圍巾」時，你就會用艾莎此刻的眼神看對方。面對一個剛剛見到馬卻歡樂地大叫「鱷魚！」的人，你就會露出類似的眼神。這條圍巾第一次引起那女生注意時，艾莎純粹推想，女生是史萊哲林。只有在女生猛甩艾莎的耳光，扯破她圍巾並丟進馬桶時，艾莎才意識到，女生根本沒讀過哈利波特。女生當然知道哈利波特是誰，大家都知道哈利波特是誰，可是女生根本沒讀過那套書。女生連葛來芬多圍巾最基本的象徵意義都不懂。艾莎並不想主張菁英主義什麼的，可是人怎麼有辦法跟那種人講道理？

麻瓜。

所以今天當那個女生在午餐餐廳伸手要搶艾莎的圍巾時，艾莎決定配合那女生的智力水準「繼續討論」。艾莎只是把她那杯牛奶朝女生丟去，然後腳底抹油快溜。她穿過走廊，往上衝到校舍三樓，再來是四樓，那裡的樓梯下方有個空間，清潔人員把那裡當成儲藏室。艾莎在裡頭蜷起身子，雙臂繞住膝蓋，盡可能讓自己隱形，一面聽著那女生跟她的跟班們往上衝向五樓。然後這天餘下的時間裡，她都躲在教室避風頭。

教室跟學校大門隔著一段距離，要隱形是不可能的，連經驗老到的專家也辦不到，所以艾莎必須想個戰略。

首先，同學推推擠擠離開教室時，她盡量貼近老師身邊行動，然後趁亂溜出教室門口，衝下另一段階梯，不是通往學校大門的那段。她的追兵當然知道她會這樣做，也許甚至希望她這麼做，因為在那些樓梯上要逮住她更容易。可是課程提早結束，艾莎冒險下了樓，因為下頭的班級還在上課，所以她或許多了半分鐘餘裕可以衝下階梯，穿過空蕩蕩的走廊，領先一小段距離，同時她的追兵會先被湧出樓下教室的學生絆住。

她想得沒錯。她看到那女生跟朋友，就在背後不到十公尺之處，可是到不了她身邊。

阿嬤跟她講過好幾千個米阿瑪斯的故事，關於追捕跟戰爭。關於怎麼閃躲窮追不捨的魅影，怎麼針對他們設下陷阱，怎麼藉由聲東擊西勝過他們。就像所有的獵人，魅影有個重大的弱點：他們的注意力集中在追捕對象身上，看不到整體的環境。另一方面來說，被追捕的那個，會把每絲注意力都投注在找出逃生路線上。這點可能算不上是什麼大優勢，但還是個優勢。艾莎知道這點，因為她查過「聲東擊西」的意思。

於是她把雙手插進牛仔褲口袋，撈出一把平日存放在褲袋、為了應付緊急事件用的銅板。就在整群孩子開始做鳥獸散，而她快接近第二段通往主要出入口的階梯時，她將銅板往地上一拋，然後拔腿就跑。

艾莎注意到人有個奇怪地方。只要聽見銅板匡噹掉在石地上，幾乎所有的人都會本能地停下腳步往下看。突如其來的擁擠跟急切的手臂，擋住了她的追兵，又多給她幾秒鐘可以擺脫她們。她善用那個時刻，往前衝刺。

可是現在她聽見她們撲向柵欄。時髦的冬靴刮著彎折的鋼絲。再一會兒她們就要逮到她了。艾莎往左望向停車區，沒有奧迪的蹤影。往右看，往下眺望混亂的馬路跟黑暗閴靜的公園。她再次往左望去，心裡暗想，要是爸難得準時出現，往左是安全的選項。接著她往右望去，頻頻瞥見咆哮大貨車之間的公園，感覺肚子裡有種扎人的恐懼感。

接著她想起阿嬤講過的米阿瑪斯故事，關於有個王子曾經策馬進入幾乎甦醒之地最陰暗的森林，才躲開整群窮追不捨的魅影。魅影是存在於任何幻想故事裡卑劣到底的東西，可是連魅影都會感受到恐懼，阿嬤說。連魅影那些混帳東西都會害怕什麼，因為連他們都有想像力。

「所以，逃去看起來最危險的地方，有時反倒最安全。」阿嬤說，然後描述那個王子如何騎進最黑暗的森林裡，而魅影就在林地邊緣停下腳步低嘶，因為連他們都不確定有什麼潛伏在樹林另一邊，而最嚇人的東西就是未知了，未知只有透過想像力才能知曉。「說到恐怖啊，現實根本遠遠比不上想像的力量。」阿嬤說。

所以艾莎往右奔跑。她可以聞到汽車在冰上踩剎車時，燙熱橡膠的氣味。雷諾幾乎時時刻刻都有那個味道。她在大貨車之間東閃西躲，聽到車子喇叭大作，追兵對她放聲尖叫。她衝到人行道上時，感覺她們有人帶頭揪住她的背包。她很接近公園了，伸出手就可以探進黑暗，可是太遲了。等到艾莎被拉倒在雪地上時，心知對方的拳腳會紛紛落下，快到她來不及舉手護臉，但她縮起膝蓋、閉起眼睛，盡可能掩住臉龐，免得媽看了又難過。

她等著後腦勺的重擊鈍響，追兵打她的時候，她常常不覺得痛；通常要等隔天才會痛起來。她在被打的當下所感覺到的痛苦，是另外一種。

可是什麼也沒發生。

艾莎屏住氣息。

什麼也沒有。

她睜開眼睛，四周的噪音震耳欲聾。她可以聽見追兵在大叫，可以聽見她們舉足狂奔，接著她聽見怪物的聲音。有什麼從他內在隆隆發出來，有如來自太古的力量。

「永遠。不准。動她！」

字字迴盪。

艾莎的耳膜震動著。怪物不是用阿嬤跟艾莎的密語吼叫，而是用正常的語言。那些字從他嘴裡吐出來聽起來很怪，彷彿每個音節的聲調都位移了，最後變得很不對勁，彷彿他很久都沒講過這些字眼。

艾莎往上一看。怪物透過上翻兜帽的陰影跟似乎永無止境的鬍子，俯視著她。他的胸膛起伏幾次，艾莎本能地拱起身子，害怕他打算用巨手揪住她，將她拋入車流，有如巨人以單指將老鼠彈開。但他只是站在原地吃力呼吸，一臉憤怒又困惑。最後他舉起一手，彷彿那是把沉重的木槌，然後指回學校。

艾莎一轉身便看到那個不讀哈利波特的女生跟她朋友，好似拋入風中的碎紙四散紛飛。

艾莎遠遠看到奧迪轉進停車區，她深吸一口氣，感覺空氣進入肺部，彷彿是這幾分鐘以來的頭一次。

當她再次轉身，怪物已然消失蹤影。

9 肥皂

真實世界裡有成千上萬的故事，可是每個故事都來自幾乎甦醒之地，而最棒的那些來自米阿瑪斯。

當然，六個王國偶爾也會推出奇特的童話故事，可是品質都沒那麼優良。在米阿瑪斯，童話故事照舊二十四個小時馬不停蹄地產出，一個接一個以滿懷愛意的心情手工製作出來，而只有最優質的那些才會外銷出去。大部分故事在說一次之後，就會扁扁摔落在地，但最精彩也最美麗的那些故事，在講完最後幾個字的當兒，會從說書人唇間往上升騰，然後緩緩懸浮於聽眾的腦袋上方，好似熠熠發光的小紙燈籠。夜幕降臨時，就由翁手取走。翁手是非常迷你的生物，戴的帽子端莊得體，騎著雲獸（騎雲獸的是翁手，不是帽子）來來去去。翁手利用大型金色網子，將那些燈籠似的故事網羅起來，然後雲獸就轉身往天際飛騰，速度快得連風都得趕緊讓開。如果風讓路的速度不夠快，雲獸就會變身成為有手指的獸，對風比出中指（阿嬤說到這裡，總是哈哈大笑，艾莎花了好一陣子才弄懂為什麼）。

在幾乎甦醒之地最高峰的山巔上，就是所謂的「訴說山」，翁手會打開網子，讓故事自由飛翔。這就是故事找路進入現實世界的方式。

艾莎阿嬤開始講述來自米阿瑪斯的故事時，起初聽起來像是毫無脈絡、互不相干的童話故事，由某個腦袋瓜需要送去檢查的人說出口。艾莎花了幾年時間才明白，那些故事是整套的。

所有真正優質的故事都是這樣運作的。

阿嬤跟艾莎說過海天使那個令人悲嘆的詛咒，還有兩個小國王子因為同時愛上米普羅里斯的公主而彼此宣戰。也說過公主大戰巫婆的故事，巫婆從公主那裡偷走了幾乎甦醒之地最珍貴的寶藏。描述過米巴塔羅斯的戰士、米摩瓦斯的舞者，還有米瑞瓦斯的夢獵者。說大家如何常常吵嘴，囉唆對方這個跟那個，直到米摩瓦斯的天選之子從試圖綁架他的魅影手中逃走那天為止。還有雲獸怎麼把天選之子帶到米阿瑪斯，而幾乎甦醒之地的居民最後才明白，有更重要的目標必須奮力追求。當魅影號召大軍，準備用蠻力帶走天選之子時，眾人合力挺身對抗。即使在無盡戰役除了慘敗之外，似乎沒有別種終結的方式，即使米巴塔羅斯王國淪陷而被夷為平地時，其他的王國也不曾停止抵抗。因為他們都知道，要是讓魅影奪走天選之子，魅影會先殺死幾乎甦醒之地上的音樂，接著想像力也會連帶遭殃。如果音樂跟想像力都死了，就不會再有與眾不同的事物。所有童話故事的生命力都來自它們的與眾不同。「只有與眾不同的人可以改變世界，」阿嬤以前常說，「正常人一點屁事也改變不了。」

然後阿嬤就會說起烏爾斯。艾莎打從一開始就該明白這點。她真的打從一開始就該明白一切的。

艾莎跳進奧迪之前，爸預先就把音響關了。艾莎很高興爸這樣做，因為每當她向他指出，他聽的是世上最難聽的音樂時，他就會一臉消沉。當你必須坐在奧迪裡，聽著世上最難聽的音樂時，很難忍住不說出口。

「安全帶？」爸在她坐定的時候問。

艾莎的心依然在胸中狂跳。

「噢，嗨，老土狼！」她對著爸大喊。阿嬤來接她的時候，她總會這樣大喊，然後阿嬤就會用渾厚的嗓音回喊：「哈囉，哈囉，我的小美人！」然後一切感覺都會變好。因為當你對某人大喊「噢，嗨，老土狼！」的時候，害怕的感覺雖然可能還在，不過，經過這麼一喊，幾乎就很難再覺得害怕。

爸一臉沒把握，艾莎嘆口氣，扣好安全帶，試著喚起自己不害怕的事物，好讓脈搏漸漸緩和下來。爸看起來更猶豫了。

「妳媽跟喬治又到醫院去了……」

「我知道。」艾莎說，語氣就像某件事並未成功平撫某人恐懼時的反應。

爸點點頭。艾莎把背包往座椅之間丟，背包橫倒在後座上。爸轉身把背包拉正。

「妳想做點什麼嗎？」他說，說到「什麼」的時候，語調有點焦慮。

艾莎聳聳肩。

「我們可以做點……有趣的事？」

艾莎知道他只是好心才這麼提議，因為他很少來看艾莎而良心不安，因為阿嬤死了而同情艾莎，因為這次星期三接艾莎放學事出突然。艾莎知道這點，因為爸通常從來不會提議一起做什麼「有趣」的事，因為爸不喜歡享受樂趣。有趣的事情會讓爸緊張。艾莎小時候，全家出門度假，他、艾莎還有媽一起到海灘去，一家三口玩得如此盡興，爸事後還必須服用兩顆頭痛藥，整個下午躺在旅館裡休息。他一口氣玩得太盡興，媽說。

「就是樂趣過量。」艾莎說，媽聽到笑了好久。

爸有件怪事就是，沒人比他更能帶出媽內在的樂趣；彷彿媽一直是電池的相反極。沒人比阿嬤更能帶出媽內在的秩序跟條理，而沒人能像爸那樣把媽變得那麼不修邊幅跟異想天開。艾莎小時候，媽有次在跟爸講電話，艾莎一直問：「是爸嗎？是爸嗎？我可以跟爸講話嗎？他在哪裡？」媽終於轉過身來，誇張地嘆口氣：「不行，妳不能跟爸講話，因為爸現在在天堂了，艾莎！」然後艾莎陷入徹底的靜默，只是怔怔盯著媽看，然後媽咧嘴一笑：「老天，開玩笑的啊，艾莎，他在超市啦。」

媽咧嘴笑的樣子，就像阿嬤以前常有的表情。

隔天早晨，艾莎眼睛濕亮地踏進廚房，媽正在喝加了一堆無乳糖牛奶的咖啡，媽憂心忡忡，問艾莎為什麼一臉難過。艾莎回答說，她夢到「爸在天堂」。然後媽因為罪惡感深重而急瘋了，使勁擁住艾莎，反覆道歉個不停，艾莎等了將近十分鐘，才咧嘴笑說：「老天，開玩笑的啦，我夢到他在超市啦。」

從此以後，媽跟艾莎就常跟爸開玩笑，問他天堂像什麼樣子。媽問：「天堂冷嗎？人在天堂可以飛嗎？在天堂可以見到上帝嗎？」艾莎問：「天堂有乳酪刨絲器嗎？」然後兩人就會笑到直不起腰。以前她倆這樣做的時候，爸常常會滿臉猶豫。艾莎很想念那段日子；想念爸在天堂的時光。

「阿嬤現在在天堂嗎？」她對爸說，然後咧嘴一笑，因為她是想說笑，以為爸會噗哧笑出來。

可是他沒笑，只是露出那種表情，艾莎說了害他露出那種表情的話，覺得相當慚愧。

「噢，算了，」她嘀咕，輕拍置物箱，「回家就可以了，沒問題。」她趕緊追加。

爸點點頭，如釋重負中帶著失望。

他們遠遠就看到警車，就在樓房外頭的街道上。兩人走出奧迪時，艾莎就聽到了吠聲。樓梯上擠滿了人。我們之友在牠的公寓裡暴怒狂嗥，整棟建築為之搖撼。

「妳有……鑰匙嗎？」爸問。

艾莎點點頭，匆匆給他一個擁抱。樓梯井擠滿了人，讓爸非常遲疑。他回到奧迪上，艾莎自己走進屋裡。在我們之友震耳欲聾的噪音之外，她還聽到別的東西。是人聲。黑暗、沉著、隱含威脅。他們穿著制服，在罹病男孩跟他母親住的公寓外面走來走去。

他們凝神瞅著我們之友的門，可是顯然不敢靠太近，身體平貼在對面的牆壁上。有個女警轉過身來，她的綠眸對上艾莎的視線——就是阿嬤亂丟大便那晚，跟阿嬤在警局遇到的那個女警。女警對艾莎苦悶地點點頭，彷彿試著致歉。

艾莎沒點頭回應，只是推擠過去，拔腿跑開。

艾莎聽到有個警察對手機講話，提到「動物管制」跟「準備撲殺」這樣的字眼。布蕾瑪莉站在樓梯一半的地方，近到足以給警察該怎麼處置的建議，同時又保持安全距離，免得那頭野獸想辦法衝出門外。她好意地對著艾莎微笑。艾莎討厭她。艾莎走到頂樓時，我們之友開始嚎叫，比以往平日都大聲，好似一萬個童話故事匯聚而成的颶風。艾莎俯瞰幾段階梯之間的樓梯井，可以看到警察正要撤退。

艾莎打從一開始就該明白的，她真的該要明白的。

米阿瑪斯的森林跟高山裡，有非常特別的怪物，種類絕對多到超乎想像。不過，米阿瑪斯裡沒有一種生物（連阿嬤也比不上），比烏爾斯更具傳奇性，或是更值得尊敬。

牠們身形跟北極熊一樣壯碩，動作跟沙漠狐狸一般流暢，攻擊速度跟眼鏡蛇一樣迅猛。比公牛還要強壯，耐力可比野生公馬，嘴顎比老虎更兇猛。披著一身散放光澤的烏黑毛皮，柔軟似夏風，可是毛皮下面的獸皮又厚如盔甲。在真正古老的童話故事裡，烏爾斯據說擁有不死之身。這些故事來自更遠古的永恆，當時烏爾斯們住在米普羅里斯，替皇室家族擔任城堡守衛。

阿嬤以前總是解釋，當初把牠們逐出幾乎甦醒之地的，就是米普羅里斯的公主，阿嬤話語之間的沉默裡，總有種揮之不去的罪惡感。公主小時候，曾經想跟一隻烏爾斯寶寶玩耍，那時烏爾斯寶寶正在睡覺。她扯了烏爾斯的尾巴，結果牠在驚慌之下醒來，往她的手一咬。當然了，每個人都知道真正該怪罪的對象是她父母，他們從來沒教過公主，永遠不要在烏爾斯睡覺的時候吵醒牠。可是公主驚恐萬分，她父母暴跳如雷，不得不找人怪罪，這樣他們才有辦法面對自己。因為這樣，宮廷決定永遠將烏爾斯驅逐出去。他們准許一群特別冷酷無情的賞金獵人矮精靈，用毒箭跟熱火來獵殺烏爾斯。

想也知道，烏爾斯們大可以反擊的，因為連幾乎甦醒之地群集起來的大軍都不敢跟牠們正面對戰，這種動物身為戰士，就是這麼駭人。不過，烏爾斯並未挺身戰鬥，而是轉身就跑。牠們跑得又遠又高，進入了高山，沒人相信能夠再找到牠們。牠們奔跑不停，直到六個王國的孩子都長大了，一輩子也不曾看過一隻烏爾斯。牠們跑得如此之久，最後都成了一則傳奇。

直到無盡戰役興起時，米普羅里斯的公主才明白自己犯了多大的過錯。魅影殺光了戰士王國米巴塔羅斯裡所有的士兵，將整個王國夷為平地，現在以嚇人的威力朝幾乎甦醒之地的其他王國步步進逼。在看似窮途末路的時候，公主跳上她的白馬，從城牆那裡出發，有如暴風雨似地急急奔向高山，經過彷彿了無止境的搜索之後，她的馬匹不敵疲憊，她自己也險些不支倒地，就在這時，烏爾斯找到了她。

等到魅影聽見雷鳴般的巨響，感覺地面顫動不已時，一切已經太遲。公主帶頭騎在最了不起的烏爾斯戰士背上。那也是狼心從森林返回的時刻。也許因為米阿瑪斯面臨滅絕的可能性，比以往都更需要他。「可是也許……」祖孫倆以前夜裡坐在雲獸背上時，阿嬤總是對著艾莎的耳朵低語，「也許最主要是因為公主領悟到，自己以前對烏爾斯多麼不公平，這才證明了所有的王國都有資格得到拯救。」

無盡戰役在那天結束。魅影被趕過了大海。狼心再次消失在森林裡。但烏爾斯留了下來，直到今天依然在米普羅里斯擔任公主的私人守衛，在她城堡大門外頭站崗。

艾莎現在聽到我們之友在樓下狂吠。她記得阿嬤說過「他覺得弄得鬧烘烘還滿有趣的」。艾莎對我們之友的幽默感有點沒把握，可是接著想起，阿嬤說過，我們之友不需要跟任何人住。當然了，阿嬤自己就沒跟任何人住啊。當艾莎向阿嬤指出，也許阿嬤不該把自己拿來跟狗比時，阿嬤翻了翻白眼。現在艾莎明白為什麼了。

她早該在一開始就弄懂的，她真的應該。

因為根本沒有狗。

有個警察笨手笨腳把弄一大串鑰匙。艾莎聽到樓下的大門打開，在我們之友吠叫聲的間歇中，她聽見罹病男孩舞上了階梯。

警察動作輕柔地將男孩跟他母親推進他們家公寓。布蕾瑪莉在她那層樓上踩著小碎步走來走去。艾莎透過樓梯扶手討厭著她。

我們之友完全靜默了片刻，彷彿為了集中火力投入真正的戰鬥，一時策略性地撤退了。警察搖響那串鑰匙，談著要「做好準備，免得牠發動攻擊」。因為我們之友不再吠叫，警察現在的語氣還滿自大的。

艾莎聽到另一扇門打開，接著傳來雷納特的聲音。他怯生生問說怎麼回事。警察解釋他們是來「處理一頭危險的狗」。雷納特的語氣有點憂心，接著聽起來有點無言以對，最後說了他向來會說的話：「有人想來杯咖啡嗎？茉德剛剛煮了點新鮮的。」

布蕾瑪莉打斷雷納特，怒斥說警察有比喝咖啡更重要的事情要忙。警察的語氣有點失望。艾莎看到雷納特回到樓上來，起初似乎考慮要待在平台那裡，接著似乎明白，這樣咖啡可能會冷掉，最後達到的結論就是，不管這邊怎麼回事，都不值得冒險讓咖啡冷掉，於是隱入公寓之中。

之後的頭一聲吠叫短促又明確，彷彿我們之友只是在測試聲帶。第二聲洪亮到艾莎有好幾個永恆的時間，耳裡都只有嗡嗡響。等到嗡嗡響終於退散，她聽見了可怕的悶響，接著又一聲，然後再一聲。直到這時她才明白那個噪音是什麼意思。我們之友正以全身的蠻力，衝撞門的內側。

艾莎聽到有個警察又在講手機了。警察講的話她大多聽不見，但她聽到了「超大、侵略性超強」。她透過欄杆往下窺看，看到警察們站在我們之友公寓門外的幾公尺那裡，我們之友的撞擊力道越大，警察的自信逐漸流失。艾莎注意到，又多了兩個警察。其中一個用牽繩帶著德國狼犬。德國狼犬似乎不大想靠近那個試圖闖出公寓的東西，不管是什麼東西。狼犬看著牽牠的人，眼神就像阿嬤那次試著替媽的微波爐更換電線時，艾莎看著阿嬤的樣子。

「叫動物管制的人過來。」艾莎聽到那個綠眸女警終於沮喪地嘆口氣並說。

「我就是那樣說的！就跟我說的一樣！」布蕾瑪莉急切地嚷嚷。

綠眸女瞥了布蕾瑪莉一眼，布蕾瑪莉立刻閉上嘴。

我們之友吼了最後一聲，聲音大到驚天動地，然後再次靜默下來。樓梯上一時喧鬧不已，接著艾莎聽見樓房大門關了起來。不管那間公寓裡頭住的是什麼，警察們顯然都決定在遠一點的地方等動物管控的人馬過來。艾莎透過窗戶看著他們越走越遠，他們的肢體語言暗示著要喝咖啡。狼犬的肢體語言則暗示著牠考慮提早退休。

樓梯頓時陷入寂靜，布蕾瑪莉在下頭獨自一人的輕快腳步，頻頻傳來了回音。

艾莎三心兩意地站在原地（她知道「三心兩意」這個詞屬於字罐的等級）。艾莎從窗戶可以看到警察，事後回想，她無法解釋她為什麼要這樣做。可是米阿瑪斯真正的騎士都不會袖手旁觀，任由阿嬤的朋友被殺死。於是她匆匆溜下樓，路過布蕾瑪莉跟肯特的公寓時，分外小心，每次越過一半的平台，就停下腳步傾聽，確定警察沒再回來。

她終於停在我們之友的公寓外面，小心打開信箱，裡頭一片漆黑，可是她聽到我們之友轟隆隆的吐息。

「是……我。」艾莎支支吾吾。

她不知道要怎麼開啟這樣的對話，而且我們之友並沒回答。不過牠也沒撞門就是了。艾莎把這一點當成兩人溝通有所進展的明顯徵兆。

「是我，上次帶小巧克力來的那個人。」

我們之友沒回答，可是她可以聽到牠的吐息聲緩慢下來。艾莎的話語滔滔湧現，彷彿有人將它們傾倒出來。

「嘿……我的意思是，這個聽起來可能超奇怪的……可是我有點覺得，我阿嬤可能希望你離開這邊。你知道吧？如果你有後門什麼的，要不然他們就會開槍打你！這樣說可能超奇怪的，不過你自己住一間公寓真的還滿奇怪的……如果你懂我意思……」

等到她把話都說出口以後，才意識到自己是用密語說的，就像是個試驗。因為如果門的另一邊只是一條普通的狗，牠就聽不懂。「不過如果牠聽懂了，」她暗想，「那麼牠就是很不一樣的東西。」她聽到大小跟車胎一樣的爪子發出聲響，迅速扒抓門的內側。

「我希望你聽懂了。」艾莎用密語低聲說。

她根本沒聽到背後有門打開，只來得及意識到我們之友從門口退開，彷彿在做準備。艾莎逐漸意識到有人站在背後，彷彿有鬼魂在她背後顯形，或者是——

「小心！」那個聲音低吼。

怪物手裡拿著鑰匙默默疾走經過，艾莎猛地往牆壁一貼。下一刻，她就卡在怪物跟我們之友中間了。真的是艾莎所見過，巨大到爆的烏爾斯，也是巨大到爆的怪物。感覺彷彿有人踩住她的肺部。她想尖叫，可是出不了聲。

在這之後，一切以迅雷不及掩耳的速度發展。他們聽到樓梯底部那扇門開了，傳來警察的聲音，還有別人。艾莎意識到，一定是動物管制的人馬。艾莎回顧當時，不大有把握自己的動作由自己掌控。要是受到魔咒還是什麼的控制，接下來發生的事情就不會這麼不可思議；發生這件事，遠遠比遇見一頭烏爾斯更不可能。當門在她背後關起來的時候，她就站在了怪物公寓的玄關裡。

那裡瀰漫著肥皂味。

10 酒精

警察用鐵撬打進門框的時候，木頭裂響灌滿了樓梯井。

艾莎站在怪物公寓的玄關裡，透過窺視孔看著他們。不過，技術上來說，她的雙腳並未碰到地板，因為烏爾斯坐在玄關踏墊上，於是她卡在巨獸臀部跟門板內側之間。烏爾斯表情極度煩躁，不帶威脅性，單純只是煩躁，彷彿牠分到的那瓶檸檬汁裡泡了隻黃蜂。

艾莎想到，比起跟她一起在玄關裡的兩個生物，門板外面的警察讓她更恐慌。也許這點不是很理性，可是她判定阿嬤的朋友比布蕾瑪莉的朋友更值得信賴。她在門邊小心轉身，最後跟烏爾斯面對面，然後用密語低聲說，

「你現在千萬不可以吠，請你乖乖的，要不然他們會殺掉你！」

艾莎如果打開門，放牠出去跟警察短兵相接，狀況會更糟糕，烏爾斯對這種推定露出不大信服的表情，不以為然地撇開腦袋。牠之所以一直保持安靜，看來是為了艾莎著想，而不是為了自己。

門外的樓梯平台上，警察幾乎快把門撬開了。艾莎聽到他們互相喊著指令，關於「即將準備就緒」的事。

她環顧玄關，然後望進客廳。這間公寓非常小，不過是她一輩子進去過最整齊的一間。裡面幾乎沒家具，少少幾件物品面對面排列，一副只要一粒灰塵落在上面，這些家具可能會切腹

自殺（艾莎知道「切腹自殺」，因為她大約一年前有一陣子很迷日本武士）。

怪物消失在浴室裡。裡面的水龍頭流了好久，然後他才又出來。用小小白毛巾非常仔細地擦乾手，再把毛巾摺整齊，走去放進洗衣籃。他必須彎下身子才能穿過門口。艾莎覺得尤利西斯遇到那個獨眼巨人的時候，一定跟她此刻有同樣的感覺，因為艾莎最近讀到了尤利西斯的故事。只是獨眼巨人可能不會想跟這個怪物一樣，把手洗得這麼仔細。只是艾莎覺得自己沒有書裡寫的尤利西斯那樣自大傲慢、自以為是，想當然。但是除此之外，她覺得自己是有點像尤利西斯。

怪物看著她，沒有生氣的樣子，其實表情更像是困惑，幾乎大驚失色。也許這點給了艾莎勇氣，她脫口就說：「我阿嬤為什麼要寄信給你？」

她用正常的語言說，她就是不想用密語跟他講話，原因是什麼她還不大清楚。怪物的眉毛陷進黑髮下面，所以在那堆毛髮、鬍子跟傷疤後面，很難分辨任何表情。他赤著腳，可是套著一般在游泳池可以拿到的藍色塑膠鞋套。他的靴子整整齊齊排在門內，確實對齊地墊的邊緣。他又遞了兩個藍色塑膠袋給艾莎，她一碰到塑膠套，他就猛然把手抽開，彷彿擔心艾莎可能會碰到他。艾莎彎下腰，把塑膠袋套在沾了泥巴的鞋子上。她注意到自己稍微離開了地墊，在木條拼花地板上留下沾了融雪的兩個半腳印。

怪物以令人折服的流暢度彎下腰，用新鮮的白毛巾開始抹地。抹完之後，就用一小瓶清潔劑噴噴那個區域，刺痛艾莎的眼睛，然後再用另一條小白毛巾抹了抹原地。接著他站起來，將兩條毛巾整齊地放進洗衣籃，再把噴霧罐準確地擱回架子上。

然後他站了很久時間，不自在地盯著烏爾斯。牠在玄關攤開四肢，幾乎佔掉整片地板。怪物一副就要過度換氣的模樣。他消失在浴室裡，然後又回來，開始仔細地緊緊貼著烏爾斯四周放了一圈毛巾，特別小心不要碰到牠的任何部位。然後他回到浴室，在水龍頭底下使勁刷洗雙手，直到水槽都震動起來。

他回來的時候，拿了一小罐抗菌凝膠。艾莎之所以認得，是因為每次到醫院看阿嬤，都必須用那種凝膠搓揉雙手。怪物伸出手的時候，她透過怪物腋下的縫隙，往浴室裡一窺。裡面的凝膠罐比起她想像中媽媽那家醫院的存貨都還多。

怪物一臉氣惱。他放下罐子，用凝膠抹抹手指，彷彿手指上多長了層皮膚，而他必須想辦法搓掉似的。接著他示範似地舉起雙掌，每掌都有一輛平台貨車那麼大，然後堅定地向艾莎點點頭。

艾莎舉起大小更像網球的雙掌。他在上頭倒了凝膠，然後盡可能不要露出噁心的表情。她速速把凝膠搓進皮膚，再把多餘的抹在褲腿上。怪物彷彿有點想把自己用地氈捲起來，開始放聲哭叫。為了補償這點，他往自己手上倒了更多凝膠，搓啊搓啊搓不停。然後他注意到艾莎撞歪他的一隻靴子，沒跟另一隻靴子並排，於是彎下腰調整靴子，然後又倒了更多凝膠。

艾莎仰頭望著他。

「你有強迫的毛病嗎？」艾莎說。

怪物沒回答，只是雙手互搓，彷彿想生火。

「我在維基百科上讀過。」

怪物的胸膛上下起伏，沮喪地吸著氣。他消失在浴室裡，她又聽到水流噴湧的聲音。

「我爸也有點強迫症喔！」艾莎朝他的背影呼喊，然後趕緊追加，「可是，老天，沒你這麼嚴重就是了，你是完全瘋了！」

她事後才意識到，自己講的話聽起來好像滿侮辱人的，可是她完全沒有這個意思。她不是有意要把爸那種業餘的強迫行為，拿來跟怪物這種一看就知道是專業等級的執迷相比。

怪物回來的時候，看到烏爾斯正小口咬著她的背包，牠顯然相信裡頭有小巧克力棒。怪物一副努力想躲進自己腦袋裡比較快樂的地方。他們三個站在原地：烏爾斯跟小孩，以及需要整潔秩序的怪物，完全不適合結伴共處。

門的另一邊，警察跟動物管制的人馬剛剛闖進致命獵犬寄身的公寓，卻發現那頭獵犬不見蹤影。

艾莎看看烏爾斯，再看看妖怪。

「你為什麼會有……那間公寓……的鑰匙？」她問怪物。

怪物的呼吸似乎沉重起來。

「妳留在信裡面的，阿嬤的信，在信封裡。」等了半天，他才從喉嚨深處吐出話來。

艾莎朝反方向一擺頭。

「阿嬤在信裡寫說要你照顧牠嗎？」

怪物遲疑地點點頭。

「寫說要『保護城堡』。」

艾莎點點頭。兩人的視線短暫交會。怪物的模樣，就好像希望來客趕快滾回家，回去污染他們自家的玄關。艾莎看著烏爾斯。

「牠晚上為什麼叫個不停？」

烏爾斯的表情好像不大喜歡被人用第三人稱議論，也就是說，如果牠也算得上「第三人」的話；烏爾斯對於當前的文法問題好像不大有把握。怪物對那堆問題越來越厭煩。

「因為悲傷。」他朝烏爾斯低語，一面搓著雙手，即使已經不剩可以揉進皮膚的東西。

「悲傷什麼？」艾莎問。

怪物定定盯著自己的掌心。

「為了妳外婆悲傷。」

艾莎看著烏爾斯，烏爾斯用悲傷的黑眼凝望她。艾莎事後想起這點，推想這就是她真正、真正開始深深喜歡上牠的時刻。她再次看著怪物。

「我阿嬤為什麼要寄信給你？」

他雙手搓得更用力了。

「老朋友，」他從山一般的毛髮後面嘀咕。

「信裡寫什麼？」

「只是寫『抱歉』，只有『抱歉』……」他說，然後往頭髮跟鬍子後面藏得更深。

「我阿嬤為什麼要跟你說抱歉？」

艾莎開始覺得被排除在故事之外，而她討厭自己被排除在故事之外。

「跟妳沒關係。」怪物靜靜說。

「她是我阿嬤耶！」艾莎堅持。

「那是給我的『抱歉』。」

艾莎握緊拳頭。

「算你厲害。」她終於承認。

怪物並未抬起頭，只是轉身走回浴室。水又流了一陣子。更多凝膠。更多搓洗。烏爾斯現在已經用牙齒咬起艾莎的背包，整個口鼻擠進包包。當牠發現背包裡擺明了沒有跟巧克力有關的東西時，失望透頂地發出低嗚。

艾莎瞇眼看著怪物，語調更嚴厲，盤問的意味更強：

「我拿信給你的時候，你說了我們的密語！你說『傻姑娘』！是我阿嬤教你的嗎？」

接著怪物頭一次好好抬起頭來，詫異地雙目圓睜。然後艾莎張著嘴盯著他看。

「不是她教我的，是我……教她的。」怪物用密語低聲說。

現在艾莎講話彷彿喘不過氣來。

「你是……你是……」

就在那一刻，她聽見警察把烏爾斯公寓的破門關起來，走了出來，布蕾瑪莉狂亂地抗議著。艾莎直直望進怪物的眼睛。

「你是……狼人男孩。」

換了口氣之後，她用密語低聲說：

「你就是狼心。」

怪物哀傷地點點頭。

11 營養棒

阿嬤講的那些米阿瑪斯的童話故事，通常都滿戲劇化。戰爭、暴風雨、追捕、陰謀等等，因為阿嬤就是喜歡充滿動態的緊湊故事。這些故事幾乎都無關幾乎甦醒之地的日常生活。所以當怪物跟烏爾斯不用帶領軍隊、無須抵抗魅影時，兩者該怎麼相處，艾莎幾乎沒概念。結果發現他們不大處得來。

事情就從烏爾斯對怪物完全失去耐性開始，當時怪物試著清理烏爾斯身體下方那片地板，而烏爾斯還躺在上面。然後因為怪物非常不想碰到烏爾斯，結果無意間噴了點凝膠進烏爾斯的眼睛。艾莎必須居中調停，免得雙方掀起大戰。後來，當怪物極度挫折，堅持要艾莎在烏爾斯的腳掌上各套一只藍色塑膠袋時，烏爾斯認為事情太過火了。最後，一等暮色降臨，艾莎確定不會再有警察在樓梯上徘徊時，就逼他們兩個到外頭的雪地上去，讓她平心靜氣思索整體局勢，再決定接下來該怎麼做。

她原本該擔心布蕾瑪莉會從陽台看到他們，只是現在六點整，而布蕾瑪莉跟肯特向來六點整吃飯，因為「只有野蠻人」才會在別的時間吃飯。艾莎把下巴縮進葛來芬多圍巾裡，試著條理分明地思考。烏爾斯還是一副受到藍色塑膠袋冒犯的樣子，退到了樹叢間，最後只剩鼻子從枝椏之間突出來。牠待在那裡，一臉極度不滿地牢牢盯著艾莎。將近一分鐘之後，怪物嘆口氣，打了個明確的手勢。

「拉屎。」怪物嘟囔，然後望向別的地方。

「抱歉。」艾莎心虛地向烏爾斯說，然後轉開身子。他們又改用正常語言交談了，因為艾莎跟阿嬤之外的人講密語時，肚子就好像會化為陰暗的硬塊。不管用哪種語言，怪物似乎都不怎麼有興趣開口。與此同時，烏爾斯的表情就像在我或你上廁所時，突然有人闖進來。他們兩人花了點時間才明白，目瞪口呆杵在那裡有多不恰當。直到此時，艾莎才意識到，烏爾斯已經好幾天沒機會上廁所，除非牠在自己的公寓裡解決。她排除了那個可能性，因為她無法想像烏爾斯會想辦法去用馬桶，而牠肯定不會在自家地板上拉屎，因為牠不會做這種事來拉低自己的身分。所以她推想，烏爾斯的超能力之一就是硬憋。

她轉向怪物，他搓著雙手，低頭望著雪地裡的足跡，彷彿想用熨斗把雪地燙平。

「你是軍人嗎？」艾莎指著他的長褲問。

他搖搖頭。艾莎繼續指著他的長褲，因為她在新聞上看過這類的長褲。

「這明明是軍人穿的褲子。」

怪物點點頭。

「如果你不是軍人，為什麼會穿軍人的長褲？」她質問。

「舊褲子。」怪物扼要地回答。

「你那個疤怎麼來的？」艾莎指著他的臉問。

「意外。」怪物更簡潔地回答。

「No shit, Sherlock（想也知道好嗎）——我又沒有暗示你是故意弄的。」

（「No shit, Sherlock」是英文表達裡她最愛的一個。她爸爸總是說，如果自己的語言[9]裡有適合的替代說法，就不應該用英文來表達，可是艾莎不覺得在這個情況裡，母語裡有可以替換的講法。）

「抱歉，我沒有不禮貌的意思，只是想知道是哪種意外。」

「一般的意外，」他低吼，彷彿這樣就能交代。怪物消失在自己外套的巨大兜帽下方。

「現在晚了，應該睡覺。」

她明白他指的是她，而不是自己。她指指烏爾斯。

「那個傢伙今天晚上要跟你睡。」

怪物的表情，彷彿她剛叫他脫光衣服，先在口水裡打滾，再衝過關著燈的郵票工廠。也許不完全是，但多多少少是。他搖搖頭，兜帽像船帆一樣搖擺。

「不能睡那裡，不行，不能睡那裡。不行，不行，不行。」

艾莎雙手貼在肚子上，怒瞪著他。

「那牠要睡哪裡？」

怪物更往兜帽裡縮，指指艾莎。

艾莎冷哼。

「媽連貓頭鷹都不讓我養了！要是我帶那個東西回家，你知道她會有什麼反應嗎？」

烏爾斯從樹叢裡走出來，發出不少噪音，滿臉不悅。艾莎清清喉嚨，道了歉。

「抱歉，我說『那個東西』沒有不好的意思。」

烏爾斯的表情彷彿就要開口嘀咕：「最好是啦。」怪物畫圓搓手，速度越來越快，然後一副陷入恐慌的樣子，垂頭對著地面低嘶：

「毛皮有屎，毛皮上沾了屎，毛皮有屎。」

艾莎翻翻白眼，意識到自己如果繼續施壓，怪物可能會心臟病發。怪物轉開身子，彷彿想把隱形橡皮擦塞進腦袋，好把那個影像逐出記憶。

「阿嬤信裡寫什麼？」她問他。

怪物在兜帽下沉鬱地呼吸。

「寫了『抱歉』。」他沒轉過身來就說。

「還有什麼？信明明很長！」

怪物嘆口氣，搖搖頭，朝著樓房大門點點頭。

「現在晚了，睡覺。」他低吼。

「你先跟我講信的事情！」

怪物的表情就好像非常疲憊，但每隔一段時間就有人拿著裝滿優格的枕頭套，使盡全力朝他猛擊而無法入睡的那種人。多多少少是啦。他抬起頭，擰著眉打量艾莎，彷彿想計算自己可以把她拋得多遠。

「寫了『保護城堡』。」他重複。

艾莎往他走得更近，表示自己並不怕他，或許是要向自己表示。

「還有什麼？」

9 小說裡指的是瑞典文。

他在兜帽裡縮起腦袋，起步穿越雪地走開。

「保護妳，保護艾莎。」

然後消失在黑暗中，不見蹤影。艾莎不久就會學到，他常常就這樣隱去蹤跡。對於體型這麼碩大的人來說，他拿手得令人稱奇。

艾莎聽到院子另一邊傳來悶哼的喘息聲，然後轉過頭去。喬治正朝著樓房越跑越近，她知道是喬治，因為他把短褲套在運動長褲外，而且穿著世上最綠的夾克。他沒看到她，也沒看到烏爾斯，因為他太忙著在板凳彈上彈下。喬治常常自己訓練慢跑，還有從東西跳上跳下。艾莎有時候覺得他好像永遠在徵選下一代的超級瑪利歐兄弟電玩。

「來吧！」艾莎趕緊對烏爾斯低語，想趕在喬治看到以前，把牠弄進屋裡。讓她驚奇的是，這頭力大無窮的動物竟然乖乖聽她的話。

烏爾斯擦過她的腿，牠的毛皮搔得她全身癢到額頭那裡，差點被牠的力道撞倒在地。

她笑了，牠望著她的表情似乎也在笑。

除了阿嬤之外，烏爾斯是艾莎這輩子交上的第一個朋友。

她先確定布蕾瑪莉沒有在階梯上徘徊，確定喬治沒看到他們，才領著烏爾斯往地下室去。每戶公寓都分配到一個儲藏區，阿嬤的儲藏區沒上鎖而且空空如也。

「你今天晚上必須待在這邊，」她低語，「明天再找個更好的地方讓你躲。」

烏爾斯並沒有很折服的模樣，不過還是躺下來，翻到側面，無動於衷地望進依然籠罩於黑暗的其他區域。艾莎先檢查一下烏爾斯在看的地方，再把焦點轉回牠身上。

「阿嬤一直說下面有鬼，」她堅定地說，「你絕對不可以嚇它們喔，聽到沒？」

烏爾斯滿不在乎地側躺在地板上，大如鐵鎬的門牙在黑暗中發出晶光。

「如果你乖乖的，我明天會帶更多巧克力來。」她承諾。

烏爾斯好像在考慮可以為了這點讓步一下。艾莎往前傾身，吻了吻牠鼻子，接著快步衝上階梯，小心翼翼地關上地下室門。她連燈也沒開就躡手躡腳上了樓，把被人撞見的風險減到最低，不過當她路過布蕾瑪莉跟肯特的公寓時，伏低身子，用跳的爬完最後一段階梯。她幾乎確定布蕾瑪莉就站在公寓裡，透過窺視孔往外看。

隔天早晨，怪物的公寓跟地下室儲藏空間都一片黑暗空盪。喬治載艾莎上學，媽已經到醫院去了，因為，那裡一如既往又有緊急事件，而媽的工作就是解決緊急事件。

喬治一路上都在講營養棒的事。他說他買了一整盒，現在卻遍尋不著。喬治喜歡聊營養棒，還有各式各樣的功能用品，比方說，功能服飾、功能慢跑鞋。喬治熱愛功能。艾莎希望不會有人發明出帶功能的營養棒，要不然喬治的腦袋可能會爆掉。艾莎並不是覺得喬治腦袋爆掉不好，只是想像媽可能會難過，而且清掃起來也挺麻煩的。喬治在停車區放她下車以前，再次問她有沒有看到失蹤的營養棒。她無聊到鬼叫一聲之後便跳下車。

其他孩子保持距離，滿懷戒心看著她。怪物在公園外挺身介入的傳聞已經散播出去，可是艾莎知道這只會持續一小陣子，因為那件事發生得離學校太遠。發生在校園外頭的事，簡直等於發生在外太空，反正她在裡面原本就受到保護。也許她可以喘息個幾小時，可是那些老愛追捕她的人會繼續測試底線，一旦鼓足勇氣再對她出手時，力道將會是前所未有的大。

而且她知道怪物永遠也不會為了她而接近柵欄，因為學校裡滿是小孩，而小孩身上滿是病菌。對怪物來說，在接觸到小孩之後，全世界的凝膠也不夠用來消毒。

可是儘管如此，她還是很享受那天早晨的自由。那是耶誕假期前的倒數第二天，明天過後，她就有兩個星期可以休息，不用老是逃命。有兩個星期不用在個人置物櫃裡找到紙條，紙條不是罵她醜不拉嘰，就是說他們打算怎麼殺了她。

第一節下課的時候，她難得沿著柵欄漫步，時不時把背包的揹帶調緊，確保它不會鬆垮垮掛著。雖然知道他們現在不會追著她跑，可是這種習慣很難戒除。如果背包揹帶鬆鬆的，就會拖慢跑速。

最後她放任自己神遊起來。這可能就是她沒看到的原因。她滿腦子都是阿嬤跟米阿瑪斯，納悶阿嬤派這項尋寶任務給她，到底有什麼盤算——如果說，阿嬤真有什麼盤算的話。阿嬤總是有點臨機應變，現在她已經不在了，艾莎很難看出尋寶任務的下一步該怎麼走。更重要的是，阿嬤說擔心等艾莎查出更多關於她的事情時，就會討厭她，艾莎想不通阿嬤是什麼意思。一直到現在，艾莎只查出阿嬤有些滿可疑的朋友，而這點實在沒什麼好震驚的。

艾莎顯然明白，阿嬤關於「成為阿嬤以前，本來的樣子」那段話，一定跟艾莎的媽有什麼關連，若非情不得已，她寧可不要去問媽。這陣子以來，艾莎只要跟媽講話，最後總是以吵架收場。除非開始爭吵，否則就沒辦法查出實情，艾莎很討厭這樣。

而她討厭沒有阿嬤以後，那種孤單到底的感覺。

所以一定是因為這樣，她才沒注意到。她可能一直到距離不到兩三公尺的時候，才終於看到；這麼近還沒看到烏爾斯，真是太誇張了。牠就坐在柵欄外的大門邊，她詫異地笑出聲來。烏爾斯似乎也在笑，但是笑在心裡面。

「我今天早上找過你，」她說著便踏進街道，雖然下課期間按規定不能這樣，「有沒有對那些鬼魂好一點啊？」艾莎問。

烏爾斯的神情似乎在說沒有，但她還是一把摟住牠的頸子，將雙手埋進牠濃密的黑毛，放聲驚呼：「等等，我有東西要給你！」烏爾斯貪婪地把鼻子探進她背包，可是抽回鼻子的時候，表情失望至極。

「是營養棒，」艾莎抱歉地說，「我們家沒有甜食，因為媽不喜歡讓我吃甜的，不過喬治說這些營養棒超好吃！」

烏爾斯一點都不喜歡，只吃了九條左右。上課鈴聲響起時，艾莎非常用力地再抱牠一次，然後低聲說：「謝謝你過來！」

她知道操場裡的其他孩子全都看到了。上午下課期間，有隻世上最大最黑的烏爾斯憑空出現，對於這點，老師們或許可以視而不見，但全宇宙的孩子們都注意到了。

那天，沒人在艾莎的置物櫃裡留下任何紙條。

12 薄荷

艾莎獨自站在阿嬤的公寓陽台上。祖孫以前常常一起站在這裡。阿嬤最早就在這裡指出雲獸、談起幾乎甦醒之地，就在媽跟爸剛離婚之後。那天晚上，艾莎頭一次看到了米阿瑪斯。此刻她盲目地眺望黑暗，前所未有地想念阿嬤。她之前一直躺在阿嬤床上，抬頭凝望天花板的照片，試著想通阿嬤在醫院要艾莎一定不能討厭她，還有「阿嬤有個特權就是，永遠不必讓自己的孫子看到，她成為阿嬤以前的模樣」，這些話到底是什麼意思。艾莎花了幾個鐘頭想弄懂這個尋寶任務的目的，或是哪裡可以找到下個線索。要是真有線索的話。

烏爾斯在地下室的儲藏區睡覺。在這一團迷霧之中，知道烏爾斯近在咫尺還滿好的，能夠稍減艾莎的寂寞。

她望過陽台柵欄，意識到黑暗中的地面上有東西在動。她什麼也看不見，可是知道怪物就在那裡。阿嬤就是這樣安排那個童話故事的。怪物在守護這座城堡，在守護艾莎。

她只是很氣阿嬤一直都沒解釋，他守護城堡是為了防範什麼。

遠遠有個人聲鋸穿了這片寂靜。

「……對，對，派對的酒我都買好了，我現在就快到家了！」那個聲音越來越近，煩躁地宣布著。是那個黑裙女人，對著白線講話，提著四袋笨重的塑膠袋，隨著每個步伐，袋子互相撞來撞去，再撞上她的小腿脛。女人出聲咒罵，在門邊手忙腳亂撈找鑰匙。

「噢，至少有二十個——你也知道辦公室那些傢伙酒量有多好，他們也沒空幫什麼忙，聽好了……對啊，不是嗎？就是說嘛！說得好像我不用全職工作似的？」女人大步踏進樓房前，艾莎最後聽到這些話。

艾莎對黑裙女人幾乎沒什麼認識，只知道她散發著薄荷味，衣服總是熨燙平整，而且壓力似乎永遠很大。阿嬤以前總是說：「還不都是因為她的小子們。」艾莎不知道那是什麼意思。

屋裡，媽正坐在廚房的高腳椅上講電話，一面焦躁地把弄阿嬤的擦碗巾。媽似乎從來都不用認真聽電話線另一頭的人講話。從來沒人跟媽唱反調。她也沒提高音量或打斷人家，只是沒人想跟她對立。媽喜歡維持這種狀態，因為衝突對效率並不好，而效率對她來說至關緊要。喬治有時候會開玩笑說，媽會在午休時間產下半半，免得對醫院整體效率造成負面影響。艾莎很討厭喬治開那些愚蠢的玩笑。她討厭喬治，因為他自以為認識媽很深，可以拿媽開那些玩笑。

當然了，阿嬤認為效率是鬼扯，她才不在乎衝突的負面影響呢。艾莎聽到媽的醫院有個醫師說，阿嬤「在空房間裡也可以挑起爭端」，可是，當艾莎跟阿嬤轉述這件事時，阿嬤只是一臉氣惱並說：「萬一是房間主動挑起的呢？」接著阿嬤就說起那個童話故事——「愛說不的女孩」，即使艾莎已經聽過至少一個永恆那麼多次。

在幾乎甦醒之地的故事裡，「愛說不的女孩」是艾莎聽過的頭幾個故事之一。故事跟六個王國之一的米歐達克斯王后有關。起初，女王是個公正勇敢的公主，備受眾人愛戴，但遺憾的是，她長成了怕東怕西的成人，成人常會這樣。她開始愛上效率、避免衝突，成人就是這樣。

後來，女王索性向米歐達克斯全國下達衝突禁令。人人時時刻刻都要和諧相處。因為所有衝突幾乎都從有人說「不」開始，所以女王明訂這個字非法。凡是違反這條法律的人，馬上就會被丟進巨大的「說不者監獄」；幾百名全副黑盔甲的「說『是』」士兵，會在街道上巡邏，確保四處沒有爭吵發生。女王這樣還不滿意，不只禁用了「不」這個字，不久也把含有「非」、「也許」跟「或許」的其他字眼都畫歸為非法用字。這些字眼裡，你只要用到任何一個，就會直接被關進牢裡，永遠再也見不到天光。過了幾年，像「可能」、「如果」、「等等再說」也變成非法用語。到了最後，大家什麼都不敢說。王后覺得乾脆全面禁止交談好了，因為幾乎每一次的衝突起點都是有人說了什麼。此後，王國裡連續幾年都是一片沉寂。

直到有一天，有個小女孩唱著歌騎馬進城。人人都盯著她看，因為在米歐達克斯，唱歌是一樁重罪，因為風險在於某人喜歡這首歌而另一人不喜歡。於是「說是」士兵立即行動，想阻止女孩，可是他們抓不到她，因為她非常會跑。士兵搖響警鈴，要求兵力增援。此時，王后的菁英兵團——段落騎士，因為他們的坐騎是某種非常特殊的動物，那種動物是長頸鹿跟文法規則書混血——衝出來要阻止小女孩。可是連段落騎士都抓不住她，到了最後，只好由王后親自出馬，她從城堡衝出來，吼著要小女孩別再唱了。

不過，小女孩轉身面對王后，直直盯著對方的眼睛，然後說「不要」。她一說出口，監獄周圍的牆壁就掉下一塊砌石。小女孩再說一次「不要」的時候，又有一塊砌石掉落。不久，不只是小女孩，連王國裡的其他人民，甚至是「說是者」以及「段落騎士」都大喊「不！不！不！」，然後監獄就整個坍塌了。米歐達克斯的人民就是這樣才得知，王后只有在子民害怕衝突的情況下，才能持續掌控權位。

或者，至少艾莎認為這點就是這個故事的教誨。艾莎知道這一點，部分是因為她在維基百科上查過「教誨」這個詞，部分因為她學會說的第一個字就是「不」，結果讓媽跟阿嬤常常一言不合吵起來。當然，媽跟阿嬤也常常為了一大堆其他事情爭吵。有一次阿嬤對艾莎的媽說，她之所以變成管理人，只是為了展現青春期的叛逆——因為艾莎的媽能夠想像出來的最糟叛逆行為，就是「成為經濟學家」。艾莎一直想不通這句話的意思。可是那天稍晚，阿嬤跟媽以為艾莎正在睡，艾莎聽到媽反嗆阿嬤說，「我的青春期，妳又知道些什麼了？妳從來就不在！」那是唯一一次艾莎聽到媽忍淚跟阿嬤說話。然後阿嬤沉默下來，從此不曾當著艾莎的面，再提起青春期叛逆的評語。

媽講完電話之後，抓著擦碗巾站在廚房中央，一副忘了什麼似的。她看著艾莎，艾莎狐疑地回望著她。媽露出憂傷的笑容。「想幫我把阿嬤的一些東西打包進箱子嗎？」

艾莎點點頭，雖然並不想。儘管醫生跟喬治都說媽應該放輕鬆點，媽還是堅持每天晚上都要打包裝箱。媽對這兩件事都不大擅長——不管是放輕鬆，或是聽別人的勸。

「妳爸明天下午會接妳放學。」媽在她的Excel裝箱列表裡勾選幾個項目，隨口說起。

「妳要加班嗎？」艾莎問，彷彿問這個問題沒有特別的含意。

「我會在醫院……多待一下子。」媽說，因為她不喜歡騙艾莎。

「喬治不能來接我嗎？」

「喬治要陪我到醫院去。」

艾莎隨便挑東西收進紙箱，刻意不照媽的裝箱列表。「半半生病了嗎？」

媽試著再微笑，但力有未逮。「別擔心，親愛的。」

「妳那樣講，等於用最快的方法叫我應該超擔心。」艾莎回答。

「情況滿複雜的。」媽嘆氣。

「如果沒人解釋給你聽，什麼都很複雜。」

「只是例行檢查。」

「不，才不是，沒人在懷孕的時候，做那麼多例行檢查的，我才沒那麼笨。」

媽按摩太陽穴，把臉撇開。

「拜託，艾莎，妳不要也跟著製造麻煩。」

「妳說『也』是什麼意思？我還惹了什麼別的麻煩？」艾莎怒嘶，就像快八歲的孩子覺得有點受人欺負的反應。

「別那麼大聲。」媽用沉著的語氣說。

「我沒有大聲！」艾莎吼道。

接著兩人都低頭看著地板好久，尋找各自說抱歉的方法。她們都不知道從何開始。艾莎用力蓋上儲物箱箱蓋，踩著重步離開，走進阿嬤臥房之後甩上了門。

在那之後的半小時左右，公寓靜到針掉在地上都聽得見。因為艾莎就是這麼生氣，氣到不得不開始用分鐘來測量時間，而不是用永恆。她躺在阿嬤床上，盯著天花板的黑白照片。狼人男孩似乎笑著對她揮手。她內心深處納悶著，能夠笑成那樣的男生，長大以後怎麼會變成像怪物那樣悲愁。

她聽到門鈴響起，第二聲鈴響緊接而來，快得超乎正常人按鈴的速度，所以只可能是布蕾瑪莉。

「來了。」媽客氣地回答。艾莎從媽的聲音可以聽出她剛剛在哭。

布蕾瑪莉滔滔不絕，彷彿安裝了發條裝置，而有人用插在她背上的鑰匙轉緊了發條。

「我按了妳家門鈴！竟然沒人開門！」

媽嘆氣。「嗯，我們不在家，我們在這邊。」

「妳母親的車停在車庫！那頭獵犬還在這片地產上遊蕩！」布蕾瑪莉講得如此急切，顯然分不出惹惱她的各種事物孰輕孰重。

艾莎在阿嬤床上坐起身，可是花了將近一分鐘才把布蕾瑪莉剛剛講的話聽進去。接著她跳下床，必須擠出所有的自制力，才不會衝過玄關，因為不想讓那個老愛管閒事的人起疑心。

布蕾瑪莉站在平台上，一手牢牢插進另一手裡，好意地對著媽微笑，絮絮叨叨說下去，說在這個租賃持有人協會裡，不能讓有狂犬病的狗到處亂竄。

「妨礙衛生，就是會妨礙衛生啊！」

「那條狗現在可能已經走遠了，布蕾瑪莉，我倒是不會擔心……」

布蕾瑪莉轉而面對媽，好意地笑著。

「不，不，妳當然不會擔心了，娓莉卡……妳不是那種會替別人安危操心的人，連妳自己孩子的安危也一樣，是吧？我懂了，這就是妳遺傳到的特質。把事業看得比孩子重要，妳家一直都這樣。」

媽的臉龐一副徹底放鬆的模樣，雙臂下垂，表面上看來很放鬆。唯一露餡的地方是她正慢慢、慢慢攢緊拳頭。艾莎從來沒看過媽這樣。

布蕾瑪莉也注意到了，她再次變換雙手搭在腹部上的位置，彷彿在出汗，她的笑容僵住了。

「這樣也沒什麼不對啦，娓莉卡，顯然。顯然沒什麼不對。妳做了自己的選擇，有自己的輕重緩急，顯然是這樣！」

「還有別的事嗎？」媽慢條斯理地說，但眼神變了調，讓布蕾瑪莉往後退了小小一步。

「不，不，沒有別的，完全沒有別的！」

艾莎趕在布蕾瑪莉還沒轉身離開以前，探出了腦袋。

「妳剛說阿嬤的車怎樣？」

「在車庫裡，」她迴避媽的眼神，不客氣地說，「佔了我的車位，要是不馬上移開，我就要打電話報警！」

「車子怎麼會跑到那裡去？」

「我怎麼會知道？」接著再次轉向艾莎的媽，重新鼓起勇氣，「那輛車必須馬上移開，不然我就要報警，媉莉卡！」

「我不知道車鑰匙在哪裡，布蕾瑪莉。如果妳不介意，我需要坐下來——我頭好像要痛起來了。」

「如果妳別喝那麼多咖啡，也許就不會那麼常頭痛，媉莉卡！」她轉過身，用力走下樓，動作快到沒人來得及回答她。

媽關上門，自制力跟沉著度低於平常，然後走進廚房。

「她剛剛說的是什麼意思？」艾莎問。

「她認為我懷孕期間不應該喝咖啡。」媽回答。手機響了起來。

「我不是說那個。」艾莎說，她很討厭媽裝傻。

媽從廚房流理台上拿起手機。

「甜心，我必須接聽。」

「布蕾瑪莉說我們家『把事業看得比孩子重要』，是什麼意思？她指的是阿嬤，對不對？」

電話繼續響著。

「醫院打來的，我必須接。」

「才怪，必須才怪！」

兩人默默站著對望，電話又多響了兩聲。現在輪到艾莎掄緊拳頭。

媽的手指偷偷滑過手機螢幕。

「這次我必須接，艾莎。」

「才怪，必須才怪！」

媽閉上雙眼，接起電話。等她開口講電話時，艾莎已經甩上阿嬤的臥房門。

半個小時之後，媽輕手打開房門，艾莎裝睡。媽悄悄走過去，替她蓋好被子，吻吻她的臉頰，然後捻熄檯燈。

等艾莎在一個小時之後起身，媽已經在客廳沙發上睡著了。艾莎悄悄走過去，替她跟半半蓋好被子，吻吻媽的臉頰，然後捻熄檯燈。媽依然握著阿嬤的擦碗巾。

艾莎從玄關的箱子裡拿了手電筒，然後穿上鞋子。

因為現在她知道去哪裡找阿嬤尋寶任務的下一個線索。

13 酒

這件事解釋起來有點棘手，不過阿嬤的童話故事裡有些東西就是這樣。首先，你必須明白，在幾乎甦醒之地，沒有一個生物比海天使更悲傷，只有在艾莎想起這整個故事的時候，阿嬤的尋寶任務才開始說得通。

艾莎的生日對阿嬤來說總是無比重要。也許是因為艾莎的生日在耶誕節過後兩天，而耶誕節對其他人非常重要，結果生日在耶誕節過後兩天的孩子，得到的關注向來比不上八月或四月生的小孩。所以阿嬤往往會過度補償。有一次，阿嬤在漢堡餐廳放煙火，結果不小心害扮成小丑、顯然應該「娛樂小朋友」的十七歲女孩身上著火，之後媽嚴禁阿嬤策畫驚喜派對。那個女孩這樣真的很有娛樂效果啊，艾莎應該替她辯護一下的。那天，艾莎學到了幾句最妙的髒話。

重點是，在米阿瑪斯，壽星不會得到禮物，反倒要送人禮物。最好是家裡原本就有，而且是自己很喜愛的東西，然後把那個東西送給某個你更喜愛的對象。這就是為什麼在米阿瑪斯，每個人都很期待別人過生日，這就是「從擁有一切的人身上，你會得到什麼？」這個講法的起源。翁丰把這個童話故事帶進現實世界，這邊的人當然搞不清楚狀況，結果把原本的講法扭曲成「擁有一切的人，你還能給他什麼？」可是你還能期待什麼？這些人就是誤解「詮釋」這個詞的同一批呆瓜；「詮釋」在米阿瑪斯代表完全不同的意思。在米阿瑪斯，「詮釋者」是種生物，要描述這種生物，最簡單的方法就是山羊跟巧克力餅乾的綜合體。詮釋者很有語言天分，炭烤起來也美味至極。至少原本是，直到艾莎開始吃素，之後，她就不准阿嬤再提起牠們。

話說回來：艾莎在將近八年前，耶誕節過後兩天出生，那一天科學家偵測到磁星放射出來的伽瑪射線。那天還發生了另一件事，就是印度洋大海嘯。艾莎知道這個規模大到令人反胃的海濤是由地震引起的，只是地點位於海洋。所以如果吹毛求疵一點，更像是「海震」。而艾莎就是吹毛求疵型的人。

艾莎呱呱落地的同時，有二十萬人喪生。有時候，當媽以為艾莎聽不到，就跟喬治說她還是很有罪惡感——想到當初還認為這天是她此生最快樂的日子，她就覺得心痛。

艾莎快六歲的時候，頭一次在網路上讀到這個事件。她六歲生日的時候，阿嬤跟她講了海天使的故事。目的是為了教她，不是所有的怪物打從一開始就是怪物，而且不是所有的怪物長相都像怪物。有些人的怪物特質是在內在。

魅影在無盡戰役終結之前，最後的行動就是毀掉整個米巴塔羅斯，那裡就是培育所有戰士的王國。不過狼心跟烏爾斯接著到來，情勢全面逆轉。當魅影逃離幾乎甦醒之地時，以恐怖的力道從六個王國的海岸線衝向海洋。他們踩在水面上的印子激起了驚濤駭浪，而那些海濤彼此撞擊，最後凝聚成單一的海濤，高得有如一萬個童話故事的永恆。為了阻止任何人追捕魅影，海濤轉變方向，回頭將自己拋向陸地。海濤原本會毀滅整個幾乎甦醒之地，撲向土地，摧毀城堡、房舍跟所有的居民，破壞力遠遠超過魅影全體軍隊在所有永恆裡辦得到的。

就在那時，一百個雪天使挺身拯救剩下的五個王國。因為，就在其他人逃離海濤的時候，雪天使卻迎頭衝進海濤。他們撐開羽翼，內心充滿了史詩故事的壯闊力量，組成了一道魔法牆，擋住了海水，阻止它翻湧進來。連魅影所創造的海濤，也過不了一百個準備赴死的雪天使所形成的關卡；雪天使為了讓整個童話世界存續下去，死了也在所不惜。

只有一個雪天使從滔天巨浪回來。

即使阿嬤總是說，那些雪天使傲慢得很，愛聞酒又愛鬧事，但是她不曾試圖貶低雪天使在那天所表現出來的英勇。因為無盡戰役終結那天，是幾乎甦醒之地的每個人最快樂的日子，除了那一百個雪天使之外。

從那時開始，那個天使就沿著海岸來回漂游，背負著沉重的詛咒，離不開那個奪走深愛同伴們的傷心地。天使漂流了如此之久，沿岸村莊的居民們都忘了他原本的身分，而改叫他「海天使」。一年年過去，天使陷入越來越深的哀傷裡，直到心裂成兩半，接著整個身體隨之裂開，好似碎裂的鏡子。村莊的孩子們偷偷溜到海岸去看，前一刻他們可能看到美麗得令人屏息的臉龐；可是下一刻，他們可能會看到恐怖扭曲、瘋狂至極的臉龐回望著他們，他們就會尖叫著一路狂奔回家。

因為不是所有的怪物一開始就是怪物，有些是從憂傷而生的怪物。

依據幾乎甦醒之地最常傳講的故事之一，打破海天使咒語的，是個來自米阿瑪斯的小小孩；小小孩將海天使從記憶的魔掌中釋放出來。

當阿嬤在艾莎六歲生日，第一次跟她講起這個故事時，艾莎就明白自己不再是個孩子了。於是她把絨毛玩具獅子送給阿嬤當禮物。艾莎明白，自己再也不需要這隻獅子，希望獅子能夠改而保護阿嬤。那天晚上，阿嬤在艾莎的耳畔低語說，要是祖孫倆哪天走散了，要是阿嬤哪天迷了路，阿嬤會派獅子去跟艾莎說她人在哪裡。

艾莎花了幾天時間才想通這點。直到今晚，布蕾瑪莉提到雷諾突然停在車庫裡，而沒人知道車子是怎麼跑來的，艾莎才想起阿嬤把獅子放在哪裡負責守衛。就在雷諾裡的置物箱裡，也就是阿嬤放香菸的地方。阿嬤這輩子最需要獅子守護的東西，莫過於香菸了。

所以艾莎坐在雷納的副駕駛座，深深吸氣。一如往常，雷納的車門沒上鎖，因為阿嬤向來什麼都不鎖，雷諾依然散發著菸味。艾莎知道這種東西不好，可是因為這是阿嬤留下的，所以她還是深深吸了好幾口。「我想妳。」她對著座椅靠背上的布套說。

接著她打開置物箱，把獅子移到旁邊，拿出那封信。上頭寫著：「給米阿瑪斯最英勇的騎士，將信送到——」接著阿嬤用糟糕透頂的筆跡草草寫著名字跟地址。

那天更晚，艾莎坐在阿嬤公寓外頭的頂階上，直到天花板的燈光自動熄滅。她一次次用手指拂過阿嬤寫在信封上的字跡，可是沒把信打開，只是把信放收進背包，然後在冰冷的地板上攤平身子，大多時候都閉著眼睛。她再次試著前往米阿瑪斯，在原地躺了好幾個鐘頭，卻遲遲無法成行。她待在那裡，直到聽見一樓大門打開又關起。她躺在地板上，大多時候閉著眼睛，最後感覺夜色擁抱了樓房窗戶，聽見那個酒鬼開始在樓下拿著東西喀啦作響。

媽並不喜歡艾莎叫那個酒鬼「酒鬼」。「不然要怎麼叫她？」艾莎以前會問，然後媽就會一臉沒把握，語調有點討好，一面勉強提出建議，像是：「那個……我是說，那是個很累的人。」然後阿嬤以前也總會插嘴說：「累？不累才有鬼，整個晚上熬夜灌酒，當然累！」接著媽就會大喊「媽！」，再來阿嬤就會攤開雙手並問：「噢，老天，我剛剛又說錯什麼了？」最後就到了艾莎戴上頭罩耳機的時刻。

「我說，把水關掉！晚上別洗澡啦!!!」酒鬼在樓下支支吾吾說，沒有針對什麼人，一面用鞋拔猛敲欄杆。

那個酒鬼向來都這樣。狂吼、尖叫、用那個鞋拔狂敲東西，然後唱起同樣一首老歌。當然不會有人出來叫她安靜，連布蕾瑪莉都不會，因為在這棟樓房裡，酒鬼就像怪物。大家都認為，只要不理他們，他們就會停止存在。

艾莎起身換成蹲姿，透過階梯縫隙往下窺看，只能在酒鬼蹣跚走過去的時候，瞥見對方的襪子一眼，對方甩著鞋拔，彷彿用鐮刀割野草似的。艾莎不大能夠解釋，自己為什麼要這麼做，但她起身踮著腳尖，悄悄溜下頭一段階梯。或許出於純粹的好奇，更可能是因為她再也去不了米阿瑪斯，覺得無聊又挫折。

酒鬼的公寓門開著，有盞翻倒的立燈投出昏暗的光線，牆上貼滿了照片。艾莎從未見過這麼多照片——她以為阿嬤天花板上的照片算很多的了，可是這裡的照片應該有好幾千張。每一張都裝在小小的白木框裡，都是兩個少年跟一個男人的照片，男人一定是他們爸爸。在其中一張相片裡，男人跟男孩們站在沙灘上，背後是閃閃發光的綠色海洋。男孩們都穿著泳裝，面帶笑容，皮膚曬成古銅色，看起來很快樂。

一個相框下方有張便宜的賀卡，就是忘了買正式卡片，臨時在加油站買來充數的那種，卡片正面寫著：「給媽，妳的兒子們。」卡片旁邊掛著一面鏡子，碎裂的鏡子。

那些話語在平台上迴盪，來得如此突然，而且充滿怒氣，艾莎一時失去平衡，滑下底部的四五級階梯，直接撞上了牆壁。

「妳在這裡幹嘛？」

艾莎透過柵欄，往上望著那個對她揮舞鞋拔、精神錯亂的女人，女人同時一臉氣憤跟害怕，雙眼閃動著，那條黑裙現在滿是褶痕。她渾身酒味。艾莎從地板上就感覺得到。女人的頭髮就像一團線繩，彷彿有兩隻小鳥打架而困在裡面，兩邊眼袋泛紫。

女人搖搖晃晃，原本可能想要吶喊，但溜出口的卻是喘息：

「晚上不可以洗澡，水……把水關掉，不然大家都會溺水啊……」

她老是對著講話的白線就塞在耳朵裡，但線的另一端只是空空懸在臀部一側，沒接上任何東西。艾莎這才意識到，電話的另一端可能從來就沒人，這件事對將近八歲的孩子來說並不容易理解。阿嬤說過關於很多事情的很多童話，卻從未提過黑裙女人上樓梯的時候會假裝講電話，免得鄰居知道她買了一堆酒都是自己要喝的。

女人一臉困惑，彷彿突然忘記自己身在何處。女人消失蹤影，下一刻，艾莎感覺媽輕手將她從樓梯上拉起，脖子上感覺到媽的溫暖氣息，以及媽在耳畔發出的「噓噓噓」聲，彷彿兩人站在一頭麋鹿前面，而且距離有點太近。艾莎張開嘴巴，但媽用手指抵住她的嘴唇。

「噓。」媽再次低語，緊緊摟住她。

黑暗中，艾莎在媽的懷裡蜷起身子，兩人看著黑裙女人在下頭來回遊蕩，好似脫離杆子的旗子任風吹掃。塑膠袋散落在她公寓地板上，有個酒盒翻倒了，最後幾滴紅酒落在拼花地板上。媽輕輕拂過艾莎的手，兩人靜靜站起來，上樓回家去。

那天晚上，媽跟艾莎說了，艾莎出生那天，除了艾莎爸媽外，人人都在談的事。關於一萬公里之外的遠方，一道巨浪襲向沙灘，沿途的一切盡數毀滅。關於兩個男孩為了救回父親而游進大海，卻從此再也沒回來。

艾莎得知那個酒鬼開始唱她那首歌的起因。因為不是所有的怪物都長得像怪物，有些是把怪物的特質放在內心。

14 輪胎

艾莎出生那天，有那麼多心都碎了。那股巨浪以強大無邊的力道擊碎鏡子，碎片噴散至世界各地。不可思議的災難從人們內在帶出不可思議的事情，不可思議的憂傷以及不可思議的英雄氣概。死亡人數超過人類感官所能理解。兩個男孩撐著母親，先將她帶往安全之地，又回頭尋覓父親，因為一個家庭是不會任意拋下任何成員。但是到最後，那就是她兒子們做的事：拋下她孤單一人。

艾莎阿嬤的生活節奏不同於其他人，以不同的方式運轉；在現實世界，相較於其他正常運作的一切，阿嬤等於一團混亂。可是當現實世界崩潰瓦解，一切陷入混亂的時候，有時候就只剩艾莎阿嬤那樣的人可以正常運作。那就是她的另一項超能力。阿嬤前往某個遙遠地方時，你只能確認一點：那裡就是其他人急於逃離的所在。如果有人問她，為什麼要這麼做，她會回答：「天啊，我是醫生啊，打從我從醫以來，就不允許自己有餘欲去選擇該救哪條人命。」

阿嬤不大重視效率跟經濟，可是當世界陷入一團混亂時，人人都會乖乖聽她的話。天下太平時，其他醫師死也不肯跟她同進同出，可是當世界瓦解時，他們就像一支軍隊那樣起而追隨她。因為不可思議的悲劇會創造不可思議的超級英雄。

有天深夜，祖孫倆前往米阿瑪斯時，艾莎向阿嬤問起這件事，就是身處世界瓦解之地有什麼感覺。還有在無盡戰役期間，置身於幾乎甦醒之地的狀況又是如何，以及看到巨浪襲上九十九位雪天使時的情形。阿嬤當時回答：「就像你能幻想出來最悲慘的情形，由你能想像最邪惡的事情發展出來，再乘以一個你想像不到的倍數。」艾莎那天晚上膽戰心驚，當時她就問阿嬤，如果哪天他們四周的世界崩毀，到時該怎麼辦。

阿嬤使勁掐掐艾莎的兩根食指，回答說：「那我們就做大家都會做的事，也就是盡我們的全力吧。」艾莎當時爬進阿嬤的懷抱並問：「可是我們該怎麼做？」阿嬤便吻吻她的頭髮，用力抱緊她，然後低聲說：「可以救多少孩子就救多少，然後用最快速度拔腿就跑。」

「我很會跑。」艾莎低語。

「我也是。」阿嬤低聲回話。

艾莎出生那天，阿嬤人在遠方，在戰地。阿嬤在那邊待幾個月了，當時正要搭飛機回家。就在那時，她聽說在更遠的地方掀起巨浪，人人都迫不及待急著逃離。所以她就義無反顧過去了，因為他們需要她。雖然她及時救了不少小孩逃出死亡魔掌，卻救不了黑裙女人的兒子們，於是就把黑裙女人帶回家來。

「那就是妳外婆最後的旅程，」媽說，「後來她就留在家裡不出遠門了。」

艾莎跟媽坐在起亞裡，時值早晨，正在塞車。大如枕頭套的雪花紛紛落在擋風板上。

艾莎不記得媽上一次說這麼長的故事，是什麼時候。媽幾乎不說故事的，可是這個故事長到媽昨晚講到一半就睡著，今天上學途中才把剩下的補完。

「為什麼是她最後的旅程？」艾莎問。

媽漾起感觸良深的笑容，摻雜了憂鬱跟喜悅，全世界只有她有辦法露出這種表情。

「她找到新工作了。」

接著她一副好像想起出乎意料的事，彷彿那份記憶剛剛才掉出有裂縫的花瓶。

「妳早產，醫院擔心妳的心臟，所以我們必須陪妳待在醫院好幾個星期。我們出院回家那天，阿嬤帶著她回來……」

艾莎明白，「她」指的是黑裙女人。媽握緊起亞的方向盤。

「我從來沒跟她講過什麼話，我想這棟房子裡沒人想問太多問題。我們讓妳外婆自己去處理，然後……」

她嘆口氣，目光裡滿是遺憾。

「……然後一年年就這樣過去了。我們各忙各的。現在她只是住在我們這棟房子裡的人。老實跟妳說，我都忘了她當初怎麼搬來的。妳們兩個在同一天搬進來……」

媽轉向艾莎，試著微笑但沒成功。

「我把這件事都忘了，表示我這個人很糟糕嗎？」

艾莎搖搖頭，正準備說點怪物跟烏爾斯的事，可是她沒說，因為她擔心媽一旦知道，就不准她再去找他們。說到自家小孩跟怪物、烏爾斯之間的社交互動，母親們總是有一堆奇怪的原則。艾莎明白大家都怕他們；要讓大家明白，怪物跟烏爾斯——就像那個酒鬼——並不是表面上看來的樣子，可要花不少時間。

「阿嬤有多常出遠門？」艾莎反倒問。

媽跟前方的車輛拉開了點距離，背後的銀色轎車按了喇叭。媽放開剎車，起亞緩緩往前移。

「不一定，就看哪裡需要她，還有那裡需要她多久。」

「那一次，阿嬤說妳變成經濟學家只是為了氣她，妳就是這個意思嗎？」

背後的車子又按了喇叭。

「什麼？」

艾莎把弄車門上的橡皮。

「我聽到妳說的了，感覺好像幾百年前的事了。就是阿嬤說妳變成經濟學家，只是因為妳還在青春叛逆期。妳就說：『妳又知道些什麼了？妳從來就不在！』那就是妳的意思，對不對？」

「我那時候很生氣，艾莎。人一生氣，有時候就很難控制自己說什麼。」

「妳又不會，妳從來不會失控。」

媽再次試著微笑。

「跟妳外婆相處，會比較……難控制。」

「外公過世的時候，妳幾歲？」

「十二。」

「然後阿嬤把妳丟著？」

「哪裡需要妳外婆，妳外婆就會到那裡去，親愛的。」

「妳就不需要她嗎？」

「其他人更需要她。」

「所以妳們才吵個不停嗎？」

媽深深嘆口氣，只有家長剛剛領悟到，自己不小心太過深入故事時，才會發出的嘆息。

「嗯，嗯，有時候我們可能就是為了那個原因爭吵吧，可是有時候是為了其他事情。我跟妳外婆非常……不一樣。」

「才不是，妳們都與眾不同，只是方式不一樣。」

「也許吧。」

「妳們還吵什麼別的？」

起亞背後的車子又撳響喇叭。媽閉上雙眼、屏住氣息。等她終於放開手剎車，讓起亞往前滑動時，她才把那個字眼從唇間釋放出來，彷彿那個字眼硬要擠出來。

「妳。我們總是在吵妳的事，親愛的。」

「為什麼？」

「因為當你很愛某個人的時候，就很難學習跟別人分享那個人。」

「就像琴葛雷。」艾莎評道，彷彿這件事顯而易見。

「誰？」

「一個超級英雄，X戰警裡的。金鋼狼跟雷射眼都很愛她，他們為了她吵個不停，非常誇張。」

「我還以為X戰警是變種人，不是超級英雄。我們上次聊到他們的時候，妳不是這樣說的嗎？」

「很複雜啦。」艾莎說，雖然其實並不複雜，如果你讀過夠多優質文學。

「所以這個琴葛雷有什麼超能力？」

「心電感應。」

「這種超能力不錯。」

「超好的。」艾莎點頭表示同感。

艾莎決定不要強調琴葛雷也會念力移動，因為她現在不想把事情講得太複雜，免得媽一頭霧水，畢竟媽懷孕了。

反之，艾莎拉起車門的橡皮封條，往下望進縫隙。她疲憊至極，累得就像一個即將八歲的孩子氣得整夜沒睡那種累法。艾莎的媽從來沒有一個自己的媽，因為阿嬤總是在別的地方幫忙別人。艾莎從沒用這種角度看過阿嬤。

「阿嬤花這麼多時間陪我，可是從來沒陪過妳，妳會生我的氣嗎？」

媽連忙搖搖頭，搖得如此激烈，艾莎馬上明白，不管媽接下來要說什麼，都會是謊言。

「不，我親愛的，親愛的姑娘，從來沒有，從來沒有！」

艾莎點點頭，再次往下盯著車門裡的縫隙。

「我很氣她，因為她沒說實話。」

「每個人都有祕密，親愛的。」

「我跟阿嬤之間有祕密，妳會生我的氣嗎？」艾莎想到那個祕密語言，祖孫倆總是用密語說話，不讓媽聽懂。她想到幾乎甦醒之地，納悶阿嬤有沒有帶媽去過那邊。

「從來沒生氣過……」媽低語，伸手越過座椅，然後低聲補了句：「只是嫉妒。」

罪惡感擊中艾莎，恍如毫無防備時當頭淋下的冰水。

「所以那就是阿嬤的意思。」艾莎直說。

「她說了什麼？」媽問。

艾莎嗤之以鼻。

「她說，如果我發現她在我出生以前，原本是什麼樣的人，就會討厭她。那就是她的意思。我發現她是個爛媽媽，把孩子丟著不——」

媽轉向艾莎，雙眸如此明亮，艾莎都能在裡頭看到自己的映影。

「她沒丟下我，妳千萬別討厭阿嬤，親愛的。」

艾莎沒回話，媽把手貼在艾莎的臉頰並低語：「所有的女兒都為了某件事氣自己的媽媽。可是她是個好外婆，艾莎。她是任何人所能想像最神奇的外婆了。」

艾莎不服氣地扯著橡膠封條。

「可是她丟下妳自己一個人。她出遠門的時候，就讓妳自己一個人，對不對？」

「我還小的時候，有妳外公陪啊。」

「對啦，到他死了而已！」

「他死了以後，我還有鄰居啊。」

「什麼鄰居？」艾莎想知道。

後面的車子又按喇叭了。媽朝後窗比了個道歉的手勢，起亞往前移。

「布蕾瑪莉。」媽終於說。

艾莎停止把弄車門橡膠封條。

「妳說布蕾瑪莉，是什麼意思？」

「她以前會照顧我。」

艾莎的眉毛陷入惱怒的V字型。

「那她幹嘛一直找妳碴？」
「別那樣說，艾莎。」
「可是她明明就是！」
媽透過鼻子嘆氣。
「布蕾瑪莉不是一直那個樣子的，她只是……寂寞。」
媽眨眼的速度如此之慢，眼睛都閉起來了。
「孤單有很多種方式，親愛的。」
「她有肯特啊！」
艾莎回頭把玩車門的橡膠封條。
「不管怎樣，她都還是很白痴。」
「孤獨太久，人就會變成白痴。」媽點頭。
他們背後的車子又叭叭響了。
「所以家裡的老照片才都沒有阿嬤嗎？」艾莎問。
「什麼？」
「我出生以前的照片，阿嬤都不在裡面。我還小的時候，以為那是因為她是吸血鬼，因為吸血鬼不能被拍進照片，而且吸血鬼可以拚命抽菸，喉嚨也不會痛。可是她不是吸血鬼，對吧？她只是從來都不在家。」
「很複雜啦。」
「嗯，那就解釋來聽聽啊！可是我問阿嬤這件事的時候，阿嬤都會轉移話題。我問爸的時候，他說：『呃……啊……妳想要什麼？想吃冰淇淋嗎？可以吃冰淇淋喔。』」

媽突然爆出笑聲，艾莎很壞心地模仿了爸講話的模樣。

「妳爸不大喜歡衝突。」媽咯咯笑。

「阿嬤到底是不是吸血鬼？」

「親愛的，妳阿嬤為了拯救小孩，走遍全世界。她是……」

媽彷彿在尋找正確的字眼，一找到就神情一亮，滿臉燦笑。

「超級英雄！妳阿嬤是個超級英雄！」

艾莎往下盯著門裡的縫隙。

「超級英雄不會丟下自己的孩子。」

媽默默無語。

「所有的超級英雄都必須有所犧牲，親愛的。」媽盡力解釋。

可是媽跟艾莎都知道，媽言不由衷。

後面的車子又按喇叭了。媽的雙手朝後窗猛地舉起，表示歉意。起亞往前滑動幾公尺。艾莎坐在那裡，清楚自己巴望媽會開始大吼，或是哭泣，只要有反應都好。她只是希望親眼看到媽的感受。

艾莎不明白，為什麼有人會急著在塞車車陣裡往前移動五公尺。她看著後視鏡，望著後面那輛車的男人。他似乎以為塞車是艾莎的媽造成的。艾莎用渾身每條神經纖維的力氣，祈願媽會做她以前懷艾莎時做過的事——下車對那傢伙大吼，告訴對方她他媽的受夠了。

艾莎的爸爸講過那則故事。他幾乎從不講故事，可是有個仲夏夜（那陣子媽的模樣越來越悲傷，越來越早上床就寢，爸則會在夜裡獨自坐在廚房哭泣，一面重新整理媽電腦螢幕上的圖示）。那天，他們正在舉行派對，三個人都在，爸喝了三罐啤酒，說起媽的故事，說媽當時懷著艾莎，笨重地下了車，走到一輛銀色車子的駕駛面前，威脅說「如果他再繼續按她喇叭，她就要當場在他該死的引擎蓋上生小孩」。這個故事把大家逗得哈哈笑。爸當然沒笑，他向來不怎麼愛笑。可是艾莎明白，連他都覺得好笑。那個仲夏夜，他跟媽共舞。那是艾莎最後一次看到爸媽共舞。爸的舞技差到嚇人，看起來就像一頭大熊剛剛起身，卻發現自己的腳麻了。艾莎想念那個時光。

而且她想念會下車吼銀車男人的那種人。

背後那輛銀車男人又按喇叭了。艾莎從地上拿起背包，抽出她可以找到最笨重的書本，猛力把車門打開，往外跳上公路。她聽到媽吼著要她回來，但她頭也不回衝向銀色車子，使盡渾身力氣，把書狠狠砸在對方的引擎蓋上，留下一個大凹陷。艾莎的雙手在發抖。

銀車男人盯著她看的樣子，彷彿不大能相信剛剛發生的事情。

「**夠了**，你這笨蛋！」

男人沒有馬上回答，她又拿書往下猛砸三次，然後惡狠狠指著他。

「我媽**懷孕**耶，你懂不懂啊？」

起初，男人作勢要開車門，可是接著似乎改變了主意，驚奇地看著她用書猛敲引擎蓋。

艾莎聽到車門喀答鎖上的聲音。

「你再叭一聲，我媽就會走下車，在**你該死的引擎蓋上**生半半！」艾莎怒吼。

她待在公路上，站在銀車跟起亞之間，過度換氣，最後頭都痛起來。艾莎聽到媽在喊叫，其實她準備要走回起亞了，真的。這一切並不在她的計畫中。可是接著她感覺有人把手搭在她肩上，有個人聲問道：「需要幫忙嗎？」

她轉身就看到有個警察佇立在眼前。

「需要幫忙嗎？」警察再次用友好的語氣說。

他的模樣很年輕，彷彿當警察只是暑期打工，即使現在是冬天。

「他一直按我們喇叭！」艾莎提防地說。

那個暑期實習警察看著銀車裡的男人。車裡的男人現在避開視線裝忙。艾莎轉向起亞，其實她不是故意這樣說的，那些話語幾乎是不經意從她嘴裡掉出來的。

「我媽要生了，我們今天在路上好辛苦——」

「妳媽媽快生產了？」他問，明顯繃起身子。

「我是說，不……」艾莎正要說。

可是當然太遲了。

警察奔向起亞，媽正費勁地走下車，手貼在半半上頭，正朝他們走來。

「妳能開車嗎？不然……？」警察大聲嚷嚷，艾莎忿忿把手指塞進耳朵，動作刻意地走向起亞另一側。

媽的神情彷彿頓時失去平衡。

「什麼？不然怎樣？我當然可以開車啊，不然怎樣？有什麼問——」

「那我來開路！」警察沒聽她講完就大喊，把媽塞回起亞，拔腿跑回他的巡邏車。

媽用力坐回駕駛座，看著艾莎。艾莎假裝在置物箱裡找東找西，這樣就不用跟媽對看。

巡邏車打開警笛，隆隆駛過。暑期實習警察死命揮手要她們跟上去。

「我想他要妳跟上去。」艾莎頭也沒抬地嘀咕。

「怎麼回事？」媽低語，起亞小心地跟在巡邏車後面，不疾不徐地前進。

「我想他要護送我們到醫院去，因為他以為妳，欸，快要生了。」艾莎對著置物箱喃喃。

「妳幹嘛跟他說我快生了啊？」

「我哪有！從來沒人聽我講話！」

「對啦！那妳覺得我現在該怎麼辦？」媽低嘶回應，目前聽起來自制力可能有點不足。

「唔，我們現在都跟在他後面開很久了，如果他發現妳不是真的要生，可能會氣得冒煙。」艾莎諄諄教誨。

「噢，**是嗎？妳真的這麼想?!**」媽怒吼，語調既沒有諄諄教誨的意味，也不特別有自制力。

至於媽剛剛是在講反話，還是在諷刺，艾莎選擇不去探究。

她們停在醫院的意外急診部入口，媽想要下車，向暑期實習警察坦承一切。可是他把媽推回車裡，喊著要去找幫手。媽一臉羞愧。這是她的醫院，她可是這裡的老闆啊。

「如果要跟員工解釋，會是一場惡夢。」媽喃喃，絕望地把額頭靠在方向盤上。

「也許妳可以說這算是預習？」艾莎提議。

媽沒回答，艾莎又清清喉嚨。

「阿嬤就會覺得很好笑。」

媽露出淡淡笑容，轉過頭來，耳朵貼在方向盤上。母女對看了許久。

「她會覺得他媽的好笑。」媽點點頭。

「不可以講髒話。」艾莎說。

「妳自己還不是出口成髒！」

「我又沒當媽媽！」

媽再次微笑。

「算妳厲害。」

艾莎反覆打開又關上置物箱幾次，然後抬頭望著醫院正面。在其中一扇窗後面，她曾跟阿嬤同床共枕，阿嬤最後一次出發到米阿瑪斯的那晚，感覺彷彿是好久以前的事了。打從艾莎成功獨自前往米阿瑪斯以來，已經過了好久好久。

「什麼工作？」她問，主要是為了別再多想。

「什麼？」媽驚呼。

「妳說海嘯是阿嬤的最後一趟旅程，因為她找到新工作。什麼工作？」

媽的指尖拂過艾莎的指尖，低聲說出了答案。

「當外婆啊。她拿到了當外婆的工作，所以就再也不出遠門了。」

艾莎緩緩點頭。媽輕撫她的手臂。艾莎打開又關起置物箱，然後抬起頭來，彷彿剛剛想到什麼，但主要是為了換個話題，因為不願去想她現在有多氣阿嬤。

「妳跟爸離婚，是因為你們的愛用完了嗎？」艾莎問得好急，問題一出口連她自己都訝異。

媽往後一靠，手指耙過頭髮，然後搖了搖頭。

「為什麼問？」

艾莎聳聳肩。

「等警察帶妳的員工回來，在事情變得超級尷尬以前，我們要找話講啊……」

媽又一臉不高興了。艾莎把弄橡皮封條，明白現在就開始開這件事情的玩笑，顯然太早。

「大家會結婚，不是因為他們充滿了愛，然後等愛用光了，就離婚嗎？」艾莎低聲說。

「這是妳在學校學的嗎？」

「這是我自己的理論。」

媽放聲大笑，突如其來。艾莎咧嘴一笑。

「阿公跟阿嬤的愛也不夠了嗎？」她等媽笑完的時候問。

媽揩揩眼睛。

「他們沒結婚，親愛的。」

「為什麼沒有？」

「妳阿嬤很特別，艾莎，要跟阿嬤那種人住在一起很難。」

「什麼意思？」

媽按摩眼皮。

「很難解釋。可是在以前那個時代，像她那樣的女人很少見。我的意思是……像她那種人很少見。比方說，在那個時代，很少女人會當醫生。要當外科醫師，更是想都別想。當時的學術圈應該也很不一樣……所以……」

媽安靜下來。艾莎挑起眉毛，意思就是要媽講重點。

「我想，如果妳阿嬤在她那個年代是男人而不是女人，就可能會被人家叫做『花花公子』。」

艾莎沉默了好久，然後肅穆地點點頭。

「她有很多男朋友嗎？」

「對。」媽謹慎地說。

「我學校就有人有很多男朋友。」艾莎直言。

「噢，唔，我不是想暗示妳學校那個女生是……」媽說，急著想收回自己的說法。

「他是男的。」艾莎更正。

媽滿臉困惑。

艾莎聳聳肩並說：「很複雜啦。」

其實並不複雜，但媽臉上的困惑不減。

「妳阿公很愛妳阿嬤，可是他們從來不是……夫妻，這樣妳懂嗎？」

「懂。」艾莎說，因為她有網路可以用。

接著她伸手握住媽的兩根食指，在手裡掐了掐。

「媽，很遺憾阿嬤是個很爛的媽媽！」

「她當外婆就當得棒極了，艾莎，妳是她的第二次機會。」媽說下去，一面輕撫艾莎的頭髮，「我想妳外婆之所以在混亂的地方可以運作得那麼好，就是因為她本人就是混亂的化身。她面對大災難的時候，總是表現得很不可思議，只是不大知道怎麼應付日常生活跟正常狀態。

「只是……我的意思是……之所以沒有任何阿嬤的老照片，部分原因是她不常在家，另外一小部分原因是，我把有阿嬤的那些照片都撕掉了。」

「為什麼？」

「我當時是青少年，正在氣頭上。青春期加怒氣一拍即合。家裡老是一團混亂——帳單沒繳，冰箱裡難得有食物，也放到壞掉，有時候根本連一點吃的也沒有。而且，老天，很難解釋啦，親愛的。我那時候只是很氣。」

艾莎叉起手臂，往後靠在椅子上，怒瞪著窗外。

「不想照顧小孩的人，就不應該生小孩。」

媽探出指尖碰碰她的肩膀，

「妳阿嬤年紀滿大才生我。或者說，我的意思是，她生孩子的年紀，跟我生妳的時候一樣大，可是在她那個年代算老的了。她本來以為自己生不出來了，還跑去檢查身體呢。」

艾莎垂頭用下巴壓住鎖骨。

「所以妳是不小心生出來的？」

「是意外。」

「那樣的話，我也是意外。」

媽緊縮嘴唇。

「親愛的，任何人對一件事的渴望，都比不上我跟妳爸生妳的渴望。妳絕對不是意外。」

艾莎抬頭望著起亞的天花板，眨眼清除眼裡的矇矓。

「所以秩序才變成妳的超能力嗎？因為妳不想跟阿嬤一樣？」

媽聳聳肩。「我學會自己處理事情，只是這樣。我以前很不信任妳外婆。弄到最後，她人在的時候，狀況反而更糟糕。她出遠門的時候，我很氣她；她在家的時候，我更氣。」

「我也很氣……我很氣，因為生病的事情她說了謊，都沒人告訴我，我現在知道了，可是我還是想念她，真是氣死我了!!!」

媽把眼皮閉得更緊，額頭貼上艾莎的額頭。

艾莎的下顎顫抖。

「我很氣她死了。我很氣她死了，氣她從我身邊消失。」艾莎低語。

「我也是。」媽低聲說。

就在那時，暑期實習警察從急診部大門衝了出來。有兩個護士抬著擔架在他後面急奔。

艾莎朝媽轉了幾公分，媽朝艾莎轉了幾公分。

「妳想，妳阿嬤現在會怎麼做？」媽鎮定地問。

「她會趕緊溜。」艾莎說，額頭依然抵著媽的額頭。

暑期實習警察跟抬擔架的護士距離車子只剩幾公尺，媽緩緩點頭，然後替起亞換檔，輪胎在雪地裡打轉，往外急速滑向馬路並揚長而去。這是艾莎見過媽所做最不負責任的行動了。

艾莎會為了這件事永遠愛她。

15 木屑

在幾乎甦醒之地所有的奇特生物裡，即使就阿嬤的標準來看，最奇特的可能就是懊悔者。牠們是群居的野生動物，吃草的領域就在米阿瑪斯外圍，牠們覓食的範圍相當廣闊；依那種生活環境看來，沒人知道牠們如何存活下來。乍看之下，懊悔者的模樣多少像是白馬，雖說遠比馬匹還舉棋不定，牠們生理上的缺陷就是永遠無法下定決心。這點顯然會引發某種實際問題，因為懊悔者是群聚動物，所以一頭懊悔者先朝著某個方向前進，接著改變主意而轉向，幾乎總會撞上另一頭。因此，懊悔者的額頭上永遠都腫了個橢圓大包，那些源自米阿瑪斯、最後傳到現實世界的種種童話故事，讓大家常常把牠們跟獨角獸搞混。可是在米阿瑪斯，說書人因為吃過苦頭而學到，千萬不要為了省錢而雇用懊悔者充當獨角獸，因為只要這麼做，那些童話故事就常常講不到重點。而且，只要中午自助餐時間排在懊悔者後面一次，沒人——真的沒人——心裡會覺得舒坦。

「所以改變主意是沒意義的，只會害你頭痛！」阿嬤總是這麼說，一面猛拍額頭。現在在學校外頭，艾莎坐在起亞裡看著媽媽時，想到了那點。

她忖度，阿嬤離開媽的那些時候，有沒有懊悔過。她好奇阿嬤有沒有滿頭腫包。她希望有。

媽正在按摩太陽穴，咬牙反覆咒罵著。她顯然後悔自己像那樣加速逃離醫院，因為把艾莎送到學校之後，頭一件事就是必須直接開回醫院，以便投入工作。艾莎輕拍媽的肩膀。

「也許妳可以用懷孕變呆來當理由？」

媽無奈地閉上眼睛，她近來還滿常因為懷孕變呆而做傻事，嚴重到今天早上兩人合力尋找艾莎的葛來芬多圍巾時，她甚至找不到。嚴重到她一直把手機放在各種奇怪的地方：冰箱、垃圾桶、洗衣籃，有一次還放在喬治的慢跑鞋裡。今天早上，艾莎還得撥三次電話到媽的手機，這件事說來有點複雜，因為艾莎的手機曾經跟烤麵包機短兵相接過，螢幕變得有點模糊。可是到最後，他們發現媽的手機在艾莎的背包裡鈴鈴作響，葛來芬多圍巾也在背包裡頭。

「看吧！」媽試著說，「連妳媽都找不到的東西，才算真正不見！」可是艾莎翻翻白眼，然後媽一臉羞愧，喃喃說：「恐怕是因為我懷孕變呆的關係。」

媽現在也一臉羞愧，而且滿是懊悔。

「親愛的，我想如果我告訴他們，我讓警察護送我到意外急診部，他們就不會再讓我當醫院的主管了。」

艾莎伸手輕拍媽的臉頰。

「事情會變好的，媽，不會有事的。」

話一說出口，艾莎才意識到阿嬤以前常這樣說。媽把手搭在半半上，為了轉移話題，佯裝自信地點點頭。

「妳爸今天下午會來接妳，別忘了。喬治星期一會載妳上學，我有個研討會，然後——」

艾莎耐著性子搔了搔媽的腦袋。

「媽，我星期一不用上學，是耶誕假期。」

媽的手搭在艾莎手上，然後從兩人接觸的地方深深吸氣，彷彿想讓艾莎充滿她的肺部。母親對於太快長大的女兒就會這樣。

「抱歉，親愛的，我……忘了。」

「沒關係。」艾莎說。

即使有點關係。

兩人互擁，然後艾莎跳出車外。她等起亞消失之後，才打開背包並拿出媽的手機，接著打開通訊錄，往下捲到爸的名字，然後發了封簡訊給他：**其實，今天下午你不用去帶艾莎，我自己處理得來！**艾莎知道他們就是這樣講她的，她是需要「接」或「處理」的東西，就像洗衣晾衣。她知道他們沒有惡意，可是拜託喔！看過義大利黑手黨電影的七歲小孩，可不想被她家人「處理」。

媽的手機在艾莎手中震動起來。她看到螢幕顯示爸的名字，下頭寫著**瞭解**。艾莎把訊息刪了，然後刪除備份訊息裡給爸的那封簡訊。接著站在人行道上，從二十開始倒數。等她數到七，起亞輪胎磨出尖響，衝回了停車區，媽有點換不過氣地搖下車窗。艾莎把手機還給媽，媽嘀咕：「懷孕變呆的關係。」艾莎吻了吻媽的臉頰。

媽摸摸自己的喉嚨，問艾莎有沒有看到她的圍巾。

「在外套的右邊口袋。」艾莎說。

媽拉出圍巾，用雙手捧住艾莎的腦袋，把她拉近，然後用力吻吻她的額頭。艾莎閉上雙眼。

「連妳女兒都找不到的東西，才算真正不見。」她對著媽的耳朵悄悄說。

「妳會是個很棒的大姊姊。」媽低聲回覆。

艾莎沒回話，起亞駛離的時候，她只是站在原地揮手。她沒辦法回答，因為她不希望讓媽知道，其實她並不想當大姊姊。她不想讓任何人知道她是個糟糕的人，因為她討厭這個同母異父的手足，因為他從他們身上得到的愛，將會比她更多。她不想讓任何人知道，她害怕他們會拋棄她。

艾莎轉身望向操場，還沒有人看到她。她把手探進背包，拿出她在雷諾裡找到的那封信。她不認得那個地址，而阿嬤最不拿手的事情，就是告訴別人路怎麼走。艾莎甚至不確定這個地址在現實生活裡存不存在，因為阿嬤在說明目標的方位時，總是用早已不復存在的地標來形容。「就在養虎皮鸚鵡那些白痴住的一帶，路過老橡膠工廠或不管原本是什麼的老網球俱樂部，」阿嬤會東拉西扯，別人聽不懂她在講什麼，她就會很挫敗，必須一連抽兩根菸，用第一根的餘燼點燃第二根。有人告訴她不能在室內抽菸的時候，她就會暴跳如雷，之後更不可能好好指路，事實上，最後除了比中指問候對方之外，她什麼資訊也不會提供。

說真的，艾莎只想把這封信撕成幾萬個碎片，讓風全部吹走。她昨晚就決定這麼做了，因為她很氣阿嬤。可是現在，聽媽說了來龍去脈，看到媽眼中的破碎之後，艾莎就決定不這麼做。她會把信都好好投遞出去，這封加上阿嬤留給她的所有信件。如果按照阿嬤的計畫走，這會是一場盛大的冒險跟驚天動地的童話故事。可是艾莎不是為阿嬤而做的。

首先，她需要一台電腦。

她再次看看操場，就在鐘聲響起，人人轉身背對街道的那一瞬間，她拔腿衝過柵欄，奔向公車站。坐了一站就下車，衝進店家，直接跑到冰淇淋櫃，然後回到那棟樓房，悄悄溜進地下室儲藏區，將臉埋在烏爾斯的毛皮裡。這是她新發現自己在地球上最愛的地方。

「我背包裡有冰淇淋喔。」她終於抬起頭說。

烏爾斯鼻子很有興趣地湊過來。

「是班跟傑瑞牌的紐約巧克力堅果——我最愛的口味。」艾莎細述。

她句子都還沒講完，烏爾斯已經吃掉半盒以上的冰淇淋。她輕撫牠的耳朵。

「我一定要找台電腦，你乖乖待在這邊……那個……盡量躲好喔！」

烏爾斯看著她的神情，彷彿有人叫一頭巨大的烏爾斯，裝成迷你烏爾斯。

艾莎承諾會替牠找個更適合躲藏的地方，說她會盡快。

她衝上階梯，小心檢查布蕾瑪莉有沒有潛伏在任何地方，一旦確定沒有，就按下怪物的門鈴。他沒開門，她再按一次。一切靜悄悄。她鬼叫一聲，把他的信箱門打開，窺看裡頭。燈全都關著，但她不會這樣就打退堂鼓。

「我知道你在！」她嚷道。

沒人回答。艾莎深吸一口氣。

「如果你不開門，我就朝裡面打噴嚏！我感冒超級嚴——」她開始語帶威脅說，接著背後響起噓聲打斷了她，彷彿有人想把貓從桌上趕下來。

她連忙轉身。怪物從樓梯間的陰影裡走出來，她不懂這麼巨大的一個人怎麼老是有辦法隱住自己的身影。他正搓著雙手，指關節周圍的皮膚都搓紅了。

「別打噴嚏，別打噴嚏。」他焦慮地哀求。

「我要跟你借電腦，因為我想喬治可能在家。我沒辦法用手機搜尋，經過芬達加烤吐司機的意外之後，我手機的螢幕被阿嬤弄壞了……」

罩在怪物腦袋上的兜帽左右緩緩移動。

「沒電腦。」

「借我一下嘛，我只是要查地址！」艾莎抱怨，在空中揮著阿嬤的信。

怪物再次搖搖頭。

「好吧，只要把你的無線密碼給我，我就可以用iPad連上網！」她勉強說出口，猛翻白眼，停下來的時候都覺得瞳孔彷彿移位了。「我的iPad沒有3G，因為爸買了iPad給我，把媽氣死了，因為她不希望我用這麼貴的東西，而且她不喜歡蘋果電腦，所以這樣算是妥協！很複雜啦，可以嗎？我需要跟你借無線，只是這樣！老天爺！」

「沒有電腦。」怪物重複。

「沒有……電腦？」艾莎極度無法置信地複述。

兜帽左右搖動。艾莎瞅著他的神情，彷彿他在唬她或是神經錯亂，或者兩者皆是。

「你怎麼會沒有電腦？」

怪物從夾克口袋拿出小小夾鍊塑膠袋，裡頭裝了一小罐凝膠。他小心翼翼擠了點凝膠出來，開始搓進掌心跟皮膚。

「不需要電腦。」他低吼。

艾莎氣惱地深吸一口氣，環顧樓梯。喬治可能還在家，所以她不能進去，因為他會問她怎麼沒在學校。她也不能去找茉德跟雷納特，因為他們人善良到無法說謊，如果媽問他們看到艾莎沒，他們就會實話實說。罹病男孩跟他媽白天不在家。至於布蕾瑪莉，那就算了。

剩下的選擇也不多了，艾莎定定心神，試著去想米阿瑪斯的騎士從來不懼怕尋寶任務，即使任務艱難。然後往樓上走。

按下第七次門鈴之後，阿爾夫開了門，公寓瀰漫著木屑味。他披著簡直不成形的晨袍，頂上那些殘髮就像颶風過境之後，搖搖欲墜的最後幾棟建築。他拿著白色大杯子，上頭印著「尤文圖斯足球」，一陣咖啡味襲來，聞起來就是阿嬤向來愛喝的那種濃度。「喝了阿爾夫煮的咖啡之後，你整個早上都必須站著開車。」阿嬤以前總是說。艾莎本來不大懂得阿嬤是什麼意思，不過她知道阿嬤在說什麼了。

「嗯？」他冷哼。

「你知道這是哪裡嗎？」艾莎說，遞出上頭有阿嬤字跡的信封。

「妳把我吵醒，只是為了問個狗屁地址？」阿爾夫用極不友善的語氣問，然後猛灌一大口咖啡。

「你剛剛還在睡？」

阿爾夫又喝了一口，對著手表點點頭。

「我輪晚班，現在對我來說就是晚上。我會半夜跑到妳家去亂問問題嗎？」

艾莎先瞧瞧杯子，再看看阿爾夫。

「如果你在睡，為什麼還喝咖啡？」

阿爾夫先瞧瞧杯子，再看看艾莎，滿臉困惑。艾莎聳聳肩。

「你到底知不知道這在哪裡？」她指著信封問。

阿爾夫表現得像是在腦袋裡重複她的問題，而且語調非常誇張跟不屑。他又啜了口咖啡。

「我開計程車都超過三十年了。」

「然後呢？」艾莎納悶。

「然後我他媽的當然知道在哪裡，就在老水廠旁邊。」他說完就喝乾了杯子。

「什麼？」

阿爾夫一臉無奈。

「告訴妳，年輕人就是沒歷史概念。就是橡膠工廠二度搬家以前那裡，還有磚廠。」

艾莎一臉可能完全不知道他在說什麼的表情。

阿爾夫抓著殘餘的頭髮，消失在公寓裡。然後拿著滿滿一杯咖啡，還有一張地圖回來，砰地把咖啡杯擱在玄關的架子上，再用一只厚重的戒指當成原子筆那樣標示地圖。

「噢原來是那裡啊！就是購物中心那邊嘛，幹嘛不早說？」

阿爾夫說了點艾莎聽不大清楚的話，然後當著她的面甩上門。

「地圖我就留著嘍！」艾莎爽朗地對著他的信箱大喊。

他沒回答。

「怕你覺得奇怪，是耶誕假期的關係啦！所以我才沒去學校。」她嚷嚷。

他也沒回答。

艾莎走進儲藏區的時候，烏爾斯正側躺著，兩腿舒舒服服往上伸向空中，彷彿嚴重誤解了皮拉提斯的某項練習。怪物就站在外頭通道上，搓著雙手，一臉十分不自在。

艾莎向他舉起信封。

「你要來嗎？」

怪物點點頭，兜帽從臉龐滑開幾英寸，那道大疤瞬間在日光燈中一閃。他甚至沒問他們要去哪裡，這樣很難不對他湧現一絲柔情。

艾莎先看看他，再看看烏爾斯。蹺課加上沒經批准就擅自離校，她知道媽會生她的氣。可是艾莎問過媽，為什麼老是這麼擔心她，媽總是說：「因為我他媽的好怕妳會發生什麼事。」可是身邊有怪物跟烏爾斯陪著，艾莎很難想像自己會發生任何事情。她覺得有他們陪著，應該不會有問題才對。

烏爾斯走出儲藏區的時候，試著要舔舔怪物。怪物驚恐地跳起來，手猛地抽走，抓起靠在另一儲藏區上的掃帚。烏爾斯頑皮地來回慢慢掃動舌頭，彷彿為了找點樂子，故意戲弄怪物。

「別鬧了！」艾莎告訴牠。

怪物把掃帚當長矛一樣舉在身前，朝烏爾斯的鼻孔推著帚毛，試著逼退牠。

「就說別鬧了！」艾莎怒斥他們兩個。

烏爾斯咬住掃帚，喀啦咬成碎片。

「別鬧——」艾莎才開口，還沒講完最後一個字，怪物就卯足全力，將掃帚連著烏爾斯拋過地下室，那頭笨重的動物狠狠撞上了幾公尺外的牆面。

烏爾斯一個動作就翻過身來，伸展身體，甚至還沒落地，就已經以駭人之姿一躍而起。牠張大嘴巴，露出一排排廚刀大小般的牙齒。怪物以寬闊的胸膛跟拳頭裡湧動的血液，挺身面對牠。

「**我說別鬧了！**」艾莎怒吼，將自己的小小身體拋進兩個暴怒的生物之間，毫無防護，一邊是銳利如尖矛的獸爪，另一邊是大到可能會讓她頭肩分家的拳頭。她堅守陣地，唯一武器只是快八歲的小孩對自己體格缺點毫不在乎的態度。單是這樣就很有用了。

烏爾斯在半空停下，輕柔地在她身旁落地。怪物往後退開幾步。慢慢鬆開肌肉，從肺部釋出空氣。兩個都沒正視她的眼睛。

「重點是，你們應該保護我的，」艾莎以更安靜的聲音說，努力別哭出來，但不是很成功，「我以前一直都沒朋友，好不容易才找到你們，現在你們兩個卻想殺死我僅有的兩個朋友！」

烏爾斯垂下鼻子。怪物搓搓雙手、消失在兜帽中，朝著烏爾斯的方向搖了搖。

「牠先開始的。」怪物勉強說。

烏爾斯低吼回來。

「夠了！」她試著用生氣的口吻，接著意識到自己聽起來像在哭。

怪物憂心地順著她的身側，上下移動一手，盡可能接近，但不用真的碰到她。

「抱……歉。」他喃喃。烏爾斯撞撞她的肩膀，她把額頭靠在牠鼻子上。

「我們有重要的任務要執行，所以你們不可以繼續亂來。我們必須把這封信送出去，因為我想阿嬤想跟別的人說抱歉。之後還有更多信。我們的童話故事就是，要把阿嬤的每個抱歉都送出去。」

她把臉埋在烏爾斯的毛皮裡，深深吸氣，閉上了眼睛。

「我們必須為了我媽做這件事，因為我希望最後一個道歉是給她的。」

16 灰塵

這場冒險規模變得非常浩大，是驚天動地型的童話故事。

艾莎決定他們應該從搭公車開始，就像正常的騎士出正常的任務，在或多或少算是正常的童話故事裡，裡頭沒有任何馬匹或雲獸。可是在公車站牌等候的人開始瞅著怪物跟烏爾斯看，緊張地挪步，盡可能跟他們拉開距離，簡直都快走到下一站去了。這時她才意識到，事情沒辦法這麼直截了當。

一踏上公車，馬上就能看出，烏爾斯沒那麼喜歡搭公共交通工具。牠四處嗅來嗅去，踩到乘客的腳趾，尾巴掃倒乘客的袋子，不小心滴了點口水在太靠近怪物的椅子上，害得怪物坐立難安。艾莎最後決定作罷，一夥人只好下了車，總共才坐了一站。

艾莎拉拉葛來芬多圍巾，緊緊繞住臉龐，雙手推入口袋，領著他們穿越雪地。逃離公車讓烏爾斯歡天喜地，繞著艾莎跟怪物蹦蹦跳跳，像隻興奮過度的幼犬。怪物一臉嫌惡，艾莎注意到，他似乎不習慣白天出門。也許因為狼心習慣住在米阿瑪斯外圍的黝暗森林裡，那個地方連日光都不敢照進去。至少在阿嬤的童話故事裡，他就住那個地方，所以如果這個故事有任何條理，這種解釋肯定最合邏輯。

在人行道上看到他們的人，反應就像一般人看到小女生、烏爾斯跟怪物並肩漫步那樣：趕緊閃到對街去。有些人試著假裝自己並不是怕怪物、烏爾斯跟小女生，才換到對街的，他們故意大聲講手機，假裝電話線上的人突然給了他們不同的指示，要他們改走反方向。艾莎的爸走錯路，不希望陌生人知道他是會走錯路的人，有時候也會這麼做。艾莎的媽從來不會有這種問題，因為如果她走錯方向，她就會繼續走，直到應該跟她會面的人不得不跟著她走。阿嬤以前解決這種問題的方法，就是對著路牌大聲叫囂。大家處理這個問題的方式各有千秋。

可是無意間遇上冒險三人組的人，有的作風就沒這麼低調了。他們從馬路對面看著艾莎，表情好像她被綁架似的。艾莎覺得，怪物可能對很多事情都很拿手，可是只要有人打噴嚏他就整個停擺，可能也不會是什麼高明的綁架犯。她覺得，對超級英雄來說，這種致命傷還真古怪：鼻涕。

這趟路程走下來花了兩個多小時。艾莎真希望這是萬聖節，這樣他們就可以搭公車而不嚇到正常人，大家只會自動假設他們在玩扮裝。這就是艾莎喜歡萬聖節的原因：在萬聖節，與眾不同很正常。

等他們找到正確地址，午飯時間都快到了。艾莎覺得難受又飢餓，心情也不好。她知道米阿瑪斯的騎士受命執行尋寶任務時，永遠不該發牢騷，也不能害怕大冒險，可是誰說騎士不能肚子餓或是鬧脾氣？

他們按照地址找到了一棟大樓，對街有家漢堡餐廳。艾莎要烏爾斯跟怪物稍等一下，她自己過街，雖然她在道德上堅決反對漢堡連鎖店，正如任何一個快八歲的孩子應有的反應。可是，即使是快八歲的孩子也不能違抗自己的肚子，於是她不甘不願替烏爾斯買了冰淇淋、替怪物買了漢堡，另外給自己買了蔬食堡。她悄悄走出店外時，掏出紅色簽字筆，畫掉午餐跟菜單之間的連字號。

儘管零下的低溫耙抓他們的臉龐，但他們還是坐在那棟高樓對面的板凳上。或者說，坐下的是艾莎跟烏爾斯，因為怪物望著板凳的表情，彷彿凳子準備伸舌頭舔他。他連漢堡四周的防油紙都不肯碰，所以漢堡也被烏爾斯吃下肚。有一度，烏爾斯滴了點冰淇淋在板凳上，毫不在乎地舔起來時，怪物露出一臉快窒息的模樣。烏爾斯咬了一口艾莎的蔬食堡，但她還是繼續吃，之後她還得幫忙怪物用紙袋調整呼吸。

他們終於吃完的時候，艾莎腦袋往後一昂，仰頭望著大樓立面。這棟樓肯定有十五層高。她從口袋拿出信封，滑下椅凳，大步走了進去。怪物跟烏爾斯默默跟在她後面。怪物周身散發出濃濃的消毒凝膠味。艾莎速速掃視牆上的名單，找到寫在信封上的名字，不過前頭加了「Reg. Psychotherapist」。艾莎不知道是什麼意思，不過她聽過不少引爆炸彈、惹出各種麻煩的恐怖分子[10]，所以「變態——恐怖分子」一定更糟糕。

她走向走道另一端的電梯。他們抵達的時候，烏爾斯停下來，不肯再多走一步。艾莎聳聳肩走了進去。怪物猶豫半晌之後才跟進去，不過他很小心不去碰任何一面牆。

他們往上的時候，艾莎仔細打量怪物。他的鬍鬚從兜帽突出來，好似好奇的大松鼠；認識他越久，他看起來就越不危險。怪物顯然注意到她正在端詳他，於是不自在地絞著雙手。令艾莎意外的是，他的態度讓她覺得受傷。

「欸，如果你這麼困擾，可以跟烏爾斯留在樓下把風啊。我把信拿給恐怖分子，又不會發

10 「Reg.Psychotherapist」意指註冊的心理治療師。但艾莎將therapist誤解為恐怖分子（terrorists）。Psycho是神經病／變態的意思，所以psycho-terropist就艾莎來說，等於是「變態恐怖分子」。

生什麼事。」

她用正常的語言說話，因為她不肯跟他講密語。阿嬤的語言最初並不屬於阿嬤，這點在她心中所挑起的妒意，至今仍未消退。

「反正，你要守護我，也不用一直待在我身邊。」她說，語氣比她原本想要的還忿忿不平。她才開始把怪物當朋友，可是現在想到他之所以在這裡，只是因為阿嬤交代的。怪物只是默默站在原地。

電梯門滑開時，艾莎領頭大步跨出電梯。兩人路過一排排的門，最後找到恐怖分子那扇門。艾莎使勁敲門，用力到指關節都發疼。怪物朝窄道的另一側牆壁倒退，彷彿意識到那扇門後方的人可能會透過窺視孔往外看。他似乎盡可能想把自己縮小、變得比較非嚇人。艾莎暗想，很難不覺得這份心意很讓人窩心——即使「非嚇人」不是恰當用語。

艾莎又敲敲門，耳朵貼上鎖頭。再敲，又是一陣靜寂。

「沒人。」怪物緩緩說。

「No shit, Sherlock.」

其實她無意拿他出氣，因為她氣的是阿嬤。她只是累了，好累好累。她東張西望，瞥見兩把木椅。

「他們一定出去吃午餐了，我們只能等了。」她鬱悶地說，洩氣地陷進椅子裡。

就艾莎而言，那份沉默在大約一個半的永恆裡，從愉快變成吃力，最後變得不堪忍受。凡是想得到的事，她都做了：用手指反覆敲打桌面、從椅墊布料上的小洞挖出填料、用食指指甲把自己的名字刻在扶手軟木上，她用問題打破了沉默，語氣的控訴意味超過她預期的。

「如果你不是軍人，幹嘛穿軍人的褲子？」

怪物在兜帽下緩緩呼吸。

「舊褲子。」

「你以前當過兵嘍？」

兜帽上下移動。

「戰爭是不對的，軍人是不對的。軍人會殺人！」

「不是那種軍人。」怪物語氣平板地說。

「軍人只有一種！」

怪物沒回答。艾莎用指甲在扶手的木頭上刻了句髒話。事實上，她並不想問那個在她內心熊熊燃燒的問題，因為不想讓怪物知道她傷得有多重，但就是忍不住。這就是艾莎的大毛病之一，學校的人就是這麼說的，說她永遠控制不了自己。

「是你介紹米阿瑪斯給我阿嬤，還是我阿嬤介紹米阿瑪斯給你？」她忿忿把話吐出口。

兜帽沒動，但她可以看出他在呼吸。她正準備再問一次，就聽到兜帽裡面傳出：

「是妳阿嬤，介紹的，我小時候。」

他照自己平日講正常語言的方式說，好似話語爭來鬥去擠出口。

「你那時候跟我差不多大。」艾莎說，想起狼人男孩的照片。

兜帽上下移動。

「她有沒有跟你說童話故事？」她靜靜問，巴望他會說沒有，儘管她沒那麼遲鈍。

兜帽上下移動。

「你們是在戰爭期間認識的嗎？那就是她叫你『狼心』的原因嗎？」其實她並不想問下去，因為她可以感覺到自己越來越嫉妒。可是兜帽持續點著。

「營地，給逃走的人住的營地。」

「是難民營。是阿嬤把你帶回來這邊的嗎？是她安排讓你住進公寓的嗎？」

兜帽裡傳出長長的吐息。

「住過很多地方。很多家。」

「寄養家庭嗎？」他點頭。「為什麼不待在寄養家庭那邊？」

兜帽慢吞吞地左右搖動。

「不好的家。危險。妳阿嬤來接我。」

「你為什麼會去當軍人？是為了跟阿嬤去一樣的地方嗎？」他點點頭。「你也想幫助人嗎？跟她一樣？」兜帽緩緩上下移動。「那你幹嘛不跟阿嬤一樣當醫生？」怪物搓著雙手。

「血。不喜歡……血。」

「怕血竟然還當軍人。你是孤兒嗎？」

兜帽靜定不動。怪物悶不吭聲。可是她注意到那把鬍子往黝暗處退得更深。突然間，艾莎對自己起勁地點點頭。

「就像X戰警！」她驚呼，那種熱烈程度超過她真正想表現的。接著她清清喉嚨，鎮定下來。「X戰警是……變種人。很多變種人都是某種孤兒。滿酷的。」

兜帽動也不動。艾莎覺得自己很蠢，不停從椅墊裡扯出更多填料。她正準備補充說，哈利波特也是孤兒，跟哈利波特有任何相似處都超酷的，不過她開始意識到，怪物讀過優質文學的分量可能不如期望。

「『米阿瑪斯』在祕密語言裡是個字嗎？」她轉而問道，「我是說，在你的語言裡是個字嗎？聽起來跟祕密語言——我是說，你的語言——其他的字都不一樣。」

兜帽文風不動，但現在吐出的話語更輕柔，跟怪物講過的話都不像，他講的話向來都像處於警戒狀態，但這些話語幾乎帶有夢幻感。

「母親的語言。『米阿瑪斯』。我……母親的語言。」

艾莎抬起頭，凝神望進兜帽裡的黑暗。

「你們講不一樣的語言嗎？」

兜帽左右搖動。

「你媽媽是哪裡人？」艾莎問。

「別的地方，別的戰爭。」

「那米阿瑪斯是什麼意思？」

這些話語吐出口有如嘆息。

「『我愛』。」

「是你的王國，所以才叫米阿瑪斯。根本不是因為我以前把睡衣叫成『米呀馬斯』。」

艾莎將最後一點填料扯出來，搓成球，以便不去感覺那種翻騰不已的妒意。「是阿嬤該死的老招數，替你編出米阿瑪斯，這樣你就會知道你媽媽愛你。」她嘀咕，當她意識到自己竟把想法說出口時，猛地打住。

怪物雙腳輪流變換重心，呼吸速度放得更慢，摩搓著雙手。

「米阿瑪斯。不是編出來的。不是假裝。不是編給……小朋友聽的。米阿瑪斯。對小孩子來說……是真實的。」

然後，就在艾莎閉上雙眼，免得露出同感的表情時，怪物遲疑地說下去：

「在信裡面。妳外婆的道歉。是向我母親道歉。」他從兜帽下面輕聲細語。

艾莎睜開眼，眉頭一擰。

「什麼？」

怪物的胸膛上下起伏。

「妳問過。關於阿嬤的信。問阿嬤寫什麼。寫了向我母親的道歉。我們一直沒找到……我母親。」

各有立場的兩人，視線在半路交會。同為米阿瑪斯人的兩人，此時此地萌生了固然微小但互有同感的敬意。艾莎領悟到，他講的就是那封信的內容，因為他明白有人因為你是小孩，就藏住祕密不告訴你的感覺。於是她問，語氣裡的怒氣大減：「你們有去找你媽媽嗎？」

兜帽上下移動。

「找了多久？」

「一直在找。從……營地以來。」

艾莎下巴微微一掉。

「那就是阿嬤不停出遠門的原因嗎？因為你們在找你媽媽？」

怪物加快搓手的速度，胸膛起伏，兜帽微微往下移，然後再次往上，緩慢得不得了。接著一切陷入靜默。

艾莎點點頭，垂眼望入懷裡，內心的怒氣又莫名地一湧而上。

「我阿嬤也是別人的媽媽啊！你有沒有想過？」

怪物沒回答。

「你不用當我的守衛！」艾莎怒斥，然後開始把髒話刻進木頭扶手。

「不是守衛。」怪物終於在她背後低吼，那雙黑眼從兜帽下浮現，「不是守衛，是朋友。」

他再次消失在兜帽底下。艾莎定定瞪著地板，腳跟蹭著鋪滿地板的地毯，攪起更多塵埃。

「謝謝。」她暴躁地低語，但現在改用密語說。怪物一語不發，可是搓起手來，已經沒之前那麼用力跟急迫。

「你不大喜歡講話，對不對？」

「嗯……可是妳喜歡，一直講。」

這時艾莎相信他頭一次浮現笑容，或者幾乎是笑容。

「算你贏。」艾莎咧嘴一笑。

艾莎不知道他們等了多久，可是一直到艾莎真的決定放棄之後，又等了好久。他們等到電梯門發出小小乒鈴聲，打了開來，黑裙女人踏進走廊。她大步邁向辦公室，看到那個巨大鬍鬚男，以及彷彿可以握進他掌心的小女孩時，一時僵住不動。女孩盯著她。黑裙女人拿著塑膠小盒裝的沙拉，盒子正抖個不停。女人似乎考慮轉身跑開，或者也許就像小孩，相信閉上眼睛，就可以讓自己隱形起來。她動也不動杵在距離他們幾公尺的地方，雙手緊抓盒子側邊，彷彿盒子是懸崖邊緣。

艾莎從椅子起身，狼心從她們兩人身邊退開。如果艾莎當時看著他，就會注意到，他悄悄移開時，臉上浮現她不曾見過的神情。是某種恐懼，幾乎甦醒之地的人絕對不會相信，狼心可能露出這種表情。可是艾莎起身離開椅子時，並沒看他，只顧著盯住黑裙女人。

「我想我有信要給妳。」艾莎終於擠出聲音。

女人站定不動，捧著塑膠盒的指節發白。艾莎以堅持不懈的態度遞出信封。

「是我阿嬤要給妳的，我想她要為了什麼事情說抱歉。」

女人接過信。艾莎雙手插進口袋，因為不大曉得該拿雙手怎麼辦。黑裙女人會來這裡的原因並不清楚，可是艾莎確定阿嬤要她帶信過來自有理由。因為在米阿瑪斯或是在童話故事裡，並沒有巧合這種東西，一切的存在都是有道理的。

「信封上寫的不是妳的名字，我知道，可是一定是給妳的。」

女人今天散發著薄荷而不是酒味。女人小心翼翼打開信，嘴唇緊繃，信在手裡顫動。

「我……以前就叫這個名字，很久以前。我搬到你們那棟房子的時候，改回原本的姓氏，不過我……認識妳外婆的時候，就叫這個名字。」

「在巨浪之後。」艾莎大膽說。

女人的嘴唇往內縮，直到消失不見。

「我……我本來也打算把辦公室門上的名字換掉，可是……唔，我不知道，就是一直……一直沒換。」

那封信開始抖得更厲害。

「上面寫什麼？」艾莎說，後悔自己交出信件以前沒搶先瞥一眼。黑裙女人看似就要哭出來，可是似乎已經不剩任何淚水。

「妳外婆寫了抱歉。」女人慢慢說。

「抱歉什麼？」艾莎立刻追問。

「為了派妳過來而道歉。」

艾莎準備糾正她，正要指著狼心並說：「是派我們過來！」可是當她頭一抬，狼心已經不見蹤影。她根本沒聽到電梯或一樓大門關起的聲音，他就這麼憑空消失了。「就像屁穿過開著的窗。」事情不如所願的時候，阿嬤總是這麼說。

黑裙女人朝著門走去，門上裝飾著「Reg. Psychotherapist」這些字眼，接著是她過去使用過的名字。她把鑰匙插進鎖孔，迅速比比手勢要艾莎進來，雖然她擺明了不想要艾莎進來。

黑裙女人注意到艾莎還在尋找那位壯碩的朋友時，就憂愁地低聲說：「妳阿嬤最後一次帶他來找我，是在我的另一間辦公室，所以他不知道妳要來找我。早知道妳要來這邊，他絕對不會來的。他……他很怕我。」

17 肉桂捲

幾乎甦醒之地的一個童話故事裡，來自米阿瑪斯的小女孩打破了咒語，並且釋放了海天使。可是阿嬤從未解釋事情經過。

艾莎坐在黑裙女人辦公桌邊的椅子上，暗暗推想這張椅子應該是訪客專用。艾莎一坐下，一團塵雲在四周揚起，彷彿不小心撞見魔術秀裡的煙霧製造機，她判定女人的訪客並不多。女人惶惶不安，坐在書桌另一側，讀了又讀阿嬤那封信，不過到現在艾莎很確定女人只是假裝在讀信，這樣就不用開始跟艾莎講話。女人好像一請艾莎進來，就馬上後悔似的。有點像電視影集裡，有人邀請吸血鬼進門，腳一跨過門檻，就在自己被咬之前，心中暗想「噢，死定了！」，至少艾莎想像一般人遇到那種情況，心裡會這麼想。女人也是這副表情。辦公室沿牆擺滿了書架。艾莎不曾在圖書館外看到這麼多書。她納悶黑裙女人是不是沒聽過iPad這種東西。

接著，她的思緒再次飄向阿嬤跟幾乎甦醒之地。如果這女人就是海天使，基本上，狼心跟烏爾斯之外，女人就是來自那個世界而且住在那棟樓房裡的第三個生物。艾莎不知道這是不是表示，阿嬤所有的故事都是取自現實世界，然後放在米阿瑪斯。還是說，來自米阿瑪斯的故事變得如此真實，那些生物跨界來到現實世界。不過，幾乎甦醒之地跟她住的那棟樓房似乎逐漸融合在一起。

艾莎記得阿嬤說過，「最棒的故事絕不是百分之百真實，也絕不是百分之百杜撰。」阿嬤形容某些事情「有缺陷的真實」，正是這個意思。對阿嬤來說，沒有東西是絕對的這個或那個。故事是完全真實的，同時卻又不是。

艾莎只希望阿嬤說過更多關於海天使的詛咒，以及破解的方法。因為艾莎想，這就是阿嬤派她過來的原因，如果艾莎不弄清楚怎麼做，可能永遠都找不到下一封信，這麼一來她就永遠找不到阿嬤給媽的道歉。

她抬頭望著書桌另一側的女人，高調地清清喉嚨。女人的眼皮眨了眨，但繼續低頭盯著那封信直看。

「有個女人把自己讀到死，妳聽過沒？」艾莎問。

女人的目光離開信紙往上滑，掃過艾莎之後，又匆匆溜回那封信上。

「我不知道那是……什麼意思。」女人近乎害怕地說。

艾莎嘆氣。

「我從來沒看過那麼多書，也太誇張了吧。妳沒聽過iPad嗎？」

女人的視線頓時又往上移，在艾莎身上多流連一會。

「我喜歡書。」

「妳以為我不喜歡書嗎？可以把書存在iPad裡啊，不需要在辦公室擺一大堆書。」

女人的目光在書桌上來回徘徊，然後從小盒子裡拿出一粒薄荷含片，放在舌頭上，動作彆扭，彷彿手跟舌頭屬於不同人。

「我喜歡實體書。」

「iPad可以放各式各樣的書。」

女人的手指微微顫動。她瞅著艾莎的表情，有點像在廁所外面遇見某人，然後在那裡逗留得有點太久。

「那不是我所謂的『書』，我指的『書』是有防塵書皮、書封、紙張……」

「書就是內容，妳可以在iPad上讀內容！」

女人眼睛睜開又閉上，好似大扇子。

「我喜歡在閱讀的時候，捧住那本書。」

「妳可以捧住iPad啊。」

「我是說，我喜歡能夠翻頁。」女人試著解釋。

「妳可以在iPad上翻頁。」

女人點點頭，速度是艾莎這輩子見過最慢的。艾莎雙臂往外一拋。

「可是，欸，妳高興就好啦！放一大堆書吧。我只是，嗯，問問而已。書在iPad上閱讀，也還是書。不管用什麼碗裝，湯就是湯。」

女人的嘴角抽搐，周圍的肌膚裂紋擴散開來。

「我沒聽過那句諺語。」

「從米阿瑪斯來的。」艾莎說。

女人低頭看著懷裡，並未答腔。

艾莎暗想，女人其實不大像天使，可是從另一方面來看，也不像酒鬼，所以這樣可能就扯平了。也許這就是半路生物的模樣。

「阿嬤為什麼帶狼心來這裡？」艾莎問。
「抱歉——誰？」
「妳說阿嬤帶他來過這裡，所以他才會怕妳。」
「我不知道你們叫他狼心。」
「他就叫那個名字。如果妳連他是誰都不知道，他為什麼怕妳？」
女人雙手收在懷裡，細細端詳，彷彿頭一次見到它們，納悶它們到底在那裡幹嘛。
「妳外婆帶他來這裡談談那場戰爭。她覺得我可以幫幫他，可是他開始怕我。他怕我所有的問題，也怕……自己的記憶，我想，」她終於說，「他看過很多、很多場戰爭，這輩子幾乎多少都在戰火中度過。這種狀況會對人類……產生難以承受的影響。」
「他的手幹嘛一直那樣？」
「什麼？」
「他洗手洗個不停，好像想洗掉便便的味道，之類的。」
「發生悲劇之後，大腦有時候會對人產生奇怪的影響。我想他可能是想洗掉……」
她沉默下來，垂下目光。
「什麼？」艾莎執意要知道。
「……血。」女人空洞地下了結論。
「他殺過什麼人嗎？」
「我不曉得。」
「他腦袋有問題嗎？」

「再說一次？」

「妳是恐怖分子，不是嗎？」

「咦……」

「腦袋生病的人，難道不能治好嗎？說他們有病，也許很沒禮貌。是這樣嗎？他腦袋整個壞掉了嗎？」

「見識過戰爭的人都會壞掉。」

艾莎聳聳肩。「那他就不應該當軍人。就是因為有軍人，我們才有戰爭。」

「我想他不是那種軍人，他是維和軍人。」

「軍人只有一種。」艾莎冷哼。

艾莎知道自己這樣說很虛偽，因為她討厭軍人、討厭戰爭，不過她也知道，在無盡戰役裡，如果沒有狼心挺身抵抗魅影，幾乎甦醒之地會被灰色死亡整個吞噬。她常常思考這件事：你該出手的時刻，以及你不該出手的時刻。艾莎想到阿嬤以前常會說：「妳有標準，可是我有雙重標準，所以我贏了。」可是，雙重標準並沒有給艾莎勝出的感覺。

「也許是吧，」女人低聲說，聲音掠過艾莎思緒的表面。

「妳這邊的病人沒有很多，對不對？」艾莎說，特意地朝房間對面點點頭。

女人沒回答，雙手不安地把弄阿嬤那封信。艾莎不耐煩地嘆口氣。

「阿嬤還寫什麼？有沒有說抱歉，因為沒救到妳家人？」

女人目光顫動。

「有，還有……還有別的事。」

艾莎點點頭。

「還有為了派我過來說抱歉？」

「對。」

「為什麼？」

「因為她知道妳會問很多問題。身為心理醫師，我想我習慣當發問的人。」

「『Reg. Psychoterropist』是什麼意思？」

「註冊的心理治療師。」

「噢，我還以為跟炸彈有關係。」

女人不知道該怎麼回應。艾莎滿懷戒心地雙臂一甩，冷哼說：「哼，也許現在聽起來很呆，可是那時候很合邏輯啊！任何事情都在結束後才變得顯而易見！」

女人嘴角有點動作，艾莎想那可能是某種笑容。可是看起來更像僵硬的抽搐，彷彿嘴周的肌肉不大習慣做這種事。艾莎再次環顧辦公室。這裡沒照片，不像女人的公寓，這裡只有書。

「那妳有什麼好書？」艾莎問，一面掃視書架。

「我不知道妳覺得什麼才算好書。」女人戒慎地回答。

「妳有哈利波特嗎？」

「沒有。」

「一本也沒有？」艾莎難以置信地問。

「沒有。」

「妳有**一大堆書**，可是連**一**本哈利波特也沒有？這樣他們還讓妳修理腦袋壞掉的人？」

女人沒回答。艾莎往後一靠，用媽痛恨的方式翹起椅子。女人又從桌上的小盒拿了顆薄荷片。她對艾莎打了個手勢要請她吃一顆，但艾莎搖搖頭。

「妳抽菸嗎？」艾莎問。

女人一臉訝異。艾莎聳聳肩。

「阿嬤不能抽菸的時候，也會吃一堆甜的東西，通常室內都不准她抽菸。」

「我停了。」女人說。

「永遠停掉，還是停一下？不一樣喔。」艾莎告訴她。

女人點點頭，創下慢動作的新紀錄。

「那個問題比較接近哲學問題，所以很難回答。」

艾莎再次聳聳肩。

「妳在哪裡認識阿嬤的？是在巨浪之後？還是說這個問題也很難回答？」

「我喜歡長篇故事。」

「說來話長。」

女人的雙手躲進懷裡。

「我去度假，應該說……我們……我跟我家人……我們去度假。結果發生了……發生了意外。」

「是海嘯。」艾莎柔聲說。

女人的視線在房間裡四處飛舞，然後彷彿只是突然想到而隨口一說：

「妳外婆發現……發現我……」

女人猛吸嘴裡的薄荷片，力道大到臉頰的形狀，就像阿嬤有一次想「借用」艾莎爸爸那輛奧迪裡的汽油，死命用塑膠管把油吸出來那樣。

「在我先生跟我……我兒子……」女人開始說，最後幾個字踉踉蹌蹌，跌落在其他字眼之間的裂隙。彷彿女人突然忘記自己句子才講到一半。

「溺死嗎？」艾莎接腔，對家裡有人溺斃的人講這個字眼，可能會惹對方很不愉快，她一意識到這點，就覺得滿慚愧的。

可是女人只是點點頭，沒有生氣的樣子。然後艾莎換成密語，匆匆問道：

「妳也知道我們的祕密語言嗎？」

「什麼？」

「啊，沒什麼。」艾莎用平常的語言嘀咕，垂眼望著鞋子。

剛剛是個測試，艾莎很意外，海天使竟然不懂密語，因為幾乎甦醒之地的每個人都懂密語。她想，也許那是詛咒的一部分。

女人看看手表。

「妳不是應該在上學嗎？」

艾莎聳聳肩。

「放耶誕假了。」

女人點點頭，點頭的速度現在多少算正常。

「妳去過米阿瑪斯嗎？」艾莎問。

「這是什麼笑話嗎？」

「如果我在說笑話，我就會說：一個盲人走進酒吧，走進[11]一張桌子，還走進幾張椅子。」

女人沒回答，艾莎雙臂一揮。

「懂了嗎？盲……人走進酒吧，走進一張桌——」

女人對上她的視線，露出淺淺笑容。

「懂了，謝謝。」

艾莎惱怒地聳聳肩。

「如果聽懂了，就笑出聲啊。」

女人吸了一口氣，如果往那口氣裡丟銅板，絕對聽不到銅板碰到底部的聲音，那口氣就是這麼深。

「那個是妳自己想的嗎？」女人在那口氣之後問。

「哪個？」艾莎反問。

「那個盲人的笑話。」

「不是，是我阿嬤告訴我的。」

「我兒子以前——他們以前都會說那樣的笑話。就是提出奇怪的問題，要你回答，再來他們就會說點什麼，然後哈哈笑。」她說「哈哈笑」這個字眼的時候，站起身來，雙腿就像紙飛機的機翼一般脆弱。

接著一切轉眼就變，她的整個儀態、講話的方式，甚至是呼吸的方法。

「我想妳現在該走了。」她說，站在窗邊背對艾莎，聲音微弱但幾乎懷有敵意。

「為什麼?」

「我要妳走。」女人語氣強硬地重複。

「可是為什麼?我走了大半個市區拿阿嬤的信給妳,妳幾乎沒時間跟我說什麼,現在竟然趕我走?妳知道外面有多冷嗎?」

「妳……妳本來就不該來的。」

「因為妳是阿嬤的朋友,我才來的。」

「我不需要別人的施捨!我自己應付得來。」女人陰鬱地說。

「對啦,妳真的應付得棒到要死啦。真的。可是我來這裡不是為了施捨。」艾莎勉強回答。

「哼,那就出去啊,妳這小渾球!給我滾出去!」女人低嘶,依然沒轉過身來。

艾莎呼吸沉重起來,因為對方突然咄咄逼人而心生恐懼,也因為女人連看都不看她而覺得受辱。她緊握雙拳跳下椅子。

「走就走!我媽說妳只是累了,她根本搞錯了!阿嬤說得對!妳只是個該死的——」

就跟所有的火山爆發一樣,裡面涵蓋的不只是一種怒氣,而是很多種。一長串的怒氣,頻頻投入某人胸懷裡的火山,直到大爆發為止。艾莎很氣黑裙女人,因為她沒說什麼,讓這個愚蠢的童話故事變得好懂一點。她也很氣狼心就因為怕這個白痴心理恐怖分子,就拋下她不管。而且最重要的是,她很氣阿嬤,還有這個白痴童話故事。這些怒氣加總起來,讓她無力招架。

---

11 Walk into有「走進」也有「撞上」的意思。

她高喊出聲，這個字眼脫離唇間以前，她早就知道自己鑄下大錯：

「酒鬼！妳什麼都不是，只是個醉酒鬼!!!」

她在同一瞬間懊悔不已，可是已經太遲。黑裙女人轉過身來，臉龐扭曲成鏡子的千個碎片。

「滾！」

「我不是故……」艾莎正要說，踉蹌後退越過辦公室地面，雙手舉在身前想要道歉。

「對不……」

「滾出去！」女人放聲尖叫，歇斯底里扒抓空氣，彷彿想找東西丟她。

艾莎拔腿就跑。

她沿著走廊狂奔、衝下階梯，穿過門口到大門，猛烈啜泣，一時之間沒站穩，盲目地一絆，一股腦往前摔去。感覺背包狠狠砸在後腦勺上，等著顴骨撞上地板的痛楚，卻感覺到柔軟的黑毛皮。接著一切都爆開了。她使勁摟住那頭巨大動物，以致於牠快換不過氣。

「艾莎。」阿爾夫的聲音從前廊傳來，絕對公式化的口吻，語氣不帶探詢的意味。「來吧，老天爺，」他咕噥，「咱們回家吧，妳總不能賴在那裡哭死哭活吧。」

艾莎想對阿爾夫高聲喊出事情經過——她想說出一切——關於海天使；阿嬤怎麼派她踏上那些白痴的冒險任務，她甚至不知道自己該做什麼；在她最需要狼心的時候，狼心竟然拋下她不管；跟媽有關的一切，以及她希望在這裡找到的「抱歉」；關於半半的一切，他即將出生並改變一切；還有她快要在寂寞裡滅頂了。她想對著阿爾夫全部高聲喊出來，可是她知道他不會懂的。因為當你快八歲時，就是不會有人懂你。

「你來這裡幹嘛？」她抽泣。

「妳給了我該死的地址，」他咕噥，「媽的總要有人來接妳吧。我開計程車都三十年了，所以我知道人不會隨隨便便把小女生丟在任何地方。」他靜默了幾口氣的時間，然後對著地板補了一句：「要是我沒來接妳，妳外婆會他媽的把我打個半死。」

艾莎點點頭，在烏爾斯的皮毛上抹了抹臉。

「那個東西也要一起來嗎？」阿爾夫不快地問。烏爾斯用更暴躁的表情回望他。艾莎點點頭，強忍再次哭出來的衝動。

「那麼牠必須去坐後車廂。」阿爾夫堅決地說。

可是，事情顯然不會這樣結束。回家的路上，艾莎一直把臉埋在烏爾斯的毛皮裡。烏爾斯有個超級、超級棒的特點：牠們是防水的。

汽車音響在播放歌劇，至少艾莎認為一定是歌劇。其實她沒聽過多少歌劇，可是聽別人提過，想說這就是歌劇聽起來的樣子。在回家的半路上，阿爾夫透過後視鏡一臉憂心瞟著她。

「妳想要什麼嗎？」

「像什麼？」

「我不知道，咖啡？」

艾莎抬起頭，怒瞪著他。

「我七歲耶！」

「七歲跟咖啡有什麼屁關係？」

「你認識什麼喝咖啡的七歲小孩嗎？」

「我沒認識幾個七歲小孩。」

「看得出來。」

「哼，他媽的算了。」他嘀咕。

艾莎垂臉埋進烏爾斯的毛皮。阿爾夫在前座罵了一下髒話，不久就遞了個紙袋給她。上頭印的烘焙坊名字，跟阿嬤向來去的那家一樣。

「裡面有肉桂捲，」他說，然後又補了句，「媽的不要對著肉桂捲哭，要不然會變難吃。」

艾莎對著肉桂捲哭了，但還是滿好吃的。

他們回到那棟樓房時，她從車庫一路跑上樓衝回公寓，連跟阿爾夫道謝，或是跟烏爾斯道別也沒有，更沒想到阿爾夫現在都看到烏爾斯了，搞不好會打電話報警。她路過喬治擺在廚房飯桌上的晚餐，一個字也沒對他說。媽回家的時候，她假裝睡著了。

當晚，那個酒鬼開始在樓梯上鬼叫，又開始唱歌的時候，艾莎生平頭一次有樣學樣，仿效這棟樓房裡其他住戶的作法。

假裝沒聽到。

18 煙霧

每個童話故事都有惡龍。由於阿嬤的關係，那就是……

艾莎今晚做了非常恐怖的惡夢。她一直很害怕閉上雙眼卻再也到不了幾乎甦醒之地；最糟糕的情況就是無夢的睡眠。可是就在這一晚，她體驗到更淒慘的情況。因為她到不了幾乎甦醒之地，卻還是夢到了那個地方。她從上方清清楚楚看到那裡，彷彿趴在巨型玻璃拱頂上，往下窺看。聞不到任何氣息、聽不見任何笑聲、感受不到雲獸起飛時風拂過臉龐。這是所有永恆裡最讓人恐懼到骨子裡的夢了。

米阿瑪斯著火了。

她看到幾乎甦醒之地裡所有的王子、公主、烏爾斯、夢獵者、海天使跟無辜的居民，狂奔逃命。魅影從他們背後逐漸逼近，一路驅逐想像力，凡是路過之處，什麼都不剩，只留下死亡。艾莎試著在那片火海當中尋找狼心的身影，但他早已離去。雲獸受到無情的屠戮，紛紛倒斃在灰燼當中。阿嬤的故事全都深陷火海。

有個身影在魅影之間遊走，是個苗條男人，籠罩在一團香菸煙霧當中。那是艾莎從圓拱那裡唯一聞得到的氣味，就是阿嬤的菸草味。突然間，那個身影抬頭仰望，那雙清澈的藍眸穿透了那片迷霧。他細薄的嘴唇之間滲出一片霧氣，然後直直指著艾莎，食指變形成灰色利爪，嘶吼著什麼，下一刻就有幾百個魅影從地面往上騰起，將她整個吞噬。

艾莎摔出床外，朝下跌落在地時，驚醒過來。她在原地縮起身子，胸膛起伏，雙手掩住喉頭。彷彿經過了幾百萬個永恆之後，她才相信自己回到了現實世界。自從阿嬤跟雲獸第一次帶她到幾乎甦醒之地以來，她從來沒做過半個惡夢，都忘了做惡夢是什麼感覺。她站起來，汗涔涔又氣力耗盡，檢查身上有沒有魅影的咬傷，然後試著整頓思緒。

她聽到有人在玄關講話，卯足全力集中精神，驅散睡意的霧氣，才能聽清楚現況。

「原來！可是妳不懂，娓莉卡，他們打電話找妳，這點有點奇怪。他們幹嘛不打給肯特。肯特才是這個住戶協會的會長，而我負責資訊部。處理這類事務的時候，會計師應該打電話找會長才對啊。哪能隨便找個有年紀的人！」

艾莎明白「有年紀的人」是種侮辱。媽回話的時候，嘆氣嘆得如此之深，艾莎感覺床單都給那股氣息吹皺了。

「我不知道他們為什麼打電話給我，布蕾瑪莉。可是那個會計師說他今天會過來，把事情都解釋清楚。」

艾莎打開臥房房門，穿著睡衣站在門口。站在玄關裡的不只是布蕾瑪莉，雷納特、茉德跟阿爾夫也在。莎曼珊在樓梯平台上睡覺。媽只穿著晨袍，草草繫著腰帶。茉德瞥見艾莎，溫和地一笑，懷裡捧著餅乾罐。雷納特用保溫瓶大口灌著咖啡。

阿爾夫難得看起來心情不壞，那也就表示他只是像平常那樣臭著臉。他草率地對艾莎點點頭，彷彿艾莎強迫他守密一樣。直到此時，艾莎才想起，昨天把阿爾夫跟烏爾斯丟在車庫，自顧自上樓跑回公寓。她心頭一陣焦慮，但阿爾夫怒瞪著她，迅速比了個「保持鎮定」的手勢，所以她也盡量照做了。她看著布蕾瑪莉，試著分辨，對方今天情緒如此激動，是因為發現了烏爾斯，或者只是發生了平日會惹惱布蕾瑪莉的一般狀況。感謝老天，似乎是後者，不過是衝著媽來的。

「所以房東們突然起了個念頭，說願意把公寓賣給我們？肯特寫了那麼多年的信給他們都沒結果！現在他們突然決定了！就那樣，那麼簡單？然後他們竟然聯絡妳，而不是肯特？這樣很怪，妳不覺得這樣很怪嗎？媉莉卡？」

媽拉緊晨袍的腰帶。「也許他們找不到肯特啊，也許因為我在這裡住這麼久，他們才以為——」

「我們家才是在這裡住最久的，媉莉卡。我跟肯特比其他人都在這邊住更久！」

「住這棟樓最久的是阿爾夫。」媽糾正她。

「阿嬤才是住這裡最久的。」艾莎嘟囔，但似乎沒人聽到。布蕾瑪莉更是不會聽進去。

「肯特不是出差去了嗎？」媽問。

布蕾瑪莉霎時頓住，難以察覺地點點頭。

「也許因為這樣，他們才聯絡不到他啊。所以我跟會計師講完，一掛掉電話就馬上打給妳——」

「可是，跟租賃持有人協會會長聯繫，才是一般的作法！」布蕾瑪莉驚愕地說。

「租賃持有人協會都還沒成立呢。」媽嘆氣。

「可是會成立的！」

「那就是房東的會計師今天想過來討論的事情——他說房東們終於願意把我們的普通租約改成『租賃持有』。我就是想跟妳說這點。我跟他講完，掛掉電話就聯絡妳了。然後妳把整棟房子的人都吵醒，結果就變成這樣。妳還希望我怎樣？布蕾瑪莉？」

「竟然挑星期六過來，在胡鬧什麼啊？一般人哪會挑星期六開這種會，一般人不會吧？娓莉卡。妳覺得一般人會嗎？可能妳就會，娓莉卡！」

媽按摩太陽穴，布蕾瑪莉誇張地吸氣跟吐氣，轉身面對雷納特、茉德跟阿爾夫，想得到他們的聲援。茉德試著露出鼓勵的笑容。大家在等待的時候，雷納特說要請布蕾瑪莉喝杯咖啡。阿爾夫則是一副即將觸及他平日壞脾氣的臨界點。

「唔，肯特不在，我們不能開會。」布蕾瑪莉結結巴巴說。

「嗯，當然，前提是肯特來得及趕回來，」媽疲憊不已地附和，「妳要不要再打給他？」

「他的班機還沒降落！其實他出差了，娓莉卡！」

阿爾夫在他們背後悶哼一聲。布蕾瑪莉連忙轉過身。阿爾夫把雙手塞進夾克口袋，又咕噥了點話。

「什麼？」媽跟布蕾瑪莉同時說，但是語氣天差地別。

「我只是說，妳們開始吵翻天的二十分鐘以前，我就傳了簡訊給肯特，他回覆說他媽的就在回家路上。」阿爾夫說，然後又補了句，「拿全中國的茶來換，那個白痴也不願意錯過這種好事。」

布蕾瑪莉似乎沒聽到最後一部分。她拂掉裙子上的隱形灰塵，交疊雙手，高高在上掃了阿爾夫一眼，因為她清清楚楚知道，肯特不可能在回家的路上，因為他的班機根本還沒降落，而且事實上他出差去了。可是就在那時，傳來一樓大門甩上還有肯特走路的聲音。可以知道那是肯特，因為有人用德語對著手機尖叫，美國電影裡的納粹都是這樣講話的。

「對，克勞斯！對！我們到法蘭克福再討論！」

布蕾瑪莉立刻下樓跟他會合，要跟他告狀說他不在的時候，發生了多麼失禮的事情。喬治從媽背後的廚房走出來，穿著緊身褲搭短褲，還有非常綠的毛衣，搭上顏色甚至更綠的圍裙。他興味盎然地看著大家，同時握著一把冒煙的煎鍋。

「有人想吃早餐嗎？我煮了蛋。」他似乎準備補充說，他也想請大家吃新買的營養棒，不過一意識到營養棒可能會被一掃而空，就臨時改變了主意。

「我帶了一些餅乾來，」茉德慷慨地說，把整罐交給艾莎，溫柔地輕拍她的臉頰，「給妳，我可以再去拿。」她低聲說完便踏入自家公寓。

「有咖啡嗎？」雷納特緊張地問，跟著茉德走的時候，又喝了一杯隨身備用的咖啡。

肯特大步走上樓來，出現在門口。他穿著牛仔褲跟昂貴的夾克。艾莎之所以知道，是因為肯特通常會告訴她，自己一身行頭砸了多少錢，彷彿在歐洲歌唱大賽裡公布決賽票數一樣。布蕾瑪莉跟在他後面快步走著，反覆喃喃：「沒禮貌，沒打電話給你真沒禮貌，只是隨便打個電話給有年紀的人，這樣不是很沒禮貌嗎？肯特，不能繼續這樣放任下去了。」

肯特把妻子的謾罵當耳邊風，但是誇張地指著艾莎的媽。

「我想知道，會計師打電話來的時候，到底說了什麼。」

媽還來不及說什麼，布蕾瑪莉就拂掉肯特袖子上的隱形灰塵，語氣幡然一變，低聲對他說：「也許你應該先下樓換件襯衫，肯特？」

「拜託喔，布蕾瑪莉，我們可是在辦正事啊。」肯特不以為然地說；媽要艾莎穿綠色東西時，艾莎多少就是這種態度。

布蕾瑪莉看起來很洩氣。

「我可以丟洗衣機，來吧，肯特，你衣櫥裡有新熨好的襯衫。會計師來的時候，你真的不能穿皺巴巴的襯衫，肯特，會計師會怎麼看我們？他會不會以為我們連自己的襯衫都熨不來？」她緊張地笑了。

媽張嘴試著要再說點什麼，可是肯特瞥見了喬治。

「啊！你有雞蛋？」肯特熱烈地叫著。

喬治滿足地點點頭。肯特立刻衝過媽身邊，進入玄關。布蕾瑪莉皺著眉頭，連忙尾隨他。

布蕾瑪莉經過媽身邊時，一臉煩心，脫口就說：「哎呀，像妳這種只顧著忙事業的人，娓莉卡，當然不會有時間打掃環境。」即使公寓裡的每一吋空間都秩序井然。

媽把晨袍的腰帶稍微紮得更緊，吐出深深克制的嘆息。「你們全都進來吧，不用拘束。」

艾莎連忙走進房裡，以最快速度換下睡衣，穿上牛仔褲，這樣就能趁大家在樓上忙的時候，衝到地下室檢查烏爾斯的狀況。肯特在廚房裡質問媽那個會計師的事，每隔一個字，布蕾瑪莉就會以「嗯嗯嗯」加以附和。

只有阿爾夫還留在玄關。艾莎把拇指插在牛仔褲口袋，腳趾抵著門檻邊緣，試著迴避他的視線。

「謝謝你沒提那個……」她才開口說，就制止自己，免得必須說出「烏爾斯」。

阿爾夫暴躁地搖搖頭。

「妳不應該像那樣掉頭就跑。如果妳他媽的接管了那隻動物，就要負責到底，即使妳是小鬼也一樣。」

「我不是該死的小鬼！」艾莎怒斥。

「那就不要表現得像個小鬼啊。」

「算你贏。」艾莎在門檻那裡低聲說。

「那隻動物在儲藏區，我架了幾塊合板，這樣別人就看不到裡面。叫牠閉上嘴巴。我想牠知道分寸。可是妳必須替牠找個更適合躲的地方。大家遲早都會發現牠。」阿爾夫說。

艾莎明白，他說的「大家」指的是「布蕾瑪莉」。她知道他說得對。昨天拋下烏爾斯，她良心非常不安。阿爾夫原本可以報警，這樣他們就會射殺牠。就像阿嬤拋棄媽一樣，艾莎也拋棄了烏爾斯，這點比任何惡夢都讓她害怕。

「他們在講什麼啊？」為了擺脫這份思緒，她朝廚房點了下頭，一面問阿爾夫。

阿爾夫不屑地哼了哼。

「在講該死的租賃持有權。」

「什麼意思？」

「老天，我沒那個閒工夫站在這裡解釋全部的事情，」他抱怨，「一般租約跟租賃持有的差別——」

「我知道該死的租賃持有是什麼，我又不是該死的笨蛋。」艾莎說。

「那妳問什麼問？」阿爾夫防備地說。

「我只是在問，那表示什麼？為什麼大家都在談這件事！」艾莎澄清，就像有人澄清個老半天，事情也沒更清楚那樣。

「從肯特搬回來以後，就一直在談要命的租賃持有權，除非能拿他拉出來的臭錢來擦屁股，他永遠都不會滿意。」阿爾夫解釋，以那種沒認識幾個七歲孩子的人會用的方式。起初，艾莎正打算問阿爾夫說，肯特「搬回來」是什麼意思，可是決定一次應付一件事就好。

「到時候大家不是都能賺到錢嗎？你、媽、喬治跟所有的人。」

「如果我們把公寓賣掉，然後搬走，是可以賺到錢沒錯。」阿爾夫嘀咕。

艾莎深思。阿爾夫的皮外套嘎吱響。

「肯特那個混帳就是那樣想，他一直想搬出去。」

她這才明白，難怪她會做這些惡夢。因為如果幾乎甦醒之地的生物現在出現在這棟房子裡，也許這棟房子會開始變成幾乎甦醒之地的一部分。而如果大家都想賣掉公寓，那麼……

「那我們就不是逃出米阿瑪斯，而是自願離開。」艾莎大聲自言自語。

「什麼？」

「沒事。」艾莎喃喃。

樓下甩門的回聲，傳遍了樓梯井。接著響起低調的腳步聲，往上走來。是會計師。

布蕾瑪莉在廚房裡壓過了肯特的聲音。關於換掉襯衫的事，肯特一直沒搭理她，所以她用對其他事情的憤慨不平作為補償。這樣的話題多得很。她當然很難決定，哪個話題最讓人不快，可是她有時間細數好幾項事情，其中包括：如果艾莎的媽不立刻把阿嬤的車從布蕾瑪莉的停車位移走，她威脅要報警；布蕾瑪莉要叫警察來把鎖敲壞，將依然鍊在大門旁邊的嬰兒推車清走；她毫不猶豫要向房東施壓，叫房東在樓梯間裝設監視器，這樣就可以阻止大家恣意妄為，沒先通知資訊部主管就隨便張貼告示。有個面善、身形非常矮小的男人，此時正站在門口，試探般地敲著門框，打斷了她。

「我是會計師。」他友好地說。

他瞥見艾莎的時候，對她眨了眨眼，彷彿兩人有共同的祕密，或者至少艾莎認為對方就是這個意思。

肯特大搖大擺走出廚房，雙手搭在大衣的臀部上，上下打量會計師。

「稀客啊稀客，租賃持有權的事情怎樣啊？」肯特立刻質問，「每平方公尺出價多少？」

布蕾瑪莉怒氣沖沖從後頭衝出廚房，興師問罪指著會計師。

「你是怎麼進來的？」

「大門開著啊。」會計師和善地說。

肯特不耐煩地打了岔。「所以租賃持有權怎樣，價碼如何？」

會計師和善地指著公事包，朝廚房打了個和善的手勢。

「也許我們應該先坐下來再說？」

「有咖啡喔。」雷納特慷慨地說。

「還有餅乾。」茉德點著頭說。

「還有蛋！」喬治從廚房嚷嚷。

「請原諒這片混亂，這個家庭的人都只顧事業。」布蕾瑪莉好意地說。媽卯盡力氣假裝自己沒聽到。大夥兒一同走進廚房，布蕾瑪莉停下腳步，轉向艾莎，雙手互握。

「妳應該明白，親愛的，我絕對不會認為，妳跟妳外婆的朋友會跟『毒蟲』扯上關係。我也不可能知道，昨天來找妳的那個男士是不是會吸毒。我沒有那個意思。」

艾莎困惑地目瞪口呆。

「什麼？什麼朋友？誰昨天要找我？」

艾莎差點問：「是狼心嗎？」然後制止自己，因為她無法想像布蕾瑪莉有可能知道狼心是她朋友。

「昨天來找妳的那個朋友，就是被我從這片地產趕走的那位。樓梯間有禁菸告示，妳可以跟他講。我們這個租賃持有人協會不允許有這種脫軌行為。我明白，妳跟妳阿嬤有非常奇怪的朋友，可是規矩人人適用，真的是這樣！」她撫平裙子上的隱形皺褶，合握雙手搭在肚子上，然後繼續說，「妳知道我指的是誰。他很苗條，站在樓梯上抽菸。他說他在找個孩子，一個家族朋友，然後他形容了妳的模樣。其實他的樣子真的很惹人厭，所以我告訴他，這個租賃持有人協會不准大家在室內抽菸。」

艾莎的心一沉，全身的氧氣頓時耗盡。她必須抓住門框，免得癱倒在地。沒人看到她的反應，連阿爾夫也沒有。可是現在她明白，這趟冒險旅程即將怎麼發展了。

因為每個童話故事裡都有惡龍。

19 海綿蛋糕粉

米阿瑪斯的童話故事說過，有無數的方式可以擊敗惡龍。可是如果惡龍是魅影，也就是人所能想像最邪惡的存在，但擁有人類的外型，那該怎麼辦才好？但艾莎懷疑，狼心是幾乎甦醒之地裡最知名的戰士，連他都打敗不了這樣的東西。現在怎麼辦？狼心害怕鼻涕，而且沖洗不掉手指沾過鮮血的念頭？

艾莎對那個魅影一無所知，只知道自己見過兩次，頭一次在葬儀社那裡，第二次是在搭公車上學的路上，另外也夢到過。現在對方竟然跑來到這棟樓房找她了。在米阿瑪斯沒有巧合這種事；在童話故事裡，每件事都注定會發生。所以，阿嬤說的「保護妳的城堡，保護妳朋友！」一定就是這個意思。艾莎只希望阿嬤給她一支軍隊，好執行這項任務。

她等到深夜，天色暗到足以讓小孩跟烏爾斯路過布蕾瑪莉的陽台下方而不被發現時才到地下室去。喬治到外頭慢跑，媽為了準備明天的事還沒回家。今天早上跟會計師開過會後，媽就沒完沒了地掛在電話上講不停，先跟葬儀社的鯨魚女人、花商、牧師談，再來跟醫院，最後又回頭跟牧師談。艾莎一直坐在房裡讀《蜘蛛人》，盡量不去想明天的事，但不大成功。

她帶了點茉德的餅乾給烏爾斯，罐子裡的東西被掃個精光時，還得趕緊把罐子抽回來，指甲差點給烏爾斯的門牙削到。阿嬤總是說，烏爾斯的口水難洗得要命，艾莎可是打算把罐子還給茉德的。不過這隻烏爾斯在方方面面都是隻典型的烏爾斯，在她背包裡貪婪地探東探西，顯然很難理解她怎麼可能只帶一個不起眼的小罐子下來給牠。

「我會想辦法再多拿點餅乾給你，可是你暫時只能先吃這個了。」她扭開保溫瓶。「這是海綿蛋糕糊，不過我不知道要怎麼調才好，」她語帶歉意地喃喃，「在廚房櫃子裡找到的，包裝上寫著『速食海綿蛋糕』，可是裡面只是粉，所以我加了水，調出來髒髒黏黏的，不像真正的蛋糕糊。」

烏爾斯一臉狐疑，但為了免於餓肚子，立刻用毛巾大小的舌頭將保溫瓶裡的黏糊舔得一乾二淨。烏爾斯最傑出的超能力之一，就是舌頭靈活無比。

「有個男人跑來這裡找我，」艾莎對著牠的耳朵低語，努力裝出勇敢的語氣，「我想他是魅影裡的一個，我們一定要保持警戒。」

烏爾斯用鼻子推推她的喉頭。她使勁摟住牠，感覺牠毛皮底下的肌肉緊繃著。牠故作逗趣的模樣，但她明白牠正在做烏爾斯最擅長的事：預備戰鬥。她就愛牠這一點。

「我不知道牠是從哪裡來的，阿嬤沒跟我講過那一類的惡龍。」

烏爾斯再次推擠她的喉嚨，用那雙富有同理心的大眼睛瞅著她，似乎希望能把一切都告訴她。艾莎真希望狼心在這裡。她剛剛按了他家門鈴，可是沒人回應。她不希望出聲叫喊，免得布蕾瑪莉起疑，可是她透過信箱發出響亮的吸鼻聲，發出清清楚楚的訊號，表示她正準備打個黏答答的噴嚏，那個噴嚏會有迷彩漆彈、噴得到處是的效果。還是沒有用。

「狼心消失了。」她終於向烏爾斯承認。

艾莎努力更勇敢一點。他們漫步穿過地下室的時候，她勇氣滿點。他們爬上地下室的階梯時，她也還勇氣十足。可是當他們站在大門內側的前廳時，她感覺到菸草的菸味，就是阿嬤以前抽的那種菸草，那場惡夢過後縈繞不去的恐懼，便讓她動彈不得。鞋子彷彿千噸重，腦袋怦怦作響，彷彿有零件鬆脫，在裡頭喀啦啦滾不停。真奇怪，氣味的意義竟然變換得如此之快，全賴氣味決定走哪條路線穿過大腦。真奇怪，愛與恐懼竟然只是一線之隔。

她告訴自己，那只是她的想像，可是沒什麼作用。烏爾斯耐著性子站在她身旁，可是她的鞋子怎麼都動不了。

一張報紙飛過窗外。就是儘管你在門上貼了「請勿投遞垃圾郵件！」的紙張，還是照樣塞進你信箱的那種免費報紙。這讓艾莎想起了阿嬤。她站在原地，依然僵住不動，而那份報紙讓她一肚子火，因為害她陷入這種處境的是阿嬤。都是阿嬤的錯。

艾莎想起阿嬤打電話到報社那一次。阿嬤痛斥報社，即使她用清晰得令人意外的字跡在門上留下「拒絕垃圾郵件，謝謝！」的訊息，報社依然繼續將報紙投入她的信箱。艾莎常常在想，那個訊息為什麼要說「謝謝」？因為艾莎的媽總是說，如果不是真心要道謝，倒不如省省力氣。阿嬤門上那張紙條根本沒有真心道謝的意思。

可是報社接電話的那些人跟阿嬤說，他們家的報紙不是廣告業務，而是「社會資訊」，大可以被放進大家的信箱，不管大家是否為了希望不要收到而向他們道謝。阿嬤當時執意要知道報社老闆是誰，查出來以後，堅持要跟他談談。但電話線另一端的人說，阿嬤用膝蓋想也知道，老闆不會有空處理這種胡鬧。

他們當然不該說這樣的話，因為實際上有一大堆事情都是阿嬤根本無法「用膝蓋想就知道」的。況且，跟這家報社老闆不同的是，阿嬤空閒時間多得很。「永遠別惹比你有空的人。」阿嬤以前老是說。艾莎總是把這句話解讀成「千萬別惹比實際年齡活潑有勁的人」。

接下來幾天，阿嬤一如往常去接艾莎放學，然後兩人帶著宜家的黃色提袋，在街廓巡邏，一路挨家挨戶按門鈴。大家似乎都覺得這樣有點怪，尤其人人都知道宜家的黃色提袋不能帶出店外。如果有人開始問太多問題，阿嬤就只是說他們代表環保組織，要來蒐集可回收的紙張，這樣大家就不敢多吭一聲。「大家都怕環保組織，以為我們會闖進他們家公寓，指控他們沒把垃圾處理好。他們電影看太多了。」阿嬤解釋著，一面跟艾莎把塞滿的提袋放進雷諾。艾莎從來就不明白，阿嬤看過的是什麼樣的電影，而那種情節又會發生在哪裡。但她確實知道阿嬤討厭環保組織，都罵他們「熊貓法西斯分子」。

不管怎樣，都不該把那些黃色提袋帶出店外；當然了，阿嬤才不當一回事。「我又沒偷袋子，只是還沒還。」她邊嘀咕邊遞了枝粗簽字筆給艾莎寫字。然後艾莎表示，如果要她封口，至少要拿四罐班跟傑瑞牌紐約巧克力堅果冰淇淋來換。阿嬤說：「一罐！」艾莎說：「三罐！」然後阿嬤說：「兩罐！」艾莎接著說：「三罐，不然我要跟媽講！」接著阿嬤嚷嚷：「我才不要跟恐怖分子協商！」然後艾莎指出，如果到維基百科裡查「恐怖分子」，有一大堆定義都適用在阿嬤身上，可是不會有任何一個適用於艾莎。艾莎說：「恐怖分子的目標就是製造混亂，媽說那就是妳整天忙著做的事。」接著阿嬤同意給艾莎四罐，如果艾莎收下簽字筆，保證守口如瓶。艾莎就答應了。夜裡，在城的另一端，艾莎坐在籠罩於黑暗中的雷諾上負責把風，阿嬤提著宜家黃色提袋，在幾棟樓房的入口跑進跑出。隔天早上，那家免費報紙公司的老闆被鄰居按鈴的聲音吵醒，他們老大不高興，因為顯然有人在電梯裡塞了成千上百份的免費報紙，每個信箱也都塞得滿滿的，玻璃大門的每平方公分都用膠帶貼滿了免費報紙，樓房裡的每間公寓門口都堆著高到岌岌可危的免費報紙，只要門一開，紙堆就整個傾倒，掉落在樓梯上。

每份免費報紙上，都用簽字筆寫著整齊的大字，拼出報社老闆的名字，下方就是「社會資訊免費奉送，展讀愉快!!!」這行字。

回家的路上，阿嬤跟艾莎順道在加油站買冰淇淋。幾天過後，阿嬤又打電話給報社，之後就沒再收到任何一份免費報紙。

「要進來還是出去？」阿爾夫的聲音像笑聲一樣切穿了樓梯的黑暗。艾莎一轉身，憑著本能想衝進他懷裡，可是她制止自己，因為她明白他可能跟狼心差不多，都不喜歡跟人碰觸。阿爾夫把手用力插進口袋，皮夾克嘎吱作響，朝大門猛地點了下頭。

「到底要進來還是出去？除了妳以外，還有別人也想散個狗屎步，知道吧。」

艾莎跟烏爾斯茫然地看著他。他嘟囔了點什麼，路過他們身邊，把門打開。他們馬上跟在他後頭走，雖然他根本沒開口邀他們同行。他們繞過房子轉角，走到布蕾瑪莉陽台的視線範圍之外，烏爾斯便退進樹叢，竭盡牠所能表現出的禮貌，客氣地對他們低吼，表示需要集中精神。兩人只好別開身子。對於不請自來的同伴，阿爾夫滿臉不悅。艾莎清清喉嚨，試著想想閒聊的話題，以便留住阿爾夫。

「車子都還好吧？」她脫口就說，因為她聽過爸不知所措的時候這樣說。

阿爾夫點點頭，沒別的反應。艾莎大聲呼吸。

「會計師在會議上說什麼？」她換個問題，希望可以惹得阿爾夫跟在住戶會議上一樣惱火又多話。艾莎注意到，比起喜歡的事情，大家對討厭的事情有更多話要說。只要有人在說話，不管聊的內容是什麼，自己就比較不怕黑暗中的魅影。

「那個混帳會計師說，如果這棟房子的每個人都同意，屋主決定要把他媽的公寓賣給住戶協會混帳們。」

艾莎觀察他的嘴角，幾乎帶著笑意。

「有什麼好笑的？」

「妳跟我是住同一棟嗎？要是這棟房子裡的人能得到共識，以巴衝突老早解決了。」

「如果這棟房子轉成租賃持有型的，會有人想賣掉自己的公寓嗎？」她問。

阿爾夫的嘴一扁，更像平日的嘴型。

「我不知道什麼想不想要的，可是大部分人他媽的不得不賣。」

「為什麼？」

「這裡地段好，公寓貴得要命。這棟房子裡的大部分人都付不起那種混帳銀行貸款。」

「那你一定要搬走嗎？」

「有可能。」

「我跟媽、喬治也是嗎？」

「我他媽的哪知道？」

艾莎思索。「茉德跟雷納特呢？」

「妳的問題還真是他媽的多。」

「如果你不想聊天，幹嘛到外頭來？」

阿爾夫的夾克朝矮叢裡的烏爾斯發出嘎吱聲。

「我只是想散個狗屎步，又沒人他媽的邀妳跟那個東西。」

「有沒有人跟你講過，你的髒話多到誇張？我爸說這就表示字彙量太少。」

阿爾夫怒瞪著她，往口袋裡推擠雙手。

「茉德跟雷納特到時得搬走。住他媽的一樓那個女人跟她小孩，很可能也要搬。至於妳昨天去找的那個混帳心理醫師，我不知道，她的錢可能多到要死吧……」

他一時打住，召喚某種自我克制。

「那個……女士……她可能有……一大堆錢……那個女人。」他自我糾正。

「這件事我阿嬤怎麼想？」

阿爾夫嘴角瞬間抽搐一下。「通常跟布蕾瑪莉的想法完全相反。」

艾莎用鞋子在地上畫出迷你雪天使。

「也許這樣不錯？如果變成租賃持有，也許大家都可以搬到……好地方？」她遲疑地說。

「這裡就很好了，我們在這裡過得好端端的，這裡是我們他媽的家。」

艾莎並未反駁，這裡也是她的家。

又一張免費報紙在風中翻滾而過，卡在她腳上片刻，然後鬆脫，繼續像憤怒的小海星一樣滾開。艾莎的怒意又起，讓她想到阿嬤為了阻止報社把報紙塞進她信箱，願意付出多少力氣抗爭，這點讓艾莎憤怒，因為這就是阿嬤的一貫作風，因為阿嬤純粹為了艾莎才這麼做。阿嬤的一言一行向來如此，全都為了艾莎。

因為阿嬤其實還滿喜歡那種報紙，下雨的時候，老是拿來塞鞋子。可是因為艾莎很迷環保，某一天艾莎在網路上讀到，單是印製一版的報紙，就要耗費多少樹木時，就在媽跟阿嬤的公寓門上貼了「拒絕垃圾郵件，謝謝！」。但是報紙還是不斷寄來，艾莎打電話到那家公司，對方卻只是嘲笑她。他們不該這麼做的，因為沒人可以嘲笑阿嬤的孫子。阿嬤厭惡環保，但她是那種你要上戰場時，願意帶著一起去的人。她為了艾莎變身成恐怖分子。艾莎因為這點而氣阿嬤，其實艾莎就是想生阿嬤的氣，氣其他一切。氣阿嬤說謊，氣阿嬤當初拋棄媽，氣阿嬤死去。可是，對於隨時準備為了孫子而搖身成為恐怖分子的人，很難一直生他的氣。艾莎就因為氣不起來，而更生氣了。

她甚至沒辦法按照正常的氣法去生阿嬤的氣，連這點對阿嬤來說都不算正常。

艾莎默默站在阿爾夫身邊，眨著眼，直到頭痛起來。阿爾夫試著裝作不在乎，但艾莎注意到他正在掃視那片黑暗，彷彿在尋找什麼人。他觀望周遭的方式，很像狼心跟烏爾斯，彷彿在值勤看守似的。艾莎瞇細眼睛，試著把他嵌進阿嬤的生活，就像一片拼圖小塊似的。她想不起阿嬤講過關於他的任何事，只說過他從來不懂得怎麼抬腳走路，所以鞋底老是磨損得很厲害。

「你跟阿嬤有多熟？」她問。

皮夾克嘎吱響。

「妳說『熟』是什麼意思？我們是他媽的鄰居，只是這樣。」阿爾夫語帶閃躲地回答。

「之前你開計程車來接我，說如果把我丟在那裡，阿嬤『永遠不會原諒』你，又是什麼意思？」

更多嘎吱聲。

「我什麼意思也沒有，他媽的——就是沒有，我只是恰好在那一帶，他媽……」

他語氣沮喪。艾莎點點頭，假裝能夠理解，阿爾夫顯然並不感激這種反應。

「那你為什麼在這邊？」她調侃地問。

「什麼？」

「你為什麼跟著我出來？你現在不是應該去開計程車什麼的嗎？」

「妳沒有他媽——散步又不是妳專屬的權利，知道吧。」

「對啦，對啦。」

「我不能讓妳還有那條雜種狗晚上到處亂跑，妳阿嬤會他媽的——」

他打斷自己，悶哼一聲，嘆口氣。

「要是妳出了什麼事，妳阿嬤永遠不會原諒我。」他說完似乎就一臉懊悔。

「你跟阿嬤以前有一腿嗎？」艾莎等了比適當還久一點的時間之後問。阿爾夫的表情就像她剛用黃色雪球砸他的臉。

「妳年紀小到不應該知道『那個』的意思吧？」

「有很多東西是我年紀小到不應該知道的，可是我還是知道，」她清清喉嚨說下去，「我還小的時候，有一次媽準備解釋她的工作，因為我問過爸，爸好像不知道。媽就說，她是經濟學家，我就說：『什麼？』她就說：『我計算醫院有多少錢，這樣我們就知道可以買什麼。』我就說『什麼，像開店那樣嗎？』她就說，嗯，是有點像開店。媽的工作根本一點都不難懂，是爸自己有點遲鈍。」

阿爾夫看了看表。

「可是後來我看了一部電視影集，影集裡兩個人開一家店，他們也有一腿，至少我想他們有，所以我現在就懂『那個』的意思了，之類的。我就想說你跟阿嬤可能就是那樣認識的！所以……你們到底有沒有一腿？」

「那條雜種狗到底好了沒啊？我們這邊可是有人得去幹活。」阿爾夫嘀咕，根本文不對題。他轉向樹叢。

艾莎若有所思地端詳他。「我想說，你可能是阿嬤的菜，因為你比她年輕一點。她老是跟你這種年紀的警察調情。他們當警察有點太老，可是還是在當。我的意思是，你不是警察，不過你也是……不算真正老的那種老，懂我意思嗎？」

阿爾夫似乎沒真的弄懂，一臉好像有點偏頭痛。

烏爾斯上完廁所的時候，他們三個就掉頭走回屋裡，艾莎站中間。艾莎暗想，這行人雖然不是一支大軍，但也算是軍隊，她就沒那麼害怕這片黑暗了。他們在地下室分道揚鑣時，就在停車場門跟儲藏區門之間，艾莎用鞋子刮磨地板，問阿爾夫：「你來接我的時候，在車上聽的是什麼音樂？歌劇嗎？」

「老天爺，問夠了吧！」

「只是問問嘛！」

「他媽……嗯，是混帳歌劇沒錯。」

「哪種語言？」

「義大利文。」

「你會講義大利話嗎？」

「嗯。」

「真的嗎？」

「要不然還有什麼狗屁方式可以懂義大利文？」

「可是，欸，很流利嗎？」

「妳要替那個東西另外找個可以躲的地方，跟妳講過了，」他邊說邊對著烏爾斯比畫，顯然想換個話題，「大家遲早會找到牠。」

「你到底懂不懂義大利文嘛？」

「懂到可以聽歌劇啦，妳還有別的混——問題嗎？」

「你車上放的歌劇在講什麼？」她鍥而不捨。

阿爾夫把車庫門拉開。

「愛，歌劇都在講愛，全部都是。」

他講「愛」的口吻，有點像是一般人在說「大型家電」或「兩吋螺絲」。

「你到底有沒有跟我阿嬤談戀愛啊？」艾莎對著他的背影喊道，但他已經甩上了門。

她待在原地咧嘴笑著。烏爾斯也在笑，她幾乎可以確定。咧嘴笑的時候，更難對魅影跟黑暗感到害怕。

「我想，阿爾夫現在是我們的朋友了。」她低語。

烏爾斯頗有同感的樣子。

「朋友越多越好，因為阿嬤沒跟我說，這個童話故事會怎麼發展。」

烏爾斯朝她身上蹭來。

「我想念狼心。」艾莎對著牠的皮毛低語。

烏爾斯似乎猶豫不決地表示同意。

20 服飾店

今天就是那個日子了。而這一天從最恐怖的夜晚開始。

艾莎張大嘴巴醒來，但是自己的尖叫聲灌滿了腦袋，而不是房間。她默默狂吼，伸手要把被子掀到一旁，但被子早已落在地上。她踏出臥房走進客廳——有蛋味。喬治在廚房，對她露出謹慎的笑容，她沒有報以笑容。他一臉難受，但她不在乎。

她沖了個澡，水溫調到燙得皮膚幾乎就像小柑橘皮要從肉剝落的程度。她走出浴室進入客廳。媽幾個小時前就出門了。媽去打理一切，因為媽向來都是如此。

喬治朝艾莎的背影呼喚什麼，但她不聽也不答。她穿上媽事先準備好的衣服，越過樓梯平台，然後隨手鎖上門。阿嬤公寓的味道不對勁，聞起來很乾淨。搬家箱子堆得跟塔一樣高，朝玄關投下陰影，好似一座座紀念碑，標記著現在缺席的一切。

她站在門板內側，無法再往公寓裡多走一步。她昨晚來過這裡，可是白天更艱難。當陽光從窗簾的縫隙之間硬闖進來，回憶變得更加吃力。雲獸在空中翱翔而過。早晨天氣晴朗，但是可怕的一天。

艾莎的皮膚依然因為淋浴而灼燙，不禁讓她想起阿嬤，因為阿嬤的淋浴間故障一年多了，可是阿嬤沒打電話叫房東來修，只是跑去用媽跟喬治的淋浴間。有時她穿過公寓回自己家的時候，會忘了把晨袍綁好，有時連晨袍都忘了穿。有一次，媽對阿嬤吼了一定有十五分鐘之久，因為阿嬤不尊重喬治跟媽、艾莎住在一起這件事。不過，那是在艾莎開始讀查爾斯・狄更斯全集之後不久的事。阿嬤不大看書，所以艾莎以前總是在兩人開雷諾出門時朗讀給阿嬤聽，因為艾莎希望有人一起討論讀後感。尤其是《耶誕頌歌》，因為阿嬤喜歡耶誕故事，這本書艾莎讀過好幾遍了。

所以當媽說，出於對喬治的尊重，阿嬤不該光著身子在公寓裡亂跑，依然赤條條的阿嬤轉向喬治說：「說什麼尊不尊重的屁話？拜託喔，你跟我女兒同居耶。」接著阿嬤赤裸裸地深深一鞠躬，隆重地補了一句：「我是未來耶誕的精靈，喬治！」

媽為了這件事很生阿嬤的氣，但是為了艾莎，媽盡量不表現出來。阿嬤能夠引用查爾斯・狄更斯的文字，讓艾莎深感驕傲，但是為了媽，艾莎也盡量不表現出來。

艾莎鞋也沒脫就走進公寓，她穿的是那種會磨壞拼花地板的鞋，所以媽以前就要她別穿進公寓，可是在阿嬤家就無所謂，因為地板早就像是有人在裡面溜過冰一樣。部分因為舊了，部分因為阿嬤還真的在裡面溜過一次冰。

艾莎打開大衣櫃的門。烏爾斯舔舔她的臉，聞起來有營養棒跟海綿蛋糕粉的味道。艾莎昨天晚上剛上床，就意識到媽今天很可能會叫喬治到地下室儲藏區去拿備用椅子上來，因為大家事後都會過來這裡喝咖啡。因為今天就是那個日子，在這種日子過後，大家都會到某個地方喝咖啡。

媽跟喬治的儲藏區就在阿嬤的儲藏區隔壁，因為阿爾夫在周圍架起夾板，那裡是現在唯一能看到烏爾斯的區域。所以艾莎趁夜悄悄溜下樓，決定不了自己最怕哪一種：是魅影、鬼魂還是布蕾瑪莉，然後帶烏爾斯上樓來。

「如果阿嬤沒死，衣櫥裡會有更多空間可以讓你躲。」艾莎抱歉地說，因為如果阿嬤沒死，衣櫥就不會停止擴張。「話說回來，如果阿嬤沒死，你一開始就不用躲了。」

烏爾斯再次舔舔她的臉，腦袋從櫃門開口擠出來，尋找她的背包。艾莎跑去玄關拿，然後拉出三罐美夢跟一公升牛奶。

「茉德昨天晚上拿這些給媽。」艾莎解釋，不過烏爾斯立刻開始嗅聞她的雙手，彷彿準備連著罐子吞下餅乾，艾莎舉起拇指以示勸誡。

「你只能吃兩罐！一罐要拿來當彈藥！」

烏爾斯為了這點稍微吠了吠她，但最後看出自己沒什麼立場討價還價，只是把兩罐吃個精光，第三罐吃掉一半。說到底，牠畢竟是烏爾斯，而且這些可是餅乾啊。

艾莎拿起牛奶，去找她的咔咔槍。她今天反應有點慢，因為已經好幾年沒做過惡夢了，她現在才意識到自己可能需要咔咔槍。魅影頭一次到惡夢裡來找她，她試著在隔天早上把惡夢甩開。一般人都會這樣。她試著說服自己，「這只是一場惡夢」。可是她早該放聰明一點的，因為去過幾乎甦醒之地的人都會更機靈。

所以昨天晚上她又做了同一場夢的時候，她領悟到自己必須跟惡夢對戰，要把她的夜晚從惡夢手中奪回來。

烏爾斯從阿嬤較小的一個衣櫥走出來，背後拖著一團說不上來是什麼、媽還來不及收進箱子的雜物。她用堅定的語調對烏爾斯喊道：「米瑞瓦斯！」

「我們必須到米瑞瓦斯去！」艾莎對烏爾斯宣布，一面揮著她的咔咔槍。

米瑞瓦斯是毗鄰米阿瑪斯的王國之一，是幾乎甦醒之地裡最小的公國，也因為這樣，幾乎遭人遺忘。幾乎甦醒之地的孩子學地理，必須複誦六個王國的名稱時，老會忘記米瑞瓦斯。連住在那裡的人都會忘記。因為米瑞瓦斯人謙遜無比、善良又謹慎，他們會盡量避免佔用不必要的空間，或是引起最微小的不便。可是，他們有非常重要的任務。當王國裡，人所擁有的最重要東西是想像力時，最重要的任務其實就是獵捕惡夢，而惡夢獵者就是在米瑞瓦斯受訓。

只有現實世界那些不怎麼機靈又自以為聰明的人，才會說出「那只是惡夢」這種白痴話。沒有「只是」惡夢這種東西——惡夢是活跳跳的生物，是黝暗的小雲朵，由不安跟痛苦構成，會趁人入睡的時候，悄悄在住家之間流竄，試著推開屋門跟窗戶，看能不能找到地方溜進去，引發一陣騷動。這就是惡夢獵者存在的原因。見多識廣的人都知道，必須要有一把咔咔槍才能追捕惡夢。腦袋不靈光的人可能會誤以為咔咔槍只是普通的漆彈槍，由某人的阿嬤特別改造而成，側面固定著牛奶紙盒，頂端黏著投石器。不過，艾莎很清楚，自己手中拿的是什麼。她將牛奶注入紙盒，放了片餅乾在彈膛裡，就在這把餅乾槍上方的橡皮筋前方。

你殺不死惡夢，但可以嚇走它。惡夢最害怕的東西，莫過於牛奶跟餅乾。

不過，就在她信心開始逐漸增強的當兒，卻被門鈴嚇了一大跳，不小心往烏爾斯身上噴了一堆牛奶，卻沒射出餅乾，害得烏爾斯忿忿不平，氣呼呼地疾步走開。一時之間，她納悶惡夢怎麼會按門鈴，卻發現只是喬治。他一臉難受，她才不在乎。

「我要到樓下儲藏區拿備用椅子。」他說，試著對她微笑，繼父覺得特別受排擠的日子，就會露出那種笑容。

艾莎聳聳肩，當著他的面用力甩上門。烏爾斯又出現了，於是她爬上牠的背，從窺視孔往外看著喬治一臉難過在原地徘徊，前後一定長達一分鐘。艾莎因為這點而討厭他。媽總是告訴艾莎，喬治只是希望她喜歡他，因為他在乎。說得彷彿艾莎不懂似的。她知道他在乎，所以才無法喜歡他。並不是因為如果她努力試試看也不會喜歡上他，而是因為她清楚自己絕對會喜歡上他。因為人人喜歡喬治，那就是他的超能力。

她知道要是自己喜歡上喬治，等半半出生，喬治會忘了她的存在，到時只會失望，所以最好從一開始就別去喜歡他。

如果你不喜歡某人，對方就傷害不了你。接近八歲、常被形容為「與眾不同」的人，都會很快學到這一點。

她從烏爾斯的背上跳下來。烏爾斯一把咬住咔咔槍，輕柔但堅定地把槍從她手上抽走，然後搖搖晃晃走了開來，把槍擱在她扣不到扳機的地方。可是牠沒去碰餅乾，對於瞭解烏爾斯有多愛餅乾的人來說，就知道這是牠尊重艾莎的重大表示。

門口又響起鈴聲。艾莎猛地把門打開，正準備不耐煩地痛斥喬治時，卻及時意識到對方並不是喬治。

一陣沉默，前後延續了大約半打永恆。

「哈囉，艾莎。」黑裙女人說，語氣有點茫然。她今天穿牛仔褲而不是黑裙，散發著薄荷味，一臉害怕。呼吸的速度如此緩慢，艾莎害怕她就要缺氧而死。

「我在辦公室吼了妳，我……我很抱歉。」她開始說。

她們細看對方的鞋子。

「沒關係。」艾莎終於勉強說出口。

女人嘴角輕柔地顫動。

「妳來辦公室的時候，我有點措手不及。沒多少人會到那邊找我。我……不是很會接待訪客。」

艾莎心虛地點點頭，依然望著女人的鞋子沒抬頭。

「無所謂，抱歉我說了關於……」艾莎低語，說不出最後幾個字。

女人不以為意地揮揮手。

「是我的錯，要我談家人是很難捱的事。妳外婆以前就試著要我談談看，可是只是把我惹得……唔……很火大。」

艾莎用腳趾尖戳著地板。

「人喝酒是為了忘記困難的事，對嗎？」

「或者是喝酒才有勇氣回想過去，我想。」

艾莎吸吸鼻子。

「妳也壞掉了，對吧，就跟狼心一樣？」

「壞掉的方式……不一樣……也許吧。」

「妳不能把自己修好嗎？」

「妳是說，因為我是心理醫師嗎？」

艾莎點點頭。「沒用嗎？」

「我想，跟外科醫師沒辦法替自己開刀的情況差不多。」

艾莎再次點點頭。牛仔褲女人似乎作勢要朝她伸手，可是及時制止自己，轉而心不在焉地搔搔自己的手掌。

「妳阿嬤在信裡寫說，要我照顧妳。」她低語。

艾莎點點頭。

「看來她在所有的信裡面都這樣寫。」

「妳好像在生氣。」

「她一封信也沒寫給我。」

女人把手探進地板上的提袋，拿出某樣東西。

「我……昨天買了哈利波特的書，還沒有時間讀多少，不過，妳也知道。」

「妳為什麼改變主意？」

「我……明白，哈利波特對妳來說很重要。」

「哈利波特對每個人來說都很重要！」

女人嘴周的皮膚再次浮現裂紋。她又吸了口久久深深的氣，望進艾莎的眼睛並說：

「我也很喜歡哈利波特，這就是我想說的事。我已經好久沒有這麼神奇的閱讀體驗。人一長大，幾乎不會再有這種體驗，一切都在童年時期抵達最高峰，然後就開始走下坡……唔……我想是因為憤世嫉俗的緣故吧。我只是想謝謝妳提醒我，過去是怎麼樣的。」

艾莎從沒聽過這女人毫不結巴地講這麼多話。女人把袋子裡的東西遞給艾莎，艾莎接了過來。也是一本書，是童話故事，阿思緹．林格倫寫的《獅心兄弟》。艾莎知道這本書，因為幾乎甦醒之地以外的故事裡，這是她的最愛之一。她跟阿嬤開著雷諾來來去去的時候，已經在車上大聲朗讀過很多次給阿嬤聽。這個故事講的是卡爾跟強納坦，他們死了以後來到南吉亞拉，在那裡必須跟暴君坦吉爾跟惡龍卡特拉對抗。

女人的目光再次失焦。

「我兒子的外婆過世時，我都會唸這本書給他們聽。我不知道妳讀過沒有，可能有吧。」

艾莎搖搖頭，緊緊握住這本書。

「沒有。」艾莎撒了謊。因為她夠有禮貌，知道如果有人送書給你，你就有義務假裝沒讀過。

牛仔褲女人如釋重負，吸了口氣，這口氣深到艾莎都怕女人的鎖骨就要啪嚓斷裂。

「那個……妳問我說，我跟妳外婆是不是在醫院認識的。海嘯過後，我……他們……在小廣場裡把所有的屍體都排出來，這樣家人跟朋友就可以尋找他們的……在那之後……我……我的意思是，她是在那裡找到我的，在廣場上。我在那裡坐了多久……我不知道，有幾個星期吧。她帶我搭飛機回家，她說在我弄清楚要……要去哪裡以前，可以先住這邊。」

女人的嘴唇開開又合合，彷彿通了電。

「我就這樣待下來了，就這樣……待著。」

這次換艾莎低頭看著自己的鞋子。

「妳今天會來嗎？」艾莎問。

艾莎從眼角餘光看到女人搖搖頭，彷彿想要再次拔腿逃走。

「我想我不會……我想妳外婆對我非常失望。」

「搞不好因為妳對自己那麼失望，她才對妳失望。」

女人的喉嚨發出嗆咽聲。艾莎花了片刻才明白那可能是笑聲，彷彿女人那個喉嚨部位閒置好久沒用，剛剛才找回鑰匙似的，而且撥動了某個老舊的電源開關。

「妳這個小朋友真的非常不同。」女人說。

「我才不是小朋友，我都快八歲了！」

「對，抱歉，我剛搬進來的時候，妳還是新生兒，才剛出生呢。」

「跟別人不同，一點問題都沒有。阿嬤說，只有與眾不同的人才能改變世界。」

「對，抱歉，我……我得走了。我只是想說……抱歉。」

「沒關係啦，謝謝妳送我書。」

女人的目光遲疑，但再次直直望著艾莎。

「妳朋友回來了嗎？狼──妳都叫他什麼？」

艾莎搖搖頭，女人的眼神裡有點什麼，看來是真的關心。

「他有時候就會這樣。消失不見。妳不應該擔心。他……會突然怕起人來。就會消失一陣子。可是總會回來的，他只是需要時間。」

「我想他需要幫忙。」

「不想幫自己的人，別人很難幫得上忙。」

「還會想幫自己的人，可能不是最需要別人幫忙的人。」艾莎反駁。

女人點點頭沒回答。

「我得走了。」女人重複。

艾莎想攔住女人，但她已經下樓到一半。當艾莎倚著欄杆往前傾，鼓足力量呼喚時，女人幾乎已經消失在下一層樓。

「妳找到他們了嗎？妳在廣場上找到妳兒子了嗎？」

女人停住腳步，使勁抓著扶手。

「嗯。」

艾莎咬住嘴唇。

「妳相信來生嗎？」

女人仰頭望著她。

「這個問題很難。」

「我是說，那個，妳相信上帝嗎？」艾莎問。

「有時候很難相信上帝。」女人回答。

「因為妳想不通上帝為什麼沒阻止海嘯嗎？」

「因為我想不通為什麼會有海嘯這種東西。」

艾莎點點頭。

「我在一部電影裡看到有人說，『信心可以移動高山』。」艾莎不知怎地說了下去，或許主要因為不希望在提出真心想問的問題以前，女人就消失不見。

「是有這種說法。」女人說。

艾莎搖搖頭。

「可是其實那是真的！因為這個故事是從米阿瑪斯來的，有個叫『信心』的女巨人，她壯到誇張，而且她真的搬得動高山！」

女人的模樣彷彿想找個理由下樓隱去蹤跡。艾莎匆匆吸口氣。

「大家都說，我現在可能會想念阿嬤，但是最後感覺會消失。我不大確定是這樣。」

女人再次抬頭看著她，眼神充滿了同理。

「為什麼不確定？」

「對妳來說，就一直沒過去啊。」

女人半閉上眼睛。

「也許因為狀況不一樣。」

「哪裡不同？」

「妳阿嬤很老了。」

「對我來說不是。我只認識她七年，快八年。」

女人沒回答。艾莎像狼心一樣搓著雙手。

「妳今天應該過來！」艾莎朝女人的背影呼喚，但她早已消失不見。

艾莎聽到女人關上公寓門，一切陷入寂靜，直到聽見爸的聲音從一樓大門那邊傳來。

她打起精神，抹掉淚水，強迫烏爾斯再次躲進衣櫥，用半支咩咩槍的彈藥來買通牠。接著她關上阿嬤公寓的門，放著沒鎖，然後奔下階梯，幾分鐘過後，她就躺在奧迪裡，座椅盡可能往後斜放，盯著玻璃天花板外頭。

此刻，雲獸正在低空飛翔。爸一身西裝，也默默不語。感覺很奇怪，因為爸幾乎不穿西裝，可是今天就是那個日子。

「你相信上帝嗎？爸？」艾莎問，這種問法總是讓爸措手不及，彷彿是陽台丟下來的水球。艾莎知道這種事，因為阿嬤很愛水球，所以爸學會永遠不要從阿嬤的陽台正下方經過。

「我不確定。」他回答。

艾莎因為他沒答案而討厭他，可是又因為他沒說謊而有點愛他。奧迪停在黑色鋼製柵門外頭。他們在原地坐了一會兒等候著。

「我像阿嬤嗎？」艾莎問，依然盯著天空。

「妳是說外表嗎？」爸猶疑地問。

「不是，欸，我是說我這個人。」艾莎嘆氣。

爸的表情彷彿跟猶豫奮戰片刻，有個八歲左右的女兒的人，就會有這種反應。簡直就像艾莎要求他再次解釋，寶寶是從哪裡來的。

「妳別再一直用『欸』跟『有點』了，只有缺乏字彙的人才會——」他又離原來的問題，因為他制止不了自己，因為他就是這個樣子。就是認為要說「那些人之一」（one of those）而不是「他們之一」（one of them），他就是很重視這種東西。

「要你管！」艾莎怒斥，語氣比她想表現的還激烈，因為她今天沒心情接受他的糾正。

父女倆平日就有這個喜好：互相糾正。父女的共同樂趣只有這個。爸有個字罐，艾莎會把自己新學的難字放進去，像是「簡潔的」跟「裝模作樣」，或是複雜的詞句，比方說「我的冰箱是莎莎醬的墳場」。每次只要罐子滿了，她就會得到一張禮券，可以下載一本書到iPad上。那個字罐替她換來了整套哈利波特，不過她知道爸對哈利波特疑神疑鬼到荒唐，因為爸就是無法理解非寫實的故事。

「抱歉。」艾莎嘀咕。

爸陷入座椅裡。兩人比賽看誰能覺得更慚愧。接著他回答，語氣沒那麼遲疑了：

「對，妳跟她很像，妳最棒的特質都來自她跟妳媽媽。」

艾莎沒回答，因為不知道這個答案是不是自己想要的。爸也什麼都沒說，因為他不確定自己是不是應該這樣答。艾莎想告訴他，她想更常到他家住，隔週週末不夠。她想對他大喊，等到半半出生，變得正常以後，喬治跟媽就不會希望艾莎待在家裡，因為爸媽都會想要正常的小孩，不想要與眾不同的小孩。而且到時半半會站在艾莎旁邊，喬治跟媽就會想到，她跟半半所有不同的地方。她想大喊說，阿嬤錯了，與眾不同不見得都很好，因為與眾不同是變種，而且X戰警幾乎沒人有家人。

她想要喊出所有的事情，可是最後並沒有。因為她知道爸永遠不會懂。她知道他不會希望她跑去跟他還有莉賽特住，因為莉賽特有自己的小孩。非「與眾不同」的小孩。

爸默默坐著，不想穿西裝的人就會有這種反應。可是就在艾莎打開奧迪車門準備跳出去時，他猶豫不決轉向她，用低沉的聲音說：

「……可是有些時候，我真心希望妳最棒的特質不是**全部**來自阿嬤跟妳媽，艾莎。」

接著艾莎用力閉上眼睛，將額頭靠在他肩上，手指探進自己外套口袋，轉著他在她小時候送她的紅色簽字筆筆蓋。他當時送她筆，讓她可以自己添加標點符號，直到現在，爸或任何人送過她的禮物全都比不上。

「你把你的字送給我了啊。」她低語。

她看得出來，爸試著眨掉眼裡的得意之色。而且她想告訴爸，她上星期五騙了他。是她用媽的手機發簡訊，叫他不用接她放學的。可是她不想讓他失望，索性默不作聲。因為如果你默不作聲，就幾乎不會讓任何人失望，快八歲的小孩都知道這一點。

爸吻了吻她的頭髮。她抬起頭，假裝隨口說：「你跟莉賽特會生小孩嗎？」

「我想不會。」
爸悲傷地回答，彷彿這點不證自明。
「為什麼不會？」
「我們需要的孩子都有了。」
他的語氣好像阻止自己說出「超過我們的需要。」或者說，至少給人這種感覺。
「是因為我，你才不想再要孩子嗎？」她問，希望他會說「不是」。
「對。」他說。
「是因為我變得與眾不同嗎？」她低語。
他沒回答，而她也沒等他回答。可是就在她正準備從外頭甩上奧迪車門時，爸伸手越過座椅，揪住她的指尖。當她迎上他的視線，他遲疑地回望，反應一如既往。可是接著他低語：
「因為妳變得很完美。」
她從沒聽過他用這麼「非遲疑」的語氣說話。如果她大聲說出口，他會告訴她，沒有「非遲疑」這種字眼。而她因為這點而愛他。
喬治一臉哀傷站在柵門旁邊，也是一身西裝。艾莎衝過他身邊，媽一把抓住她，媽的睫毛膏都哭到糊掉了。艾莎用臉抵住半半。媽的洋裝有精品店的氣味。雲獸低空飛翔。
那天就是他們埋葬艾莎阿嬤的日子。

21
蠟淚

幾乎甦醒之地裡有說書人，他們說我們都有內在聲音，那種聲音會低聲告訴我們非做什麼不可，而我們一定要好好傾聽。艾莎不曾真正相信這種說法，因為她不喜歡想到自己的內在有別人的聲音，而阿嬤總是說，只有心理醫師跟謀殺犯才會有「內在聲音」。阿嬤向來不喜歡正規的心理學，不過她真的對黑裙女人好好下過功夫。

可是，儘管如此，艾莎下一刻即將會在自己腦海裡聽見清晰的聲音。不是輕聲細語，而是大吼大叫。那個聲音會大吼：「快跑！」艾莎就會趕緊逃命，而魅影會從後頭追來。

當然了，當她走進教堂，還不知道這件事。幾百個陌生人安靜的喃喃聲升往天花板，有如故障車子音響的嘶聲。幾大群自以為是的傢伙指著她竊竊私語，他們的眼神帶給她壓迫感。

她不知道他們是誰，這點讓她覺得自己被耍了。她不想跟別人分享阿嬤。她不想被人提醒，阿嬤是她唯一的朋友，但阿嬤自己卻有好幾百位朋友。

她努力凝聚心神，挺直背脊穿過人潮，不希望讓他們看出她覺得自己隨時都會癱倒，甚至再也沒有力氣難過。教堂地板吸著她的雙腳，前方的棺柩刺痛她的雙眼。

「死亡最大的威力，不是會讓人死去，而是會讓遺留下來的人不想活下去。」她暗想，不記得在哪裡聽過。再多想一下，她判定可能是在幾乎甦醒之地聽來的，不過，考慮到阿嬤對死亡的看法，這點似乎不大可能。死亡是阿嬤的死對頭，這就是為什麼阿嬤從來就不想談，也是阿嬤成為外科醫師的原因，就是想盡可能找死亡的麻煩。

可是艾莎意識到，也可能來自米普羅里斯。她跟阿嬤在幾乎甦醒之地的時候，阿嬤從來就不想騎雲獸到米普羅里斯，可是有時在艾莎的叨唸之下還是會過去。有時，阿嬤在米阿瑪斯的客棧裡跟矮精靈打撲克牌，或者跟雪天使爭論酒的事，艾莎就會獨自騎雲獸過去。

幾乎甦醒之地的王國裡，米普羅里斯是最美麗的一個。那裡的樹木會唱歌，青草會按摩你的腳底，而且永遠瀰漫著剛出爐的麵包味。那裡的房子美麗絕倫，為了安全起見，你欣賞它們的時候必須先坐穩。可是那裡沒人住，那些房子只是用來貯存東西。因為米普羅里斯是所有童話生物置放憂愁的地方，所有餘留的憂傷都存放在那裡，時間前後長達所有童話故事的永恆。

現實世界的人們總是說，發生糟糕的事情時，心的哀傷、失落跟痛楚「會隨著時間過去而消滅」，可是這不是真的。憂傷跟失落是常數，可是如果我們必須一直扛著它們度過一生，我們將會無法承受。悲傷會癱瘓我們，所以到最後，我們乾脆把悲傷打包起來，找個地點寄放。

那就是米普羅里斯的功能：在這個王國裡，說著故事的獨行旅人會緩緩從四面八方遊走過來，拖著裝滿憂傷的笨重行囊。在這裡，他們可以把行囊放下，然後回去過生活。這些旅人轉身離去時，腳步輕盈起來，因為米普羅里斯建造的方式就是，不管你從哪個方向離開，風永遠在你背後，而你前方就是太陽。

米普羅里斯人會把裝滿憂傷的行李箱、布袋跟袋子聚攏起來，在小本子裡細心筆記。他們細細記下每種憂傷跟悲苦。在米普羅里斯，事事物物都維持在秩序井然的狀態；那裡有個周延的規則系統，所有種類的憂傷都有完美分明的責任畫分。阿嬤老罵米普羅里斯人是「官僚混帳」，因為現在不管是誰要留下這種或那種憂傷，都必須先填妥一大堆表格。米普羅里斯人說，可是一談到憂傷，人是無法忍受混亂失序的。

米普羅里斯本來是幾乎甦醒之地裡最小的王國，可是在無盡戰役過後，它成了最大的王國。那就是阿嬤不喜歡騎雲獸過去的原因，因為有好多儲藏室外頭的標示都寫了她的名字。艾莎現在想起來了，在米普羅里斯，人們都會談到內在聲音。米普羅里斯人都相信，內在聲音就是逝者的聲音，是那些逝者回來要幫忙他們的親人。

爸的手溫柔地搭在艾莎肩上，將她拉回了現實世界。她聽到爸對媽低語：「媞莉卡，妳把事情安排得很不錯。」她從眼角餘光看到媽對著放在教堂長椅上的流程表微笑點頭，然後回答：「謝謝你幫忙設計流程表，字體滿不錯的。」

艾莎坐在小教堂前方木頭長椅的遠端，瞪著地板，直到呢喃聲逐漸消失。教堂裡擠得水洩不通，人們沿牆站立。有很多人穿著怪到誇張的衣服，彷彿跟某個讀不懂衣服洗滌標示的人玩扮裝輪盤。

艾莎暗想，她要把「扮裝輪盤」放進字罐。她試著把焦點集中在此，可是她還是聽見自己不懂的語言，聽到自己的名字被擠進奇怪的發音，而這點把她拉回了現實。她看到陌生人頻頻指著她，低調的程度高低不等。她明白他們都知道她是誰，這點讓她很火大，所以當她瞥見沿牆有張熟悉面孔時，一時還認不出來。就像你在咖啡館看到名人，憑著本能脫口就說：「噢，嗨！」然後才意識到，大腦有時間告訴你：「嘿，那可能是你認識的人，打聲招呼吧！」卻不告訴你：「不，等等，那可是電視上的傢伙啊！」因為你的大腦喜歡把你搞得像白痴。

他的臉消失在某人肩膀後方片刻，當他再次出現時，他直直望著艾莎。就是昨天過來談轉換成租賃持有型的那個會計師，可是他現在打扮成牧師，他對她眨眨眼。

另一個牧師開始談起阿嬤，然後談到上帝，可是艾莎沒在聽。她納悶這是不是阿嬤想要的。她不確定阿嬤有那麼喜歡教堂。阿嬤跟艾莎幾乎沒談過上帝的事，因為阿嬤把上帝跟死亡聯想在一起。

而且這都全都是假的。塑膠跟化妝，彷彿就因為他們舉行了喪禮，一切都會好好的。對艾莎來說，一切都不會好好的，她很清楚。她爆出一身冷汗。幾個奇裝異服的陌生人走到麥克風那裡講話，其中幾位用別的語言講，有個嬌小的女士對著另一支麥克風翻譯。可是沒人說「死」，大家都只是說阿嬤「過世了」，或是他們「失去她」，彷彿她是弄丟在滾筒烘乾機裡的一只襪子。有幾個人在哭，可是她覺得他們沒資格哭，因為這又不是他們的阿嬤。而且他們沒有權利讓艾莎覺得，阿嬤還有其他國家跟王國，是不曾帶艾莎去過的。

所以有個頭髮梳得像烤吐司機的胖女士開始朗讀詩作時，艾莎覺得自己受夠了，於是推推擠擠穿過了長椅之間。她聽到媽在背後低語，但只是逕自拖著腳步順著閃亮的石地往前走，趕在有人追過來以前，從教堂門口擠了出去。

寒冬空氣咬著艾莎，她覺得自己好像被人揪著頭髮，硬是從滾燙的熱水中拉出去。雲獸在低處徘徊，看起來很不祥。艾莎緩緩走著，深深吸進十二月的空氣，冷得她眼前開始發黑。她想到X戰警裡的暴風女。暴風女一直是艾莎最愛的超級英雄之一，因為暴風女的超能力就是可以轉變天氣——連阿嬤以前都不得不承認，就超能力來說，滿酷的沒錯。

艾莎希望暴風女可以過來，把該死的教堂，該死的墓園，該死的一切，全都吹走。

教堂那些人的臉孔在她腦海裡盤旋。她真的看到那個會計師了嗎？阿爾夫也站在裡面嗎？她覺得是。她還看到另一張認得的面龐，就是有雙綠眸的那個女警。她走得更快，離教堂越來越遠，因為她不希望他們有人追過來、問她是否還好。因為她並不好。這些事情永遠不會變好。她不想聽他們嘀咕，也不想承認他們都在談她。他們避開她談話，繞著她談話。阿嬤永遠不會避開她談話。

她在墓碑之間走了大約五十公尺，就嗅到了菸味。起初有種熟悉感，簡直帶來了釋放感，是艾莎想要轉身擁抱、將鼻子埋在裡頭的東西，就像是週日早晨剛剛洗淨晾曬的乾淨枕頭套，可是接著還有別的。她的內在聲音來找她了。

她還沒轉身，就已經知道墓碑之間的男人在哪裡。他跟她只隔幾公尺，指尖隨意地夾著香菸。距離教堂太遠，艾莎尖叫也不會有人聽到。他用平靜冰冷的動作，擋住她回教堂的去路。

艾莎回頭瞥向柵門，距離二十公尺。她回頭一看，他已經朝她跨出長長一步。

然後內在聲音就來找艾莎了，是阿嬤的聲音，但不是輕聲細語，而是大吼大叫。

快跑。

艾莎感覺他粗糙的手朝她胳膊抓來，但她溜出了他的掌握之外。她拔腿狂奔，直到風磨痛雙眼，好似釘子刮磨結霜的擋風板。她不知道自己跑了多久。好幾個永恆。當他的雙眼與香菸在她腦海裡定型為記憶，每口氣都像拳擊一樣重搥她肺部，她才意識到他跛著腳，難怪她逃得開。多猶豫一秒，他就會揪住艾莎的洋裝，但艾莎太習慣逃跑，拿手得不得了。她跑到自己再也無法確定，讓自己流淚的是風，還是悲痛。她跑個不停，最後才意識到自己就快跑到學校。

她放慢速度，四下張望，猶豫了片刻。接著衝進街道另一側的闃暗公園，洋裝在周身翻飛。在公園裡，連樹木看起來都像敵人。太陽似乎累得無法灑照下來。她聽到零星四散的聲音，風在枝椏之間尖聲呼嘯，汽車的轟隆聲漸行漸遠。她上氣不接下氣，火冒三丈，朝著公園內部踉蹌而去。她聽到人聲。聽到有人在她背後呼喚。「嘿！小姑娘！」他們喚道。

她筋疲力盡地停下腳步，癱倒在長凳上。聽到呼喚「小姑娘」的聲音越來越近。她明白那個聲音有意傷害她。整座公園就像在毯子下面匍匐爬行。她聽見從第一個聲音旁邊傳來另一個聲音，說起話來含糊不清、磕磕絆絆，彷彿鞋子反穿。兩個聲音朝她接近的同時，似乎也加快了速度。她意識到危險，以流暢的動作起身奔跑。他們跟了上來。她頓時絕望地意識到，冬天的幽暗讓公園裡的一切看起來不分彼此，而她不知道出去的路。老天，她都七歲了，看過的電視多到爆，怎麼會這麼笨？大家就是這樣才會淪落到牛奶紙盒側面[12]，不管他們現在用什麼方式廣告失蹤兒童。可是太遲了。兩側的黑色濃密樹籬形成一道窄廊，她在裡頭狂奔，感覺心臟就要從喉嚨跳出來。她不知道自己當初為何要衝進公園——那些毒蟲會抓到她的，在學校大家都這麼說。也許到此為止了，她在心裡暗想，也許她就是想讓人逮到並殺死。

死亡最大的威力，不是會讓人死去，而是會讓遺留下來的人不想活下去。

她沒聽到樹叢裡枝椏的斷裂聲，也沒聽到他腳步將冰踩碎的聲響。可是眨眼間，她背後的含糊人聲消失不見。她的耳膜刺痛著，直到她想放聲尖叫。接著一切復歸寂靜。她被緩緩提離地面。她閉上雙眼，被抬出公園以前，都不曾張開。

狼心低頭盯著她，她躺在他懷裡，直視回去。她的意識似乎漸漸飄離。要不是因為她內在自我的某個部分意識到，要是一睡著，口水流到狼心身上，全世界的紙袋都不夠他拿來換氣，不然她可能當場就昏睡過去。所以她掙扎著想保持清醒，說到底，他再一次救了她，就這樣直

12 成為失蹤人口，頭像被印在牛奶紙盒側面。

接睡著有點不禮貌。

「不能自己跑走，絕對不能自己跑走。」狼心低吼。

她還是不大確定自己是不是想被救，雖然她很高興見到他。其實還比她自己預期的還高興。她還以為自己會更生他的氣。

「危險的地方。」狼心朝著公園低吼，開始把她往下放到地上。

「我知道。」她嘀咕。

「別再這樣！」他命令，她可以聽出他在害怕。

她趕在他還沒直起巨大身軀以前，用雙手環住他脖子，用密語低聲說「謝謝」。接著她看出這樣害他有多不自在，立刻放開手。

「我真的很小心洗過手，我今天早上沖澡沖超久的！」她低語。

狼心沒回答，可是她可以在他眼裡看出，等他回家，欸，就會把自己泡在消毒凝膠裡。

艾莎東張西望。狼心注意到的時候，便搓著雙手、搖搖頭。

「現在走了。」他柔聲說。

艾莎點頭。

「你怎麼知道我在這裡？」

狼心的視線往下落入瀝青路面。

「守護妳。妳阿嬤說……守護妳。」

艾莎點頭。

「即使我不一定知道你就在附近？」

狼心的兜帽上下移動。她感覺自己的雙腿就要癱軟。

「你為什麼消失了？」她語帶控訴低語，「為什麼把我丟給那個恐佈分子？」狼心的臉消失在兜帽下面。

「心理醫師想談。一直在講話。講戰爭的事。一直。我……不想要。」

「也許你談了會好過一點？」

狼心默默搓著雙手，看著街道，彷彿等著瞥見什麼。

艾莎摟住自己，領悟到夾克跟葛來芬多圍巾留在教堂。這是她平生唯一一次忘掉葛來芬多圍巾。哪種人會忘掉葛來芬多圍巾啊？

她也沿著街道來回張望，不曉得自己在搜尋什麼。接著她感覺有什麼蓋住自己的肩膀，一轉身便意識到是狼心用自己的外套蓋住她。外套拖到地上，就在她腳邊，散發著清潔劑的味道。這是她頭一次看到狼心沒戴著兜帽。怪的是，沒了兜帽，他看起來反而更巨大。他的長髮跟黑鬍子在風中翻飛。

「你說過，『米阿瑪斯』在你媽媽的語言裡，是『我愛』的意思，對吧？」艾莎問，盡量不要直接盯著他的傷疤看，因為她可以看出，只要她盯著他的傷疤，他雙手就搓得更用力。

他點點頭，掃視街道。

「『米普羅里斯』是什麼意思？」艾莎問。

起初他沒回答，她推想是因為他聽不懂這個問題，所以進一步說明：

「幾乎甦醒之地有六個王國，其中一個就叫『米普羅里斯』，所有的憂傷都貯存在那裡，阿嬤從來就不想去——」

狼心打斷她的話，但態度溫柔。

「意思是『我哀悼』。」

艾莎點點頭。

「米瑞瓦斯呢？」

「我夢想。」

「米歐達克斯呢？」

「我膽敢。」

「米摩瓦斯呢？」

「跳舞。我跳舞。」

艾莎先讓那些字詞在自己心中觸地，然後才問起最後一個王國。她想了想阿嬤說過的關於狼心的事，說他是所向無敵的戰士，擊潰了魅影，而這件事只有他辦得到，因為他擁有戰士的心，以及說書人的靈魂。因為他出生在米阿瑪斯，但在米巴塔羅斯長大。

「米巴塔羅斯是什麼意思？」她問。

她一問起，他便直直看著她。瞪大了那雙深色大眼，神情裡有著存放在米普羅里斯的一切。

「米巴塔羅斯，意思是『我戰鬥』。米巴塔羅斯……現在沒有了。再也沒有米巴塔羅斯了。」

「我知道！魅影在無盡戰役裡把它毀掉了，除了你之外，所有的米巴塔羅斯人都死了，整族只剩下你一個，而且——」艾莎開始說，但狼心猛力搓手，於是她打住了。

狼心的頭髮落在臉上，他退後一步。

「米巴塔羅斯不存在，我不戰鬥，再也不戰鬥。」

艾莎了然於心，你在說這些話的人眼裡看見這種事情時，總是會了然於心。狼心當初躲在幾乎甦醒之地的遙遠森林裡，不是因為他害怕魅影，而是因為他害怕他們在米巴塔羅斯把他變成的模樣。

她的眼睛匆匆掠過他。她聽見阿爾夫的聲音，一轉身，就看到小計停在人行道邊緣，引擎正在運轉。阿爾夫的鞋子拖過了雪地。那個女警就在小計旁邊，雙眼像鷹隼似地迅速掃過公園。阿爾夫抱起艾莎，艾莎還裹在狼心大如睡袋的外套裡，阿爾夫平靜地說：「現在帶妳回家吧，妳總不能他媽的待在這裡害自己凍僵吧！」可是艾莎在他的聲音裡聽出恐懼，唯有知道在教堂墓園裡追艾莎的是什麼東西，才會這樣恐懼。她從女警綠眸裡那種警覺的神情，可以看出她也知情。他們實際上知道的比說出口的多。

阿爾夫抱著艾莎回到小計的路上，艾莎沒有東張西望。她知道狼心已經不見了。回到教堂時，她奔進媽的懷抱，也知道媽知道的比說出口的多。而她自己知道的，也總是比說出口的多。

艾莎想起《獅心兄弟》的故事，關於那頭惡龍卡特拉，沒有人類能夠打敗牠。還有那條可怕的蟒蛇卡爾姆，最後只有牠能毀掉卡特拉。因為有時候在故事裡，只有比惡龍還可怕的東西，才有辦法摧毀恐怖的龍。

也就是怪物。

22 O'Boy牌可可

艾莎以前被追趕過幾百次，可是不曾像在教堂墓園裡這次。她這回感覺到的恐懼是別種東西。因為她在逃跑以前還來得及看對方的眼睛，那雙眼睛意志堅決，如此冰冷，彷彿準備殺了她。對快八歲的孩子來說，這樣的負擔很沉重。

阿嬤還活著的時候，艾莎努力不去害怕，或者至少努力不要表現出恐懼的樣子。因為阿嬤討厭恐懼。恐懼是來自幾乎甦醒之地的火爆小生物，粗糙毛皮恰好很像滾筒烘衣機裡的藍色棉絮，如果你給牠們一點機會，牠們就會跳起來啃咬你的皮膚，設法抓傷你的眼睛。恐懼就像香菸，阿嬤說，困難不在於停下來，而是在於不要開始。

阿嬤在另一個故事講過，當初是碼尚把恐懼帶來幾乎甦醒之地，在數不清的永恆以前。久到當時還只有五個王國，而不是六個。

碼尚是史前怪物，牠們希望任何事情都能馬上發生。每一次只要有小孩說「等一下」、「晚一點」或是「我正要……」時，碼尚就會氣沖沖地全力吼叫：「不行！必須馬上完成！」碼尚討厭小孩，因為小孩拒絕接受碼尚的謊言——時間是線性的。小孩都知道，時間只是一種情緒，所以「馬上」這個字眼對小孩來說毫無意義，對阿嬤而言也是這樣。喬治以前都說，阿嬤不屬於「時間樂天派」[13]，而是「時間無神論者」，而她唯一相信的宗教就是「『晚點再做』教」。

碼尚把恐懼帶到幾乎甦醒之地來逮捕孩子，因為只要碼尚抓到一個孩子，就會把孩子的未來整個吞噬，只留下無助的受害者，任他面對馬上吃飯、馬上睡覺跟馬上整理的一生。那孩子再也無法先做有趣的事、拖延無聊的事情；全部只剩下「馬上」，這種命運比死亡還悲慘，阿嬤總是說，所以碼尚的故事一開頭，就是先講清楚，碼尚討厭童話故事。因為最能讓小孩拖延事情的，莫過於童話故事。所以有天晚上，碼尚悄悄溜上訴說山，就是幾乎甦醒之地的最高峰，在那裡引發大山崩，摧毀了頂峰。接著就在黝暗的洞穴裡埋伏等待。因為翁卡必須爬上訴說山來釋放故事，好讓故事散播到真實世界去；如果故事沒辦法離開訴說山，整個米阿瑪斯王國都會窒息，然後幾乎甦醒之地也會跟著窒息。因為只要沒有孩子傾聽，故事就活不下去。

當黎明來到，米巴塔羅斯所有最勇敢的戰士就設法登上那座山，想打敗碼尚，可是沒人成功。因為碼尚就在洞穴裡繁殖恐懼。要應付恐懼這種生物，要千萬小心，因為威脅只會讓恐懼變得更巨大。所以，每次只要在某個地方，有家長威脅孩子，威脅就會發揮肥料的滋養功能。有個孩子在某個地方說：「很快啦。」有家長接著大喊：「不行，馬上！要不然我就——」然後砰，碼尚的洞穴裡立刻又孵出恐懼。

米巴塔羅斯的戰士爬上那座山的時候，碼尚就會釋放恐懼，然後恐懼就會化身為每個士兵各有最糟糕的惡夢。因為所有的生物都有個最恐懼的事物，連米巴塔羅斯的戰士也是，而幾乎甦醒之地的空氣就會慢慢變稀薄，說書人就會發現越來越難呼吸。

（艾莎顯然在這個節骨眼上打斷了阿嬤的話，因為對於恐懼會化身為你最害怕的事物，

---

13 表示自以為擁有的時間很多，慣性遲到的人。

這個說法其實是從哈利波特偷來的，因為那就是幻形怪的作風。阿嬤冷哼，然後回答：「搞不好這個點子是哈利波特那個呆瓜從我這邊偷走的？」然後艾莎嘲諷：「哈利波特才不會偷東西呢！」接著祖孫針對這點爭論了半天，最後阿嬤放棄，喃喃說：「好啦！忘掉整個狗屁事情啦！恐懼不會變身，只會咬人、抓傷人的眼睛，這樣妳滿意了沒有？」艾莎就沒再計較下去，然後祖孫倆就繼續把故事講下去。）

就在這時，兩位黃金騎士出現了。大家都試著警告他們不要騎馬上山，他們當然不聽。騎士有時候就是固執得要命。可是當他們爬上山，所有的恐懼從洞穴傾巢而出，黃金騎士並沒開戰，也不像其他戰士那樣叫囂咒罵，反而做了唯一可以用來對付恐懼的事：他們嘲笑恐懼，發出響亮又挑釁的笑聲，所有的恐懼就化成了石頭。

阿嬤很喜歡在故事的尾聲，把東西變成石頭，因為她對結尾不是很擅長。不過艾莎不曾有怨言。碼尚顯然被關進牢裡，監禁時間無限期，碼尚暴跳如雷。幾乎甦醒之地的執政委員會決定從各個王國找來一小群居民、米巴塔羅斯的戰士、米瑞瓦斯的夢獵者、米普羅里斯的憂傷看守人、米摩瓦斯的音樂家跟米阿瑪斯的說書人，指派他們負責守護訴說山。他們用那些恐懼變成的石頭，將峰頂重建得更高，而且在山腳下建造第六個王國：米歐達克斯。米歐達克斯的田野裡，栽種著勇氣，這樣就不會再有人害怕那些恐懼。

（唔，或者該說，阿嬤曾經跟艾莎說，直到他們在收成之後，拿了所有的勇氣植株，釀出特別的飲料，喝了一點，你就會勇敢到不可思議。艾莎稍微查了一下谷歌，然後向阿嬤指出，對小孩講這種譬喻，不是很負責任的作法。阿嬤發牢騷說：「噢，是啦，好啦，那就說，他們不喝，只是擺著，這樣可以嗎?!」）所以那就是兩個黃金騎士打敗恐懼的來龍去脈。每次只要艾莎害怕什麼，阿嬤就會講起這則故事。即使艾莎評論阿嬤說故事的技巧時，往往一針見血，但這個故事其實每次都頗有效果。聽完以後，艾莎就一點都不害怕了。

這個故事起不了作用的唯一事情，就是阿嬤對死亡的恐懼。現在這個故事也對艾莎失去效用，因為連童話故事都打敗不了魅影。

「妳會怕嗎？」媽問。

「會。」艾莎承認。

媽沒叫艾莎別害怕，也沒試著騙艾莎相信自己不該害怕。艾莎為了這點而愛她。

她們在車庫，坐在雷諾裡面，將椅子靠背往下推。烏爾斯蓋住了他們之間的一切，媽心不在焉搔著牠的皮毛。當艾莎坦承自己一直把烏爾斯藏在儲藏區，媽甚至沒生氣。艾莎把烏爾斯介紹給媽的時候，媽也不害怕，只是把牠當小貓似的搔牠耳後。

艾莎伸出手摸摸媽的肚皮，半半在裡頭滿足地踢蹬著腳，半半也不怕，因為他/她百分之百是媽加上喬治，而艾莎是半個爸，爸不管什麼事情都怕，所以艾莎有一半的事情都會怕。

而她最怕的莫過於魅影。

「妳知道他是誰嗎？就是追我的那個男的？」艾莎問。

烏爾斯用頭推著她的腦袋，媽輕撫她的臉頰。

「嗯，我們知道他是誰。」

「誰是我們？」

媽深吸一口氣。

「雷納特跟茉德，還有我跟阿爾夫。」她似乎準備列出更多名字，但及時打住。

「雷納特跟茉德？」艾莎脫口就說。

媽點頭。「最清楚他這個人的，恐怕是他們。」

「那妳怎麼都沒跟我說過這個人？」艾莎質問。

「我不想嚇妳。」

「不說也沒什麼用，不是嗎？」

媽嘆氣，搔了搔烏爾斯的皮毛。烏爾斯反倒舔了舔艾莎的臉龐。牠散發著海綿蛋糕粉的味道。遺憾的是，當有人散發海綿蛋糕粉的氣味，還一面舔你臉的時候，你就很難氣得起來。

「那是魅影。」艾莎低語。

「我知道。」媽低語。

「妳知道？」

「妳外婆以前試著跟我講這些故事，親愛的，關於幾乎甦醒之地跟魅影。」

「也講到米阿瑪斯嗎？」艾莎問。

媽搖搖頭。

「沒有，我知道妳們兩個在那邊有些東西，是她從來沒給我看過的。很久以前的事了，那時候我差不多是妳現在這個年紀。那時候幾乎甦醒之地還很小，那些王國也都還沒有名字。」

艾莎不耐煩地打了岔：

「我知道！阿嬤認識狼心之後，那些王國才有了名字。她用狼心媽媽的語言來替王國命名。她把狼心的語言，弄成了祕密語言，這樣狼心就可以教她，她就能夠跟狼心講話。可是阿嬤為什麼沒帶妳一起去？為什麼沒帶妳去看幾乎甦醒之地？」

媽輕輕咬著嘴唇。「她想帶我去，親愛的，很多次，是我自己不想去。」

「為什麼不想？」

「我漸漸長大了，我是個憤怒的青少年，再也不希望聽媽媽在電話上跟我講童話故事了。我希望她人在這裡，我要她在現實生活裡。」

艾莎幾乎沒聽過媽說過「我媽媽」，媽幾乎總是說「妳外婆」。

「我不是個好相處的孩子，親愛的。我很愛爭辯，什麼都說不要。妳外婆以前都叫我『愛說不的女孩』。」

艾莎瞪大眼睛，媽同時嘆氣加微笑，彷彿一種情緒表達試著吞噬另一種。

「唔，我在妳外婆的故事裡，可能代表很多角色。我想，同時是女孩跟王后吧。到最後，我再也搞不清楚幻想在哪裡結束，現實從哪裡開始。我想有時連妳外婆自己都搞不清楚。」

艾莎默默躺著，仰望天花板，烏爾斯在她耳邊輕聲呼吸。她想到狼心跟海天使，當鄰居這麼多年，大家卻對他們一無所知。如果在這棟樓房的牆壁跟地板上鑽洞，所有的鄰居只要伸出手就能碰到對方，他們的生活就是如此貼近，可是到最後他們對彼此還是幾乎一無所知，就這樣一年過一年。

「妳找到鑰匙了嗎？」艾莎問，指著雷諾的擋風板。

媽搖搖頭。「我想，妳外婆藏起來了，應該只是為了捉弄布蕾瑪莉，所以才把車停在布蕾瑪莉的車位……」

「布蕾瑪莉自己有車嗎？」艾莎問，因為從她躺的地方，可以清楚看到BMW，就是肯特那輛大到荒謬的車。

「沒有，可是很多年前她還有車，白色的。而且這裡還是她的車位，我想重點在於原則吧。布蕾瑪莉通常堅持的都是原則。」媽傻笑著說。

艾莎不大知道是什麼意思，不懂那有什麼差別。

「那雷諾是怎麼跑到這裡來的？如果沒人有它的鑰匙？」她把想法說出口，雖然知道媽也沒辦法回答，因為媽也不曉得。所以她要媽跟她講講那個魅影的事。媽再次撫過她的臉頰，從椅子裡吃力地站起身，一手搭在半半上。

「他的事，我想得由茉德跟雷納特自己跟妳說，親愛的。」

艾莎想抗議，但媽已經爬出雷諾，艾莎別無選擇，只好跟了過去。畢竟那就是媽的超能力。媽拿著狼心的外套，說要洗一洗，等他回家就能還他。他會回家的——艾莎喜歡這個想法。

烏爾斯在後座，她們在牠身上披了毛毯。媽平靜地提醒牠，如果聽到有人過來，千萬待著別動，牠也同意了。艾莎向牠保證好幾次，說會找到更適合藏身的地方，雖然牠似乎不知道這有什麼意義。另外，她準備去找更多餅乾來，牠對這點似乎一臉滿意。

阿爾夫在地下室樓梯底部站崗。

「我煮了咖啡。」他嘀咕。

媽感激地接過一杯，阿爾夫遞了另一杯給艾莎。

「就跟你說我不喝咖啡。」艾莎疲憊地說。

「這才不是什麼鬼咖啡，是O'boy混帳可可。」阿爾夫憤慨地回答。

艾莎詫異地往杯子裡一瞥。

「你從哪裡弄來的？」她問。媽從來不讓她在家裡喝O'boy可可，因為裡面含太多糖分。

「從家裡拿的。」阿爾夫咕噥。

「你家裡有O'boy？」艾莎半信半疑問。

「我他媽的總可以去店裡買吧？」阿爾夫壞脾氣地說。

艾莎咧嘴對他笑。她考慮要叫阿爾夫「惡言騎士」。她在維基百科讀過「惡言」這個詞，總的來說，這類騎士很稀有。她大灌一口，然後差點把可可噴得阿爾夫整件皮夾克都是。

「你在杯子裡放了多少匙O'boy？」

「我不知道，十四還是十五吧？」阿爾夫防備地嘟囔。

「你應該只放，欸，三匙！」

阿爾夫一臉憤慨，至少艾莎這麼認為。她曾經把「憤慨」放進爸的字罐，她想像憤慨就是這個表情。

「總該泡出什麼他媽的味道吧？」

艾莎用湯匙吃掉剩下的可可粉。

「所以在墓園裡追我的是誰，你也知道，對吧？」她問阿爾夫，杯子裡的東西有一半沾在她的嘴角跟鼻尖上。

「他追的不是妳。」

「呃，哈囉？他明明就是在追我好嗎。」

阿爾夫緩緩搖頭。「對，可是他想抓的不是妳。」

23 擦碗巾

關於阿爾夫剛剛說的事，艾莎有滿肚子疑問，但一個也沒提，因為她們上樓回公寓去的時候，媽累到必須馬上跟半半上床睡覺。這陣子以來，媽常常會這樣，累到好像有人拔掉塞子放光水似的。顯然都是半半的錯。喬治說，為了補償大人接下來十八年睡不著覺，半半在頭九個月先讓媽媽睡個夠。艾莎坐在床鋪邊緣撫搓媽的頭髮，媽親親她的雙手一面低語：「事情會越來越好的，親愛的，不會有事的。」就跟阿嬤以前說的一樣。艾莎好想、好想相信真的是這樣。媽露出睡意濃濃的笑容。

「布蕾瑪莉還在這邊嗎？」媽邊說邊朝門口點頭。

布蕾瑪莉叨叨唸唸的聲音從廚房傳出來，所以這麼問馬上變得多此一舉。她正在要求喬治對雷諾的事情「做個決定」，那輛車還停在她車庫的車位。（「我們不能不照規定生活啊，喬治！連娳莉卡都必須瞭解這一點！」）喬治爽朗地答說他很能瞭解，因為喬治能夠瞭解每個人的觀點，這就是他惹人心煩的特點之一，當然了，這點似乎也惹毛了布蕾瑪莉。接著喬治說要請她吃蛋，她當作沒聽見，堅持說所有的租戶都必須為了那個嬰兒推車「接受全盤調查」，推車還鎖在階梯底部。

「別擔心，親愛的，我們明天會替妳朋友找個更好的地方躲。」媽半睡半醒地喃喃，然後含笑補了句：「也許我們可以把牠藏在嬰兒推車裡？」

艾莎笑了，但只是微微的。她覺得那個鎖住的推車謎團，就像寫得爛到誇張的阿嘉莎・克莉絲蒂小說開場。艾莎知道這點，因為阿嘉莎・克莉絲蒂的小說幾乎都可以在iPad上讀到。阿嘉莎・克莉絲蒂從來沒寫過布蕾瑪莉那樣刻板的反派角色。在阿嘉莎・克莉絲蒂的小說裡，布蕾瑪莉比較可能成為受害者，因為艾莎可以想像在謀殺推理小說裡，布蕾瑪莉被人在圖書館裡用燭台重擊而死，然後所有認識她的人都有嫌疑，因為每個人都有謀殺她的動機：「那個老太婆真是惡夢一場！」接著艾莎因為自己有這些想法而有點慚愧，但只是微微的。

「布蕾瑪莉沒有惡意，她只是需要覺得受到重視。」媽試著解釋。

「她還愛嘮叨，又愛管閒事。」艾莎嘀咕。

媽微笑。

接著媽在枕頭上調到舒服的姿勢，艾莎幫忙把枕頭推到媽背後，媽撫搓艾莎的臉頰並低語：

「如果可以，我現在想聽那些故事，我想聽從米阿瑪斯來的童話故事。」

接著艾莎平靜地低聲說，媽必須閉上眼睛，但只能閉到一半，媽照她說的做了。艾莎有滿腹問題，但一個也沒問出口，反倒談起了雲獸、翁手、懊悔者、獅子、矮精靈、騎士、碼尚、狼心、雪天使、海天使、夢獵者，然後說起了米普羅里斯的公主，有兩個小國王子爭奪她的愛，也說到有個巫婆偷走公主的寶物。不過講到這裡，媽跟半半就睡著了。

艾莎依然有好多問題想問，但一個也沒問出口，只是替媽跟半半蓋上毛毯，吻了媽的臉頰，然後強迫自己要勇敢。因為她必須做到阿嬤要她保證做到的事：保護城堡、保護家人、保護朋友。

艾莎站起身的時候，媽摸索著要找她的手，就在她準備離開時，媽半睡半醒地低語：

「親愛的，妳外婆臥房天花板上的照片，照片裡所有的孩子，就是今天來參加喪禮的人。他們現在都長大了，因為妳阿嬤救了他們的命，他們才有機會長大……」

然後媽又睡著了。艾莎不大確定媽真的醒來過。

「No shit, Sherlock.」艾莎邊低語邊捻熄檯燈。因為要推算那些陌生人是誰，並不是很難的事，難的是要原諒他們。

媽唇上帶著笑意睡著，艾莎小心翼翼闔上房門。

公寓瀰漫著擦碗巾的味道，喬治正在收拾用過的咖啡杯。今天喪禮過後，那些陌生人都過來這裡喝咖啡。他們同情地對艾莎微笑，艾莎為了這點討厭他們。討厭他們比她早認識阿嬤。她踏進阿嬤的公寓，躺在阿嬤床上。外頭的街燈在天花板上的照片上舞弄嬉戲，艾莎看著，還是不知道自己是否能夠原諒阿嬤當初丟下媽不管，好去拯救其他小孩。她不知道媽是否能夠原諒這件事，即使媽似乎正在努力。

艾莎踏出公寓門口，走進樓梯間，想著要回車庫找烏爾斯，卻只是無精打采往地板一坐，在原地呆坐老半天。她拚命要思考，但原本的思緒卻只剩空洞跟沉默。

她可以聽到樓下幾層的地方傳來腳步聲——踮著腳輕步走動，彷彿迷了路。完全不像黑裙女人以前還散發薄荷味道、對著白線講話時，那種自信十足、活力充沛的步履。女人現在改穿牛仔褲，耳畔不再掛著白線。她在艾莎下方十階左右的地方停住。

「嗨。」女人說。

女人看起來真嬌小，語氣很疲憊，可是跟以往那種疲憊不同。這一次是比較好的疲憊。而且身上散發的氣味既不是薄荷也不是酒，只是洗髮精。

「哈囉。」艾莎說。

「我今天去墓園了。」女人緩緩說。

「妳去參加喪禮了？」

女人滿懷歉意搖搖頭。「我沒去。抱歉。我……我就是沒辦法。可是我……」她嚥下了那些話語，低頭望著雙手，「我去了我……兒子們的墓，我很久沒去了。」

「有用嗎？」艾莎問。

女人咬住嘴唇。

「我不知道。」

艾莎點點頭，樓梯井的燈光自動熄滅了，她等著眼睛適應那片黑暗。最後女人似乎鼓起了所有勇氣，化成了笑容，嘴周的皮膚不再像之前有那麼多裂紋。

「喪禮進行得怎樣？」女人問。

艾莎聳聳肩。

「就像普通的喪禮，人太多了。」

「有時候很難跟不認識的人分擔自己的憂傷，可是我想……有很多人很喜歡妳外婆。」

艾莎任由頭髮垂掛在臉前。女人搔了搔脖子。

「很……我明白這很難。知道自己阿嬤離開家，去別的地方幫忙陌生人……比方說，我。」

艾莎露出微微起疑的表情，彷彿女人看透了她的心思。

「這在倫理學上，就叫做『電車問題』。我是說，對大學學生來說。是……是在討論為了拯救很多人而犧牲一個人，在道德上是不是正確。也許妳可以在維基百科上查到。」

艾莎沒反應，女人似乎變得很不安。

「妳好像在生氣。」

艾莎聳聳肩，試著決定自己最氣的是什麼。她氣的事情可以列成長長一大串。

「我不是氣妳，我只是在氣笨蛋布蕾瑪莉。」艾莎最後決定這麼說。

女人露出微微困惑的表情，低頭瞥瞥手裡的東西。她在上頭敲著手指。

「別跟怪物們開戰，因為這樣你也會變成怪物。如果你凝望深淵夠久，深淵也會回望你。」

「妳在說什麼啊？」艾莎劈頭就說，卻偷偷高興女人講話時沒把她當小孩。

「抱歉，那是……尼采說的，他是德國哲學家。是……啊，我可能引錯他的話了。不過，我想可以解釋成，如果你去討厭那種討厭其他人的人，你冒的風險就是變成你討厭的那種人。」

艾莎的肩膀聳到耳邊。

「阿嬤總是說：『別踢那坨屎，不然會噴得到處是屎！』」

那是艾莎頭一次聽到黑裙（現在改穿牛仔褲）女人真正哈哈大笑。

女人笑的時候很美，很適合她。接著她朝艾莎跨出兩步，盡可能伸長手，以便在不用太靠近的情況下，將手裡的信封遞出去。

「這個放在我兒子們的……放在他們的……放在他們的墓碑上。我不……我不知道是誰放的。可是妳阿嬤——也許她想到我會過去……」

艾莎接過信封，還來不及從信封抬起頭來，牛仔褲女人就已經下樓消失不見。信封上寫著：「給艾莎！把這個交給雷納特跟茉德！」

艾莎就這樣拿到了阿嬤的第三封信。

雷納特開門的時候，正握著咖啡杯。茉德跟莎曼珊就在他背後，兩個看起來都很甜美，渾身瀰漫著餅乾的氣味。

「我有信要給你們。」艾莎宣布。

雷納特接了過去，正準備說什麼，但艾莎說了下去：

「是我阿嬤的信！可能是要向你們問候跟說抱歉，因為她在所有的信裡面都這樣。」

雷納特溫順地點點頭，茉德更溫順地點點頭。

「妳外婆的事情，我們遺憾得不得了，親愛的艾莎。可是我們覺得這場喪禮辦得非常美，我們好高興受到邀請。進來吃片美夢吧——阿爾夫也帶了點可可飲料過來。」茉德笑得燦爛。

莎曼珊吠了吠，連她的吠聲聽起來都很友善。艾莎從遞過來的罐子裡拿了片美夢，罐子裡滿滿是美夢。她對茉德露出配合的笑容。

「我有個朋友很愛美夢，牠整天都一個人，你們想我可以帶牠上來嗎？」

茉德跟雷納特點點頭，彷彿這是理所當然的事。

24 美夢

幾分鐘過後，烏爾斯坐在廚房地氈上，這時茉德看起來就沒那麼有把握了，尤其牠簡直佔滿了整條廚房地氈。

「就跟你們說，牠很喜歡美夢吧？」艾莎開心地說。

茉德無聲點點頭，雷納特坐在餐桌另一邊，懷裡是驚恐萬分的莎曼珊。烏爾斯吃著美夢，一次一打。

「哪個品種啊？」雷納特靜靜對艾莎說，彷彿害怕會冒犯烏爾斯。

「烏爾斯！」艾莎滿足地說。

雷納特點點頭，一副滿頭霧水的模樣。茉德打開另一罐美夢，用腳尖小心推過地板。烏爾斯流著口水，三口就吃個精光，然後抬起頭，用車輪蓋一般大的眼睛瞅著茉德。茉德又拿了兩罐下來，努力別露出備受奉承的模樣，但不是掩飾得很好。

艾莎看著阿嬤的信，信攤開放在桌上。她到地下室去帶烏爾斯的時候，雷納特跟茉德一定讀過了。雷納特注意到她在看，於是伸手搭住她的肩膀。

「妳說得沒錯，艾莎，妳外婆說抱歉。」

「為了什麼？」

茉德給烏爾斯幾個肉桂捲，還有半條蛋糕。

「唔，提了不少事情，妳外婆的確——」

「與眾不同。」艾莎打岔。

茉德發出溫暖的笑聲，輕拍烏爾斯的腦袋。

雷納特朝著信點點頭。

「首先，她為了常常罵我們，為了常常發脾氣，還有為了爭論跟惹麻煩抱歉。其實也沒什麼好抱歉的，大家三不五時都會這樣啊！」他說，彷彿為了阿嬤的道歉而道歉。

「可是你們就不會啊。」艾莎想，為了這點而喜歡他們。茉德開始咯咯笑。

「然後她抱歉有一次湊巧從她的陽台上，用那個打雷納特，那個叫什麼啊？漆炸槍！」

茉德突然一臉尷尬。

「是那樣叫嗎？漆炸？」

艾莎點點頭，即使並不是。茉德一臉得意。

「妳外婆有一次還打中布蕾瑪莉——在她那件碎花夾克上留了大大一塊粉紅，那是布蕾瑪莉最愛的夾克，用消失牌去污劑也洗不掉！妳能想像嗎？」

茉德嘻嘻笑，然後滿臉罪惡感。

「阿嬤還抱歉什麼？」艾莎問，希望聽到更多有人用漆彈射布蕾瑪莉的故事。可是雷納特的下巴往胸膛一垂，望向茉德，茉德點點頭，接著雷納特轉向艾莎並說：

「妳阿嬤寫說，她很抱歉叫我們跟妳說整個故事，就是妳必須知道的所有事情。」

「什麼故事？」艾莎正準備問，但突然意識到有人站在背後。她在椅子上扭過身去，罹病男孩就站在臥房門口，懷裡抱著獅子絨毛布偶。

他望著艾莎，但是當她回望他，他就讓頭髮垂下來蓋住眉梢，艾莎有時候就會這麼做。他小她一歲左右，可是幾乎一般高，兩人有同樣的髮型，髮色幾乎相同。唯一的差別就是艾莎與眾不同，而男孩患有病症——非常特殊的與眾不同法。

男孩什麼都沒說，因為他從沒開口說過話。茉德吻吻他額頭，低聲說：「做惡夢了嗎？」男孩點點頭。茉德拿了一大杯牛奶跟一整罐美夢，牽起他的手，帶他回臥房，一面中氣十足地說：「來吧，我們馬上把惡夢趕走！」

雷納特轉向艾莎。「我想妳外婆希望我從頭說起。」

那天，艾莎聽到了罹病男孩的故事，是她不曾聽過的童話。這個故事恐怖得讓你想使盡全力摟住自己。雷納特向艾莎提起男孩的父親，那個人內心的仇恨，超過想像中一個人的內在所能容納的。那個父親有用麻醉毒品的惡習。雷納特制止自己，似乎擔心會嚇到艾莎，但艾莎直起背脊，將雙手埋進烏爾斯的皮毛，一面說沒關係。雷納特問她知不知道什麼是麻醉毒品，她說在維基百科上讀過。

雷納特描述那個父親吸毒的時候，如何搖身變了個人。說他的靈魂怎麼變得陰暗。說男孩母親懷孕時，他怎麼痛打她，因為他不想當任何人的父親。雷納特眨眼的速度開始放慢，說也許是因為那個父親害怕孩子以後會跟他一樣，內心充滿仇恨跟暴力。所以當男孩出生，醫生診斷男孩罹患某種病症時，那個父親暴跳如雷到無法自已。他無法忍受那個孩子與眾不同。或許是因為他痛恨與眾不同的一切。也許是因為當他看著那個男孩，就會看到自己身上不同於其他人的一切。

所以他開始酗酒，吸更多毒，整個晚上不見人影，有時連續幾個星期，沒人知道他的下落。有時候他回到家裡，態度平靜又退縮。有時候他會哭著解釋自己必須先行迴避，直到內在的怒氣發洩完畢。彷彿他內在寄居著黑暗，試圖將他整個人改頭換面，而他掙扎著抵抗不從。之後，他會平靜個幾星期，或是幾個月。

接著某天晚上，他彷彿被黑暗附身，痛打母子兩人，直到他們動也不動。然後他拔腿就逃。

雷納特在廚房裡留下一片靜默，茉德的聲音輕柔地在那片靜默中穿梭。罹病男孩在臥房裡打鼾，那是艾莎頭一次聽到男孩發出的聲音之一。茉德的指尖在廚房流理台上的餅乾空罐之間遊走。

「我們發現他們母子。我們以前就一直勸她帶著男孩離開，勸了好久好久，可是她怕得走不了。我們都好害怕，他是個非常危險的男人。」她低語。

艾莎把烏爾斯抓得更緊。

「後來你們怎麼辦？」

茉德在廚房桌邊弓起身子，拿著一只信封，跟艾莎當初帶來的那個相同。

「我們原本就認識妳外婆，因為醫院的關係。是這樣的，我們那個時候開咖啡館，客人主要是醫生。妳外婆每天都會來咖啡館，點一打餅乾跟一打肉桂捲，每天喔！其實我也不知道是怎麼開始的，可是妳外婆就是那種你會想一起商量事情的人，懂我意思嗎？我不知道該拿山姆怎麼辦，我不知道該去找誰。我們全都好害怕，不過我還是打電話給她了。大半夜，她開著那輛生鏽的老車趕過來——」

「是雷諾！」艾莎驚呼，因為不知怎的，她有種感覺，就是如果雷諾曾經救過他們，名字就有資格在童話故事裡出現。雷納特露出憂傷的笑容，清了清喉嚨。

「對，是她的雷諾。我們把男孩跟他媽媽帶在身邊，妳外婆開車載我們到這裡來，給我們公寓的鑰匙。我想不通她是怎麼拿到的，可是她說她跟這棟樓房的主人講好了。後來，我們就一直住在這裡。」

「那個父親呢？他一發現大家都離開了，又有什麼反應？」艾莎想知道，雖然其實她並不想知道。

雷納特伸手去找茉德的指尖。

「我們不知道，可是妳外婆帶阿爾夫過來，介紹阿爾夫給我們，說他會把男孩的東西都帶過來。然後她就載阿爾夫回到我們本來住的地方，結果男孩的父親出現了，那時候他整個人……就是黑暗的化身。來自內心深處的黑暗。他把阿爾夫狠狠地——」

雷納特制止自己，這種反應就像一般人突然提醒自己，講話的對象是個孩子：往前快轉把故事講完。

「唔，當然了，等警察趕到，他早就走了。至於阿爾夫，哎，我不知道。他到醫院包紮完以後，就自己開車回家，從此沒再提起這件事。兩天以後，又回去開計程車了。那個男人啊，是鐵打的。」

「那個父親呢？」艾莎追問。

「他消失了，消失了好幾年。我們以為他不找到我們，絕對不會罷休，可是他失蹤了那麼久，我們忍不住希望——」雷納特說，打斷自己，彷彿那些話語沉重到舌頭承受不住。

「可是現在他找到我們了。」茉德填補空白。

「怎麼會？」艾莎問。

雷納特的視線悄悄溜過桌面。

「是這樣的，阿爾夫認為他發現妳外婆的訃聞，然後透過訃聞找到葬儀社，他在那邊發現——」他正要說，接著表情彷彿再次自我提醒什麼。

「我？」艾莎猛吞口水。

雷納特點點頭，茉德放開他的手，跑著繞過桌子，一把擁住艾莎。

「親愛、親愛的艾莎！妳必須明白，他已經很多年沒看到兒子了。你們的身材差不多，頭髮又一樣。他以為妳是我們的孫子。」

艾莎閉上雙眼，太陽穴熱燙燙的，這輩子頭一次在毫無睡意的情況下，運用純粹又強烈的意志力，要到幾乎甦醒之地去。她使出最強大的想像力，召喚雲獸過來，飛向米歐達克斯，能帶走多少勇氣就採摘多少。最後用力睜開眼睛，盯著雷納特跟茉德說：

「所以你們是他媽媽的爸媽？」

雷納特的淚水落在桌布上，好似雨水拍打窗櫺。

「不是，我們是他父親的爸媽。」

艾莎瞇起眼睛。

「你們是那個父親的爸媽？」

茉德的胸膛起起伏伏，然後輕拍烏爾斯的腦袋，最後去拿巧克力蛋糕。莎曼珊謹慎地看著烏爾斯。雷納特去拿更多咖啡，手裡的杯子抖得很厲害，咖啡都灑在了板凳上。

「艾莎，把孩子從父親身邊帶走，這樣對待自己的兒子，我知道這種事聽起來很可怕。可是當你變成祖父母，就要把孫子放在首要的位置……」他悲傷地低語。

「祖父母這個角色的重要性，高過其他一切！永遠！永遠都是！」茉德用不可動搖的挑釁態度補了一句，雙眼灼灼，艾莎真不敢相信茉德可能有這種表情。

接著她把臥房拿來的信封交給艾莎。

信封上有阿嬤的筆跡。艾莎不認得那個名字，但她明白信是給男孩的母親。

「我們搬來這裡的時候，她改了名字。」茉德解釋，然後用世上最輕柔的聲音補充：「幾個月以前，妳外婆留了這封信給我們，說妳會來拿。她知道妳會過來。」

雷納特悶悶不樂地吸氣，跟茉德再次四目相接，然後解釋：

「可是我們恐怕必須先跟妳講講我們兒子的事，艾莎。我們必須跟妳說山姆的事，這就是妳外婆在信裡道歉的其中一件事。她寫說，她抱歉自己救了山姆一命……」

茉德破了嗓子，說起話來就像小小的哨音：

「然後她寫說，很抱歉她寫信抱歉自己救了山姆，很抱歉她寫信說後悔救了我們兒子一命。說她很抱歉，因為她再也不曉得，山姆有沒有資格活著，即使她是個專門救人的醫生……」

夜幕降臨在窗外的街道上。廚房瀰漫著咖啡跟巧克力蛋糕的氣味。艾莎聽著山姆的故事。

全世界最善良夫婦的兒子，卻變得邪惡到超過任何人所能理解。成為罹病男孩的父親，而罹病男孩身上的邪惡卻少過任何人所相信，彷彿他父親把邪惡全都擔在自己肩上，沒有一絲遺傳下去。她聽到山姆小時候的事。茉德跟雷納特長久以來一直渴望有孩子，好不容易有了山姆，兩人都愛著他，就像父母愛自己孩子那樣。如同所有的父母，連世界上最糟糕的父母，都一定曾經在某個時刻愛著自己的孩子。茱德就是這樣說的。「要不然，人就當不成人了。我就是沒辦法想像，不愛自己孩子，還能算是人。」她低語。然後她堅持說那一定是她的錯，因為她無法想像會有孩子生來本惡。如果一個男孩原本那麼小、那麼無助，卻長成了這麼恐怖的大人，一定是母親的錯，她很確定是這樣。儘管艾莎說，阿嬤總是說，有些人真的就是屎，有錯也是那個屎的錯，並不是任何人的錯。

「可是山姆一直都那麼憤怒。我不知道那些氣打哪裡來。我的內在一定有什麼黑暗，傳給了他，我不知道是哪裡來的。」茱德低語，非常挫敗。

接著她講起這男孩在成長期間，很好鬥，老愛折磨學校的孩子，總是追著那些與眾不同的孩子跑。等他成人了，就加入軍隊前往遙遠的土地，因為他渴望戰爭。他在那裡認識了一個朋友，是他頭一個真正的朋友。看到的人都說這份友誼改變了他，帶出了他內在的善良。他朋友也是軍人，不過是不同種的軍人，是那種沒有戰鬥渴望的人。兩人如影隨形。山姆說這個朋友是他所見過最勇敢的戰士。

他們一起回到家鄉，這個朋友介紹一個女生朋友給山姆認識，她在山姆身上看到了優點，一時之間，雷納特跟茱德也在兒子身上瞥見了別種樣貌，一個超越黑暗的山姆。

「我們以為她救得了他，我們都好希望她救得了他，因為這樣就像童話故事，對於活在黑暗中這麼久的人，很難不去相信童話故事。」茱德承認，雷納特此時緊緊握住她的手。

「可是人生總是會出現各種難以預料的事，」雷納特嘆氣，「在很多童話故事裡也一樣，也許不是山姆的錯，也許全是山姆的錯。每個人是不是要為自己的行為負起全部責任，也許應該找比我有智慧幾倍的人來判定。可是山姆又上戰場了，回國的時候變得更黑暗。」

「他以前是個理想主義者，」茉德陰鬱地插了話，「儘管滿肚子的仇恨跟憤怒，還是個理想主義者，所以才想去當兵。」

接著艾莎問茉德跟雷納特，電腦能不能借她。

「我是說，如果你們有電腦的話！」她語帶歉意補充，因為她想到自己曾經為了同樣的事情，跟狼心交涉了老半天。

「我們當然有電腦，」雷納特困惑地說，「這個年代誰沒電腦啊？」

就是說嘛，艾莎暗想，決定下次狼心出現的時候，要跟他提這件事。如果還有下次的話。

雷納特領著她經過臥房。在公寓遠端的小書房裡，他解釋說他們的電腦當然很老舊了，所以她必須要有點耐性。裡面的書桌上有一台艾莎所見過最笨重的電腦，電腦後側有個巨型盒子，地板上還有另一個盒子。

「那是什麼？」艾莎指著地上的盒子說。

「電腦主機。」雷納特說。

「那個呢？」艾莎指著另一個盒子問。

「螢幕。」雷納特說，按下地板那個盒子上的大按鈕，然後補充：「要等一分鐘左右才會開始跑，要稍等一下。」

「一分鐘！」艾莎脫口而出，然後喃喃說：「哇，還真是老。」

可是當那台老電腦終於開始運轉，在雷納特講了很多次「如果」跟「但是」之後，她終於連上了網路，找到自己想找的東西之後，回到廚房，在茉德對面坐下。

「所以意思是夢想家。我是說，理想主義者，意思就是夢想家。」

「嗯，嗯，也許可以這麼說。」茉德面帶和善的笑容說。

「不是『可以這麼說』，就是這個意思沒錯。」艾莎指正。

然後茉德用更和善的態度點點頭，說起了理想主義者變成犬儒主義者的故事，艾莎知道犬儒主義者的意思，因為艾莎的幼稚園有個老師就曾經這麼說她。艾莎的媽發現這件事的時候，掀起一陣軒然大波，但老師堅守立場。艾莎不記得確切細節，可是她想應該是她跟其他幼稚園小朋友說香腸是怎麼製作的那次。

她納悶自己會想到這些事，是不是某種防禦機制的關係。因為這個故事裡面的現實成分太高了。當你將近八歲時，常常面臨到的狀況就是眼前有太多現實。

茉德描述山姆加入新戰役，那個朋友也在他身邊。連續好幾個星期，他們都在保護一座村莊免於受到襲擊，攻擊者想殺掉住在那裡的村民們，茉德不曉得原因何在。到最後，他們接獲上級的命令，要他們棄守那個地方，可是山姆的朋友拒絕了。他說服山姆跟其他士兵留下來等村子安全了再說，然後車子能載走多少受傷的孩子就盡量載，以便送往好幾英里外、離村子最近的醫院。因為山姆的朋友認識在那裡執業的醫生，大家都說她是世上醫術最棒的外科醫師。

他們駛經沙漠的時候，卻碰上地雷。爆炸的狀況慘不忍睹，火跟血就像雨水一樣紛紛落下。

「有人死掉嗎？」艾莎問，其實並不想知道答案。

「全都死了。」雷納特說，不想大聲說出口。只有山姆的朋友跟山姆活下來。山姆失去意識，可是朋友把他拖離火海。朋友只來得及救山姆一個人。朋友臉上插著彈片、嚴重燒傷，但聽到了槍響，明白他們受到了伏擊，於是掄起步槍，衝進沙漠掃射不停，最後只剩他跟山姆躺在沙漠裡流血喘氣。

那些朝他開火的人都是男孩，都是小孩，就像那些士兵想救援的孩子。山姆的朋友雙手沾滿他們的鮮血，站著俯瞰他們的屍體時，才看明白了。從此以後他就變了。

他還是想方設法扛著山姆越過沙漠，一直來到醫院才停下腳步。艾莎的外婆朝他們奔去，最後救了山姆一命。山姆一腿永遠會有點跛，可是會活下來。山姆就是在那家醫院，抽起阿嬤那牌香菸。阿嬤也在信中為這點道歉。

茉德把相簿小心翼翼放在艾莎面前，彷彿那是個有感情的小生物。茉德指出一張罹病男孩母親的照片。她穿著婚紗站在雷納特跟茉德之間，三個人都在笑。

「我想山姆的朋友愛她，可是介紹她給山姆認識之後，沒想到他們卻墜入愛河。我想山姆的朋友什麼都沒說，兩個人的感情好得像兄弟，妳能想像嗎？我想他朋友人太好，所以沒把自己的感覺說出來，妳懂嗎？」

艾莎懂。茉德漾起笑容。

「山姆的朋友啊，一直是個心地柔軟的男孩，我一直覺得他有詩人的靈魂。他跟山姆啊，兩個人很不一樣。實在很難想像，為了救山姆一命，他會做出那樣的事情。很難想像，他們去的地方會把他變成這麼可怕的……」

茉德沉默好久，憂傷得無法自抑。

「……戰士。」她低語，一頁頁翻著相簿。

艾莎不用看就知道相片裡是誰。

是山姆。穿著軍服站在沙漠的某個地方，身子倚在枴杖上。隔壁站著艾莎的阿嬤，脖子上掛著聽筒。兩人中間站的就是山姆的摯友。是狼心。

25 雲杉

魅影悄悄溜進米摩瓦斯王國，想綁架天選之子時，是雲獸救了他。米阿瑪斯由幻想構成，米摩瓦斯則由愛構成。沒有愛，就沒有音樂，而沒有音樂，就沒有米摩瓦斯，而天選之子就是整個王國裡最受鍾愛的。所以如果魅影抓走他，最後幾乎甦醒之地會整個滅亡。如果米摩瓦斯滅亡，米瑞瓦斯也保不住；如果米瑞瓦斯滅亡，米阿瑪斯也會跟著滅亡；如果米阿瑪斯滅亡，米歐達克斯也會滅亡；如果米歐達克斯滅亡，米普羅里斯也會踏上滅亡之路。因為沒有音樂，就不會有任何夢想；沒有夢想，就不可能有任何童話故事；沒有童話故事，就不可能有任何勇氣；沒有勇氣，就沒人能夠忍受任何憂傷；沒有了音樂、夢想、童話故事、勇氣跟憂傷，幾乎甦醒之地裡只會剩下一個王國：米巴塔羅斯。可是米巴塔羅斯無法單獨存在，因為沒有了其他王國，那裡的戰士就變得一文不值，因為他們再也沒有奮戰的目標。

要有奮戰的目標——這個概念也是從哈利波特偷來的。可是艾莎原諒阿嬤，因為這個概念很不錯。如果東西不錯，你就可以偷來用。

雲獸看到魅影在米摩瓦斯的房子之間偷偷摸摸，於是做了雲獸會做的事：牠們像箭矢一樣往下射去，再像大船一樣再次向上飛騰。牠們把自己變成單峰駱駝、蘋果跟抽雪茄的老漁夫。魅影自投羅網，不久就搞不清楚自己在追什麼人或東西。然後雲獸一口氣全部失去蹤跡，其中一匹載著天選之子離去，一路前往米阿瑪斯。

無盡戰役就是這樣開場的。要不是有雲獸，戰爭可能當天當場就結束，而魅影會是贏家。

艾莎整晚都在幾乎甦醒之地。現在只要她想去，隨時都可以去，彷彿不曾遇過難題。她不知道原因何在，但推想是因為她現在豁出去了。魅影現在來到現實世界，艾莎知道他是誰，她知道阿嬤以前的樣子，也知道狼心是誰，所有的事情都拼湊起來了。她再也不害怕了。她知道這場戰爭終究會來，避無可避。單是知道這點，就讓她充滿了詭異的平靜感。

幾乎甦醒之地不像之前夢到的那樣在燃燒。不管她騎到哪裡去，到處一片祥和美麗。只有在她醒來的時候，她才意識到自己一直避開了米阿瑪斯沒進去。其他五個王國她都去了，連米巴塔羅斯在無盡戰役之前的原址都去了，可是一直沒去米阿瑪斯，因為她不想知道阿嬤是不是在那裡，不想知道阿嬤不是在那裡。

爸站在她臥房門口。她頓時清醒無比，彷彿有人對著她鼻孔噴薄荷油。（題外話，如果想把某個人叫醒，薄荷油有效到誇張。要是你有艾莎那種阿嬤，就會懂得這種事。）

「怎麼了？媽生病了嗎？半半怎麼了嗎？」

爸一臉猶豫，稍微不知所措。艾莎將睡意眨掉，想起媽到醫院開會去了，因為媽離開以前試著要把艾莎叫醒，但艾莎裝睡。喬治就在廚房，因為他稍早進來問她要不要吃蛋，可是她當時也裝睡。所以她一臉困惑地瞅著爸爸。

「今天不是我們要一起住的日子吧？」

爸清清喉嚨，父親們過去做某件事，是因為這件事對女兒來說相當重要，現在卻變成女兒之所以配合著做，是因為這件事對父親很重要，突然察覺這一點的父親，往往會露出爸此刻的表情。這兩者真的是一線之隔，不管是父親或女兒都不會忘記，他們何時越過了這條線。

艾莎在腦袋裡數算日子，馬上想起來，立刻開口道歉。她說得沒錯，今天不是到爸家住的日子。不過，她弄錯的地方是，今天是耶誕前一天，忘記這件事情還真糟糕。因為耶誕前一天是她跟爸兩人專屬的日子，也就是耶誕樹日。

如同這個名稱的微妙暗示，艾莎跟爸會在這天一起去買耶誕樹。想也知道是塑膠的，因為艾莎拒絕買真樹。因為爸非常喜歡這種年度傳統，所以艾莎堅持每年買一株新的塑膠樹。有些人發現這種傳統有點怪，但阿嬤以前總說：「爸媽離了婚的小孩，有權利偶爾變得有點他媽的怪。」

這整件塑膠樹的事，媽當然很氣阿嬤，因為媽喜歡真正雲杉的氣味，媽總是說，塑膠樹是阿嬤拿來騙艾莎的。因為阿嬤跟艾莎說過米阿瑪斯耶誕樹舞會的故事，凡是聽過那個故事的人，都不會想要被人截肢、賣作為奴的雲杉。在米阿瑪斯，雲杉是會思考的生物——想想它們還是針葉樹呢——對室內設計有莫名強烈的興趣。

它們不住森林，而是住米阿瑪斯的南區，那裡近年來變得很時髦，它們常常在廣告業工作，在室內還會圍圍巾。每年一次，在第一次降雪過後不久，所有的雲杉都會聚在城堡下方的大廣場上，競爭耶誕節待在某人家裡的權利。由雲杉選擇去哪個家，而不是反過來，這個選擇要由舞蹈比賽來決定。在以前的時代，雲杉會為了這件事舉行決鬥，可是它們的瞄準能力很差，以前決鬥總是要耗上好多時間。所以現在它們改為舉行雲杉舞蹈比賽，這種比賽看起來有點不尋常，因為雲杉並沒有腳。如果有一棵非雲杉的樹想模仿雲杉，只要上下跳動就可以了。這點還滿方便的，尤其在擁擠的舞池上。

艾莎知道這點，因為爸在跨年夜喝了一杯半的香檳之後，有時候就會在廚房跟莉賽特一起跳雲杉舞。可是對爸來說，那只是普通的「跳舞」。

「抱歉，爸，我真的知道今天是什麼日子！」艾莎大喊，跳進牛仔褲，套上毛衣跟夾克，衝進走廊，「我只是要先做一件事！」

艾莎昨天晚上把烏爾斯藏在雷諾裡。她從茉德那裡帶了桶肉桂捲下去，對牠耳提面命，如果有人到車庫來，務必躲進後座的毯子底下。「你必須假裝自己是一堆衣服，或是電視機，或是其他東西！」艾莎提議，雖然烏爾斯並未露出信服的表情。於是艾莎不得不去找茉德，拿了一袋美夢回來，享用完餅乾之後，烏爾斯終於讓步，悄悄爬進毯子底下，不過，看起來不像電視機就是了。

艾莎道了晚安，悄悄溜回樓上，站在羅病男孩跟他母親公寓門外的黑暗裡。她正準備要按下門鈴，卻遲遲動不了手。她不想再聽到更多故事，不想知道魅影跟黑暗的事情，所以只是把那封信塞進門上的開口，然後拔腿跑走。

他們母子的公寓門今天鎖住了，其他公寓門也是。醒著的人出門去了，剩下的都在睡。艾莎聽到幾層樓上頭傳來肯特的說話聲，雖然他輕聲細語，因為樓梯井就是有這種傳音效果。艾莎知道這點，因為「傳音效果」是她曾經放進字罐裡的字。她聽到肯特竊竊私語：「嗯，我保證今天晚上會回來。」可是當她走完最後一段階梯，路過烏爾斯跟狼心的公寓、羅病男孩跟他母親的公寓時，肯特突然放大音量喊道：「是，克勞斯！在法蘭克福！對、對、對！」然後轉身假裝自己剛剛才注意到艾莎站在他背後。

「你在幹嘛？」艾莎起疑地問道。

肯特裝模作樣請克勞斯在線上等候，電話線上根本沒有克勞斯的時候，人就會這樣。肯特穿著英式橄欖球衫，上面印著號碼，胸前有個騎馬的小男人。肯特以前就跟艾莎說過，這種球衫一件要花一千多克朗[14]。阿嬤以前總是說，那種球衫是好東西，因為那匹馬就是製造商向大家發出的警告，提醒大家這件球衫裡頭可能有個呆瓜。

「妳想幹嘛？」肯特嘲諷。

艾莎盯著他，然後瞅著他沿著樓梯井擺放的裝肉小紅碗。

「是什麼東西？」

肯特迅速地將雙手往外一拋，差點把克勞斯丟去撞牆。

「那頭獵犬還在這邊亂跑，會降低租賃持有轉型的房價！」

艾莎謹慎地倒退走，一直盯著那些碗不放。肯特似乎明白自己表達得有點笨拙，於是再接再厲，換了種語調。肯特那種年紀的男人認為，跟艾莎那種年紀的女生講話時，如果要讓她們聽懂，就該用這種口吻。

「布蕾瑪莉在樓梯上找到狗毛，妳懂吧，親愛的？我們不能讓野生動物在這棟建築中亂跑——會降低租賃持有轉型的房價，懂嗎？」他露出高高在上的笑容，她可以看出他正不安地頻頻瞟著手表。「我們又不是要殺了牠！只是稍微讓牠睡著一下，可以嗎？好了，妳乖，回家去找媽咪吧？」

艾莎心裡不大舒坦。她不喜歡肯特說到「睡著」時，用手指在空中畫出引號。「你在跟誰講電話？」

---

14 Crown，瑞典錢幣。一克朗大約0.11美金。

「克勞斯，德國的生意接頭。」肯特回答的方式，就像根本沒這回事。

「最好是啦。」艾莎說。

肯特的眉毛一沉。

「妳在擺臉色給我看嗎？」

艾莎聳聳肩。

「我想妳現在應該回家找媽咪去。」肯特重複，語氣微帶脅迫。

艾莎指著那些碗。「裡面有毒藥嗎？」

「聽著，小妞，流浪狗就是害蟲，我們不能讓害蟲在這裡跑來跑去，也不能讓廢鐵堆留在車庫裡，各式各樣的狗屎東西都不行。會拉低房價，妳不懂嗎？這樣做對大家都好。」

可是，當他提到「廢鐵堆」的時候，艾莎在他的語氣裡聽出某種不祥，於是拔腿奔過他身邊，衝下地下室階梯。她猛地推開車庫門，抖著雙手站在原地，心跳怦怦竄過全身。她回頭登上樓梯，每走一步，膝蓋就抖個不停。

「雷諾到哪裡去了！你對雷諾幹了什麼好事?!」她朝肯特大吼，對他揮拳，但只成功抓到了克勞斯，於是她把克勞斯丟下地下室樓梯，玻璃螢幕跟塑膠殼都砸壞了，以迷你的電器雪崩朝著儲藏區往下翻滾。

「妳他媽的發什麼神——該死……該死的發神經了嗎？妳這個傻孩子？妳知道那支電話多少錢嗎？」肯特大喊，然後跟她說電話要價八千克朗。

艾莎告訴肯特，她才不鳥那支電話多少錢。接著肯特眼中閃現虐待狂的光芒，告訴她他怎麼處置了雷諾。

她衝上階梯去找爸，但在倒數第二層突然停下腳步。布蕾瑪莉就站在她家門口，握著雙手搭在肚皮上，艾莎可以看出她正在冒汗。背後的廚房傳來耶誕菜餚的氣味，她穿著那件碎花夾克，別著大胸針，漆彈留下的粉紅污漬幾乎看不見了。

「妳千萬不能讓肯特殺死牠，」艾莎睜大雙眼懇求，「拜託，布蕾瑪莉，牠是我朋友……」

布蕾瑪莉迎上艾莎的目光，剎那間閃現了某種人味，艾莎看得出來。可是接著傳來了肯特的聲音，他從樓梯井呼喚布蕾瑪莉，要她拿更多毒藥下來，然後正常的布蕾瑪莉又回來了。

「肯特的孩子明天要過來，他們很怕狗。」布蕾瑪莉斬釘截鐵地解釋。

她撫平裙子上不存在的皺褶，拂去碎花夾克上的隱形東西。

「我們明天要在這裡舉行傳統的耶誕晚餐，會有一些正常的耶誕菜餚，就像個文明的家庭。我們不是野蠻人，知道吧。」

接著布蕾瑪莉使勁甩上門。艾莎留在原地，領悟到爸沒辦法解決這件事，因為在這類的緊急情況裡，猶豫不決不是很實用的超能力。她需要援兵。

她擂門超過一分鐘，才聽到阿爾夫拖著腳步走來。他拿著一杯咖啡來開門，咖啡的味道濃到她確定湯匙會卡在裡面。

「我在睡。」他咕噥。

「他要殺掉雷諾了！」艾莎啜泣。

「殺掉？這裡沒有什麼東西會被殺，那只是一輛他媽的車。」阿爾夫說，嚥下滿嘴咖啡之後打了個哈欠。

「那不是普通的車子！是雷諾！」

「哪個垃圾說要幹掉雷諾？」

「肯特！」

艾莎還來不及解釋雷諾的後座有什麼以前，阿爾夫已經放下咖啡杯、套上鞋子、起步下樓了。她聽到阿爾夫跟肯特吼來吼去，恐怖到她必須掩住耳朵。她聽不到他們在說什麼，只知道是一大堆髒話，肯特喊著什麼關於租賃持有的事，還有不能在車庫裡放「廢鐵堆」，免得大家誤以為整棟樓房裡住滿「社會主義者」——艾莎明白，肯特說「社會主義者」，就是轉個彎罵「他媽的白痴」。然後阿爾夫大喊「他媽的白痴」，阿爾夫的意思就是「他媽的白痴」，因為阿爾夫不喜歡讓事情變複雜。

接著阿爾夫再次踩著重步上樓，瞪大眼睛嘀咕著：

「那個混蛋找人把車拖走了，妳爸在嗎？」

艾莎點點頭。阿爾夫一語不發衝上樓，幾分鐘過後，艾莎跟爸就坐在小計裡，雖然爸根本不想。

「我不確定我想做這件事。」爸說。

「總得有人他媽的把那輛該死的雷諾開回家。」阿爾夫咕噥。

「我們要怎麼知道肯特把雷諾送到哪裡了？」艾莎問，與此同時，爸拚命不要露出超級猶豫的樣子。

「我計程車都開他媽的三十年了。」阿爾夫說。

「然後呢？」艾莎低嘶。

「所以我他媽的知道去哪裡找被拖走的雷諾！」

二十分鐘過後，一夥人站在郊區的廢鐵場上，艾莎擁抱雷納的引擎蓋，就像你擁抱雲獸那樣：用全身去抱。她可以看到後座那架電視機正在挪來挪去，不大高興自己不是第一個被抱的對象。可是如果你將近八歲，忘了去擁抱雷諾裡的烏爾斯，那是因為比起烏爾斯，你更替不小心找到烏爾斯的可憐廢鐵場工人擔心。

對於把雷諾開走要多少錢，阿爾夫跟胖嘟嘟的工頭吵了一下子。然後對於艾莎為何從沒提到她沒雷諾的車鑰匙，阿爾夫跟她吵了老半天。那個胖男人走來走去，嘀嘀咕咕說自己很確定稍早把電動自行車留在這裡，現在他媽的跑去哪了。接著阿爾夫跟胖男人商量，把雷諾拖回那棟樓房要多少費用，最後由爸付清這筆錢。

那是爸送艾莎最好的禮物，甚至比紅色簽字筆還棒。

回到車庫，阿爾夫確定雷諾好好停在了阿嬤的車位，而不是布蕾瑪莉的位置上。艾莎介紹爸跟烏爾斯互相認識的時候，爸瞪著烏爾斯，臉上的表情彷彿準備接受牙醫根管治療。烏爾斯怒瞪回去，態度有點自大。也太自大了吧，艾莎暗想，於是她狠狠斥責牠，問牠是不是吃了廢鐵場工頭的電動自行車。烏爾斯斂起自大的表情，走去躺在毛毯下面，一副好像在思考，如果大家不希望牠吃掉電動自行車，那麼肉桂麵包捲就該給得更慷慨。

教爸大大鬆口氣的是，艾莎跟爸說，他可以到奧迪裡等。接著艾莎跟阿爾夫把樓梯間的紅色食碗全都收走，裝進黑色大垃圾袋。肯特當場逮到他們，怒氣衝天說毒藥他媽的花了他六百克朗。布蕾瑪莉只是站在那裡。

然後艾莎就跟爸出門買塑膠樹了。因為布蕾瑪莉錯了，艾莎的家人可不是野蠻人。反正正確的說法應該是「咩—咩—人」[15]，因為在米阿瑪斯，雲杉就是這樣叫那些現實世界的蠢蛋，那些人會把活樹砍掉、載走，最後把那些樹賣為奴隸。

「三百。」艾莎對店裡的男人說。

「我親愛的，店裡不能講價。」男人說，講話語調就是意料中店員會用的那種，「要四百九十五。」

「兩百五。」

男人露出嘲弄的笑容。

「我只會給你兩百。」艾莎告訴他。

男人望著艾莎的爸，爸盯著自己的鞋子。艾莎看著男人，嚴肅地搖搖頭。

「我爸不會幫你的，兩百。」

男人的臉調整出某種表情，你看著可愛但愚蠢的孩子時，可能就會露出這種表情。

「事情不是這樣運作的，我親愛的。」

艾莎聳聳肩。「你今天幾點關門？」

「再五分鐘。」男人嘆口氣。

「你這邊有很大的倉儲空間嗎？」

「又有什麼關係？」

「只是好奇。」

「沒有，我們完全沒有倉儲空間。」

「你耶誕夜開店嗎？」

他頓住。「不開。」

艾莎嘟起嘴唇，佯裝詫異。

「所以你這邊有一棵樹，又沒有倉庫，明天是什麼日子，你再說一遍？」

艾莎用兩百克朗買到那棵樹，另外還免費拿到一盒陽台燈飾跟大到誇張的耶誕麋鹿。

「你絕對不能回店裡補錢給他！」爸把東西裝進奧迪時，艾莎警告爸。爸嘆口氣。

「那種事我只做過一次，艾莎，就那麼一次。而且那次妳對店員真的很不客氣。」

「人就是要談判！」

這是阿嬤教艾莎的。爸以前也很討厭跟阿嬤去買東西。

奧迪停在那棟樓房外面。一如既往，爸把音響音量調低，這樣艾莎就不用聽他的音樂。阿爾夫出來幫爸抬盒子，但爸堅持自己扛，因為把樹帶回家給女兒，是一項傳統。爸離開以前，艾莎想告訴他，等半半出生以後，她想更常去住他家，但她不想惹他難過，所以最後什麼也沒說。她只是低語：「謝謝你買樹，爸。」爸很開心，然後就回家去找莉賽特跟她的孩子。艾莎站在那裡目送他離開。

什麼都不說，就不會有人難過，所有將近八歲的孩子都清楚這點。

15 英文裡，形容人蠢笨的一種說法，就是將人比為羊。

26
披薩

在米阿瑪斯，耶誕節前一晚就先慶祝，因為耶誕故事就是在那個時間講的。在米阿瑪斯，所有的故事都被視為珍寶，可是耶誕故事是真正特別的東西。一般的故事可以是滑稽、悲傷、刺激、可怕、戲劇化或多愁善感，可是耶誕故事必須包含全部。「耶誕故事必須用你擁有的每枝筆來寫。」阿嬤總是說。而且耶誕故事必須有快樂的結局，這點是由艾莎獨力決定的。

因為艾莎不是傻瓜，所以她知道，如果故事開場有條惡龍，那麼故事結束以前那條惡龍會再出現。她知道，一切必須先變得更黑暗、更恐怖，最後一切才會否極泰來，因為最棒的故事就是這樣發展的。

她知道自己必須戰鬥，即使她已經厭倦戰鬥。所以這則童話故事必須有快樂的結局。必須有。

她下樓的時候，想念著披薩的味道。阿嬤說過，米阿瑪斯有條法律，就是必須在耶誕節吃披薩。阿嬤當然是胡說八道，可是艾莎跟著起舞，因為她喜歡披薩，而且如果你吃素，耶誕菜餚感覺就有點差勁了。

披薩有個額外的好處，就是能讓樓梯井瀰漫著某種烹調的氣味，會把布蕾瑪莉惹得火冒三丈。因為布蕾瑪莉會在她跟肯特的公寓前門掛上耶誕飾品，因為肯特的孩子總是在耶誕節過來，而布蕾瑪莉想要「讓每個人都覺得樓梯很賞心悅目！」而這麼一來，那些耶誕飾品就會被熏得一整年都有披薩味，而這點會激怒布蕾瑪莉，讓她譴責阿嬤「不文明」。

「**那個**臭老太婆有什麼資格說不文明?!沒人比我更他媽的文明了！」阿嬤嗤之以鼻，年年按照傳統，躡手躡腳，在布蕾瑪莉的耶誕飾品上掛滿小塊的披薩餃。耶誕節早晨，布蕾瑪莉會出現在媽跟喬治的公寓，心情惡劣至極，以她特有的方式把每件事都說兩次。阿嬤替自己辯駁，說它們是「耶誕披薩飾品」，說自己只是想「讓每個人都覺得很賞心悅目！」有一次，阿嬤還真的把一整個披薩餃塞進布蕾瑪莉跟肯特的信箱，結果那年的耶誕節早晨，布蕾瑪莉氣到忘記穿上那件碎花夾克。

一直沒人能夠解釋，要怎麼把整個披薩餃塞進某人的信箱。

艾莎在樓梯上克制地深深吸了幾口氣，因為她脾氣一來的時候，媽就要她這麼做。媽真的做了每件阿嬤絕不會做的事，比方說，要艾莎邀請布蕾瑪莉跟肯特，還有其他鄰居來家裡吃耶誕晚餐。阿嬤永遠不會做這種事。如果媽這麼提議，阿嬤會大吼：「先踩過我的屍體再說[16]！」艾莎意識到，阿嬤現在沒辦法這樣了，因為阿嬤的身體真的死了，不過艾莎還是心有不甘。這是原則問題啊，要是阿嬤人在這裡，就會這麼說。

可是艾莎現在沒辦法跟媽說不，因為艾莎她嘮叨半天之後，媽終於同意耶誕期間讓烏爾斯躲在阿嬤公寓裡。讓你帶烏爾斯回家的那種媽媽，你很難開口對她說不。即使艾莎說肯特想殺了烏爾斯，媽還是嘆著氣說艾莎「誇大其詞」。

16 Over my dead body，此處採字義，意思是「想都別想、門都沒有」。

另一方面來說，艾莎很高興烏爾斯馬上就對喬治起了反感。艾莎並不是覺得應該有人討厭喬治，其實正是因為沒人討厭過他，所以難得換個口味還不錯。

羅病男孩跟他媽打算搬進阿嬤的公寓。艾莎清楚這一點，因為她整個下午都在跟男孩玩藏鑰匙的遊戲，而媽、喬治、阿爾夫、雷納特、茉德跟男孩母親都坐在廚房裡談祕密。他們當然不承認有祕密，可是艾莎知道說祕密的語氣聽起來怎麼樣。當你快八歲的時候，就會知道這一點。她很討厭媽有祕密不讓她知道。當你知道有人藏著祕密不告訴你，你就會覺得自己像白痴，而沒人喜歡覺得自己像白痴。媽尤其應該懂得這一點。

艾莎知道他們在談的是，如果山姆過來，阿嬤的公寓防禦起來比較容易。她知道山姆遲早都會過來，而媽打算把阿嬤的大軍聚集在頂樓。媽叫茉德「打包關鍵物品」就好，還試著裝出事態毫不嚴重的語氣，艾莎當時跟烏爾斯在茉德與雷納特的公寓裡。然後茉德跟烏爾斯就把他們所能找到的餅乾罐，全部塞進大袋子。媽看到的時候就嘆口氣說：「拜託，茉德，我是說關鍵物品！」茉德一臉困惑看著媽回答：「餅乾就是關鍵物品啊。」

聽到這句話，烏爾斯開心地低吼，然後用失望而不是生氣的態度，刻意又推一罐巧克力花生餅乾到袋子裡。接著他們把那些餅乾都抬到阿嬤的公寓裡，喬治邀請大家到家裡喝香料酒。現在，所有的大人都坐在媽跟喬治的廚房裡，一起共享著祕密。

雖然布蕾瑪莉跟肯特的門上掛滿耶誕飾品，但是艾莎按響門鈴時，卻沒人應門。她發現布蕾瑪莉在樓下的走廊上，就在大門內側。布蕾瑪莉緊握雙手搭在肚皮上站著，悶悶不樂盯著那輛嬰兒推車，推車還鎖在樓梯欄杆上。她穿著碎花夾克、別著別針。牆上有一張新告示。第一張告示是寫著「此地禁放嬰兒推車」那張，後來有人把那張告示拿掉。現在又有人貼了新告示。嬰兒推車還在。艾莎走近的時候注意到，其實也不算是告示，而是字謎遊戲。

布蕾瑪莉看到她的時候，猛吃一驚。

「我想你們覺得這樣很好笑，」布蕾瑪莉開始說，「妳跟妳家人。故意害這棟房子裡的其他人看起來很蠢。可是我會追查到底，看看這件事誰該負責，儘管放心好了。在樓梯井停放嬰兒推車、一直在牆上貼告示，都會有火災的風險！那張紙可能會起火燃燒！」

她搓著別針上隱形的污漬。

「其實我不是白痴，真的不是。我知道這個租賃持有人協會裡的人，背地裡都在講我壞話，我知道就是！」

艾莎不大清楚在那個節骨眼上，自己的內心發生了什麼變化。可是一定是「不是白痴」加上「背地裡」這些字眼的關係，只是也許啦，艾莎的喉嚨裡竟然湧現了非常討厭、尖酸又發臭的東西。她花了好久時間才不得不噁心地對自己承認，那是同情的感覺。

沒人想要覺得像白痴。

於是艾莎完全不提，如果布蕾瑪莉希望大家「當面」多跟她說點話，可以先不要一直那麼他媽的愛管閒事。艾莎甚至沒提，租賃持有人協會根本不存在。艾莎只是嚥下了向來享受的自尊，嘀咕說：

「媽跟喬治想邀請妳跟肯特，明天過來吃耶誕晚餐。這棟房子裡的每個人都會參加。」

布蕾瑪莉的視線晃動片刻。艾莎一時想起她之前曾經浮現的神情，就是人味的表情，可是接著她似乎突然甩開那種表情。

「哎，哎，我沒辦法就這樣答應邀請，因為肯特現在到辦公室去了，家裡可是有工作要打理。妳可以把這個訊息轉給妳媽媽——不是每個人在耶誕節都能放假。肯特的孩子明天要過來，他們也不喜歡跑來跑去，去別人家參加派對什麼的，他們喜歡待在家裡陪我跟肯特。我們要吃點一般的耶誕菜餚，就像文明的家庭。真的。妳可以把這個訊息轉給妳媽媽！」

布蕾瑪莉氣呼呼地走開了。艾莎留在原地，搖頭喃喃：「呆瓜、呆瓜、呆瓜。」她看著嬰兒推車上方的字謎遊戲，她不知道是誰貼的，可是現在她恨不得這個點子是她先想到的，因為這樣做顯然把布蕾瑪莉氣瘋了。

艾莎回到樓上，去敲黑裙女人的門。

「我們明天要在家裡舉辦耶誕晚餐，如果妳想要，歡迎過來，」艾莎說，然後補充，「其實應該會滿不錯的，因為布蕾瑪莉跟肯特不會來！」

女人身子一僵。

「我……我不大會跟人相處。」

「我知道，可是妳好像也不大會獨處啊。」

女人瞅著她許久，用手緩緩耙梳頭髮。艾莎態度堅決地回望著女人。

「我……也許可以過去……待一下下。」

「我們可以買披薩！如果妳，那個，不喜歡耶誕食物的話。」艾莎滿懷希望地說。

女人微笑，艾莎報以笑容。

艾莎回樓上的時候，阿爾夫從阿嬤的公寓裡走出來。罹病男孩開心地繞著他轉，稍微跳了點舞。阿爾夫一手提著巨大的工具箱，瞥見艾莎的時候，試圖把工具箱藏起來。

「你在幹嘛？」艾莎說。

「沒什麼。」阿爾夫態度閃躲地說。

男孩跳進媽跟喬治的公寓，朝一大碗耶誕老人巧克力走去。阿爾夫想鑽過艾莎身邊下樓，但艾莎硬是擋住去路。

「那是什麼？」她指著工具箱問。

「沒什麼！」阿爾夫重複，試著藏在背後。

他身上有很濃的木屑味，艾莎注意到。

「最好是沒什麼啦！」她暴躁地說。

她試著別再覺得自己像白痴，但不大成功。

她望進公寓，看著男孩。他一臉開心，只有將近七歲的孩子站在一大碗耶誕老人巧克力面前，才可能露出那種開心的表情。艾莎納悶，男孩是不是在等真正的耶誕老人，不是用巧克力做成的那種。想也知道，艾莎不相信有耶誕老人，可是她對真正相信耶誕老人存在的那些人，充滿了信心。她以前每年耶誕節都會寫信給耶誕老人，不只是願望清單，而是整封信。那些信跟耶誕節的關係不大，主要在談政治。艾莎知道耶誕老人每年一定會大批大批地收到其他小孩寫的貪婪信件。她覺得耶誕老人對社會問題的參與度不夠，也相信應該有人通知他。總得有人負起一點責任。某年，在她看過一則可口可樂廣告之後，那一次的信主要在痛罵耶誕老人是「沒靈魂的叛徒」。又有一年，她在電視上看了報導童工的紀錄片之後，緊接著看了幾齣美國耶誕喜劇，因為她不確定耶誕老人對「精靈」（elf）的定義，是否應該跟北歐古老神話裡的精靈，或是住在托爾金[17]世界的森林裡那些精靈，畫歸成同一類，或者只是一般意義的「矮小的

17 Tolkien，英國文學家，著有《哈比人》、《魔戒》。

人，之類的」。她要求耶誕老人立即回覆她明確的定義。

耶誕老人一直沒回信，於是艾莎又寄了一封憤怒的長信。隔年，艾莎學會怎麼用Google，才知道耶誕老人之所以從不回信，是因為他並不存在。所以她不再寫信。隔天她跟媽、阿嬤提到耶誕老人不存在的事，媽難過到喝香料酒的時候嗆到。阿嬤看到這樣，就立刻誇張地轉身面對艾莎，假裝自己比媽更難過，劈頭喝叱：「不准妳這樣說，艾莎！妳只是遇到有缺陷的真實而已！」

媽笑也沒笑，阿嬤不以為意，倒是艾莎笑壞了，這點逗得阿嬤開懷極了。然後耶誕節前一天，艾莎收到了耶誕老人的來信，信中嚴厲斥責她，因為她「態度不佳」，接著是一段寫得慷慨激昂的冗長段落，從「妳這個不知感恩的死小鬼」開場，繼續寫說，就因為艾莎不再相信有耶誕老人，結果精靈們對於那年要領多少薪水，遲遲無法達成協議。

「我知道是妳寫的，」艾莎當時對阿嬤低嘶。

「妳又怎麼知道？」阿嬤很誇張地忿忿問道。

「因為連耶誕老人也不會呆到把『共同』，寫成共苘。」

然後阿嬤就沒那麼生氣了，還開口道了歉。接著阿嬤試著叫艾莎跑腿，到店裡買個打火機，說會「幫她計時」，看她跑得有多快。可是艾莎沒上當。

然後阿嬤就暴躁地拿出新買的耶誕老人服，祖孫兩人一起到阿嬤朋友工作的兒童醫院。阿嬤整天在醫院裡走來走去，跟那些重症孩童講童話故事，艾莎跟在阿嬤後面分發玩具。那是艾莎度過最棒的耶誕節。阿嬤答應要把這件事變成每年的傳統，可是這個傳統真爛，因為她們才做過這麼一次，阿嬤就死了。

艾莎先看看男孩，再看看阿爾夫，然後扣住他的視線不放。男孩瞥見一碗兔子巧克力、消失在公寓裡時，艾莎溜到玄關，打開那裡的五斗櫃，拉出耶誕老人服。她回到樓梯平台上，將那套服裝塞進阿爾夫的懷裡。

阿爾夫瞅著它，彷彿它想呵他癢。

「這是什麼？」

「看起來像什麼？」艾莎問。

「想都別想！」阿爾夫不屑地說，把服裝推回給艾莎。

「別以為你可以想都不想！」艾莎說，又把服裝推得更回去。

「妳外婆說，妳根本不相信什麼鬼耶誕老人。」阿爾夫嘀咕。

艾莎翻翻白眼。

「我是不信，可是全世界又不是繞著我轉，對吧？」

她指向公寓裡。男孩正坐在電視前面的地板上。阿爾夫望著他，悶哼一聲。

「幹嘛不去找雷納特？」

「因為雷納特沒辦法保密不讓茉德知道。」艾莎不耐煩地回答。

「這有什麼鬼關係？」

「因為茉德藏不住祕密，到時候大家都會知道！」

阿爾夫斜眼瞟著艾莎，遲疑不決地喃喃說，這倒是真的。因為即使把祕密黏在茉德的掌心裡，她也藏不住。喬治跟艾莎、羅病男孩那晚稍早在玩藏鑰匙遊戲的時候，茉德會在他們背後走動，反覆低聲說：「也許你們可以看看書架上的花盆裡唷。」艾莎媽媽向茉德解釋說，整個遊戲的重點就在於找出藏鑰匙的地方。茉德一臉鬱悶並說：「孩子們在找的時候，看起來好悲傷，我不希望他們悲傷嘛。」

「所以只能找你當耶誕老人。」艾莎總結道。

「喬治呢？」阿爾夫鍥而不捨。

「他太高了，而且會太明顯，因為他會在耶誕老人服外面套上慢跑短褲。」

阿爾夫一臉不覺得這有什麼差別。他不滿地在平台上跨了兩三步，走進玄關，視線越過五斗櫃邊緣，彷彿希望找出更好的方案。可是眼前只看得到床單，再來是艾莎的蜘蛛人服。

「那是什麼？」阿爾夫問，然後戳了戳，彷彿那個東西也會回戳他。

「我的蜘蛛人服。」艾莎嘟囔，試著要把櫃門關上。

「妳什麼時候有機會穿？」阿爾夫好奇，顯然想知道年度蜘蛛人節的確切日期。

「本來是開學的時候要穿，是班上的作業。」她砰地用力關上五斗櫃。阿爾夫捧著耶誕老人服站在原地，一臉興味索然，事實上一點興趣也沒有。艾莎鬼叫一聲。

「如果你一定要知道，我不能當蜘蛛人啦，因為看來女生是不能當蜘蛛人的！可是我不在乎了，因為我沒那個精力，一直該死的跟別人對抗下去！」

阿爾夫已經開始走回樓梯那裡。艾莎嚥下淚水，所以他沒聽到她在哭。或許他還是聽到了，因為他在欄杆角落那裡停下腳步，握拳抓皺了耶誕服，嘆口氣，說了點艾莎聽不到的話。

「什麼啦？」艾莎煩躁地說。

阿爾夫再次嘆氣，更用力了。

「我說妳外婆會希望，妳高興打扮成什麼，就他媽的打扮成什麼。」他匆促地重複，沒轉過身來。

艾莎把雙手用力推進口袋，低頭怒瞪地板。

「學校的人都說，女生不可以當蜘蛛人……」

阿爾夫拖著腳步走下兩階，停住，然後望著她。

「妳以為很多混帳沒跟她這樣說過嗎？」

艾莎瞅著他。

「她以前會打扮成蜘蛛人嗎？」

「不會。」

「那你在講什麼啊？」

「她打扮成醫生。」

「他們說她不能當醫生？因為她是女生？」

阿爾夫挪了挪工具箱裡的東西，把耶誕老人服塞進去。

「他們很可能跟她講了一堆她不准做的屁事，原因都不一樣。可是她還是照樣都做了。她出生之後幾年，他們還在說什麼女生不可以在見鬼的選舉裡投票，可是現在女生還不是照投。有混帳告訴妳，什麼可以做、什麼不可以做，就是該那樣挺身反抗。他媽的照樣做那些他媽的事。」

艾莎盯著自己的鞋子，阿爾夫盯著自己的工具箱。然後艾莎走進玄關，拿了兩個耶誕老人巧克力，自己吃了一個，另一個丟給阿爾夫。阿爾夫用閒空的手接住，稍微聳聳肩。

「我想妳外婆會希望，不管妳高興打扮成什麼鬼樣，就打扮成什麼鬼樣。」

語畢，他靜靜走開，打開公寓門的時候，義大利歌劇樂聲從裡頭滲出來，然後隨手關上了門。艾莎走進玄關，捧起整碗耶誕老人巧克力。然後牽起男孩的手，再叫烏爾斯過來。他們三個越過平台到阿嬤的公寓，一起爬進魔法衣櫥，那個衣櫥在阿嬤過世以後就不再擴張。衣櫥裡有木屑味。事實上，衣櫥裡的空間很神奇地擴張了，恰恰足以容納兩個孩子跟一隻烏爾斯。

羅病男孩大多閉著雙眼，艾莎帶他到幾乎甦醒之地。他們飛越了六個王國，轉往米摩瓦斯時，男孩認出自己的所在地。他跳下雲獸，開始奔跑。抵達城門時，米摩瓦斯的音樂流瀉出來，他開始手舞足蹈，舞姿曼妙，艾莎隨著他一起跳。

27 香料酒

那天稍晚，烏爾斯把艾莎叫醒，因為牠需要尿尿。她睡眼惺忪地喃喃說，也許烏爾斯不應該喝那麼多香料酒，然後試著倒頭再睡。可是遺憾的是，烏爾斯開始露出一副打算在葛來芬多圍巾上尿尿的表情，艾莎立刻把圍巾抽走，不情願地同意帶牠出去。

他們爬出衣櫥時，艾莎的媽跟罹病男孩的媽還沒睡，兩人正忙著鋪床。

「牠要尿尿。」艾莎疲憊地解釋。媽猶豫地點點頭，可是說艾莎必須找阿爾夫陪著去。

艾莎點點頭。罹病男孩的母親對她微笑。

「茉德告訴我，昨天把妳外婆的信放進我們家信箱的，可能是妳。」

艾莎盯著自己的襪子。

「我本來想按門鈴，可是我不想，嗯，打攪你們，之類的。」

男孩母親再次微笑。

「她寫了抱歉，我是說妳外婆。她說抱歉沒辦法繼續保護我們。她寫說我應該信任妳，永遠都是。然後叫要我試著要妳信任我。」

「我可以問妳一件可能有點沒禮貌的事嗎？」艾莎冒險開口，一面戳著自己掌心。

「當然可以。」

「妳怎麼受得了一直很害怕地活著？我是說，當妳知道外頭有山姆那樣的人在追殺你們？」

「親愛的，艾莎……」艾莎的媽低語，對著男孩母親投以抱歉的笑容。後者只是不以為意地揮揮手，表示一點也不要緊。

「妳外婆以前總是說，有時候我們就是必須做危險的事情，要不然我們就不算真的是人。」

「那個點子是她從《獅心兄弟》偷來的。」艾莎說。

男孩母親轉向艾莎的媽，一副想改變話題的表情，或許為了艾莎好，而不是為了自己。

「知道要生男還是生女了嗎？」

媽露出幾乎心虛的笑容，搖了搖頭。

「我們想等出生再說。」

「會是『她/他』。」艾莎告訴她。媽一臉尷尬。

「我以前也是不想提前知道，想等孩子出生再說，」男孩母親慈祥地說，「可是等他一出生，我馬上想知道關於他的一切！」

「對，沒錯，我也是這種感覺。寶寶是男是女都無所謂，只要健康就好。」

最後幾個字從媽的唇間溜出來時，媽立刻滿臉罪惡感。她的目光掠過艾莎並投向衣櫥，男孩正躺在那裡睡覺。

「抱歉，我不是故意要——」媽勉強擠出口，可是男孩的媽立刻打斷她。

「噢，不用道歉啦，沒關係的。我知道大家都怎麼說，可是他很健康啊。他只是什麼都多了一點，可以這麼說。」

「我喜歡什麼都多一點！」艾莎開心地驚呼，但接著一臉愧疚地嘀咕：「除了素食堡之外啦，我都會把蕃茄拿掉。」

然後兩個母親哈哈大笑，笑聲從牆壁反彈回來。看來大笑是她們兩個目前最需要的東西。所以即使艾莎不是故意逗她們笑的，還是決定歸為自己的功勞。

阿爾夫在樓梯等她跟烏爾斯。她不知道他怎麼會曉得他們要過來。樓房外面一片密實的漆黑，如果拋出雪球，雪球離開你手套以前，就已經看不見。他們悄悄溜過布蕾瑪莉的陽台下方，免得洩漏烏爾斯的行蹤。烏爾斯往後退進矮叢裡，一臉好像有份報紙什麼的可以邊上邊看會很好。

艾莎跟阿爾夫轉過身子以示尊重。艾莎清清喉嚨。

「雷諾的事，謝謝你幫我。」

阿爾夫悶哼。艾莎把雙手塞進夾克口袋。

「肯特是討厭鬼，應該有人對他下毒！」

阿爾夫緩緩轉過頭來。

「不要這麼說。」

「為什麼？」

「他媽的不要這麼說就是了。」

「什麼？他是討厭鬼，不是嗎？」

「也許是，可是妳就是不能在我面前這樣講他！」

「你還不是一直，欸，罵他『該死的白痴』！」
「對，我可以這樣罵，妳就不行。」
「為什麼不行？」
阿爾夫的夾克發出嘎吱聲。
「因為我可以講小弟壞話，妳就不行。」
艾莎花了好多個不同種類的永恆，才消化完這項資訊。
「我都不曉得，」她最後好不容易開了口，「如果你們是兄弟，為什麼還對對方這麼壞？」
「人沒辦法選擇兄弟姊妹。」阿爾夫喃喃。
艾莎不大知道怎麼回答。她想到半半。但她寧可不要去想，於是改變了話題。
「你為什麼沒有女朋友？」
「媽的不用妳管。」
「你有沒有愛過人？」
「我是該死的成人了。他媽的用腳底想也知道我愛過人，每個人在某個時候都會他媽的戀愛。」
「你那時候幾歲？」
「第一次嗎？」
「對。」
「十歲。」

「第二次呢？」

阿爾夫的夾克嘎吱響。他看看手表，開始走回屋裡。

「沒有第二次。」

艾莎正準備問別的，可是就在那時他們聽到了。或者說，是烏爾斯聽到了。是尖叫聲。烏爾斯從矮叢裡一躍而出，像支黑矛似地射入黑暗中。接著艾莎第一次聽見牠吠。她以為以前就聽過牠的吠聲，可是她錯了。跟這個吠聲比起來，她以前聽過的只能算是嗷叫跟哀鳴。這聲吠叫撼動了樓房的地基。這是戰呼。

艾莎先抵達那裡，她比阿爾夫還會跑。

布蕾瑪莉面色蒼白，站在距離大門幾公尺的地方。一袋食物掉在雪地上，棒棒糖跟漫畫雜誌從袋子裡撒出來。山姆站在不遠處。

手裡有把刀。

烏爾斯齜牙咧嘴，堅決地站在他倆之間，前掌就像水泥柱穩穩扎在雪地裡。山姆動也不動，但艾莎可以看出他猶豫不決。他緩緩轉身，看到了她，他的目光讓她的背脊為之粉碎。她的膝蓋直想發軟，陷進雪地，然後消失。那把刀在街燈的映照中閃出冷光。山姆的手懸在半空，身子因為恨意而僵硬。他的雙眼冰冷兇狠，一步步啃蝕著艾莎，但她看得出來，那把刀並未對準她。

艾莎可以聽到布蕾瑪莉在啜泣。艾莎不知道這個本能或勇氣打哪裡來的，也許純粹只是愚蠢——阿嬤以前總是說，她跟艾莎骨子裡都是那種腦筋有點問題的人，遲早會惹上麻煩——但她拔腿就跑，朝山姆奔去。她可以看到他自信滿滿地把刀子往下移了幾吋，在她一躍而起時，另一手像爪子一樣舉高要抓她。

可是她來不及衝到那裡。她一把撞上了某種乾燥烏黑的東西，聞起來有乾燥皮革的氣味。她聽到了阿爾夫夾克的嘎吱聲。

然後阿爾夫就站在山姆面前，展露出同樣不祥的身體語言。艾莎可以看到鐵錘從外套手臂裡滑入阿爾夫的掌心，他平靜地左右甩著鐵錘。山姆的刀子沒動。兩人都牢牢盯住對方不放。

艾莎不知道他們在那裡對峙多久。不知道為時多少個童話故事的永恆，感覺無止無盡，感覺久到自己彷彿有時間死去，彷彿那種恐怖正敲裂她的心。

「警察要來了。」阿爾夫終於低聲說，語氣彷彿覺得很惋惜。惋惜他們無法當下此刻自行了結。

山姆的目光鎮定地從阿爾夫轉向烏爾斯。烏爾斯聳起背毛，低吼的聲音彷彿從肺部發出陣陣雷鳴。山姆的唇上悄悄爬過一抹淡淡的笑容，時間久得令人難以忍受。然後他退後一步，任由黑暗吞噬了他。

警車失控般地衝入那條街，但山姆早已不見身影。艾莎往雪地裡一癱，彷彿原本在衣服裡的東西頓時抽空。她感覺阿爾夫接住她，聽到他對著烏爾斯低嘶，要牠趕在警察看到以前跑上樓。她聽到布蕾瑪莉氣喘吁吁，警察踩得雪地嘎吱響。但她的意識已經逐漸流失，飄得老遠。她覺得很丟臉，為了自己竟然這麼害怕而羞愧，於是閉上雙眼，遁入自己的內心。米阿瑪斯的騎士不曾因為恐懼而這樣難以動彈。真正的騎士應該要挺直背脊、堅守陣地，不會逃進睡意裡，但她就是忍不住。對於將近八歲的人來說，眼前有過多的現實。

她在阿嬤臥房的床上醒來，床上暖烘烘，感覺烏爾斯的鼻子抵住她的肩膀，於是伸手輕拍牠的腦袋。

「你好勇敢。」她低語。

烏爾斯的表情彷彿在說，也許牠有資格來片餅乾。艾莎溜出沾滿汗水的床單下了床，透過門口看到媽臉色灰敗站在玄關那裡，暴跳如雷地對著阿爾夫吼，氣到都哭了。阿爾夫忍氣吞聲，默默佇立原地。艾莎衝進媽的懷抱。

「又不是他們的錯，他們只是想保護我！」艾莎啜泣。

布蕾瑪莉打斷她的話。

「不，是我的錯！就是我的錯。一切顯然都是我的錯，婼莉卡。」

艾莎轉向布蕾瑪莉時，意識到茉德、雷納特、罹病男孩的媽也都在玄關裡。人人看著布蕾瑪莉。她雙手交握，搭在肚皮上。

「他本來站在門外躲著，可是我聞到了菸味，所以我告訴他，這個租賃持有人協會不准人抽菸！然後他就抽出那把……」

布蕾瑪莉一說到「刀」，就破了嗓子。她滿臉不悅，發現自己是最後得知某個祕密的人，就會露出這種表情。

「你們當然都知道他是誰！可是你們卻沒人想到先警告我一下，沒人，即使我是住戶協會的資訊部主管！」

她撫平裙子裡的一道皺褶，這次是真正的皺褶，那袋棒棒糖跟漫畫書在腳邊。茉德試著要把手溫柔地搭在布蕾瑪莉的手臂上，但布蕾瑪莉把手臂抽走。茉德露出惆悵的微笑。

「肯特呢？」茉德輕聲問。

「他在開商務會議！」布蕾瑪莉厲聲說。

阿爾夫看看她，再瞥瞥那個超市的袋子，然後再次看著她。

「妳這麼晚還在外面做什麼？」

「肯特的孩子來過耶誕節的時候，都要吃棒棒糖、看漫畫！一直都是這樣的！我剛剛去超市！」

「抱歉，布蕾瑪莉，我們只是不知道該說什麼。哎，至少妳今天晚上就待在這邊吧。如果我們都在一起，可能會比較安全？」

布蕾瑪莉從鼻尖掃視大家。

「我要在家裡睡覺，肯特今天晚上會回家。肯特到家的時候，我一向都在。」

綠眸女警登上樓梯，走到布蕾瑪莉的背後。布蕾瑪莉連忙轉身，那雙綠眸警戒地持續盯著她。

「妳早該出現了！」布蕾瑪莉說。綠眸女警一語不發。另一位警察站在她背後，艾莎可以看到，那個警察單是看到艾莎跟媽，就滿臉困惑，似乎想起了當初護送母女倆到醫院，結果一抵達，兩人就開溜那一次。

雷納特試著邀請他們兩個進門喝咖啡，那個暑期實習警察一副覺得喝咖啡比帶著警犬搜尋那個區域還好，可是長官嚴厲地瞟他一眼，他就對著地板搖搖頭。綠眸女警開口了，聲音毫不費力就灌滿了整個房間。

「我們會找到他的，」她說，視線依然緊盯布蕾瑪莉不放，「另外，布蕾瑪莉，肯特昨天打電話來通報的那條狗呢？他說妳在樓梯上發現狗毛，妳今天晚上看到牠了嗎？」

艾莎停止呼吸，都忘了納悶，綠眸女警為何直呼肯特跟布蕾瑪莉的名字。布蕾瑪莉環顧房間，輪流看著艾莎跟媽、茉德、雷納特、罹病男孩的媽，最後看看阿爾夫。阿爾夫面無表情。那雙綠眸掃過了玄關。艾莎反覆打開跟握起雙手，想讓雙手停止顫抖，掌心全是汗水。她知道烏爾斯就睡在她背後幾公尺的地方，就在阿嬤的臥房裡。她知道一切都完蛋了，她不知道該怎麼做才能阻止這件事。她可以聽到樓下都是警察，她絕對沒辦法帶著烏爾斯突破警察的重圍逃走，連烏爾斯也辦不到。他們會開槍打牠，會殺了牠。她忖度，那是不是魅影一直以來的計謀，因為魅影不敢跟烏爾斯正面對戰。沒了烏爾斯，沒了狼心，這座城堡毫無防禦力。

布蕾瑪莉看到艾莎盯著自己看時，噘起嘴唇，搭在肚皮上的手換了位置，然後用突然得到的自信，對著綠眸女警哼了哼。

「也許我跟肯特判斷錯誤，也許不是狗毛，可能是別的討厭東西。這陣子以來，有那麼多怪人在樓梯上跑上跑下，會留下什麼討厭東西也不奇怪。」她說，半是道歉、半是指責，然後伸手調整碎花夾克上的別針。

綠眸女警匆匆瞥艾莎一眼，然後輕快地點了下頭，彷彿這件事已經處理完畢，然後她要大家放心，說警方今晚會監視這棟樓房。大家還來不及多說什麼以前，兩個警察已經往樓下走。艾莎的媽沉重地呼吸，對布蕾瑪莉伸出一手，但布蕾瑪莉挪開了身子。

「你們藏住祕密不讓我知道，顯然覺得這樣很有意思。害我看起來一副白痴的樣子，很有意思，你們就是這樣想的！」

「拜託，布蕾瑪莉。」茉德試著說，但布蕾瑪莉搖搖頭，拿起袋子，踩著重步走出門口，好意地。

可是艾莎看到布蕾瑪莉離開時，阿爾夫露出的神情，烏爾斯帶著同樣的表情站在臥房門口。現在艾莎知道布蕾瑪莉是誰了。

媽也走下樓梯，艾莎不曉得為什麼。雷納特煮起咖啡。喬治拿出幾顆雞蛋，然後調了更多香料酒。茉德分發餅乾。罹病男孩的母親爬進衣櫥去找兒子，艾莎聽到他在笑。那是他不錯的超能力之一。

阿爾夫踏上陽台，艾莎跟在他後面。她躊躇不前，站在他背後好久，然後才加入他的行列，望著陽台欄杆外頭。綠眸女警正站在雪地裡，跟艾莎的媽講話。她的笑容就像那次在警局對阿嬤的笑法。

「她們認識嗎？」艾莎驚訝地問。阿爾夫點點頭。

「至少以前認識。她們在妳這個年紀，是最好的朋友。」

艾莎看著媽，可以看出媽還在生氣。然後瞥了瞥阿爾夫放在陽台地板角落的那把錘子。

「你本來打算殺掉山姆嗎？」

阿爾夫的眼神充滿歉意但坦誠無欺。

「沒有。」

「媽為什麼那麼氣你？」

阿爾夫的皮夾克微微起伏。

「她很氣，因為在場拿著錘子的，不是她。」

艾莎的雙肩一垂，摟住自己抵擋寒風。阿爾夫脫下皮夾克，披在她身上。艾莎在夾克裡拱起身子。

「有時候，我想我希望有人能殺了山姆。」

阿爾夫沒回答。艾莎看著錘子。

「我的意思是……給他好看。我知道人不應該認為其他人活該死掉。可是有時候，我不確定那樣的人有沒有資格活……」

阿爾夫倚著陽台欄杆。

「這是人性。」

「想要別人死掉，這樣算人性？」

阿爾夫平靜地搖搖頭。

「覺得不確定，是人性。」

艾莎在夾克裡將身子拱得更彎，試著要覺得勇敢。

「我很怕。」她低語。

「我也是。」阿爾夫說。

然後兩人沒再多談這件事。

大家都上床睡覺以後，他們帶著烏爾斯悄悄溜出去，可是艾莎知道媽看到他們出門了。她很確定綠眸女警也看到了。綠眸女警也在黑暗中的某個地方，守護著他們；狼心如果在，也會這麼做。狼心發誓說要永遠保護艾莎，人卻不在這裡，令她失望，她試著不要太苛責狼心，但不大成功。

她沒跟阿爾夫講話，他也什麼都沒說。這是耶誕節前夕，可是一切感覺都很古怪。

他們回頭上樓的時候，阿爾夫在布蕾瑪莉的前門外頭稍作停留。艾莎看到他望著那扇門的神情。他看著那扇門的模樣，彷彿曾經有第一次，卻再也沒有第二次，永遠再也沒有其他機會。艾莎望著那些耶誕飾品，飾品有史以來第一次沒有披薩的味道。

「肯特的小孩多大？」她問。

「都成人了。」阿爾夫恨恨地說。

「那麼布蕾瑪莉幹嘛說他們想要漫畫跟棒棒糖？」

「布蕾瑪莉每年耶誕節都邀他們過來吃晚飯，可是他們從沒來過。他們上次來的時候，還是小孩，那時候喜歡棒棒糖跟漫畫。」阿爾夫語氣空洞地回答。

他拖著腳步往樓上走，艾莎跟在後頭，烏爾斯留在原地。艾莎這麼聰明，竟然要花這麼久時間才想通為什麼。

兩個王子如此深愛米普羅里斯的公主，為了她的愛而爭鬥不休，最後反目成仇。米普羅里斯公主曾經有個寶物被巫婆偷走，現在公主就住在憂傷的王國。

而烏爾斯正在守護公主的城堡大門，因為這就是烏爾斯的職守。

28 馬鈴薯

艾莎沒有偷聽。她不是那種會偷聽的人，尤其在耶誕節早晨。

她只是在隔天一大早，湊巧站在樓梯那裡，聽到布蕾瑪莉跟肯特在講話。她不是故意要聽的——只是在找烏爾斯跟她的葛來芬多圍巾。肯特跟布蕾瑪莉的公寓門沒關。艾莎站在原地聽了一陣子之後，明白如果現在路過他們家門前，他們就會瞥見她，感覺就會像是她刻意站在樓梯上偷聽。於是索性停在原地不動。

「布蕾瑪莉！」肯特從裡頭嚷嚷——以回音來判斷，他人在浴室；照他喊叫的音量聽來，她人在很遠的地方。

「怎麼了？」布蕾瑪莉回答，聽起來好像離他很近。

「我該死電動刮鬍刀呢？」肯特吼道，沒有為了大吼而道歉。艾莎為了這點很討厭他。因為應該說「該死的」，而不是「該死」。

「第二個抽屜。」布蕾瑪莉回答。

「幹嘛放那邊？明明一直都放第一個！」

「一直都放第二個。」

另一個抽屜打開，響起電動剃刀的聲音，但肯特一點道謝的聲音也沒發出來。布蕾瑪莉走進玄關，拿著肯特的西裝傾身探出前門，動作輕柔地拂去一邊袖子上的隱形棉絮。她沒看到艾莎，至少艾莎認為她沒看到。正因為艾莎不大有把握，所以才意識到現在自己必須留在原地，裝出原本就該在那裡的樣子，彷彿只是出來檢查樓梯欄杆的品質或之類的，一點都沒在偷聽的模樣。整件事變得非常複雜。

布蕾瑪莉隱去身影，回到公寓裡。

「你跟大衛、潘妮拉講過了嗎？」她語氣愉悅地問。

「講了，講了。」

「他們什麼時候要來？」

「我會知道才有鬼。」

「可是我必須先計畫下廚的時間，肯特……」

「他們什麼時候來，我們就什麼時候吃——可能六點或七點吧。」肯特不當一回事地說。

「那是幾點，肯特？」布蕾瑪莉問，語氣憂慮，「六點還是七點？」

「老天爺，布蕾瑪莉，沒什麼該死差別。」

「如果沒什麼差別，也許就算六點半？」

「好啦，隨便啦。」

「你有沒有跟他們說，我們通常六點吃飯？」

「我們都是六點吃飯。」

「可是你有沒有跟大衛、潘妮拉講，我們都六點吃飯？」

「我們有史以來都是六點吃晚飯，他們到現在可能也搞清楚了。」肯特嘆口氣說。

「這樣啊。你覺得六點吃飯這個習慣有問題嗎？這麼突然。」

「沒有，沒有，就算六點啦。如果他們沒來，就是沒來，」肯特說，說得好像很確定他們不會來，「我現在得走了，我跟德國有會要開。」他補充，一面走出浴室。

「我只是想替全家安排一個不錯的耶誕節，肯特。」布蕾瑪莉垂頭喪氣地說。

「他們來的時候，再他媽的把菜加熱不行嗎?!」

「如果我事先知道他們幾點來，就可以抓準時間，他們一到，就熱騰騰地上菜。」布蕾瑪莉說。

「如果這種事有這麼他媽的重要，那就等大家到齊了再吃啊。」

「那大家幾點會到呢？」

「該死，布蕾瑪莉！我不知道！妳也知道他們是什麼樣——他們有可能六點到，也可能八點半到！」

布蕾瑪莉默默站著，過了陰森的幾秒鐘之後，接著深吸一口氣，試著穩住聲音，當你在內心狂吼，卻不希望表現出來的時候，就會這麼做。

「我們不能在八點半吃耶誕晚餐，肯特。」

「我知道！所以孩子們什麼時候到，就什麼時候吃！」

「沒必要生氣。」布蕾瑪莉說，聽起來有點生氣。

「我的該死袖釦呢？」肯特問，拖著打了一半的領帶，開始在公寓裡搖搖晃晃走著。

「五斗櫃的第二層抽屜。」布蕾瑪莉回答。

「不是通常都放第一層嗎？」

「一直都放第二……」

艾莎只是站在那裡，顯然沒有在偷聽。可是玄關裡掛著一面大鏡子，就在前門內側。艾莎站在樓梯上的時候，可以在鏡子裡看到肯特的映影。布蕾瑪莉替他把襯衫衣領整齊地往下摺在領帶上方，然後輕柔地拂了拂他西裝外套的翻領。

「你什麼時候回家？」她低聲問。

「我他媽的不知道，妳也知道德國人什麼樣子，不用等我。」肯特語氣閃躲地回答，抽開身子，往門口走去。

「你進門的時候，直接把襯衫放進洗衣機，拜託。」布蕾瑪莉說，輕著腳步跟在他後頭，拂去他褲腿上的什麼。

肯特看看手表，戴著名表的男人就會這樣看表。艾莎知道，因為肯特向艾莎的媽說過，他的手表要價超過起亞。

「放進洗衣機，拜託，肯特！你一回家，就直接放進去！」布蕾瑪莉呼喚。

肯特答也沒答就踏上平台。他瞥見艾莎，似乎不覺得她在偷聽，但就另一方面來說，看到她也沒露出高興的神情。

「喲！」他咧嘴笑著說，成年男性會說「喲」，因為他們以為小孩都這樣說話。

艾莎沒回答，因為她不這麼說話。肯特的手機響了，艾莎注意到，手機是新的。肯特的表情彷彿想跟她說這支要多少錢。

「德國打來嘍！」他對艾莎說，表情彷彿剛剛想起她牽涉到那起地下室樓梯的手機意外，害他上一支手機報銷。

他彷彿也想起了毒藥，還有毒藥的花費。艾莎聳聳肩，彷彿挑戰他來對打一場。肯特開始對著新手機大叫「是，克勞斯」，一面下樓消失了蹤影。

艾莎朝樓梯跨出幾步，但停在門口。她從玄關的鏡子裡看到了浴室，布蕾瑪莉就站在裡頭，小心翼翼捲起肯特電動刮鬍刀的電線，然後放進第三個抽屜。

布蕾瑪莉往外走進玄關，瞥見了艾莎，在肚皮上交疊雙手。

「噢原來啊原來……」布蕾瑪莉開始說。

「我沒有偷聽！」艾莎馬上說。

布蕾瑪莉動手撫平掛在玄關衣架上的外套，小心用手背拂過肯特所有的大衣跟夾克。艾莎把指尖塞進牛仔褲口袋，一面喃喃：「謝謝。」

布蕾瑪莉詫異地轉過身來。

「什麼？」

艾莎鬼叫一下，將近八歲的小孩必須道兩次謝的時候，就會有這個反應。

「我說謝謝，謝謝妳沒跟警察說——」艾莎說，在說出「烏爾斯」以前打住。

布蕾瑪莉似乎明白。

「小姐，妳應該早點跟我講那個恐怖東西的事。」

「那不是恐怖東西。」

「要是咬了人就是。」

「牠永遠不會咬人！牠從山姆的手中救妳出來！」艾莎低吼。

布蕾瑪莉一副準備要說什麼，但想想就算了的樣子，因為知道此話不假。艾莎正準備說什麼，但想想也算了，因為知道布蕾瑪莉還了這份人情。

艾莎透過鏡子望進公寓。

「妳幹嘛故意把刮鬍刀放錯抽屜？」艾莎問。

布蕾瑪莉拚命拂啊拂啊拂著裙子，然後雙手交疊。

「我不知道妳在說什麼。」布蕾瑪莉說，即使艾莎看出她清楚得很。

「肯特說一直放第一層抽屜，可是妳說一直放第二層。等他出門了，妳就收進第三層。」艾莎說。

接著布蕾瑪莉一臉心不在焉幾秒鐘，然後露出別種神情，也許是孤單，接著喃喃：

「對，對，也許是吧，也許我收進第三層了。」

艾莎把頭一偏。

「為什麼？」

接著一陣沉默，長達童話故事那種沉默的永恆。接著布蕾瑪莉低語，彷彿忘了艾莎就站在跟前：

「因為我喜歡他大聲喊我的名字。」

接著布蕾瑪莉關上門。

艾莎站在外頭，試著討厭她，可是不大成功。

29 瑞士蛋白霜

你不得不相信。阿嬤總是這麼說。你不得不相信什麼，才能夠理解那些故事。「重要的不是你到底相信什麼，可是一定有什麼是你相信的，要不然你乾脆忘掉整件該死的事情算了。」也許到最後，那就是這一切——這全部——的重點所在。

艾莎在這棟樓房外的雪地裡找到葛來芬多圍巾，是前一天晚上衝向山姆時弄掉的。綠眸女警站在幾公尺以外。太陽幾乎還未升起。艾莎踩過積雪的時候，發出爆米花似的嗶剝響。

「哈囉。」艾莎主動說。

綠眸點點頭，不發一語。

「妳不大喜歡講話，對吧？」

綠眸微笑。艾莎用圍巾兜住脖子。

「妳認識我阿嬤？」

女警的視線沿著樓房牆壁走，然後掃過那條小街。

「大家都認識妳外婆。」

「妳也認識我媽？」綠眸再次點點頭。艾莎瞇眼瞅著她。「阿爾夫說你們以前是好朋友。」綠眸再次點頭。艾莎忖度，有個同齡的死黨，會是什麼感覺。接著她默默站在女警身邊，看著旭日升起。儘管種種風波，今年的耶誕夜還是會很美。艾莎清清喉嚨，朝大門走回去，手搭在門把上停下腳步。

「妳一整個晚上都在站崗嗎？」

綠眸又點了點頭。

「如果山姆回來，妳會殺了他嗎？」

「我希望不要。」

「為什麼不要？」

「因為殺人不是我的工作。」

「那妳的工作是什麼？」

「保護。」

「保護他還是保護我們？」艾莎語帶譴責地問。

「兩邊都是。」

「危險的是他，不是我們。」

綠眸漾起笑容，但表情並不開心。

「我還小的時候，妳外婆總是說，如果想當警察，就不能選擇自己要保護誰，必須想辦法保護每個人。」

「她知道妳想當女警嗎？」艾莎問。

「我想當警察，就是因為她。」

「為什麼？」

綠眸開始微笑，這次的笑容是真心的。

「因為我小時候什麼都怕。她跟我說，我應該做我最害怕的事。說我應該嘲笑自己的恐懼。」

艾莎點點頭，彷彿這番話確認了她早已知道的事。

「黃金騎士就是妳跟媽，對不對？把訴說山從碼尚跟恐懼救出來，然後建造了米歐達克斯。就是妳跟媽。」

女警微乎其微地揚起眉毛。

「我想，我們在妳外婆的童話故事裡，代表了很多角色。」

艾莎打開大門，用腳撐住，然後停在原地。

「妳先認識我媽，還是先認識我阿嬤？」

「先認識妳外婆。」

「妳是她臥房天花板的其中一個小孩，對不對？」

綠眸正眼看著艾莎，再次露出真心的笑容。

「妳真聰明，她總是說，妳是她見過最聰明的女生。」

艾莎點點頭，大門在她背後關上。儘管種種風波，最後還是個美好的耶誕夜。

她到地下室儲藏區跟雷諾裡找過烏爾斯，但兩邊都空盪盪，她知道阿嬤公寓裡的衣櫥也是空的，而烏爾斯絕對不會在媽跟喬治的公寓裡，因為只要是健康的生物，絕對無法忍受在耶誕節早晨待在那裡。到了耶誕節，媽比平常更有效率。

媽每年通常在五月就開始採買耶誕節禮物。媽說那是因為她「做事有條理」，阿嬤以前總是不同意這種說法，說媽會這樣，其實是因為媽「很龜毛」，接著艾莎總是必須戴著頭罩耳機老半天。可是今年，媽決定要隨性跟狂野一點，所以一直忍到八月一號，才問艾莎耶誕想要什麼禮物。艾莎不肯跟媽說，媽就很生氣，儘管艾莎直言問媽是否明白，當人快八歲的時候，半年期間會有多大改變。於是媽照著一貫作風：照自己的意思去買了份禮物，結果不出所料：慘兮兮。艾莎之所以知道，是因為她曉得媽都把禮物藏在哪。提前五個月替一個快八歲的人買禮物，你又能期待什麼？

所以今年，艾莎會拿到三本書，主題各有不同，而這些主題在哈利波特裡都曾經透過幾個角色探討過。用來包三本書的包裝紙，艾莎非常喜歡。艾莎之所以知道，那是因為媽第一次準備的禮物完全派不上用場，艾莎在十月就跟媽講了，結果兩人吵了快一個月，後來媽放棄了，直接塞現金給艾莎，讓艾莎可以去買「自己想要的！」。然後艾莎就用自己非常喜歡的紙張包起來，把包裹放在媽那個「不大保得住祕密的」地方，稱讚媽好體貼啊好細心，知道女兒今年真正想要什麼。然後媽就說艾莎是「破壞耶誕節的鬼靈精」[18]。

艾莎喜歡上這種傳統。

她按了六次門鈴，阿爾夫才打開門。他披著晨袍，一臉煩躁，拿著尤文圖斯足球咖啡杯。

「怎樣？」他吼道。

「耶誕快樂！」艾莎沒回答，直接就說。

「我在睡。」他咕噥。

「今天是耶誕早晨。」艾莎通知他。

「我知道。」他說。

「那你怎麼在睡？」

「我昨天晚上熬夜到很晚。」
「熬夜在幹嘛？」
阿爾夫啜了口咖啡。
「妳來這裡幹嘛？」
「我先問的。」艾莎堅持。
「大半夜站在別人家門口的，又不是我！」
「現在不是大半夜，是耶誕節！」
他喝了更多咖啡。她煩躁地踢踢他的門墊。
「我找不到烏爾斯啦。」
「我知道。」阿爾夫隨意地點點頭。
「怎麼知道的？」
「因為牠在這裡。」
艾莎的眉毛猛地往上彈起，彷彿不小心坐到沒乾的油漆。
「烏爾斯在這裡？」
「對。」
「那你幹嘛不早講啊？」
「我他媽的不就講了。」

18 Grinch，是蘇斯博士筆下的故事虛構人物，這個精靈性情暴躁，討厭節日。

「牠為什麼在這裡？」

「因為肯特今天凌晨五點回來，牠沒辦法繼續坐在樓梯上。如果肯特發現牠還在這棟房子裡，他媽的準會報警。」

艾莎往阿爾夫的公寓一瞥。烏爾斯坐在地板上，舔著面前一只大金屬碗裡的東西。上頭寫著「尤文圖斯足球」，是在碗上，不是烏爾斯身上。

「你怎麼知道肯特幾點回家？」

「因為他開著那輛混帳BMW回來的時候，我就在車庫裡。」阿爾夫不耐煩地說。

「你在車庫幹嘛？」艾莎耐著性子說。

阿爾夫一副好像那是個笨到不可思議的問題。

「等他啊。」

「等了多久？」

「我他媽的說過，到凌晨五點。」他嘀咕。

艾莎考慮給他一個擁抱，但想想還是算了。烏爾斯從金屬碗裡抬起頭，一臉滿意至極。黑色的東西從牠鼻子上滴下來。艾莎轉向阿爾夫。

「阿爾夫，你是不是給烏爾斯……咖啡？」

「對。」阿爾夫說，一副好像不明白這樣可能有什麼問題。

「牠是動物耶！你幹嘛給牠咖啡啦？」

阿爾夫搔搔頭皮，對他來說，就等於是搔頭髮，然後調整一下晨袍。艾莎注意到，有一道粗重的疤痕越過他胸口。他看到她注意到疤痕，就一臉壞脾氣。

阿爾夫走進浴室，關起門來，等他再次現身，身上就披著印有計程車徽章的皮夾克，即使今天是耶誕夜。他們必須讓烏爾斯在車庫裡尿尿，因為現在這棟樓房外面有更多警察了。烏爾斯喝了一整晚咖啡，再怎樣也沒辦法憋很久。

在車庫裡尿尿——阿嬤會很愛這個點子。布蕾瑪莉肯定氣得跳腳。

他們上樓的時候，媽跟喬治的公寓瀰漫著氣味，是瑞士蛋白霜以及淋了伯那西醬[19]的焗烤麵，因為媽決定這棟樓房裡的每個人，今年要一起過耶誕。沒人反對，部分因為這個點子不賴，部分因為從來沒人會跟媽唱反調。然後喬治提議，每個人都應該準備一道自己最愛的餐點，把耶誕晚餐弄成耶誕自助餐。喬治就是這麼高明，這點讓艾莎怒火中燒。

羅病男孩最愛的食物就是瑞士蛋白霜，所以他媽替他做了這樣東西。唔，應該說，他媽把所有的材料拿出來，再來由雷納特替她把所有的蛋白霜材料從地上撿起來。男孩跟他母親一起跳舞的時候，最後茉德負責做瑞士蛋白霜。

接著茉德跟雷納特認為，一定要讓黑裙女人也有參與感，因為他們就是這麼善良，於是問女人是否有什麼特定的東西想準備。女人只是黏在公寓遠端的椅子上，一臉尷尬非常，喃喃說她已經好幾年沒下廚。「獨居的時候，就不會常下廚。」她解釋。然後茉德一臉難過，道歉自己神經太大條。然後黑裙女人替茉德覺得好難過，就做了淋了伯那西醬的焗烤麵，因為那是她兒子們最愛的餐點。所以大家就有瑞士蛋白霜跟淋了伯那西醬的焗烤麵，因為今年的耶誕節就

---

19 Béarnaise sauceis，用純化奶油跟蛋黃、白酒醋，加上香草植物調味的醬汁，呈淡黃色，常用來搭配烤肉、魚、牛排跟薯條。

是這個樣，儘管發生過種種風波。

茱德給烏爾斯兩桶肉桂捲。喬治到地下室去拿艾莎嬰兒時期洗澡用的浴盆，在裡面裝滿香料酒，有這個當誘因，烏爾斯同意先到阿嬤的衣櫥裡躲一個鐘頭，然後媽到樓下邀請屋外的警察上來。綠眸坐在媽旁邊，她們呵呵笑著。暑期實習警察也在，他是他們當中吃最多瑞士蛋白霜的，最後躺在沙發上睡著了。

黑裙女人默默坐在桌邊，在遠遠的角落裡。飯後，喬治忙著洗碗，茱德正在擦桌子。雷納特拿著備用咖啡坐在凳子上，等著濾煮壺煮好咖啡，確保濾煮壺不會使什麼性子。罹病男孩穿過公寓，越過平台，走進阿嬤的公寓。他回來的時候，嘴周沾滿肉桂捲碎屑，毛衣上沾了好多烏爾斯毛，就像有人邀請他參加變裝派對，而他決定打扮成地毯似的。他從艾莎的房間拿了條毯子，走到黑裙女人那裡，看著她許久許久，然後往上伸手，踮起腳尖，掐了掐她的鼻子。女人驚嚇得跳起身，男孩母親發出某種尖叫聲，朝孩子衝過去，自家孩子掐了陌生人的鼻子時，母親就會發出這種聲音。可是茱德輕柔地抓住男孩母親的手臂，攔住了她。男孩舉起拇指，在食指跟中指之間突出來，一面看著黑裙女人。茱德愉快地解釋：「這是一種遊戲，他假裝偷了妳的鼻子。」

女人盯著茱德，盯著男孩，盯著那個假鼻子，然後動手偷了男孩的鼻子。男孩笑得好大聲，窗戶開始搖得喀啦響。最後男孩裹著毯子，在女人懷裡睡著了。他母親面帶抱歉的笑容，想把他抱起來，一面抱一面說：「他通常不會這麼直接的。」

黑裙女人顫抖著碰碰男孩母親的手，低聲說：「如果……如果可以……我可以再多抱他一會兒？」

男孩母親用雙手包住女人的手。女人把額頭靠在男孩的頭髮上，低聲說：「謝謝。」

喬治調了更多香料酒，一切感覺幾乎都很尋常，一點都不可怕。警察謝謝他們的款待，再次下樓。茱德悶悶不樂看著艾莎，說她可以體會，耶誕夜屋裡有警察，對小孩來說一定很嚇人。可是艾莎握住她的手並說：「別擔心，茱德，這是耶誕故事，耶誕故事永遠有快樂的結局。」

茱德臉上的表情寫著，她相信。

因為你不得不相信。

30
香水

耶誕夜深夜，只有一個人因為心臟病倒下來，但有兩顆心破碎了。而這棟樓房再也不同以往。

一切始於男孩在傍晚時分醒來，覺得肚子餓。烏爾斯跟莎曼珊從衣櫥裡笨手笨腳走出來，因為香料酒喝完了。艾莎繞著阿爾夫走個不停，宣布說穿上耶誕老人服的時間到了。艾莎跟烏爾斯尾隨阿爾夫下樓到車庫去。他坐進小計，艾莎打開副駕駛座的門，把頭探進去，問他在幹嘛。他啟動車子，咕噥說：「如果我今天剩下的時間都要裝成耶誕老人，我要先跑去買份報紙。」

「我想我媽不希望我出門。」

「又沒人邀妳！」

艾莎跟烏爾斯不理他，逕自跳進車裡。阿爾夫開始痛批她說，不可以像那樣隨便跳進別人的車子。艾莎說這是計程車，碰到計程車就可以這樣做。阿爾夫暴躁地輕拍計程表，強調說搭計程車是要錢的。艾莎說，那她想要這趟車程當作耶誕禮物。阿爾夫臉臭了半天，然後上路實現艾莎的耶誕禮物。

阿爾夫知道有家書報攤連耶誕夜都營業。艾莎買了兩份冰淇淋。烏爾斯先吃光自己的，再把她的吃掉一半。這正是牠體貼無比的表現，如果你知道烏爾斯有多愛冰淇淋。牠灑了一點冰淇淋在後座上，可是阿爾夫只對牠吼了十分鐘左右，這正是阿爾夫體貼無比的表現，如果你知道阿爾夫有多討厭烏爾斯在小計後座灑冰淇淋。

「我可以問你一件事嗎？」艾莎問，雖然她很清楚，這件事也是個疑問，「烏爾斯的事情，布蕾瑪莉為什麼沒跟警察洩密？」

「她有時候滿囉唆的沒錯，可是他媽的不壞心。」阿爾夫澄清。

「可是她討厭狗。」艾莎堅持。

「啊，她只是怕狗啦。妳阿嬤剛搬進這棟房子的時候，都會帶一堆流浪狗過來。我、布蕾瑪莉跟肯特，我們那時候只是小鬼頭。有隻雜種狗咬了布蕾瑪莉，她媽就鬧翻了天。」阿爾夫說，難得一口氣講這麼多話。

小計開進街上。艾莎想起阿嬤講過的米普羅里斯公主故事。

「所以你從十歲就愛上布蕾瑪莉？」她問。

「對。」阿爾夫回答的態度彷彿這件事不證自明。艾莎驚訝得不得了，她看著他並等候著，因為她很清楚，唯有等候，才能讓他把整個故事講出來。當你快八歲的時候，就會知道這類的事。

得等多久，她就等多久。

過了兩個紅燈之後，阿爾夫認命地嘆口氣，雖然你不喜歡講故事，卻準備這麼做的時候，就會有這種反應。接著他說起了布蕾瑪莉，還有他自己的故事，雖然他原本沒有打算講自己的事。這段故事有一堆髒話，而且艾莎必須咬牙忍耐不去更正文法。可是經過一堆「如果」、「但是」以及幾個「該死的」之後，阿爾夫解釋了他跟肯特以前就在他目前住的那戶公寓長大，跟母親一起住。阿爾夫十歲的時候，有個家庭搬進了他們樓上的公寓，有兩個女兒跟阿爾夫、肯特同齡。那家母親是個知名歌手，父親一身西裝筆挺，總是在忙工作。姊姊英格麗顯然擁有過人的歌唱天賦。那家母親跟阿爾夫、肯特的母親解釋過，英格麗以後會成為明星，卻絕口不提另一個女兒布蕾瑪莉的事，但是阿爾夫跟肯特還是注意到她了，不可能忽略她的。

沒人記得那個年輕女醫大生何時第一次出現在這棟樓房裡。某天，她就住進頂樓大公寓了，當時那戶公寓佔滿整個頂樓，阿爾夫跟肯特的母親詢問過，為什麼她一個人住那麼大間公寓，女醫大生答說是「打撲克牌贏來的」。女醫大生當然常常不在家，不管她人在哪裡，身邊總是圍繞著怪裡怪氣的人，偶爾還會有流浪狗。有天晚上，她帶回一隻黑色大型雜種狗，顯然也是賭撲克牌贏來的，阿爾夫解釋。阿爾夫、肯特跟鄰居家的女兒們一心想跟牠玩；他們不明白牠正在睡。阿爾夫確定牠無意要咬布蕾瑪莉，只是一時不知所措。她也是。

之後，那條狗消失了。可是布蕾瑪莉的母親依然痛恨那個年輕女醫大生，不管別人怎麼說，都改變不了她的想法。後來在那棟房子外面的街道上發生了車禍。布蕾瑪莉的母親根本沒看到那輛貨車。那次撞擊搖撼了整棟樓房。那位母親從車子前座出來的時候，頭昏腦脹、無比困惑，身上只有幾處擦傷，可是沒人從後座出來。那個母親看到那堆鮮血的時候，發出了世上最恐怖的尖叫聲。年輕女醫大生穿著睡衣衝出來，滿臉肉桂捲碎屑。她看到後座的兩個女孩，她自己沒車，只能扛一個女生。她把門硬是撐開，看到一個還在呼吸，另一個沒了呼吸。她抱起還有呼吸的女孩，拔腿狂奔，一路跑到了醫院。

阿爾夫陷入沉默。艾莎問那個姊姊後來怎樣，阿爾夫沉默了三個紅燈，接著語氣非常苦澀地說：

「家長失去孩子，是他媽的可怕事情，那個家庭從此再也不完整了。那是一場混帳車禍，不是任何人的錯。可是她可能永遠都看不開，永遠也沒辦法原諒妳外婆。」

「為什麼？」

「因為她認為妳外婆救錯了女兒。」

艾莎的沉默久到像一百個紅燈。

「肯特也愛上了布蕾瑪莉嗎？」她終於問。

「我們是兄弟，兄弟都愛競爭。」

「然後肯特贏了？」

阿爾夫的喉嚨發出一個聲音，艾莎不確定是咳嗽還是笑聲。

「才怪，贏的是我。」

「那後來怎樣？」

「肯特搬出去，該死的太年輕就結婚了，娶了一個爛人，生了一對雙胞胎大衛跟潘妮拉。他很愛兩個孩子，可是那個女人把他搞得他媽的不快樂。」

「那你跟布蕾瑪莉呢？」

一個紅燈，再一個。

「我們那時候都年輕，年輕人都是他媽的白痴。我離開了，她留在這裡。」

「你去哪裡？」

「去參戰。」

艾莎盯著他。

「你也當過兵？」

阿爾夫用手掃過禿頂。

「我老了，艾莎，我見識過一堆鬼事。」

「那布蕾瑪莉後來怎樣？」

「我正在回家的路上，她來接我，想給我驚喜，結果看到我跟別的女人在一起。」

「你劈腿？」

「對。」

「為什麼？」

「因為年輕人都是他媽的白痴。」

紅燈。

「那你怎麼辦？」艾莎問。

「離開。」他回答。

「多久？」

「他媽的久。」

「然後肯特呢？」

「他離了婚，搬回來跟媽住。布蕾瑪莉還在。哼，反正他一直都愛她，所以就豁出去了。她爸媽過世的時候，他就搬進了她家公寓。肯特聽到風聲，說屋主可能會把整個地方當成租賃持有公寓賣掉，他們就留下來等著撈好處。他們結了婚，布蕾瑪莉可能想要生小孩，可是肯特覺得他有兩個小孩已經他媽的夠了，所以現在就變成這個樣子。」

艾莎把弄小計的置物箱，開開又關關。

「那參戰之後你幹嘛又回來？」

「有些戰爭是會結束的，而且媽生病了，總要有人照顧她。」

「肯特沒照顧她嗎？」

阿爾夫的指甲在他額頭上遊蕩，當指甲在回憶之間遊走、打開塵封已久的門時，就會這樣。

「肯特在媽活著的時候照顧過她，雖然他是個白痴，可是一直是個好兒子，這點倒要誇那個混帳一下。媽活著的時候，什麼都不缺。所以她快死的時候，輪我照顧她。」

「然後呢？」

阿爾夫搔搔腦袋，一副不確定答案的樣子。

「然後我就，欸……留下來了。」

艾莎嚴肅地看著他，深深吸了口拍板定案的氣，然後說：

「阿爾夫，我很喜歡你，可是你像那樣跑走，有點屎。」

阿爾夫再次咳嗽或發笑。

過了下個紅燈之後，他嘀咕：「布蕾瑪莉在妳外公過世以後，負責照顧妳母親。那時候妳外婆還常常出遠門，妳也知道。布蕾瑪莉現在是個囉唆鬼，以前不是。」

「我知道。」艾莎說。

「是妳外婆告訴妳的嗎？」

「算是吧，她跟我講過一個憂傷王國公主，還有兩個王子很愛她，最後恨起對方。還有烏爾斯被公主的爸媽驅逐出去，可是一發生戰爭，公主就把烏爾斯帶回來。還有巫婆從公主那裡偷走寶物。」

她沉默下來，叉起雙臂，轉向阿爾夫。

「我就是那個寶物，對不對？」

阿爾夫嘆氣。

「我不是很愛童話故事。」

「你也用點心好嗎！」

「布蕾瑪莉把自己的一生獻給從來不在家的男人，一直努力想要別人的孩子愛上她。妳外公過世的時候，她陪在妳媽媽身邊，也許那是她頭一次覺得……」

他似乎在尋找正確的字眼。艾莎幫了忙。

「被需要。」

「對。」

「然後媽長大了。」

「然後搬出去，去上大學。這棟房子變得他媽的安靜，他媽的好長一段時間都是。後來她帶著妳爸回來，而且懷了孕。」

「我本來會變成布蕾瑪莉的第二次機會。」艾莎點著腦袋低聲說。

「然後妳外婆回家了。」阿爾夫說，停在紅綠燈前。

針對這點，他們沒再多說太多。沒有更多要補充的時候，就會這樣。阿爾夫一時把手貼在胸前，彷彿夾克底下哪裡在發癢。

艾莎看著拉鍊。

「你那個疤是參戰受傷的嗎？」

阿爾夫的眼神有點起了戒心。她聳聳肩。

「你胸前有條超大的疤，你穿晨袍的時候被我看到了。對了，你真的應該買件新晨袍了。」

「我參加的不是那種戰爭，沒人對我開過槍。」

「這就是你沒壞掉的原因嗎？」

「像誰一樣壞掉？」

「山姆啊，還有狼心。」

「山姆從軍以前就已經壞掉了。不是所有的軍人都像那樣。可是看過那些小子看過的狗屎事，退伍回家的時候，就會需要幫忙。這個國家他媽的願意花幾十億來買武器跟戰鬥機，可是那些小子看過一堆狗屎事，回家來以後，卻沒人聽他們講話，連花個五分鐘都懶。」

他陰鬱地看著艾莎。

「大家都必須把自己的故事講出來，艾莎，不然會窒息。」

「那你是在哪裡弄出那個疤的？」

「是心律調節器。」

「噢！」

「妳知道是什麼嗎？」阿爾夫半信半疑地問。

艾莎的神情略微不悅。

「妳還真是個與眾不同的死小鬼。」

「與眾不同很好啊。」

「我知道。」

開上公路的時候，艾莎跟阿爾夫說鋼鐵人算是某種超級英雄，鋼鐵人身上也有某類的心律調節器，可是說真的更像電磁體，因為鋼鐵人的心臟裡有碎彈，要是沒有那個磁體，碎彈會把心臟戳破，這樣他就會必死無疑。阿爾夫的神情彷彿不大能體會這個故事的幽微之處，可是他還是沒插話地聽下去。

「可是他們在電影第三集的結尾，替他開刀，把磁體拿掉了！」艾莎興奮地告訴他，然後清清喉嚨，有點慚愧地補了一句：「我爆雷了，對不起。」

阿爾夫似乎不是很在意的樣子。老實說，他好像根本不知道「爆雷」是什麼意思，除非那是車子零件。

又下雪了，艾莎判定，如果她喜歡的人以前是屎，她必須學習繼續喜歡他們。如果你把曾經在某個時間點當過屎的人，全都取消被你喜歡的資格，你很快就不剩任何喜歡的人了。她暗地想著，這一定是這則故事的教誨。耶誕故事都應該有教誨。

阿爾夫的手機在座椅間的隔板響起。他看了看螢幕，看出是肯特的號碼。他沒接。鈴聲再次響起。

「你不接嗎？」艾莎納悶。

「是肯特，我想他又想講屁話，抱怨那個會計師跟那些負責租賃持有轉型的混帳，他滿腦子只有這件事，他媽的可以等明天再說。」阿爾夫嘀咕。

手機再次響起，阿爾夫不接。又響了第三次。艾莎心煩地接起來，即使阿爾夫臭罵她也不管。電話另一端是個女人，她在哭。艾莎把手機遞給阿爾夫，手機抵著他的耳朵顫抖著，他的臉透明起來。

現在是耶誕夜。小計迴轉之後，朝醫院駛去。

阿爾夫半個紅燈也沒停下來。

艾莎坐在走廊的板凳上，跟媽通電話，阿爾夫在一個房間裡跟醫生講話。護士以為艾莎是孫子，就告訴她說，肯特心臟病發作，但不會有大礙。

有個年輕女人站在房間外面，正在哭。她長得很美，渾身濃濃香水味。她對艾莎露出淡淡笑容，艾莎也回以笑容。阿爾夫走出病房，面無笑意地對著女人點點頭。女人沒正眼看他，就消失在門外。

阿爾夫悶不吭聲，只是邁步走回大門，踏進停車場，艾莎跟在後面。直到此時，艾莎才看到布蕾瑪莉。她在板凳上文風不動坐著，雖然外頭零下幾度，她只是穿著碎花夾克。她忘了戴別針。漆彈留下的污漬閃閃發亮。布蕾瑪莉的臉頰發青，轉著手指上的戒指，大腿上放著肯特的襯衫，散發剛洗好的新鮮氣味，經過完美熨燙。

「布蕾瑪莉？」阿爾夫的嗓音在夜色裡沙啞地響起，他在離她一公尺的地方停下腳步。

她沒回答，只是任由手在懷裡的襯衫衣領上游移，從衣褶處拂掉某種隱形東西，把一邊袖口細心地摺進另一袖口底下，然後撫平不存在的褶痕。

然後她抬起下巴，一臉蒼老。每個字似乎都在她臉上留下細細的痕跡。

「阿爾夫，其實我真的很會假裝。」她語氣堅定地低語。

阿爾夫沒回答。布蕾瑪莉低頭望著雪地，一面轉動婚戒。

「大衛跟潘妮拉還小的時候，總是說我很不會編故事。我一直想照著書唸。他們老是說：『編一個嘛！』可是我不懂，人為什麼應該坐在那裡亂編東西呢？明明有書，所有的東西一開始都已經好好寫下來了啊，我真的不懂。」

她現在拔高了音量，彷彿需要說服什麼人。

「布蕾瑪莉——」阿爾夫靜靜說，但她冷冰冰地打斷他。

「肯特跟孩子們說，我編不出故事，是因為我根本沒有想像力，可是這不是真的。我的想像力完美得不得了，我非常會假裝。」阿爾夫的手指耙過腦袋，眨眼眨了好久。布蕾瑪莉摟住懷裡的襯衫，彷彿那是個就快睡著的嬰兒。「如果我要在外頭跟他碰面，我總是會帶著一件剛洗好的襯衫，因為我不噴香水。」

她的語氣沉靜下來。「大衛跟潘妮拉沒來吃過耶誕晚餐，他們都說忙不過來。他們很忙，我可以理解，很多年來，他們一直在忙。所以肯特打電話說要在辦公室待幾個小時，只是幾個小時，說要跟德國開視訊會議，雖然德國明明也在過耶誕。可是他一直沒回家，所以我試著撥電話給他，他沒接，我留了語音訊息。最後電話響了，但不是肯特打的。」

她的下唇顫抖著。

「我不用香水，可是她用，所以我總是確定他有乾淨的襯衫可以換。我只要求這一點，就是他回家就應該脫掉襯衫，直接放進洗衣機。這樣要求很過分嗎？」

「拜託，布蕾瑪莉……」

她間歇地嚥嚥口水，一面轉動婚戒。

「是心臟病發，我知道，因為她打來告訴我，阿爾夫。她打給我。因為她受不了，她就是受不了。她說她沒辦法坐在醫院裡，知道肯特可能會死掉，而我完全不知情。她就是受不了了……」她一手搭上另一手，閉上雙眼，抖著聲音補充：「其實我有非常好的想像力，好得不得了。肯特總是說，他要跟德國人吃晚飯，或是班機因為下雪延遲了，或是只是要路過辦公室一下。然後我就假裝相信。我假裝的能力棒到連我自己都真的信了。」

她從板凳上起身，轉過身來，將襯衫萬般細心地掛在板凳邊緣。彷彿即使在這個節骨眼，也不准自己對這樣熨燙整潔的東西發洩情緒。

「我很會假裝。」她低語。

「我知道。」阿爾夫低語。

然後他們就把那件襯衫留在板凳上回家去。

雪已經停了。他們默默開著車。媽到前門來跟他們會合，她給艾莎擁抱，也試著要擁抱布蕾瑪莉。布蕾瑪莉跟她保持距離，但情緒並不激烈，只是帶著決心。

「我並不恨她，媧莉卡。」她說。

「我知道。」媽緩緩點著頭說。

「我不恨她，也不恨那隻狗，也不恨那輛車。」

媽點點頭，握住布蕾瑪莉的手。布蕾瑪莉閉上雙眼。

「我一點都不恨，媧莉卡，真的不，我只是希望你們聽我講話。這樣要求很過分嗎？我只是不希望你們把車留在我的車位上。我其實只是不希望你們佔走我的位置。」她轉著婚戒。

媽領著她上樓，一手堅定但深情地繞住碎花夾克。那晚，阿爾夫一直沒來公寓，但耶誕老人出現了。罹病男孩的雙眼一亮，有人跟孩子提到冰淇淋、煙火、爬樹、在水灘裡踩水，孩子的眼神就會這樣。

茉德在桌邊多排了份餐具，端出更多焗烤麵。雷納特煮了更多咖啡，喬治負責洗碗。禮物都發出去之後，男孩跟黑裙女人坐在地板上看電視上播的《灰姑娘》。

布蕾瑪莉有點不安地跟艾莎並排坐在沙發上。兩人瞅著對方，一語不發，但這可能就是兩人停止敵對的開端。所以，當媽叫艾莎別再吃耶誕老人巧克力，要不然會胃痛，但艾莎繼續吃個不停時，布蕾瑪莉什麼都沒說。當《灰姑娘》的邪惡繼母出現，布蕾瑪莉低調地起身，撫平裙子的褶痕，然後走到玄關去哭，艾莎跟了過去。

兩人一起坐在五斗櫃上，吃著耶誕老人巧克力。

因為你吃耶誕老人巧克力的時候，心情還是可能會低落，只是難度非常、非常高就是了。

31 花生蛋糕

第五封信從天而降，掉進艾莎懷裡，真的。

隔天早上，她在阿嬤的魔法衣櫥裡醒來。男孩還在睡，四周全是美夢，懷裡揣著哞哞槍。烏爾斯在艾莎的毛衣上滴了點口水，就像水泥一樣固定住了。

她躺在陰暗裡許久，吸進木屑的氣味。她想到阿嬤為了幾乎甦醒之地的一個故事，從哈利波特偷走的那句引文。從《哈利波特——鳳凰會的密令》來的，還滿諷刺的；為了體會這一點，必須先知道哈利波特小說跟哈利波特電影之間的差異，也要先知道「諷刺」的意義。

因為在哈利波特的電影版裡，艾莎最不喜歡的就是《哈利波特——鳳凰會的密令》這一部，儘管這一部裡有艾莎最愛的哈利波特引文之一。就是哈利跟朋友即將跟佛地魔開戰時，說他們有個優勢，因為他們有佛地魔缺乏的東西：「就是值得奮戰的目標」。

這很諷刺，因為這句引文不在小說裡，比起電影版，艾莎對原著的好感多好幾倍，不過這本也不是她最愛的哈利波特。現在這麼一想，說到底或許這並不諷刺。她必須好好查一查維基百科，她邊想邊坐起身。就在這時，那封信落入她的懷裡。信原本貼在衣櫥天花板上，她不知道貼在那裡多久了。可是這種事情在童話故事裡很合邏輯。

一分鐘過後，阿爾夫站在門口。他正在喝咖啡，一副徹夜未眠的模樣。他看著那只信封，上頭只寫著「阿爾夫」，字體大到沒必要。

「我在衣櫥裡找到的，是阿嬤寫的信，我想她想為什麼事情說抱歉。」艾莎告訴他。

阿爾夫發出「噓」聲，指指背後的收音機，她真的不喜歡這樣。廣播在報路況。「公路上出了什麼該死的意外，所有往市區的車子都卡了幾個小時。」他說，彷彿這種事艾莎會有興趣。並沒有——因為她對這封信實在太有興趣了。她囉唆了一堆之後，阿爾夫才讀信。

「上面寫什麼？」艾莎看他好像讀完了，馬上質問。

「寫了抱歉。」

「對，可是抱歉什麼？」

阿爾夫嘆口氣，這陣子以來他總對艾莎這麼嘆氣。

「這封該死的信是給我的，不是嗎？」

「她有沒有道歉說，每次都唸你走路不抬腳，鞋子磨得爛兮兮？」

「我的鞋子又怎麼了？」阿爾夫說，看著自己的鞋子。這個主題似乎不在信裡。

「沒事，你的鞋子一點都沒問題。」艾莎嘀咕。

「我這雙鞋都穿五年以上了！」

「很好的鞋子。」艾莎說謊。

阿爾夫表情不是很信任她的樣子。他再次一臉懷疑地低頭看著信。

「妳阿嬤過世以前，我們他媽的吵了一架，可以嗎？就在她必須住院以前。她跟我借了電動螺絲起子，一直他媽的懶得還，可是硬說他媽的已經還了，我很清楚他媽的從來沒還。」

艾莎嘆氣，這陣子以來她總對阿爾夫這麼嘆氣。

「有個傢伙罵髒話把自己罵到死，你聽過沒？」

「沒有。」阿爾夫說，彷彿那個提問是認真的。

艾莎翻翻白眼。「那阿嬤寫了什麼螺絲起子的事？」

「她只是寫抱歉弄丟了。」

他把信摺好，放回信封。艾莎固執地鎮守原地。

「還有什麼？我看到信裡不只那樣。我不是白痴，你知道吧！」

阿爾夫把信封擱在放帽子的橫架上。

「上頭抱歉了一堆事情。」

「很複雜嗎？」

「妳阿嬤這輩子沒什麼屁事是不複雜的。」

艾莎把雙手往口袋深處擠，低頭看著下巴裹著的圍巾上的葛來芬多徽章。盯著縫線處，學校女生把圍巾扯破後，媽幫忙補好的。媽還是以為，因為阿嬤帶頭爬動物園柵欄，所以圍巾才會扯破。

「你相信有來生嗎？」她問阿爾夫，沒正眼看他。

「他媽的沒概念。」阿爾夫說，語氣既沒有不愉快，也沒有愉快，就是阿爾夫典型的語氣。

「我是說，欸，你相不相信……天堂……那類的東西。」艾莎咕噥。

阿爾夫喝咖啡，思索這件事。

「那樣會他媽的複雜，我是說邏輯上來講。天堂那種地方不應該擠了一堆人。」他終於嘀咕。

艾莎細想這一點，明白了箇中的邏輯。說到底，對艾莎來說，天堂就是阿嬤所在的地方，但對布蕾瑪莉來說，天堂可能就是阿嬤絕對不在的地方。

「你有時候很有深度。」她對阿爾夫說。

他喝著咖啡，表情好像覺得那句話由八歲小孩講出來有點他媽的拗口。

艾莎原本打算繼續問他那封信的事，但當時來不及。她事後回想，覺得如果當初做出不同選擇，這一天的結局最後就不會這麼糟糕。可是那時已經遲了一步。

爸站在她背後的樓梯上，上氣不接下氣。一點都不像爸的作風。

艾莎瞪大眼睛先看看爸，再瞧瞧阿爾夫的公寓，然後瞅著那台收音機。因為童話故事裡是沒有巧合的。有個俄國劇作家曾經說過，如果第一幕牆上掛了把手槍，在最後一幕結束以前，那把槍就必須擊發。艾莎明白。到現在還不懂艾莎怎麼會明白這類事情的人，就表示一直都沒在專心。於是艾莎明白，廣播、公路車禍跟他們目前參與的這個童話故事，一定分不開關係。

「是……媽媽？」她好不容易開口。

爸點點頭，緊張地掃了阿爾夫一眼。艾莎的臉顫動著。

「她在醫院嗎？」

「對，她今天早上被叫去參加會議，是某種危——」爸正要說，可是艾莎打斷他。

「她車禍了，是不是？就是公路上的那個？」

爸一臉困惑至極。

「什麼車禍？」

「就那場車禍啊！」艾莎無法自已地重複。

「不……不！」接著他漾起笑容，「妳現在是大姊姊了。妳媽在開會的時候，羊水破了！」

艾莎聽不太進去，真的沒辦法。想也知道。雖然她很熟悉羊水破時，會發生什麼事。

「可是那個車禍呢？那跟車禍有什麼關係？」

她嘀咕。

爸露出超級遲疑的模樣。

「沒什麼關係啊，我想。我是說，妳是什麼意思？」

艾莎先看看阿爾夫，然後看看爸。她思考著這件事，用力到連鼻竇都緊繃起來。

「喬治呢？」她問。

「在醫院。」爸回答。

「他怎麼去的？廣播說公路大塞車！」

「用跑的。」爸說，內心微微刺痛，當爸爸們必須對新傢伙給點正面評語時，就會有這種感受。

此時艾莎浮現笑容。「喬治還滿會的。」她低語。

「對。」爸承認。

她判定，儘管種種，到了現在，廣播在這則童話故事裡或許也掙到了個位置。接著她焦慮地劈頭說：「可是如果公路塞住了，我們要怎麼去醫院？」

「就走他媽的老路啊。」阿爾夫不耐煩地說。爸跟艾莎看著他，彷彿他剛剛用假編的語言跟他們講話。阿爾夫嘆氣。「就那條舊路啊，該死。路過老屠宰場，以前那裡有工廠，專門出產換熱器，後來那些混帳把東西都搬到亞洲了。可以走那條路到醫院。告訴你們，現在的年輕人啊——他們以為整個他媽的世界就是一條公路。」

當下那一刻，艾莎正在想，她跟烏爾斯可以搭小計去。可是她臨時改變主意，決定改搭奧迪，因為她不希望爸爸難過。要不是她臨時改變主意，那一天到最後就不會變得那樣討厭跟恐怖，因為再不久就出事了。只要發生恐怖的事情，人總是會想：「如果我當初不是……」事後回顧，這一刻就會變成那種時刻之一。

茉德跟雷納特也決定一起去醫院。茉德帶了餅乾，雷納特都走到樓房大門了才決定帶咖啡濾煮壺過去，因為他擔心醫院可能沒有這種東西。即使有，雷納特也覺得可能是那種有一堆按鈕的現代咖啡機。雷納特的濾煮壺就只有一個按鈕，而他非常喜愛那個按鈕。

羅病男孩跟他母親也要一起去，還有牛仔褲女。因為他們仨現在有點像個團隊，這點讓艾莎相當滿意。媽昨天告訴她，現在有那麼多人住阿嬤的公寓，整棟樓房感覺就像X戰警住的地方——艾莎老是把X戰警住的地方掛在嘴邊。艾莎也按了布蕾瑪莉的門鈴，但沒人應門。

事後回想，艾莎會想起自己在嬰兒推車那裡稍作停留，就是鎖在樓梯井的那架。那張字謎告示依然貼在推車上方的牆壁上，而且有人解完了字謎。所有的方格都填好了，用的是鉛筆。

如果艾莎當時停住，稍微思考一下，也許事情就會有不同的結局。可是她沒停下腳步，於是事情就這樣發展下去。烏爾斯很可能在布蕾瑪莉的門口猶豫了片刻。如果烏爾斯當時這麼做了，艾莎也能理解，因為她認為，當烏爾斯不確定在這個童話故事裡，自己真正被派來保護的對象是誰，有時候就會有所遲疑。在一般的童話故事裡，烏爾斯專門負責守護公主。即使在幾乎甦醒之地，艾莎的身分也不曾超過騎士。可是，如果這隻烏爾斯有任何遲疑，也沒表現在外。牠跟著艾莎走，因為牠就是這樣講義氣的朋友。

要是牠沒跟艾莎一起走，也許事情會有不同的發展。

阿爾夫說服警方繞這個街廓巡邏一下，以便「確保每個人都安全」。艾莎永遠不知道阿爾夫對警察說了什麼，可是阿爾夫如果有心，就可以變得很有說服力。也許阿爾夫說他在雪地裡看過腳印，或者聽了對街的住戶說了什麼。艾莎不知道，但她看到經過漫長的商議之後，暑期實習警察坐進警車，綠眸也是。艾莎跟綠眸對上目光片刻，如果艾莎當場跟綠眸坦承烏爾斯的事，或許一切都會有不同的結局。但艾莎並沒有，因為她想保護烏爾斯，因為她就是這樣講義氣的朋友。

阿爾夫回到屋裡，下樓到車庫去牽小計。

警車繞過街頭的轉角時，艾莎、烏爾斯跟罹病男孩快步走出大門，跨越街道，坐進停在那裡的奧迪。孩子們先跳進車裡。

烏爾斯走到一半停下了，背毛直豎。

也許只過了幾秒鐘，但感覺恍如永遠。艾莎事後記得，當時覺得兩者皆是，彷彿她有時間思考十億個思緒，又彷彿她根本沒時間思考。

奧迪裡頭有個氣味，讓她覺得平靜到出奇。她不大知道為什麼。她透過敞開的車窗望著烏爾斯，還來不及意識到即將發生什麼事，只是納悶烏爾斯之所以不想跳進車裡，也許是因為牠在痛。她知道牠覺得痛，就像阿嬤最後全身上下無處不痛。

艾莎開始從口袋拿餅乾，因為烏爾斯的真朋友現在出門的時候，都至少會準備一塊餅乾應急用。可是她當然沒時間，因為她領悟到奧迪裡為什麼有那個氣味。

山姆從後座閃出來，艾莎感覺唇上一陣冰冷，因為他用手摀住了她的嘴。他的肌肉在她喉嚨周圍緊繃起來，她感覺他皮膚上的毛髮就像碎礫，透過葛來芬多圍巾的縫隙刮磨著她。她看到山姆瞥見男孩時，眼裡一時閃現的困惑。就在那一刻，山姆明白自己抓錯孩子了。她來得及明白，童話故事裡的魅影並不想殺死天選之子，只是要偷走他，把他變成自己的。魅影想殺的是從中作梗的人。就在山姆伸出另一手要抓男孩時，烏爾斯咬住山姆的手腕。山姆放聲狂叫，一時放開了艾莎，艾莎只有那短短一瞬間可以反應。她從後視鏡裡瞥見那把刀。

之後一切一片漆黑。

艾莎可以感覺自己正在狂奔，感覺自己牽著男孩的手，她知道他們必須趕到樓房大門去。他們必須搶時間放聲尖叫，好讓爸跟阿爾夫聽到。

艾莎看到自己的雙腳移動著，但帶領雙腳的並不是自己。她的身體憑著本能死命狂奔。她想，她跟男孩跑了十幾步之後，就聽到烏爾斯痛到椎心刺骨的嚎叫，她不曉得是男孩先放開她的手，還是她放開了男孩的手。她的脈搏跳得如此猛烈，連雙眼都感覺得到。男孩腳步打滑，摔倒在地。艾莎聽到奧迪的後門打開，看到山姆手裡的刀子，瞧見上頭的血跡。她做了自己唯一能做的事：盡可能拉起男孩，拔腿極力狂奔。

她很會跑，但她知道還不夠。她可以聽到山姆緊追在後，感覺男孩從她手中扯離時手臂上的拉力。她的心猛地一震，閉上雙眼，接下來只記得額頭上的痛楚、茉德的尖叫，以及爸的雙手，還有樓梯井的堅硬地板。世界旋轉不停，直到降落，在她面前上下顛倒地搖搖晃晃，她認為人死的時候就是這種情形。就像往內跌落，朝著誰也不知道是什麼的東西而去。

她聽到砰砰聲，不明白聲音源自何方。接著是回音，她還有時間想到是「回音」，然後意識到自己人在屋裡。她覺得眼皮底下彷彿有碎礫，聽到男孩衝上樓梯的輕盈腳步聲，長年知道這件事總會發生的男孩，才可能會用這種腳步奔跑。她聽到男孩母親驚恐的聲音，男孩母親追在男孩後面，拚命保持鎮定跟條理，只有為人母者、只有對恐懼習以為常的人才辦得到。

阿嬤的樓房大門關起來，在他們背後鎖上。艾莎感覺爸的雙手不是撐起她，而是攔住她。她不知道要防範什麼，最後才透過大門玻璃看到魅影。看到山姆在門的另一邊立定不動，臉上浮現一點非常不合本性的神情，起初艾莎還以為是她自己想像出來的。

山姆在害怕。

眨眼間，另一個暗影降落在他身上，巨大到連山姆的暗影都給吞沒了。狼心厚重的拳頭像雨點一般火爆地紛紛落下，那種暴力跟黑暗的程度，沒有童話故事能夠形容。他不是打山姆，而是把山姆摀進雪地裡，不是要讓山姆傷不了人，也不是為了保護。而是為了摧毀。

艾莎的爸把她抱起來，衝上樓梯，將她緊貼在自己的夾克上，不讓她看。她聽見大門從裡面猛地打開，聽到茉德跟雷納特懇求狼心別再打了、別再打了、別再打了。可是，悶糊的砰砰聲有如牛奶紙盒掉在地上，從聲音聽來，狼心並未停手。他甚至沒聽到他們說的話。在故事裡，狼心在無盡戰役發生之前很久就逃進黑暗森林，因為他知道自己有能耐做出什麼事。

艾莎從爸身上掙脫開來，衝下階梯。她還沒走到底部以前，茉德跟雷納特就已經不再尖叫。狼心像錘子般的拳頭高舉在山姆上方，拂過了雲獸伸展的手指，然後轉回來，往下猛衝。

可是狼心在一半打住動作。他跟沾滿鮮血的男人之間站了一個女人，看起來如此嬌小脆弱，風都應該能夠直接穿過她。她手裡有個不起眼的烘衣機藍棉球，原本戴婚戒的手指上有道白色細線。她身上的每分每吋似乎都在對她大喊，要她快點逃命。但她堅守陣地，瞪著狼心的眼神一派堅決，一副再也不剩什麼可失去的樣子。

她在一手的掌心裡將烘乾機的棉絮搓成球，放在另一手裡面，然後雙手緊抓貼在肚皮上。接著穩如泰山地看著狼心，以充滿權威的語氣說：「在這個租賃持有人協會，我們不會把人打到沒命。」

狼心的拳頭依然在空中震顫，胸膛起起伏伏，但他的手臂緩緩落在身體兩側。

警車失控般地衝進他們那條街的時候，她依然站在狼心跟山姆之間，隔開了怪物跟魅影。警車還沒停妥，綠眸女警就早早高舉武器、跳出車外。狼心往雪地裡一跪。

艾莎把門推開，衝到外面。警察對著狼心大吼，試著擋住艾莎，但那就像是弓起雙手捧水一樣：她穿過了他們的指縫。事後多年，艾莎還是不明白原因何在，但她當時竟然有時間想到，有一次媽以為艾莎在睡，跟喬治講的話。家裡有女初長成的母親就會這樣。

烏爾斯動也不動躺在奧迪跟前門之間的半路上。雪地一片殷紅。牠一直努力想走到她身邊，從奧迪爬出來，匍匐前進直到整個癱軟。艾莎扭著身子脫下夾克跟葛來芬多圍巾，鋪在這個動物身上，然後躺在雪地裡蜷起身子，緊緊擁住牠，緊緊的，感覺牠的吐息帶有花生蛋糕的味道，然後她對著牠的耳朵一次次低聲說：「不要怕、不要怕，狼心已經打敗龍了，童話故事到了結尾，龍一定會被打敗的。」

當她感覺爸柔軟的雙手把她從地上抱起來時，她大聲呼喊，這麼一來，即使烏爾斯已經在前往幾乎甦醒之地的半路上，也能聽到她說話。

「你不可以死！聽到沒！？你不可以死，因為所有的耶誕故事都有快樂的結局！」

32 鏡子

死亡的事情，很難講道理。很難放手讓你深愛的人走。

阿嬤跟艾莎以前都會一起看晚間新聞。偶爾艾莎會問阿嬤，大人為什麼總是對彼此做那麼白痴的事。阿嬤通常都回答說，那是因為大人總的來說只是凡人，而凡人總的來說都是屎。艾莎反駁說，大人在一堆白痴事裡面，也做過不少好事——比方說，太空探索、聯合國、疫苗跟乳酪刮片刀。阿嬤接著說，人生真正的妙處在於，幾乎沒人是百分之百的屎，也幾乎沒人百分之百不是屎。而人生的難處在於，盡可能讓自己處在「不是屎」的那一邊，越久越好。

艾莎有一次問，為什麼世界上到處都有那麼多「不是屎」死了，而為什麼那麼多屎卻沒死。還有為什麼不管是屎或不是屎，總有一天都必須死。阿嬤試著用冰淇淋讓艾莎分心，順道轉變話題，因為比起死，阿嬤更喜歡冰淇淋。可是艾莎這小鬼固執的程度令人迷惑，阿嬤最後只好放棄，承認說她想那是因為原本佔住位子的總得讓出來，好讓別人取代。

「就像我們坐公車的時候，有老人上來那樣嗎？」艾莎問。接著阿嬤問艾莎，如果她回答「對」，艾莎要不要再來份冰淇淋，順便換個話題。艾莎說她可以接受。

在米阿瑪斯最古老的童話故事裡，烏爾斯只會因為心碎而死去，否則是不死之身。牠們因為咬了公主，從幾乎甦醒之地被放逐出去之後，就不再是不死之身，因為牠們是被自己所保護跟深愛的人趕走的。「這就是為什麼，牠們在無盡戰役的最後一場戰鬥裡，有可能被殺死。」

阿嬤解釋過——有好幾百隻烏爾斯在那最後一場戰役裡死去——「因為所有生物的心都在戰爭裡破碎了。」

艾莎坐在獸醫院開刀房外面等待的時候，想起了那段話。這裡瀰漫著鳥食的氣味。布蕾瑪莉坐在她旁邊，雙手緊握，放在腿上，看著房間另一側坐在籠子裡的鳳頭鸚鵡。布蕾瑪莉似乎對鳳頭鸚鵡興趣缺缺。艾莎不大精通鳳頭鸚鵡的情緒化發言，但她想鳳頭鸚鵡也有同感。

「妳不用陪我等。」艾莎說，語氣滿是憂傷跟憤怒。

布蕾瑪莉拂掉夾克上一些隱形鳥食，然後回答，目光並未稍離鳳頭鸚鵡。「不會麻煩，親愛的艾莎，妳不該覺得那樣，一點都不麻煩。」

艾莎明白，布蕾瑪莉沒有不好的意思。警察正在約談爸跟阿爾夫，調查事情的始末，布蕾瑪莉是頭一個接受問訊的，所以她主動說要陪艾莎坐著等獸醫出來，報告烏爾斯的現狀。於是艾莎明白，這沒什麼負面的。只是布蕾瑪莉一開口，就很難不讓自己講的話聽起來很負面。

艾莎用葛來芬多圍巾裹住自己的雙手，深深吸氣，

「妳擋在狼心跟山姆之間，很勇敢。」艾莎低聲說。

布蕾瑪莉把一點隱形鳥食，可能加上眼前桌上的隱形麵包屑，一併拂進了自己的掌心。她坐在那裡，握著隱形鳥食跟碎屑，彷彿要找個隱形垃圾桶丟棄。

「我說過，在這個租賃持有協會裡，我們不會把人打到死。」她飛快回答，免得艾莎聽出她激動難抑。

兩人默默無語，人在兩天之內第二次和解，卻不大願意跟對方直接點明時，就會有這種表現。布蕾瑪莉把候診室沙發末端的靠墊拍鬆。

「我不恨妳外婆。」布蕾瑪莉說，沒正眼看艾莎。

「她也不恨妳。」艾莎說，沒看回去。

「其實，我從來就不希望把這些公寓轉成租賃持有戶。是肯特想要，我只是希望肯特高興，可是他想賣掉公寓，賺錢搬走。我並不想搬。」

「為什麼不想？」

「這是我家。」

為了這點，很難不喜歡她。

「妳跟阿嬤幹嘛吵個不停？」艾莎問，雖然早已知道答案。

「她覺得我……囉唆又愛管閒事。」布蕾瑪莉說，並未講明真正的原因。

「那妳為什麼要那樣？」艾莎問，想到公主、巫婆跟寶物。

「因為你必須在乎**什麼東西**，艾莎。一有人在乎這世界上的什麼東西，妳阿嬤總是不屑地當成『囉唆』。可是如果什麼都不在乎，就根本不算是活著，只是存在著……」

「嗯，妳滿有深度的，布蕾瑪莉。」

「謝謝。」布蕾瑪莉顯然必須強忍衝動，免得拂起艾莎外套袖子上的隱形東西。她只是再把沙發靠墊拍鬆，來滿足自己，即使很多年前裡頭就沒什麼填塞物可以拍鬆。艾莎用圍巾繞過自己的每根指頭。

「有一首詩在講一個老人，他說他沒辦法被愛，所以他不介意，嗯，被人討厭。只要有人看到他就好。」艾莎說。

「是《葛拉斯醫師》[20]。」布蕾瑪莉點點頭說。

「是維基百科。」艾莎糾正。

「不，是《葛拉斯醫師》的摘文。」布蕾瑪莉堅持。

「是網站嗎？」

「是一齣戲。」

「噢。」

「什麼是維基百科？」

「是網站。」

布蕾瑪莉疊起雙手，收在懷裡。

「其實，就我知道的，《葛拉斯醫師》是一本小說。我沒讀過，可是劇院裡演過。」布蕾瑪莉猶豫地說。

「噢。」艾莎說。

「我喜歡劇院。」

「我也是。」

兩人點點頭。

「葛拉斯醫師很適合當超級英雄的名字。」

艾莎認為，這個名字其實更適合給超級英雄的死對頭用，可是布蕾瑪莉看起來不像那種固定在讀優質文學的人，所以艾莎不想把事情弄得太複雜。

「『我們都想被愛，』」布蕾瑪莉引用，「『不被愛，寧可被崇拜；不被崇拜，寧可受人敬畏；不受敬畏，寧可遭人憎恨與輕蔑。我們不計任何代價，都想在他人心中攪起某種感受。我們的靈魂痛恨中空。它不計代價地渴望接觸。』」

艾莎不大確定這段話的意思，可是照樣點點頭。「那妳想要哪一種？」

「當大人有時候還滿複雜的，艾莎。」布蕾瑪莉語帶閃躲地說。

「嗯，當小孩也不是很容易啊。」艾莎盛氣凌人地回答。

布蕾瑪莉的指尖小心地在無名指那圈泛白的皮膚上遊走。

「我以前一大清早，在肯特醒來以前，都會站在陽台上。妳外婆知道這件事，才故意弄那些雪人。所以我才會那麼生氣，因為她知道我的祕密，我覺得她跟那些雪人好像想嘲笑我。」

「什麼祕密？」

布蕾瑪莉牢牢地緊握雙手。

「我一直跟妳外婆不一樣，我沒有旅行過，只是待在這裡。可是有時候我早晨想站在陽台上，就在起風的時候。這樣當然很傻，大家顯然都覺得很傻，他們當然這麼覺得了，」她噘起嘴，「可是我想要風吹過頭髮的感覺。」

艾莎想到，儘管過去發生的種種，說到底，也許布蕾瑪莉不是徹底的屎。

「妳還沒回答問題——妳想當哪個？」艾莎說著一面用圍巾繞過手指。

布蕾瑪莉的指尖猶豫不決地掠過裙子，就像某人越過舞池，邀請別人共舞。然後，她謹慎

20《Doctor Glas》是瑞典小說家Hjalmar Söderberg（一八六九～一九四一）於一九〇五年出版的書信體小說，探討十九世紀瑞典的醫師如何面對生死與愛的議題。一九六八年由丹麥導演Mai Zetterling改編成電影。

地吐出這些話：「我希望有人記得我存在過，我希望有人知道我曾經在這裡。」

遺憾的是，艾莎沒聽到最後這部分，因為獸醫從門裡走出來，臉上的神情在艾莎的腦袋裡激起迅速放大的噪音。他還來不及開口，艾莎就衝過他身邊。沿著走廊衝刺，開始猛力將門一扇扇推開，聽到他們對著她的背影大叫。有個護士試著抓住她，但她只是繼續跑，猛力推開更多門，直到聽見烏爾斯的嚎叫聲才停住腳步。烏爾斯彷彿知道艾莎正要過來，於是出聲呼喚她。當她來勢洶洶衝進正確的房間時，發現牠躺在冰冷的桌面上，腹部纏著繃帶，到處都是血。她把臉深深、深深、深深埋進牠的毛皮裡。

布蕾瑪莉還在候診室，獨自一人。如果她現在就離開，也許不會有人記得她曾經來過這裡。她的表情似乎正在思索這件事，片刻之後她拂下桌子邊緣的隱形東西，撫平裙上的一條皺褶，然後起身離去。

烏爾斯闔上雙眼，看起來幾乎在微笑。艾莎不知道牠聽不聽得見，她沉重的淚水紛紛滾落牠的毛皮，不知道牠是否感覺得到。「你不可以死，你不可以死，因為我現在在這裡。你是我朋友。真正的朋友不會就這樣走開死掉，你懂嗎？不能拋下朋友死掉。」艾莎輕聲細語，試著說服自己，而不是烏爾斯。

烏爾斯的表情彷彿表示牠知道這一點，試著用鼻子噴出來的暖空氣，烘乾她的臉頰。艾莎躺在牠身邊，在診療桌上蜷起身子，就像跟阿嬤一起躺在病床上，阿嬤卻沒跟她一起從米阿瑪斯回來的那一夜。

她躺在那裡好久好久，葛來芬多圍巾深深埋在烏爾斯的毛皮裡。

烏爾斯的呼吸聲越來越慢，厚重黑毛皮後方的心跳間隔也越來越長，女警的聲音間歇傳來。綠眸從門口瞅著女孩跟那隻動物。

「我們必須帶妳朋友到警局去，艾莎。」艾莎知道她講的是狼心。

「你們不能把他關進牢裡！他是為了自衛！」艾莎吼道。

「不，艾莎，他沒有，他並不是為了自衛。」

接著女警從門口退開，彷彿假裝搞不清楚方向似地看看手表，彷彿剛剛才意識到，有一件無比重要的事情等著她到完全不同的地方處理，彷彿如果她收到上級明確指示，要把某個人送往警局，卻沒好好盯住那個人，讓他有機會跟一個就快失去烏爾斯的小孩談談，這樣就太誇張了。真的就太誇張了。

然後女警就消失了蹤影。狼心站在門口。艾莎匆匆躍下診療桌，用雙臂環抱著他，才不管等他回家時，是否需要全身泡進消毒凝膠清洗。

「烏爾斯絕對不可以死！跟牠說，牠絕對不可以死！」艾莎低語。

狼心緩緩呼吸著。他站著，雙手彆扭地向外伸，彷彿有人灑了酸性液體在他毛衣上。艾莎意識到，他的外套還放在她家公寓。

「你可以把外套拿回去，媽很小心地洗過了，外面套了塑膠套，就掛在衣櫥裡。」她滿懷歉意地低聲說，繼續擁著他。

他的表情彷彿在說，如果艾莎別抱他，他會很感激。艾莎才不在乎。

「可是你不准再戰鬥了！」她下令，臉龐使勁擠進他的毛衣，然後抬起頭來，用手腕抹淚。「我不是說你永遠都不可以戰鬥，因為我還沒決定自己對這個問題的立場。我是說道德上，之類的。可是只要你的戰力像現在這樣好，你就不可以戰鬥！」她啜泣。

接著狼心做了件非常奇怪的事。他回擁了她。

「烏爾斯，很老了。很老的烏爾斯，艾莎。」他用密語低吼。

「我受不了一直有人死掉。」艾莎泣道。

狼心握住她的雙手，輕柔地掐掐她的食指。他發著抖，彷彿握著燒到白熱的鐵，但還是沒放手，當人明白，人生中有比害怕小孩細菌還重要的事情時，就會有這種反應。

「非常老的烏爾斯，現在非常累了，艾莎。」

艾莎歇斯底里地搖搖頭，對著他大吼說，不能再有人拋下她死掉時，他放開她的一隻手，伸手到長褲口袋，從裡頭拿出一張很皺的紙，然後塞進她手裡。是一張圖畫，一看就知道是阿嬤畫的，因為她畫畫的程度跟拼字差不多差。

「是地圖。」艾莎邊啜泣邊攤開，淚水早已流盡，但還是繼續哭。

狼心輕柔地繞圈搓著自己的雙手。艾莎用手指拂過墨漬。

「是第七王國的地圖。」她說，對著自己，而不是他。

她再次陪著烏爾斯躺在診療桌上。距離近到牠的皮毛透過她的毛衣刺著她，感覺牠溫暖吐息從冰涼的鼻子傳出來。牠在睡覺。她希望牠是在睡。她吻吻牠的鼻子，最後淚水落在牠的鬍鬚上。狼心柔聲清清喉嚨。

「在信裡。在外婆的信裡。」他用密語說，指著那封信。

「『米帕多納斯』。第七王國。我跟妳外婆……我們本來要建立的。」

艾莎更仔細地看看那張地圖，其實上頭畫出了整個幾乎甦醒之地，但比例完全錯誤，因為比例向來不是阿嬤的強項。

「這個『第七王國』就在米巴塔羅斯的廢墟上。」她低語。

狼心搓著雙手。

「只能在米巴塔羅斯上建立米帕多納斯。妳外婆的構想。」

「米帕多納斯是什麼意思？」艾莎問，跟烏爾斯頰貼頰。

「意思是『我原諒』。」

從他臉頰上低落的淚水，就像燕子那麼大。他的巨手輕柔地落在烏爾斯的腦袋上。烏爾斯睜開眼，但只是微微的，然後瞅著他。

「很老了，艾莎。非常、非常累。」狼心低語。

接著他輕柔地把手指貼在山姆刀子畫穿厚皮毛的地方。

很難放手讓你深愛的對象走，尤其在你將近八歲的時候。

艾莎朝烏爾斯爬得更近，緊緊、緊緊、緊緊摟住牠。牠勉強看了她最後一眼。她含笑低語：「你是我有過最好的朋友。」然後牠緩緩舔了她的臉，聞起來有海綿蛋糕糊的氣味。她放聲一笑，淚如雨下。

當雲獸們降落在幾乎甦醒之地時，艾莎盡可能用力擁抱烏爾斯，然後低語：「你完成你的任務了，你再也不用保護城堡了。現在去保護阿嬤吧，保護所有的童話故事！」牠舔了她的臉最後一次。

接著牠拔腿奔馳遠去。

艾莎轉身面對狼心時，他瞇眼向陽，好久沒去幾乎甦醒之地，久到好多童話故事永恆的人，就會有這種反應。艾莎往下指著米巴塔羅斯的廢墟。

「我們可以帶阿爾夫過來這邊，他很會建東西，至少他很會做衣櫥。第七王國也需要衣櫥吧？等我們準備好了，阿嬤會坐在米阿瑪斯的板凳上，就像《獅心兄弟》裡的阿公。有個童話故事就叫那個名字，我唸給阿嬤聽過，所以我知道她會在板凳上等，因為她習慣從別人的童話故事裡偷那樣的東西來用。而且她知道《獅心兄弟》是我最愛的童話故事！」

她還在哭，狼心也是，可是他們盡力而為。他們從戰鬥話語的廢墟裡，建構原諒的話語。

烏爾斯死的那天，艾莎的弟弟出生了。艾莎決定，等弟弟大了點，就要把這些事情都跟他說。跟他說她第一個摯友，跟他說有時候必須讓出空位，讓別的東西取代，幾乎就像烏爾斯放棄自己在公車上的位置，好讓位給半半。

她想到要特別向半半強調，要他千萬別傷心，也不用覺得良心不安。

因為烏爾斯本來就討厭搭公車。

33 寶寶

童話故事的收場很難。當然了，所有的故事都必須在某個時候結束。有些故事再怎麼早結束，都嫌不夠早，比方說，這一則大可以在很久以前完滿收場並束之高閣。問題在於，童話故事的結尾牽涉到主角們，還有他們如何「從此過得幸福快樂，直到人生終結」。從敘事觀點來看，這有點棘手，因為那些已經走到人生終點的人，必須拋下其他人，讓其他人在沒有他們的陪伴下過完人生。

必須留下來，在沒有他們的陪伴下生活，是非常、非常艱難的。

他們離開獸醫院時，天已經黑了。以往在艾莎生日前一晚，他們都會在那棟樓房外面的地上做雪天使。一年當中只有這個晚上，阿嬤不會說那些天使的壞話。這是艾莎最愛的傳統之一。她跟阿爾夫坐小計離開，倒不是因為她不想跟爸一起走，而是因為爸告訴她，阿爾夫很氣自己在山姆事件發生的時候，在車庫跟小計在一起。他很生氣，因為他並未在事發現場保護艾莎。

阿爾夫跟艾莎在小計裡當然不怎麼交談；沒什麼話要講的時候，就會這樣。他們前往醫院的路上，艾莎說她得先回家做件事，阿爾夫沒問為什麼，只管開車。阿爾夫就這點來說還滿不錯的。

「你會弄雪天使嗎？」小計停在那棟樓房外面時，艾莎問。

「我都他媽的六十四了。」阿爾夫抱怨。

「這種回答不算數。」

阿爾夫熄掉小計的引擎。「我可能六十四了沒錯，可是又不是一出生就六十四歲！我當然他媽的知道雪天使怎麼弄！」

然後兩人一起弄雪天使，總共弄了九十九個，而且事後從未多談這件事。因為有些朋友就是不用聊太多還可以當朋友。

牛仔褲女從陽台上看到他們。她笑了。她對笑越來越拿手了。

他們抵達的時候，爸正在醫院大門等他們。有個醫生路過，艾莎一時覺得自己可能認得。接著她一看到喬治，便拔腿奔過整間候診室，衝進他懷裡。他在緊身褲外頭套著短褲，手裡拿著一杯冰水要給媽。

「謝謝你跑過來！」艾莎說，雙臂環抱著他。

爸看著艾莎，可以看出他雖然嫉妒但努力不表現出來，就這點他還滿不錯的。喬治也看著她，激動難抑。

「我滿會跑的。」喬治靜靜地說。

艾莎點點頭。

「我知道，那是因為你與眾不同。」

接著她跟爸一起去看媽。喬治留在後面很久，久到那杯冰水最後都變成常溫了。

媽病房外的護士一臉嚴峻，拒絕放艾莎進去，因為媽的生產狀況顯然很複雜。護士就是那樣說的。護士發出「複雜」的「複」時，語氣非常堅定、鏗鏘有力。艾莎的爸清清喉嚨。

「妳該不會是新來的吧？」

「是不是新來的有什麼關係？」護士忿忿地大聲說，「今天不能有訪客！」她用絕對的篤定態度喝叱，然後大步走回媽的房間。

爸跟艾莎留在原地，點著頭耐住性子等候，因為他們猜想船到橋頭自然會直。媽雖然是媽，但也是阿嬤的女兒。記得艾莎出生以前，那個開銀車的男人嗎？媽生小孩的時候，沒人應該跟媽瞎攪和。

大概三十秒之後，聲音在整條走廊迴盪不止，震得牆上的掛畫幾乎喀啦作響。

「**把我女兒帶進來，不然我就用聽診器勒死妳，然後把整座醫院夷為平地，懂了沒？**」

三十秒其實比艾莎跟爸預期更久的。不過，可能不到三或四秒之後，媽又補了一次獅吼：

「**我才不在乎！我會在醫院裡找到聽診器，然後用它來勒死妳！**」

護士再次踏上走廊，神情不再那麼有自信。艾莎覺得自己認識的醫生在背後出現，語氣友好地說：「也許這次可以破個例。」他對艾莎微笑。艾莎態度堅定地吸口氣，跨過了門檻。

媽全身上下到處插了管子。艾莎壯起膽子，在不會無意間扯出管線的狀況下，使盡力氣跟媽互擁。艾莎想像其中一條可能是電線，要是真的扯掉，媽可能就會像燈那樣熄滅。媽反覆用手耙梳艾莎的頭髮。

「妳朋友烏爾斯的事，我真的好遺憾、好遺憾。」媽柔聲說。

艾莎不發一語，久久坐在媽的病床邊緣，直到臉頰乾掉，直到有時間想到測量時間的全新方法。永恆以及童話故事的永恆，她開始變得有點應付不來。一定有什麼比較不複雜的方式，比方說，眨眼或是蜂鳥的振翅。一定有人想過這件事。等她回家，要上維基百科查查看。

艾莎看媽一臉開心。艾莎輕拍媽的手。媽一把抓住了她的手。

「我知道我不是完美的媽媽，親愛的。」

艾莎跟媽額貼頭。

兩人坐得如此之近，媽的淚水沿著艾莎鼻尖淌下。

「我花很多時間工作，親愛的。我以前很氣妳外婆永遠都不在家，結果自己現在也一樣……」

艾莎用葛來芬多圍巾抹乾自己跟媽的鼻子。

「沒有完美的超級英雄，媽。沒關係。」

媽漾起笑容，艾莎也是。

「我可以問妳一件事嗎？」

「當然可以。」媽說。

「我跟妳爸爸像嗎？」

媽一臉遲疑。母親一旦習慣準確預測女兒的問題，卻突然發現自己沒料中時，就會這樣。

艾莎聳聳肩。

「我從阿嬤那裡遺傳到與眾不同，跟像爸一樣是萬事通。而且最後總是會跟每個人吵起來，這也是從阿嬤那裡來的。所以我遺傳了妳爸的什麼？阿嬤從來沒跟我講過他的故事。」

媽不大有勇氣回答。艾莎用鼻子緊繃地呼吸。媽用雙手捧住艾莎的臉頰，艾莎用葛來芬多圍巾抹乾媽的臉頰。

「我想妳外婆一定講過外公的事，只是妳沒注意到。」

「我跟他像在哪裡？」

「笑聲。」

艾莎把雙手縮進毛衣，在身前緩緩揮動空空的衣袖。

「他常常笑嗎？」

「一直、一直、一直、一直，那就是他很愛妳外婆的原因，因為她會逗得他全身上下都在笑，逗得他每一吋靈魂都在笑。」

艾莎爬上病床，在媽身邊躺了可能有蜂鳥振翅十億次那麼久。「阿嬤不是百分之一百的屎，也不是百分之一百的不是屎。」艾莎說。

「艾莎！講話小心點！」然後媽哈哈大笑，艾莎也是，跟外公一樣的笑法。

然後母女躺在那裡聊了一陣子超級英雄的事。媽說，既然艾莎當了某人的大姊姊，就必須記住，小弟小妹總是會把大姊姊當成偶像，那是一種了不起的力量，強大的威力。

「能力越強，責任越大。」媽低語。

艾莎連忙在病床上坐直身子。

「妳讀過蜘蛛人嗎?!」

「我google過。」媽面帶得意笑著說。

接著突然一臉心虛。當母親們意識到，揭露重大祕密的時候到了，就會有這種表情。

「艾莎……我親愛的……收到外婆第一封信的，不是妳。在你們拿到那些信件以前，還有另一封。外婆把信交給我，在她過世的前一天……」

媽的表情好像在眾目睽睽下，站在高高的跳水板上，然後臨時決定自己沒辦法跳。

可是艾莎只是平靜地點點頭，聳聳肩，輕拍媽的臉頰，就像面對不懂事而做錯事的孩子。

「我知道，媽，我知道。」

媽彆扭地對她眨眨眼。

「什麼？妳知道？怎麼會知道？」

艾莎耐著性子嘆口氣。

「我是說，嗯，好啦，我是花了點時間才想通的，可是那又不是，欸，量子物理學。首先，連阿嬤也不會不負責任到沒先跟妳講，就派我去找寶藏。第二，只有我跟妳會開雷諾，因為雷諾有點不一樣，阿嬤在吃沙威瑪的時候，我都會幫忙開；阿嬤喝醉的時候，妳也會幫忙開。所以把雷諾停在車庫裡，佔住布蕾瑪莉位置的，只會是我們其中一個。不是我。我又不是白痴，算得出來。」

媽笑得好大聲，久久不停，艾莎都開始認真地替蜂鳥擔心。

「我認識的人裡面，妳腦筋最靈光，妳知道嗎？」

艾莎想，唔，這樣說是很好啦，可是媽真的需要出門走走，多認識點人。

「阿嬤給妳的信裡寫什麼？」艾莎問。

媽合上嘴唇。

「她寫抱歉。」

「因為她是壞媽媽？」

「對。」

「妳原諒她了嗎？」

媽浮現笑容，艾莎又用葛來芬多圍巾替媽抹抹臉頰。

「我想，我努力要原諒自己跟她。我就跟雷諾一樣，踩下剎車到實際停住之間，有滿長的距離。」媽低語。

艾莎擁抱媽，直到蜂鳥放棄，乾脆離開去做別的事。

「親愛的，妳外婆會救孩子，是因為她自己小時候被救過。我一直不知道這件事，可是她在信裡寫了。她是孤兒。」媽低語。

「就像X戰警。」艾莎點點頭。

「我想，妳知道下一封信在何方嘍？」媽含笑說。

「說『在哪裡』就可以了。」艾莎說，因為她就是忍不住想糾正。

可是她確實知道，她當然知道了。她一直都曉得。她又不笨。而且這則童話故事又不是最難預測的那種。

媽再次縱聲一笑。笑到那個邪惡護士砰砰走進來，說媽現在一定要停下來，要不然管線會出問題。

艾莎站起來，媽握住她的手吻了吻。

「我們決定要叫半半什麼了，不是艾維，是別的，我跟喬治一看到他就決定了。我想妳會喜歡的。」

媽說對了。艾莎喜歡，很喜歡。

幾分鐘過後，艾莎就站在小房間裡，透過一面玻璃看著他。他正躺在小小的塑膠箱裡，或者可以說是很大的便當盒，很難分辨是哪一種。他身上到處插了管子，嘴唇發青，表情彷彿一直逆著超級強風奔跑。可是所有的護士都跟艾莎說這並不危險。她不喜歡這樣，看也知道這肯定很危險。

她雙手弓成杯狀貼著玻璃，然後低聲說話，這樣他在另一邊才能聽得見。「不要怕，半半，你現在有姊姊了。事情會變好，一切都會好好的。」

然後她換成了密語：

「我會努力不要嫉妒你。我一直在嫉妒你，嫉妒得超久的，可是我有個好朋友叫阿爾夫，他跟他的弟弟也一直吵來吵去，久到大概有一百年。我不希望我們吵來吵去一百年。所以我想我們必須從一開始，就努力喜歡對方，懂我意思嗎？」

半半一副明白的樣子。艾莎把額頭貼在玻璃上。

「你也有個阿嬤，她是超級英雄。等我們回家，我會把她的事情全部都跟你說。可惜我把咩咩槍送樓下男生了，可是我會再做給你。我會帶你到幾乎甦醒之地，一起吃美夢、跳舞、笑、哭、勇敢、原諒別人，我們會跟雲獸一起飛來飛去，阿嬤會坐在米阿瑪斯的板凳上，抽菸等我們。總有一天，阿公也會晃過來，我們遠遠就會聽到他的聲音，因為他會用全身來笑。他很愛笑，我想我們必須替他建造第八個王國。我會問狼心，『我笑』在他媽媽的語言裡怎麼講。烏爾斯也會在幾乎甦醒之地，你會喜歡烏爾斯的，沒有比烏爾斯更棒的朋友了！」

半半從塑膠箱看著艾莎。艾莎用葛來芬多圍巾抹抹玻璃。

「你的名字很好，是最棒的名字。是從一個男生那裡來的，我會跟你講他所有的事，你會喜歡他的。」

她待在玻璃前面，最後意識到整個蜂鳥的構想基本上可能並不好。她還是乖乖遵照永恆跟童話故事的永恆來算時間，這種算法再多用一陣子好了。只是為了簡單起見。也許因為這樣會讓她想起阿嬤。

她離開以前，透過弓成杯狀的雙手對半半用密語低聲說：

「有你當我弟弟，會是最棒的探險，哈利。最棒、最棒的探險喔！」

事情最後都照阿嬤說的發展了。事情會變好，一切都會好好的。艾莎回到媽的病房時，覺得自己認得的那個醫生，就坐在媽的病床旁邊。他動也不動等候著，彷彿知道艾莎要花點時間，才會憶起曾經在哪裡看過他。當她恍然大悟，他漾起笑容，彷彿從來就沒有別的可能。

「你是那個會計師，」艾莎起疑地脫口就說，然後追加，「也是教堂的牧師，我在阿嬤的喪禮上看過你，你打扮成牧師！」

「我扮演很多角色。」醫生語氣快活地說，臉上就是只要阿嬤在場，任何人就不可能有的那種表情。

「你也是醫生喔？」艾莎問。

「最主要是醫生。」那個醫生說，伸出手並自我介紹。

「我叫馬索，我是妳外婆的好朋友。」

「我是艾莎。」

「我知道。」馬索微笑。

「你是阿嬤的律師。」艾莎說，想起了童話故事開場那幾通電話的細節，大約是第二章末尾。

「我扮演很多角色。」馬索重複，給她一份文件。

那是電腦列印出來的，上頭的拼字都很正確，所以她知道寫這張紙的是馬索，而不是阿嬤。不過，底部有些阿嬤的字跡。馬索交疊雙手，搭在肚皮上，跟布蕾瑪莉沒有兩樣。

「你們住的那棟房子，是妳外婆的，也許妳已經想通了。她說她是玩撲克牌賭贏的，可是我不確定。」

艾莎讀著那張文件，嘟起嘴唇。

「什麼？現在是我的了？整棟房子？」

「在妳十八歲以前，妳媽媽會先當妳的監護人。可是妳外婆已經安排好，妳想怎麼處理就怎麼處理。如果妳想要，可以當成租賃持有公寓賣掉。如果不想，就不用。」

「那你為什麼跟那棟房子裡的人說，只要每個人都同意，就會轉成租賃持有型？」

「技術上來說，只要妳一個人不同意，就不算全體同意。妳外婆很確信，如果鄰居們都同意了，妳就會配合鄰居的意願做決定。可是她也確定，妳處理那棟房子的時候，不會做出可能傷害到任何住戶的事。所以她才必須確定妳在看到這份遺囑之前，要先認識所有的鄰居。」

他的手搭在她肩上。

「這份責任很重大，可是妳外婆禁止我把這份責任交給別人，只能交給妳。她說：『她的聰明程度還超過其他那些瘋子加總起來！』她總是說，一個王國是由住在裡面的人所組成的。她說妳會懂。」

艾莎用指尖輕撫阿嬤在文件底部的簽名。

「我懂。」

「我可以把細節跟妳從頭到尾講一遍，可是這份契約非常複雜。」馬索熱心地說。

艾莎把垂在臉上的頭髮撥開。

「阿嬤也不算是不複雜的人。」

馬索放聲「肚」笑，不得不這樣叫。放聲「肚」笑，因為整個吵到不能算是笑。艾莎非常激賞，不可能不欣賞的。

「你跟阿嬤以前有一腿嗎？」艾莎突然問。

「艾莎！」媽打岔，苦惱到管線差點鬆脫。

艾莎不悅地將雙臂往外一拋。

「問一下不行嗎？」艾莎咄咄逼人地轉向馬索，「你們到底有沒有一腿？」

馬索雙手交疊，悲傷但快樂地點點頭，就像吃了一根很大的冰淇淋，然後意識到現在吃完了。

「她是我一生的最愛，艾莎，她是很多男人一生的最愛。其實也是很多女人的。」

「那她一生的最愛是你嗎？」

馬索頓住，沒生氣，也沒怨氣，只是微微地嫉妒。

「不是，」他說，「是妳，一直是妳，親愛的艾莎。」

他溫柔地伸出手，輕拍艾莎的臉頰，你在自己深愛之人的孫子眼中，看到自己深愛之人的影子時，就會這樣。

艾莎、媽跟那封信都沉默了幾秒鐘、幾個永恆跟好多次蜂鳥振翅。然後媽碰碰艾莎的手，試著讓這個提問聽起來沒那麼重要，彷彿只是臨時想到：「妳遺傳到我的什麼？」

艾莎默默站著。媽一臉消沉。

「我只是，唔，那個，妳剛說妳從外婆、爸爸都遺傳到某些……所以我就想說，那個……」

媽沉默下來，覺得羞愧，母親們過了人生某個時間點，意識到自己想從女兒那裡得到的，超過女兒想從她們身上得到的，就會有這種感覺。艾莎用雙手捧住媽的臉頰，溫和地說：「其他都是，媽，其他都是妳遺傳給我的。」

爸載艾莎回那棟樓房。他事先把奧迪的音響關掉，這樣艾莎就不用聽他的音樂，當天晚上他在阿嬤的公寓過夜。父女一起睡在衣櫥裡。裡面有木屑的氣味，大到爸足以伸展手臂，用指尖跟腳尖碰到兩側櫥壁。衣櫥這樣滿好的。

爸睡著的時候，艾莎悄悄溜下樓，站在嬰兒推車前面，推車還鎖在大門內側。她看著牆上的字謎，有人用鉛筆填完了。每個字裡面都有個字母，跟另外四個比較長的字拼在一起。而那四個字各有一個字母，填在外框加粗的方格裡。

E.L.S.A.（艾莎）

艾莎查看把推車固定在樓梯欄杆的那個掛鎖。是個密碼鎖，但是四排滾輪都沒有數字，全都是字母。

她拼出自己的名字，解開掛鎖，然後把推車推開。就在那裡找到阿嬤寫給布蕾瑪莉的信。

34 阿嬤

在幾乎甦醒之地，是不說再見的，只會說「晚點見」。對幾乎甦醒之地的人來說，這點相當重要，因為他們相信沒有任何東西會真的完全死掉，只會變成故事，經過一點文法上的小變化，時態從「現在」到「當時」。

在那裡，喪禮可以維持好幾個星期，因為人生中的事件裡，很少能提供更好的機會來講故事。頭一天，主要是關於憂傷跟失落的故事，可是漸漸地，隨著日日夜夜流轉，它們會逐漸轉變成只要一說到就會忍不住哈哈大笑的故事。關於那個逝者曾經在某款護膚乳霜的包裝上讀到「塗抹於臉但避開眼睛周圍」的指示，然後非常心煩地打電話給製造商，強調說臉的位置明明就是在眼睛周圍。還有她曾經雇用一匹龍，要牠趕在城堡裡的盛大派對開場以前，噴火烤好焦糖布丁的表面，卻忘了檢查那隻龍是不是感冒了。還有她站在自己陽台上，浴衣敞著沒綁，拿漆彈槍掃射別人。

米阿瑪斯人哈哈大笑，笑聲如此響亮，那些故事就像燈籠一樣在墳墓周圍冉冉升起，直到所有的故事融為一體，直到所有的時態都變成一樣。笑到最後沒人忘得了這一點——我們離開時會留下來的，就是笑聲。

「結果半半變成半男孩，大家以後都要叫他哈利！」艾莎得意地解釋，一面刮掉墓碑上的積雪。

「阿爾夫說半半最後生出來是男的，還滿幸運的，因為我們家裡的女人『都是瘋子，會危害公共安全』。」她咯咯輕笑，邊說邊在空中比畫引號，然後以阿爾夫的風格，暴躁地在雪地中拖著腳步走。低溫咬痛她的臉頰，她咬了回去。爸忙著把雪挖掉，在表土上刮著鏟子。艾莎用葛來芬多圍巾繞緊脖子，再把烏爾斯的骨灰撒在阿嬤的墳上，最後在骨灰上撒了厚厚一層肉桂捲碎屑。

然後她緊緊、緊緊、緊緊抱住墓碑並低語：「晚點見。」

她要把所有的故事統統說出來。她晃回奧迪的路上，已經跟爸說了頭幾個故事。爸專心聽著。爸在艾莎跳進車子以前，先把音響的音量轉小。艾莎仔細端詳爸。

「我昨天在醫院抱喬治，你會不會難過？」她問。

「不會。」

「我不希望你難過。」

「我不會難過。」

「一點都不會嗎？」艾莎不悅地說。

「我可以難過嗎？」爸納悶。

「你可以有一點點難過。」艾莎嘀咕。

「好吧……我是有點難過。」爸試著說，然後真的一臉難過。

「這樣看起來有點太難過了。」

「抱歉。」爸說，語氣開始有點壓力。

「不要一臉難過到讓我有罪惡感嘛。只要難過得剛剛好，不要讓人家覺得你懶得難過就好！」艾莎解釋。

爸再試一次。「現在你一點難過的樣子也沒有！」

「也許我可以在心裡面難過？」

艾莎細細看著爸，然後讓步了：「Deal（一言為定）。」她用英文說。

爸遲疑地點點頭，盡量壓抑自己，免得向她強調，在母語裡有很好的替代說法時，就應該避免使用英文。奧迪滑上公路時，艾莎反覆開關著置物櫃。

「他還可以，我是說喬治。」

「嗯。」爸說。

「我知道你不是真心的。」艾莎抗議。

「喬治還可以。」爸點點頭，彷彿是真心的。

「那我們為什麼從來就不一起過耶誕節？」艾莎心煩地咕噥。

「什麼意思？」

「我以為你跟莉賽特耶誕節從來就不來找我們，是因為你不喜歡喬治。」

「我對喬治沒什麼不滿。」

「不過？」

「不過？」

「可是接下來你要講『不過』，對吧？感覺就是有『不過』要跑出來了。」艾莎嘀咕。

爸嘆口氣。「不過，我想我跟喬治就……個性來說，很不一樣，也許。他非常……」

「有趣？」

爸又一臉壓力了。

「我本來要說他看起來很外向。」

「那你非常……內向嗎?」

爸緊張地把弄方向盤。

「為什麼不能是妳媽的錯?也許我們耶誕節沒去找你們,是因為媽不喜歡莉賽特?」

「是這樣嗎?」

爸一臉不自在,他很不會說謊。「不,每個人都喜歡莉賽特,這一點我很清楚。」他說,語氣就像有人在細想同住的人身上某個極度煩人的人格特徵。

艾莎瞅著爸許久,然後問:「所以莉賽特才愛你嗎?因為你非常內向?」

爸露出笑容。

「老實說,我不曉得她為什麼愛我。」

「你愛她嗎?」

「超級。」他毫不猶豫地說。可是馬上又一臉遲疑。

「妳準備要問我跟媽當初為什麼不再愛對方嗎?」

「我準備問你們為什麼開始愛對方。」

「就妳看來,我們那場婚姻很糟糕嗎?」

艾莎聳聳肩。

「我的意思是,你們很不一樣,只是這樣。媽不喜歡蘋果電腦,之類的。你不大喜歡《星際大戰》。」

「滿多人都不喜歡《星際大戰》啊。」
「爸，沒人不喜歡《星際大戰》，只有你啦！」
爸似乎不願意爭論這件事。
「我跟莉賽特也很不一樣。」他強調。
「她喜歡《星際大戰》嗎？」
「我必須承認，我從來沒問過。」
「這件事你怎麼可能沒問過她?!」
「我們不同的地方在其他方面，我幾乎可以肯定。」
「那你們為什麼在一起？」
「因為我們接受對方原本的樣子，也許吧。」
「你跟媽以前想要改變對方嗎？」
他傾身吻吻她額頭。
「有時候我很擔心妳太有智慧，親愛的。」
艾莎密集地眨著眼，深吸一口氣，集中精力然後低語：「耶誕放假前最後一天上學，媽發給你的那些簡訊，關於不用接我放學的事？簡訊是我寫的，我說了謊，這樣我才能去送阿嬤的一封信——」
「我知道。」他插話。
艾莎半信半疑瞇眼看他。他漾起笑容。
「文法太完美，我馬上就知道了。」

外頭還在下雪，這就是那種似乎永無止境的神奇冬季。奧迪在媽的房子外面停妥之後，艾莎非常嚴肅地轉向爸。

「即使你不想要，我還是想更常到你跟莉賽特家住，每兩個週末一次不夠。」

「妳……我親愛的……妳想多常來住我們那裡都可以！」爸支支吾吾，情緒激動。

「不是啦，我知道是因為我與眾不同，會打攪你們的『家庭和諧』，所以兩個週末只排一次。可是媽現在有半半了，其實媽沒辦法一直什麼事都做，因為沒人是完美的，連媽都不能！」

「『家庭和諧』……這個詞是妳從哪裡學來的？」

「我會讀東讀西。」

「我們是不想把妳從那棟房子帶走。」爸低語。

「是因為你不想把我從媽的身邊帶走？」

「是因為我們沒人想把妳從阿嬤身邊帶走。」

兩人對話的最後幾個字消散在空氣中，一絲痕跡也不留。雪花濃密密地落在奧迪的擋風玻璃上，眼前的世界似乎消失了。艾莎握住爸的手，爸把她的手握得更緊。

「沒辦法保護自己的小孩，避開一切的危險，要父母接受這點是很困難的。」

「要小孩接受這點也很難啊。」艾莎說，然後輕拍爸的臉頰。爸握住她的手指。

「我是個常常瞻前顧後的人，我知道這點讓我變成不好的爸爸。我一直在擔心，我的生活應該要先變得更有秩序，才能請妳來我們家住更久。我以為這是為了妳好。我想，父母常常這樣，就是我們說服自己，我們做的一切都是為了孩子。我們在忙其他事情的時候，孩子還是照樣一天天長大了，並不會停下來等我們，要我們承認這點會太痛苦……」

艾莎的額頭靠在他的掌心上，一面低語：「你不用當完美的爸爸，爸。可是你必須當我的爸。你不能因為媽是超級英雄，就讓她比你更常當家長。」

爸把鼻子埋進她髮梢。

「我們只是不希望妳變成有兩個家的那種孩子，結果覺得自己在兩邊都像客人。」他說。

「這句話是哪裡來的？」艾莎嗤之以鼻。

「我們會讀東讀西。」

「就聰明的人來說，你跟媽有時候真是超不聰明的，」艾莎說，然後漾起笑容，「可是你不用擔心跟我住會怎樣，爸。我保證我們可以把一些事情弄得很無聊！」

當艾莎告訴爸，因為媽、喬治跟半半都還在醫院，所以要到他跟莉賽特家慶祝她生日，爸點點頭，努力不要露出困惑的樣子。艾莎說她已經打電話給莉賽特，把事情都安排好了時，爸也努力不要露出有壓力的表情。可是艾莎告訴爸，爸可以負責製作邀請卡時，爸的表情平靜許多。因為爸馬上想到適合的字體，而字體對爸很有鎮定效果。

「不過，邀請卡今天下午就必須準備好！」艾莎說，爸保證說會。

其實最後邀請卡到三月才準備好，可是那是另一個故事了。

艾莎正準備跳出車外，可是既然爸的表情已經比平日更猶豫更有壓力，就伸手替他打開音響，這樣他就能聽一陣子他的爛音樂。可是傳出來的並不是音樂，可能花了兩到三頁的時間，艾莎才真正意識到這件事。

「是《哈利波特地——神祕的魔法石》的最後一章。」她終於勉強說。

「是有聲書。」爸難為情地承認。

艾莎瞪著音響。爸的手一直停在方向盤上，專心一志。雖然奧迪已經停住不動好一會兒。

「妳小的時候，我們都會一起讀書。我一直都知道妳每本書讀到了哪一章。可是妳現在閱讀速度那麼快，一直在追自己喜歡的東西。哈利波特對妳來說意義似乎很重大，我想瞭解對妳來說意義重大的東西。」他紅著臉說，低頭望著車喇叭。

艾莎默默坐著。爸清清喉嚨。

「妳最近跟布蕾瑪莉處得那麼好，其實有點可惜，因為我在聽這本書的時候，想到原本可以找個適當的時機，叫她『不能直呼名字的她』。我覺得可以逗妳笑……」

其實有點可惜，艾莎暗想。因為這是爸說過最滑稽的話了。這番話似乎讓爸話匣子一開，頓時一臉活力十足。

「有部電影拍了哈利波特的事，妳知道嗎？」他咧嘴笑。

艾莎寬容地輕拍他的臉頰。

「爸，我愛你，真的，可是你住石頭底下還是怎樣？」

「妳早就知道了？」爸有點意外地說。

「大家都知道，爸。」

爸點點頭。「我平時其實沒在看電影，不過也許我們可以找時間一起看哈利波特這一部？就妳跟我？片子會很長嗎？」

「哈利波特總共有七本，爸，電影有八部。」艾莎小心翼翼說。

然後爸又一臉非常、非常有壓力了。

艾莎擁抱他，然後下了奧迪。陽光從積雪上反射回來。

阿爾夫正吃力地在大門外頭走動，手裡拿著雪鏟，努力不要因為腳上磨爛的鞋子而摔跤。艾莎想到幾乎甦醒之地裡的傳統——自己生日的時候要送禮物給別人，然後決定明年要送阿爾夫一雙鞋。不是今年，因為今年要先送他電動螺絲起子。

布蕾瑪莉的公寓門開著，穿著碎花夾克。艾莎透過玄關鏡子，可以看到她正在臥房裡鋪床。門檻裡面有兩個行李箱。布蕾瑪莉撫平床罩上的最後一道皺褶，深深嘆口氣，然後轉身走進玄關。

她望著艾莎，艾莎望著她，兩人都沒勇氣開口說什麼，最後同時劈頭就說：「我有封信要給妳！」

然後兩人在同一時刻接著說話。艾莎說「什麼？」，布蕾瑪莉說「再說一次？」。真讓人摸不著頭腦。

「我有封信要給妳，阿嬤寫的！貼在樓梯旁邊，推車下面的地板上。」

「原來啊，原來，我也有封信要給妳，信就放在洗衣房滾筒烘衣機的濾網裡。」

艾莎腦袋一歪，望著那些行李箱。「妳要出門喔？」

「對。」

「去哪？」

「我不曉得。」布蕾瑪莉承認。

布蕾瑪莉緊握雙手，微微緊張地搭在肚皮上，一副想要拂去艾莎夾克袖子上的某個東西。

「妳本來在洗衣房幹嘛？」

布蕾瑪莉噘起嘴唇。

「沒先鋪好床，沒先把烘衣機濾網清乾淨，我哪裡走得了啊，艾莎。想想嘛，我不在的時候，要是發生什麼事，該怎麼辦？我才不要讓別人覺得我是野蠻人。」

艾莎咧嘴笑。布蕾瑪莉沒笑，但艾莎有個感覺就是她可能在內心笑著。

「那個酒鬼在樓梯間大吼大叫以後，就會唱那首歌，是妳教她這樣做的，對不對？這樣那個酒鬼就會完全平靜下來，上床睡覺。而且妳媽媽以前是教唱歌的老師。我想普通的酒鬼沒辦法那樣唱。」

布蕾瑪莉雙手握得更緊了，緊張兮兮搓著原本戴婚戒的那條白線。

「大衛跟潘妮拉小時候，我唱那首歌給他們聽，他們都滿喜歡的。他們現在當然不記得了，可是他們以前非常喜歡，真的。」

「妳不是百分之一百的屎，布蕾瑪莉，對吧？」艾莎含笑說。

「謝謝。」布蕾瑪莉猶豫地說，彷彿剛剛被問了個陷阱題。

然後兩人交換信件。艾莎拿到的信封上寫著「艾莎」，布蕾瑪莉那封信上寫著「臭老太婆」。艾莎沒開口要求，布蕾瑪莉就主動把自己的信讀出來；布蕾瑪莉就這點來看還滿不錯的。這封信當然滿長的。阿嬤有不少事情要道歉，這麼多年下來，幾乎沒人像布蕾瑪莉那樣，有那麼多的理由該得到道歉。裡面為了雪人那件事道歉。為了烘衣機裡的毯子棉絮道歉。為了剛買漆彈槍時，從陽台「小試身手」，湊巧射中了布蕾瑪莉而道歉。顯然有一次，還打中布蕾瑪莉的屁股，布蕾瑪莉當時穿著自己最好的裙子，如果污漬在你的屁股上，其實也沒辦法用別針遮，因為在屁股上戴別針並不文明，阿嬤寫說，她現在終於明白了這點。

可是最大的抱歉出現在信尾，布蕾瑪莉朗讀這部分的時候，話語卡在她喉嚨後側出不來，艾莎必須向前傾，自己讀。

「『抱歉我從來沒告訴妳，妳值得擁有比肯特好更多的人，因為妳真的是，即使妳是個臭老太婆。』」

布蕾瑪莉對齊紙張邊緣，細心摺好這封信，然後看著艾莎，試著像個正常人那樣微笑。

艾莎輕拍她的手臂。

「阿嬤知道妳會解開樓梯那邊的字謎。」

布蕾瑪莉不安地把弄阿嬤那封信，彷彿無所適從。

「妳怎麼知道是我解的？」

「因為是用鉛筆寫的。阿嬤總是說，妳是那種會把床鋪都鋪好才出門度假，除非先灌兩杯酒，不然沒辦法用原子筆解字謎的人。而且我從來沒看過妳喝酒。」

然後艾莎指著布蕾瑪莉手裡的信封，裡面還有別的東西，是叮叮作響的東西。布蕾瑪莉掀開封緘處，腦袋探向開口，往裡頭窺看，彷彿以為阿嬤轉眼就會從裡頭跳出來，一面大吼「哇哇哇哇哇！」。

接著布蕾瑪莉把手伸進裡頭，拿出阿嬤的車鑰匙。

艾莎跟阿爾夫幫她一起提行李。雷諾第一次就成功發動了。布蕾瑪莉吸了口氣，艾莎從沒看過有人吸這麼深的氣。艾莎把腦袋探進副駕駛座，在引擎的噪音中大喊：

「我喜歡棒棒糖跟漫畫喔！」

布蕾瑪莉一副準備回答什麼，但有東西卡在喉嚨裡的表情。所以艾莎咧嘴笑，補了一句：

「只是說說而已啦，免得以後妳恰好有多的。」

布蕾瑪莉似乎用碎花夾克的袖子抹抹潮濕的眼睛。艾莎關上車門。布蕾瑪莉就此啟程，她不知道自己要往哪裡去，可是她要去看看世界，要去體驗風吹過髮梢的感覺。然後她要用原子筆來解所有的字謎。

可是，就像在所有的童話故事裡，那是另外一則完全不同的故事。

阿爾夫留在車庫裡，在她駛出視線範圍之後還久久眺望。他整個晚上跟隔天大部分早晨都埋頭鏟雪。

艾莎坐在阿嬤的衣櫥裡，裡頭有阿嬤的氣味。整棟樓房都是阿嬤的氣味。任何阿嬤的家，都會有這麼一個特點。即使過了十年、二十年或三十年，你永遠忘不了阿嬤家的氣味。她最後一封信的信封，味道就像這棟樓房，有菸草、猴子、咖啡、百合、清潔劑、皮革、橡膠、肥皂、酒精、營養棒、薄荷、酒、鼻菸、木屑、灰塵、肉桂捲、菸味、海綿蛋糕糊、蠟淚、O'Boy可可粉、擦碗巾、美夢、雲杉、披薩、香料酒、馬鈴薯、蛋白霜、香水、花生蛋糕、冰淇淋跟嬰兒。有阿嬤的味道。聞起來就像某個瘋頭瘋腦的人處於顛峰狀態，而那種瘋法是世間最棒的一種。

艾莎的名字以近乎工整的字母寫在信封上，看來阿嬤真的卯盡全力，想把每個地方都拼對，但不大成功。

不過頭幾個字是：「抱歉我必須死。」

艾莎就在這一天，原諒了阿嬤拋下她死去。

尾聲

給我的騎士艾莎：

抱歉我必須死。抱歉我死了。抱歉我老了。

抱歉我離開妳。抱歉我得了這個他媽的癌症。抱歉我有時候比較像屎，而不是不是屎。

我愛妳超過童話故事的一萬個永恆。把那些童話都跟半半講！保護城堡！保護妳朋友，因為他們也會保護妳。城堡現在是妳的了。沒人比妳更勇敢、更有智慧、更堅強。妳是我們當中最棒的一個。儘管長大、儘管與眾不同，別理那些叫妳別與眾不同的人，因為所有的超級英雄都與眾不同。如果那些人敢鬧妳，就踢爆他們的胯下！好好活著、歡笑、夢想，把新的童話故事帶到米阿瑪斯來。我會在那裡等著。也許阿公也會在——我會知道才有鬼，可是這會是一場了不起的探險。

抱歉我瘋瘋的。

我愛妳。

該死，我真的愛死妳了。

阿嬤的拼字真是糟糕到令人髮指。

在童話故事裡，尾聲也很難，甚至比結局更難。因為雖然它們不見得要把所有的答案都告訴你，但如果攪起更多的疑問，會讓人有點心生不滿。因為，故事一旦結束，人生可能變得同時很單純也很複雜。

艾莎到爸、莉賽特那裡慶祝她的八歲生日。爸喝了三杯香料酒，跳了「雲杉舞」。莉賽特跟艾莎一起看《星際大戰》，莉賽特對台詞倒背如流。罹病男孩跟他媽也在，母子笑口常開，因為這就是你戰勝恐懼的方法。茉德烘烤餅乾，阿爾夫心情低落，雷納特送新的咖啡濾煮壺給莉賽特跟爸。雷納特注意到，莉賽特跟爸的咖啡濾煮壺有一堆按鈕，而雷納特的比較好，因為只有一個按鈕。爸似乎頗為欣賞這樣的觀察。

事情越變越好，不會有事的。

哈利在小教堂裡受洗，阿嬤跟烏爾斯就葬在那邊的墓園。雖然外頭下著雪，媽堅持所有的窗戶都要打開，好讓大家都能看見。

「小伙子要叫什麼名字呢？」牧師問，他也是會計師、醫師，後來大家也得知，他有時身兼圖書館員。

「哈利。」媽含笑說。

牧師點點頭，對艾莎眨眨眼。

「這孩子會有教父教母嗎？」

艾莎大聲冷哼。「他才不需要教父教母！他有大姊姊！」

艾莎知道，現實世界裡的人並不懂這樣的事。可是在米阿瑪斯，新生兒不會有教父教母，新生兒得到的是一個「樂孚特」[21]。在米阿瑪斯，除了孩子的父母、阿嬤跟另外幾個人（阿嬤跟艾莎講這個故事的時候，似乎不覺得這「另外幾個人」有什麼重要的）之外，那個樂孚特是孩子一生中最重要的人物。樂孚特不是父母選出來的，因為樂孚特太重要了，不能由父母來挑選，而是要由孩子自己來選。所以每當有個孩子在米阿瑪斯出生，所有的家族朋友都會來到搖籃那裡，講故事、扮鬼臉、跳舞、唱歌、說笑話，頭一個逗那孩子笑出來的，就成為樂孚特。樂孚特的責任就是盡可能逗孩子笑，越頻繁越好，越響亮越好，而且在越多情境發生越好，尤其是那些令爸媽尷尬不已的狀況。

當然了，艾莎很清楚，每個人都會告訴她，哈利還太小，不懂得擁有大姊姊是怎麼回事。可是當她把哈利摟在懷裡，低頭看他的時候，姊弟倆都很清楚，這是他頭一次笑出來。

大家回到那棟樓房，繼續過各自的生活。每隔一週，阿爾夫就會坐進小計，開車載茉德跟雷納特到一棟大大的建築，然後坐在小小的房間裡等候很久。當山姆跟兩個魁梧的安全警衛穿過小門走進來時，雷納特會端出咖啡，茉德會拿出餅乾，因為餅乾是最重要的東西了。

也許很多人都認為，茉德跟雷納特不應該這麼做，認為甚至不該讓山姆那樣的人活著，更不要說吃餅乾。那些人想的可能沒錯，也可能錯了。不過茉德說，她第一個身分是祖母，然後是婆婆，再來是母親，而這就是祖母、婆婆跟母親會做的事。她們為了善良的人而戰。雷納特喝著咖啡表示同意。茉德烘烤餅乾，因為當黑暗沉重到令人難以負荷，太多事情在太多方面都破碎到難以再修復時，如果人不用美夢，茉德不知道還有什麼武器可以用。

所以她就烤餅乾。一次過一天，一次一個美夢。有人可以說這樣是正確的，有人可以說這樣是錯的，或許這兩方的想法都沒有錯，因為人生既複雜也單純。

那就是有餅乾的原因。

狼心在跨年夜回到了那棟樓房。警察已經定調為自衛，雖然大家都心知肚明，他保護的並

---

21 Laughter，此為音譯，原意為「笑聲」。

不是自己。這種說法可能是對的，也可能是錯的。

他繼續住在他的那戶公寓。牛仔女繼續住在她那戶公寓。他們都盡力而為，也就是試著面對自己活下去，試著過生活而不只是存在著。他們去參加聚會，去述說自己的故事。沒人知道，他們能不能用這種方式來修補自己內在破碎的一切，可是至少是朝著某個方向前進中。這種作法幫助他們呼吸。他們每個星期天都會跟艾莎、哈利、媽跟喬治共進晚餐。這棟樓房裡的每個人都是。有時候綠眸也會過來，她說故事的能力高超到令人意外。罹病男孩還是不講話，但他教大家怎麼跳出美麗的舞步。

阿爾夫有天早上因為口渴而醒來。他起床喝了點咖啡，正準備去睡回籠覺時，敲門聲響起。他打開門，猛灌一口咖啡，瞅著弟弟許久。肯特倚在楞杖上，回望著他。

「我是他媽的白痴。」肯特嘀咕。

「沒錯。」阿爾夫喃喃。

肯特的手指把拐杖抓得更緊。

「公司半年前就破產了。」

兄弟倆佇立在崎嶇的沉默裡，中間隔著一輩子的衝突，兄弟往往會這樣。

「你想喝點咖啡還是怎樣？」阿爾夫咕噥。

「如果你有煮好的。」肯特咕噥。

然後兩人就一起喝咖啡，像兄弟那樣。他們坐在阿爾夫的廚房裡，比較布蕾瑪莉寄來的明信片，因為她每星期都會寄明信片給兄弟倆。布蕾瑪莉那樣的女人就會這麼做。

大夥兒每個月依然會在一樓開一次住戶會議，就跟以前一樣爭論不休。因為這是棟正常的樓房，大體上是。阿嬤或艾莎都不會希望是別的模樣。

耶誕假期來到尾聲，艾莎回到學校。她把運動鞋緊緊綁好，細心調緊背包的揹帶，艾莎這樣的孩子，每逢耶誕假期過後都會這樣。可是那天班上來了個新同學艾莉克絲，她也與眾不同。兩人馬上變成最好的朋友，只有在你剛剛八歲的時候才可能這樣，然後她們再也不用逃跑。那個學期兩人頭一次被叫進校長辦公室的時候，艾莎一邊眼睛烏青，艾莉克絲臉上有抓痕。校長嘆口氣，跟艾莉克絲的媽說，她女兒必須「試著融入」，艾莉克絲的媽企圖用地球儀丟校長，但艾莎的媽搶先一步。

艾莎為了這件事永遠愛媽。

幾天過去了，也許幾週。可是在那之後，一個接一個，其他與眾不同的孩子開始在操場跟走廊上，跟著艾莉克絲、艾莎走。最後人數多到沒人敢再追著他們跑，直到他們自己形成了一支軍隊。如果與眾不同的人夠多，就沒有人非正常不可。

到了秋天，罹病男孩入學就讀一年級。學校舉辦扮裝派對的時候，他打扮成公主參加。一群年級較高的男生放聲大笑嘲弄他，最後他哭了起來。艾莎跟艾莉克絲注意到這件事，帶他到停車區，艾莎打電話給爸。爸帶了一袋新衣服來。

三人回到派對的時候，艾莎跟艾莉克絲已經裝扮成公主，是蜘蛛人公主。

之後，她倆成了這男孩的超級英雄。

因為所有的七歲孩子都有資格擁有超級英雄。

不同意這點的人，腦袋瓜要送去檢查。

閱世界　121

阿嬤要我跟你說抱歉
MY GRANDMOTHER ASKED ME TO TELL YOU SHE'S SORRY

作者　菲特烈・貝克曼（Fredrik Backman）
譯者　謝靜雯
責任編輯　莊琬華
發行人　蔡澤松
出版　天培文化有限公司
台北市105八德路3段12巷57弄40號
電話／02-25776564・傳真／02-25789205
郵政劃撥／19382439
九歌文學網　www.chiuko.com.tw
印刷　晨捷印製股份有限公司
法律顧問　龍躍天律師・蕭雄淋律師・董安丹律師
發行　九歌出版社有限公司
台北市105八德路3段12巷57弄40號
電話／02-25776564・傳真／02-25789205
初版　2017年8月
初版2印　2017年8月
定價　**400元**

書號　0301121
ISBN　978-986-6385-96-4
（缺頁、破損或裝訂錯誤，請寄回本公司更換）

國家圖書館出版品預行編目(CIP)資料

阿嬤要我跟你說抱歉 / 菲特烈.貝克曼(Fredrik Backman)著 ; 謝靜雯譯. -- 初版. -- 臺北市 : 天培文化出版 : 九歌發行, 2017.08

面 ; 公分. -- (閱世界 ; 121)

譯自 : My grandmother asked me to tell you she's sorry

ISBN 978-986-6385-96-4(平裝)

881.357 106010966